信阳师范学院学术著作出版基金资助

交流诗学

——话本小说艺术与审美特性研究

Communicative Poetics:

Research on the Special Art and Aesthetic Characteristics of Huaben Fictions

王委艳　著

河南大学出版社
HENAN UNIVERSITY PRESS
· 郑州 ·

图书在版编目（CIP）数据

交流诗学：话本小说艺术与审美特性研究／王委艳著．—郑州：河南大学出版社，2019.10

ISBN 978-7-5649-3944-1

Ⅰ．①交… Ⅱ．①王… Ⅲ．①话本小说－小说研究－中国 Ⅳ．①I207.41

中国版本图书馆CIP数据核字（2019）第220535号

责任编辑 张雪彩

责任校对 林方丽

封面设计 郭　灿

出版发行　河南大学出版社

　地址：郑州市郑东新区商务外环中华大厦2401号　　邮编：450046

　电话：0371-86059750（高等教育与职业教育出版分社）

　　　0371-86059701（营销部）

　网址：www.hupress.com

排　版	河南大学出版社设计排版部		
印　刷	北京虎彩文化传播有限公司		
版　次	2019年12月第1版	印　次	2019年12月第1次印刷
开　本	710 mm×1010 mm　1/16	印　张	16.5
字　数	305千字	定　价	48.00 元

目　　录

导　　论

一、研究缘起：对象与方法

中国古典小说研究酝酿突破，但突破要以新的研究方法和研究视野作为支撑，否则，突破只能成为空谈。要想达到这一目的，必须首先做以下工作：（1）熟悉传统的古典小说研究范式；（2）必须有“世界性”的视野，即站在当今文学理论的前沿来观照研究对象；（3）研究方法的突破。这三点必须同时具备才能使古典小说研究展开新局面。首先，熟悉传统研究范式有两方面内涵：其一是学习前人的研究成果，吸取他们的研究精华和研究方法；其二是只有在熟悉前人的基础上才能寻求创新，任何创新绝非凭空而来，而是站在前人肩膀上的结果。其次，古典小说研究不能“以古论古”，当代人研究必须具有当代人眼光，这是古典小说研究者常常纠结的问题。当今文学理论的发展和当今经济的发展一样具有全球性，古典小说研究同样不能无视这一客观现实，事实上，正是当今文论这一全球化现状才使我们以全新眼光、全新视野重新审视我们的古典小说研究。再次，研究方法的突破是研究突破的关键，前二者是研究的基础，而研究方法则是研究成果的重要保证。本书对于话本小说的研究正是基于以上的认识。

对话本小说进行研究还有一个重要缘起。笔者在博士一年级的时候聆听了导师开设的“文学批评与文本研究”课程，课上导师分析了一些中国古代话本小说引起了笔者的极大兴趣，通过对话本小说的文本分析发现，中国古代的话本小说具有丰富的叙事现象，一些当今西方文学理论在这些现象面前显得捉襟见肘，尤其是话本小说中存在大量具有民族特色的叙事现象，这些现象为理论创新提供了很好的基础。翻检大量的西方文论就会发现，西方文学理论大多是从丰富的文学现象出发进行理论的探索和知识的生产的。因此，如果从中国古代话本小说的文本现象出发，对这些现象进行理论的概括、总结，探索具有中国特色的叙事理论，那么就会打破中国古代小说传统的研究范式，创立自己的文学理论的知识生产逻辑，这无疑是非常具有意义的事。本书的研究正是基于这种思考。一方面，笔者对话本小说体现出的丰富的叙事现象怀有浓厚兴趣，对话本小说进行叙事现象、叙事规律的探索，寻找话本小说作为一个特征鲜明的流派所具有的艺术与审美特征无疑具有非常重要的意义；同时，在研究范式上也会打破传统的古代小说研究范式，创立古代小说研究的“文本—理论”模式，这是一种富有挑战性的研究，但笔者喜欢这样的挑战，因为，这样的研究范式更切近文艺学的知识生产逻辑。另一方面，笔者一直对基于理论实践与理论创新的文本分析怀有极大兴趣，任何理论都无法穷尽文学现象的丰富性，文艺学知识生产的“文本—理论”模式永远是其知识生产的基础；笔者本人对西方叙事学和中国叙事学有深入的了解，系统阅读了西方叙事学方面的著作，对西方叙事学的知识来源、发展逻辑、知识生产逻辑有着深入的理解，并以此为基点进行了扩展阅读，开阔了视野；同时对中国叙事学也非常关注并进行了知识的储备。“交流诗学——话本小说艺术与审美特性研究”课题正是基于以上思考背景。需要说明的是，“交流诗学”的提出是基于对话本小说艺术与审美特性的理论探索，是对话本小说艺术与审美特性的一种理论结论。

话本小说作为一个特定的古典小说类型有着确定的范围，这是一个客观事实，但是，作为命名却存在许多争议，尤其是话本、话本小说、拟话本这三种名称在不同的研究者那里有着不同的理解。笔者认为，话本与话本小说的不同之一在于它们具有不同的接受群。话本是作为说话人的“底本”，面向的是说话人而非普通读者。由流传下来的宋元话本来看，其文本形制和明清之际的话本小说有很大的区别。因为，作为“底本”的话本对一些说话人常用的套语、叙事程序并没有呈现出来，而且内容很简略，这要靠艺人在表演时的现场“敷演”与“捏合”来使故事更加丰满与动人心魄。因此，称明清话本小说为“拟话本”，即对话本的模拟并非是一种严格意义上的定义，而且“拟话本”概念提出者鲁迅先生也没有给“拟话本”一个明确的定义。明清话本小说的文本形制是一种“说话模拟”，而非“话本模拟”，即是把一种具有现场感的艺术进行了书面化的改造，也就是说，这些小说是一种“书面化”的“说话”艺术，这些小说无论从文体还是叙事方式上都与话本有着很大区别，而更接近“说话”艺术。笔者将此类作品命名为“话本小说”，这里有两层意思：其一是说明这些小说与话本的关系，即从已经书面化的话本演化而来，同时与话本的不同之处在于其更加精致，更加符合小说的规范；其二说明它是供人阅读的“小说”，而非供“说话人”使用的“底本”。这样，本书的研究范围“话本小说”就包括宋元文人创作的供人阅读的模拟“说话”的小说与明清文人创作的模拟“说话”的小说作品。“话本小说”是一种文体意义上的命名方式，它既包含了这些小说与“说话”的渊源关系又包含了作品的“写—读”特点。

对于话本小说研究方法的确定首先从研究的目的开始。这里有几个最为核心的问题：话本小说作为一个特征鲜明的小说类型其最核心的艺术和审美特性是什么？这种核心的艺术和审美特性在小说的产生、文本和接受各个阶段又是怎样运行的？而就话本小说文本来说，其叙事方式、文本形式、文化模式等又是怎样表现出了这种艺术和审美特性？正是基于这些问题，笔者发现，传统的研究范式和以当今西方文学理论作为工具来解读话本小说都无法解答这些疑问，也无法抵达研究的目的。因此，必须确立全新的研究方法。本书主要采取研究的“文本—理论”模式，即以作品为核心，立足于作品，总结作品叙事、艺术形态、审美的规律。但立足作品并非囿于作品，而是观照文本从产生到接受的完整的生命流程，并研究其产生、文本、接受三者之间的影响与渗透、互动和交流。

关于“诗学”，亚里士多德在其《诗学》中一开始说道：“关于诗的艺术本身、它的种类、各种类有多少成分，这些成分是什么性质，诗要写得好，情节如何安排，以及这门研究所有的其他问题，我们都要讨论，现在就依自然的顺序，先从首要的原理开头。”[1]这里的“诗”就是指的文学艺术作品，而“诗学”就是对于作品艺术规律的探索，比如文学作品的种类、结构、情节、审美等系统的理论研究。巴赫金《陀思妥耶夫斯基诗学问题》就是从艺术形式独特性的角度对陀思妥耶夫斯基作品进行考察的。因此，本书就是借鉴亚里士多德和巴赫金关于“诗学”的概念的基本含义，企图对话本小说的生成、文体、结构、情节、文化与意识形态等方面进行系统性的研究，企图发现话本小说独特的艺术规律和审美特性，并建构话本小说独特的艺术与审美系统。

二、理论背景

研究话本小说诗学问题的目标是探索话本小说内在的艺术规律和审美特性，建立系统的话本小说诗学，这同时也是本书的创新之处。通过对话本小说从产生到接受整个运行过程的考察，笔者发现话本小说对于“说话”艺术的书面化改造并非仅仅从外在形式层面，而且从文体、结构、情节、文化与意识形态模式等外在与内涵各个方面进行了书面化模拟和改造，考察“说话”艺术的规律对于理解话本小说的艺术规律和审美特性有着重要意义。换句话说，用

[1] 亚里士多德：《诗学》，人民文学出版社，2008年版，第3页。

“说话”口头艺术的特性来反观话本小说，就会发现其独特的叙事方式和审美方式。因此，口头诗学理论是研究话本小说重要的理论背景之一。

话本小说研究的理论背景之二就是经典和后经典叙事学。经典叙事学把我们的目光从纷繁复杂的文本外转移到了文本内，探索叙事作品内在的结构规律和叙事语法，使作品自身的艺术性得以呈现；后经典叙事学则打破经典叙事学的文本框范，并在后现代理论的背景中对叙事作品进行了重新审视，使叙事学研究逐步向叙事理论转移，这不仅是叙事研究范围的扩充，而且是研究范式的改变。即：其一，叙事作品的生成模式对文本内在的艺术和审美特性的影响；其二，叙事作品的内在叙事规律和审美特性具有突破文本的外指性；其三，文本接受的不同历史阶段对文本的影响。这为我们研究叙事作品提供了另一种视野。研究话本小说，笔者发现其生成模式对于其艺术和审美特性具有决定性影响；其文本内的文学性表现方式，比如结构、情节、文化等具有穿越文本、与读者构成交流的特性；不但如此，读者还具有对文本的反向塑造能力，不同历史时期的读者对话本小说有着不同的影响，因此这是一种双向的叙事交流。这实际上已经突破了经典和后经典叙事学的理论范畴，形成了独特的交流叙事理论。这应该是本书的最大发现。

话本小说研究的理论背景之三是通俗文学理论。话本小说是一种通俗小说，是具有中国特色的通俗小说，它具备通俗文学的特性。通俗文学从来都不是一种纯粹的文学艺术活动，而是掺杂了许多文学之外的因素，比如社会的经济条件，出版业情况，读者趣味，作者的生存状况、思想状况，等等，这些都会影响通俗文学文学性的生成。考察话本小说，就会发现这是一个非常切近作品实际的视角。因为话本小说的文本形式、艺术特性和价值、作品的思想性等各方面都表现出了文学外因素的影响。

话本小说研究的理论背景之四是社会学、人类学理论。由于话本小说作为通俗文本受外界影响深刻，研究话本小说作者、读者、出版等所处的社会状况，他们之间的互动关系以及以话本小说作品为核心的社会活动就会为话本小说内在的艺术规律的探索和诗学问题的解决提供更加可靠的依据。因为话本小说各方面均表现出了这种社会状况的影响，话本小说作为历史的流传物，作为一种大众化的艺术形式，其文本包含了大量的历史信息和一个民族的心理和情感形式，加上长期以来话本小说和“说话”艺术、曲艺、戏剧之间的互动和传播形成了中国人独特的审美心理，话本小说也经过了长时期与接受者的交流性筛选形成了许多具有原型特征的叙事模式和母题模式，因此不可避免地要借鉴人类学的知识对这些特征进行考察，以期发现具有民族特色的叙事规律和审美特性。具体理论比如母题、原型理论、地方性知识等。

总之，任何研究都不是在一种空白中进行的，都要站在现有的理论背景上，借鉴有利于分析作品的理论方法对作品进行各种层面的解读和分析，并从中找到作品独特的艺术和审美特性。最关键的不是使用理论而是如何使用理论。如果理论先行，将作品作为图解理论、验证理论的资料，那么就不会有新的发现，因为理论首先就框范了研究的思路。但如果将理论作为研究的背景，那么展现在面前的就是站在理论基石上的宽广视野。

三、本书的基本观点

话本小说的艺术和审美特性与其来源于“说话”艺术有着不可分割的关系。“说话”艺术从内容到形式直接受到“说话”艺人的生存形式和“说话”艺术自身特点的支配。“说话”艺人首先把“说话”艺术看作自己的生存之道，通过表演给别人提供娱乐获得自己的生活资本；同时，“说话”艺术不同于商品买卖的是它是一种精神性的娱乐，即所谓“娱人耳目”，因此必然在精神上有一定的品味、价值。所以，笔者把这种既有生存需要又追求精神价值的艺术形式称为“生命形式”，以区别于纯粹为获得生存资本的“生存形式”。由于两宋时期“说话”艺术的发达，艺人竞争的激烈，“说话”的这种艺术形制无不体现了一种策略性的措施。换句话说，这种艺术形制无不体现了“说—听”交流过程中的长期的筛选与磨合过程。说书人的这种时时刻刻的听众交流指向不仅仅表现在“说话”艺术的这种显在的形式上，而且已经深入“说话”艺术的各个层面，形成了以“交流”为核心的内在艺术机制。话本小说作为对“说话”的模拟继承了其以“交流”为核心的艺术机制，不但在显在的文体形式上，而且在文本的结构、情节、文化与意识形态模式等方面都表现了这种交流品质。不但如此，话本小说还在此基础上进行了具有书面文本“写—读”交流特性的改造，而这种改造是在话本小说作者自觉的理论倡导下进行的，话本小说“娱目醒心”的双重理念影响了话本小说艺术和审美特性的生成，并从而构筑了以“交流”为核心的艺术和审美特性，可以说，“交流”已经成为话本小说的一种艺术方法和审美方法。话本小说形成了以“交流”为核心具有独特艺术和审美特性的诗学系统。

第一，话本小说的文本形式是一种“交流性”塑形。亦如上述，话本小说的文本形制直接来源于“说话”艺术，是对“说话”艺术的书面化，话本小说作者把自己想象为说话人，把写小说想象为一种面向听众的“说话”，因此，可以看出话本小说对“说话”艺术形式进行了书面化的规范和固定。“说话”

艺术的文本形制是在与听众长期的交流磨合中形成的，因此其“交流性”作为一种艺术方法深入到了该艺术的各个层面，其文本形制是一种“交流性”塑形。话本小说继承了“说话”的这种交流性并进行了符合“读—写”交流特征的改造，因此，可以说话本小说的独特文体是一种交流性文体——说话体，即话本小说由生成模式而形成的文体模式具有独特的艺术和审美特性。本书从标题开始，对话本小说文体所体现的口头艺术特征、叙述者的存在状态、韵与散等方面进行考察，并发现话本小说“说话体”的核心特性——“交流性”。这种以“交流”为核心的艺术和审美特性并非仅仅表现于话本小说显在的文本形制中，还表现在结构、情节、文化、意识形态等各个层面。

第二，话本小说在结构方面也表现了这种交流性。话本小说把“交流”作为结构小说的艺术手段，即将结构主题化，使主题大众化和主流化，大众化的主题使文本在读者面前不具备任何优越感，而是融入了大众化的日常生活之中，这样使结构具有了穿透文本的“意识形态能量”（巴赫金语）与读者形成交流互动关系。话本小说的这种结构主题化使其表现为一种强势的主题原则，这种原则深刻地影响了话本小说故事的运行模式。主题化结构是一种深层结构的表层化，与此相适应的是以此交流性主题结构为核心构筑的话本小说独特的立体型网格状结构模式，即它是一种交流性主题结构下的多型结构模式。话本小说有两种基本的结构模式——单线蘖合结构和多线聚合结构，这两种结构模式围绕主题结构展开故事；在这两种结构模式之下，由于主题结构的内在操控，还会出现如“转折性结构”、“连缀结构”等模式，笔者将之命名为“催化结构”。话本小说的线性结构的运行并不必然走向主题，要控制故事的运行方向，使其朝着主题方向发展，必须用一些催化性的情节来对之施加影响，而这些情节直接参与了故事的情节分布而具有结构故事的作用，因此笔者谓之“催化结构”。这样构成了话本小说特殊的结构层级关系，即深层主题结构、横向线性结构和纵向催化结构。这是一种立体的结构模式，而这种结构模式从根本上受主题结构的“交流性”的支配。因此，话本小说的结构模式是一种立体型网格状结构，单线蘖合结构和多线聚合结构是横向结构系统，“转折性结构”、“连缀结构”属于纵向结构系统，主题结构则是深层结构系统，纵向和横向结构受主题纵深结构的控制，从而形成话本小说特有的结构模式。话本小说的这种结构系统并非是一种封闭性的结构模式，而是以“交流”为核心的开放性结构，具有明确的读者交流指向。

第三，话本小说在情节布局方面也表现了这种交流性。话本小说由于时代变异和接受群的变化，在题材方面进行了调整，一方面是为适应话本小说通俗化的要求；另一方面是因为话本小说交流方式的变化，即以“读—写”为交流模式。因此，取材的变化基本围绕“交流”环境的变化而展开。话本小说大量采用传统母题、读者互动式节奏、戏剧性情节模式以及情节的议论、假设和说明来传达其明确的读者交流意识，即为获得好的交流效果而采取具有明确“读者指向”的情节模式。同时，还采用“场面化”这一具有中国传统空间叙事来加强话本小说“书场化”的空间感觉以适应读者传统的“书场”接受定势。为加强交流的节奏和读者持续性的兴趣，话本小说采用“叙事控制”的情节模式，从而创造了在全知叙事视角下的叙事控制方法，这样使读者的兴趣在文本的艺术技巧层面受到调控。这种以“交流”为核心形成的独特的情节模式体现了话本小说非常特别的审美品格。同时，适俗性作为一种“交流”手段还表现在对传统母题的运用上，这些传统母题往往具有中国人典型的人生情景，正因为如此才在长期的交流筛选下流传下来并形成大众喜闻乐见的叙事模式和情节模式。

第四，话本小说还保留了大量的传统文化信息，这些传统文化由于其公共性和大众化从而形成了话本小说独特的交流性文化叙事。文化并非是一种悬空的东西，而是附着在特定的事物、观念、制度等符号之上。表现之一，话本小说常常采用具有丰富文化信息的“文化标志物”来叙事，标志物的形态和功能往往直接影响了故事的结构、情节和进程。这些标志物并非是一些稀奇独特的东西，而是附着于传统的器物、观念、制度之上，具有大众性，其蕴含的信息为大众所知，因此，文本交流一开始就在一种默契之中展开。话本小说将这些文化标志物进行了艺术化处理，不但标志物本身，而且标志物所携带的文化因子直接参与了故事的情节、结构等艺术性的生成，而标志物在文本进程中的运行路线和方式恰恰构成交流效果的核心。表现之二，话本小说有两种常见的文化叙事模式——背反式文化叙事和遵从式文化叙事，这往往表现在对于观念文化所采取的叙事策略，即运用大众的、主流的观念、制度，采取或背反或遵从的叙事姿态，同时使背反的文化叙事常常向主流回归（当然也有部分调整）。这是一种“观念化”的文化叙事与交流模式，这往往使叙事交流形成一种冲击甚至背反。背反式文化叙事的提出促使我们重新认识作者的生存境遇和思想状况。

第五，话本小说“交流性”艺术和审美特性还表现在意识形态模式方面。话本小说结构的主题化形成的文本意识形态不可避免地会与按照正常生活逻辑运作的故事发生冲突，从而形成文本意识形态的矛盾现象，正是这一矛盾现象使作者意识形态浮出水面。这不是一个偶然现象，而是普遍存在于话本小说之中。同时话本小说作为一种历史流传物，由于时过境迁，读者的接受语境、心态、观念等发生了质的变化，因此就会出现读者意识形态、文本意识形态和作者意识形态的三重背反现象，使话本小说的“可靠性”具有了一种历史性和交流性的维度。

总之，通过对话本小说“生成—文本—接受”三个层面的考察，我们勾勒出了话本小说整个生命流程的基本运行姿态，即“交流性”不但是话本小说的生成模式，而且也是话本小说艺术和审美的核心特性，话本小说通过其整个生命流程，尤其是通过文本自身的艺术和审美为我们呈现出以“交流”为核心的诗学系统，以此为基础，形成了独具中国特色的交流叙事模式。交流诗学的提出为我们理解话本小说乃至整个中国古代白话通俗小说提供了一个新的视角。

第一章　话本小说研究状况述略

第一节　话本小说研究状况

话本小说的研究有赖于中国近代的小说革命以及“五四”的新文学革命和白话文运动。1902年梁启超先生在《新小说》杂志创刊号发表的《论小说与群治之关系》一文提出：“欲新一国之民，不可不先新一国之小说。故欲新道德，必新小说；欲新宗教，必新小说；欲新风俗，必新小说；欲新学艺，必新小说；乃至欲新人心、欲新人格，必新小说。”[1] 小说逐渐从中国文学历来的“小道”、“不登大雅之堂”走向文学的中心。1920年，鲁迅先生在北京大学为学生开设中国小说史课程，1923年出版《中国小说史略》，中国古代白话通俗小说——话本小说遂进入文学研究者的视野。自此，一些在国人的视野中消失了几百年的中国古代优秀话本小说再次引起了人们的关注。比如鲁迅先生写作《中国小说史略》的时候，他所见的话本小说的代表作仅三言二拍选本《今古奇观》和《拍案惊奇》（即“初刻”），而代表话本小说最高成就的“三言”及“二刻”在国内已经消失了几百年。但，自此话本小说的研究随着话本小说在海外的不断被发现呈现出繁荣局面，尤其是1980年代以来，研究者队伍不断壮大。21世纪以来，话本小说研究的深入超过了历史上任何时期，研究的范式、宽广度都大大超过以往，涌现了大量的专门研究话本小说的专著和期刊、硕博论文。自鲁迅始至21世纪，话本小说研究已经走过近百个年头。本节拟从话本小说研究的分期和研究范式两个方面对这百年来的研究进行梳理，并对话本小说以后的研究进行展望。

---

［1］陈平原、夏晓红编：《二十世纪中国小说理论资料（第一卷）》，北京大学出版社，1997年版，第50页。

一、话本小说研究的分期

话本小说研究的分期和小说观念、学术环境、社会环境等有着密切的关系，根据学术文章、专著的出版情况，笔者大致将话本小说研究分为以下四个时期。

（一）开创时期（1920年代—1940年代）

上面述及，由于中国近代的小说界革命和“五四”新文化革命、白话文运动，中国传统的白话小说才得以被人们重新认识，小说地位的提高直接影响了小说研究的兴起。话本小说由于长期受到清朝统治者的打压，很多已湮没不闻。因此，这一时期是话本小说的整理收罗和初步研究阶段。开创话本小说研究先河的是鲁迅先生，其《中国小说史略》以五章的篇幅介绍了从宋元话本到元明讲史再到明拟话本小说，把话本小说提高到了前所未有的地位。鲁迅先生对“话本”、“拟话本”的定义极大地影响了后来的话本研究者。对于“话本”，鲁迅写道：“说话之事，虽在说话人各运匠心，随时生发，而仍有底本以作依凭，是为‘话本’。”[1] 由此，“话本指说话人的底本”这一定义广为接受。对于“拟话本”，鲁迅先生并没有给出确切定义，只写道：“说话既盛行，则当时若干著作，自亦蒙话本之影响。……习俗浸润，乃及文章。”话本与拟话本概念的提出为以后的研究提供了一个基本的格局，即话本与拟话本在接受者、承继关系、文本艺术性等方面具有不同的特质。同时，鲁迅还把话本提高到了与志怪、传奇等文言小说同等的地位，为以后小说史研究提供了一种参照。

胡适先生这一时期也有论述话本小说的文章，作有《白话文学史》等。在为1928年亚东图书馆出版的《宋人话本八种》做的序中，对话本小说的分类、体制均有论述。比如对话本小说头回的辨析很有见地。鲁迅先生对话本小说“得胜头回”的解释为：“头回犹云前回，听说话者多军民，故冠以吉语得胜，非因进讲宫中，因有此名也。”[2] 胡适则从另一角度对之进行了辨析：

鲁迅先生说引子的作用，最明白了；但他解释“得胜头回”，似不无可以讨论之处。《得胜令》乃是曲调之名。本来说书人开讲之前，听众未齐到，必须打鼓开场，《得胜令》当是常用的鼓调，《得胜令》又名《得胜回头》，转为《得胜头回》。后来说书人开讲时，往往因听众未齐，须慢慢地说到正文，故或

[1] 鲁迅：《中国小说史略》，上海古籍出版社，1998年版，第73页。

[2] 鲁迅：《中国小说史略》，上海古籍出版社，1998年版，第77页。

用诗词，或用故事，也“权做个得胜头回”。[1]

这一时期对话本小说研究用力最勤的另一位是郑振铎先生。郑先生除写有《宋人话本》、《明清两代的平话集》等文章来介绍话本小说外，1930年代初分章发表于不同刊物的论文《宋元明小说的演进》还对话本小说的演进进行了独到的论述，在论述宋人的短篇话本小说时他写道：

宋人的短篇话本，就今所传者观之，其运用国语文的技术，似已臻精美纯熟之境。他们捉住了当前的人物，当前的故事，当前的物态，而以恳恳切切的若对着面的亲谈的口气出之，那末样的穷形尽相，袅袅动听，间或寓以劝诫，杂以诙谐，至今似乎还使我们感到他们的可爱。难怪当时这些说话人是如何的门庭如市了。这些说话人虽是职业的，我们疑心他们决不是似通非通的“艺人”，而是很有天才的沦落的文人。或者他们只是口说着，而编辑这些话本的，却另有其人在。这些话本，或经过好多次的润改也难说。[2]

郑振铎先生的论述是很有见地的。可贵的是，郑先生在该文中还论及除“三言二拍”外的其他话本小说，比如《三刻拍案惊奇》、《石点头》、《醉醒石》、《西湖二集》等，这对于扩大话本小说的研究范围无疑具有启发意义。郑振铎还在其他文章里不断论及话本小说。

这一时期，蒋瑞藻、孙楷第、赵景深等也有研究话本小说的论文行世。比如蒋瑞藻先生出版的《小说考证》中涉及了部分话本小说之源流，孙楷第先生的《三言二拍源流考》、《小说旁证》，蒋、孙二位先生共同开启了话本小说源流的考证研究。孙楷第还出版了《中国通俗小说书目》开启了话本小说的书目学研究；赵景深先生也出版了《小说闲话》、《中国小说论集》等，对许多话本小说进行了考证。

纵观这一时期的话本研究，我们发现，除对话本小说的收集、整理、出版的业绩外，对话本小说的研究已经从多个方面奠定了基础，史学研究、形式研究、来源、考证、目录等方面均对后来的研究产生了深远影响。

（二）深化阶段（1950年代—1960年代）

除了“文革”十年，我们发现，话本小说研究在新中国成立后和“文革”前出现了一个深化阶段。除出版的一些中国文学史中把话本小说进行专门讲解外（如刘大杰的《中国文学发展史》和社科院文学所编《中国文学史》均对话

[1] 胡适：《胡适文集》（4），北京大学出版社，1998年版，第465页。

[2] 郑振铎：《郑振铎文集（第七卷）》，人民文学出版社，1988年版，第138页。

本小说给予高度评价），话本小说的整理出版也蔚为大观，这为研究者提供了更多的研究资料。这一时期研究话本小说的学者基本来自“五四”时期，在原来的基础上深化自己的研究。

郑振铎先生1953年在中央文学讲习所的演讲《中国古典文学的小说传统》深入探讨了中国古典小说中短篇小说的分类，即传奇文和平话两种，后者即为以话本小说为代表的白话小说。这种提法很具有学术价值，它指出了中国古典小说的两种不同形态，使古典小说研究的格局与思路为之一新。此外郑振铎还有多篇研究话本小说的论文发表。

谭正璧先生1961年出版的《三言二拍资料》是这一时期的重要著作。书中详细考证了“三言二拍”的故事来源，为研究话本小说的历史、叙事、艺术等的演变提供了很好的资料，遂成为研究“三言二拍”的工具书。谭先生的另一本书《话本与古剧》开辟了研究话本小说的另一条道路，即从中国古代戏剧、曲艺与话本的关系的角度研究二者的相互影响关系，为后来的研究者提供了一个研究方向。

这一时期，孙楷第先生出版《俗讲、说话与白话小说》一书，从俗讲、说话等口头艺术与白话小说的关系的角度进行研究，具有开创意义。

本时期另外的重要学者作品有李啸仓的《宋代伎艺杂考》、程毅中的《宋元话本》、陈汝衡的《说书史话》等。

本时期在“五四”时期话本研究的基础上，随着话本小说的挖掘、整理、出版，资料极大地丰富，话本研究呈现出深化局面，一些新的研究角度的产生深化了话本研究。

（三）总结阶段（1979年—1990年代）

从“五四”到1980年代，话本小说研究已经取得了丰硕的成果，话本小说不断被整理出版。话本小说作为一个清晰的文本类型，其作品、发展脉络、艺术形式等已经清晰地展现在研究者的面前。资料的丰富预示着一个总结阶段的来临。

1980年，胡士莹先生的《话本小说概论》出版，胡先生为此书费尽心血，历时13载，三易其稿，八十余万言。该书被赵景深先生称为“研究话本的百科全书”[1]，该书集考证、史料、艺术分析、叙录于一身，是研究话本小说者绕不过去的总结性著作。胡先生1981年还出版有《宛春杂著》，书中对“说话”进

[1] 胡士莹：《话本小说概论》，“序”，中华书局，1980年版，第5页。

行了考证，对话本小说的发展规律、体制进行了总结，还分析了《杜十娘怒沉百宝箱》和《卖油郎独占花魁》两篇话本小说。

本时期，除了老一辈学者如孙楷第、程毅中、谭正璧等有论文、论著，还出现了一批新人，他们从一开始就站在了很高的起点上，对话本小说进行了总结性研究，如张兵《话本小说史话》（1992）、欧阳代发《话本小说史》（1994）、石麟《话本小说通论》（1998）等。他们的研究以“话本小说”类型为基础进行话本小说自身规律的探寻。这就避免了过去文学史以朝代为单位的文体发展的“割裂”状态，从而形成了一种专门的“文类史”。这无论从“话本”文类的连续性还是从艺术发展的规律性来说都是话本小说研究的一种总结性深化。

本阶段还出现了以作家为对象的研究专著，如缪永禾《冯梦龙和三言》（1979）、陆树仑《冯梦龙研究》（1987）、马美信《凌濛初和二拍》（1994）、黄强《李渔研究》（1996）等；以及以作品为对象的专著，如徐志平《晚明话本小说〈石点头〉研究》（台湾学生书局，1991年版）；以小说类型为对象的研究作品，如陈大康《通俗小说的历史轨迹》（1993）等。这些作品从作家、作品、类型等角度研究话本小说，研究大大深化，对作家、作品及类型进行了总结。

纵观这一时期，总结性研究是最大特点。但应当看到，研究思路还依然很陈旧，理论性总结缺乏，宽度、深度还依然没有逃脱“五四”模式。因此，话本小说研究酝酿突破。

（四）繁荣突破阶段（2000—2010年）

进入21世纪以来，话本小说呈现出繁荣局面。西方文论的译介为话本小说研究提供了新的视野。研究话本的专著、期刊论文较前几个阶段更加丰富。比如从中国知识网（CNKI）上按照“摘要”检索项，输入检索词“话本”，1979—1999年，共有930个结果，且都是期刊论文；而在2000—2010年，共有1022条结果，其中期刊论文778篇，硕士学位论文203篇，博士学位论文41篇。无论从数量上还是从研究的深广度上都较以前有了很大提高。

这一时期引人注目的是话本小说研究呈现新的研究视角。比如王昕《话本小说的历史与叙事》（2002）、罗小东《话本小说叙事研究》（2002）把西方叙事学理论运用于话本的研究。罗小东《话本小说叙事研究》从叙事时间、叙事视角和小说结构三个方面对话本小说进行艺术性分析，从而发现话本小说独特的艺术特质。另外还有傅承洲《明清文人话本研究》（2009）、温孟孚《“三言”话本与拟话本研究》等不同程度地运用了西方文论。

从时代更易的角度研究话本的如朱海燕《明清易代与话本小说的变迁》

（2007）；从女性主义理论研究话本的如刘果《"三言"性别话语研究》（2008）；从经济学角度研究话本的如李桂奎《元明小说叙事形态与物欲世态》；从文体学角度研究话本的如王庆华《话本小说文体研究》（2006）；从传播学角度研究话本的有程国赋《三言二拍传播研究》；以作家为研究对象的专著有聂付生《冯梦龙研究》（2002）、冯保善《凌濛初研究》（2009）、胡元翎《李渔小说戏曲研究》（2004）；以及以作品为对象的研究有雷庆瑞《晚明文人思想探析：〈型世言〉评点与陆云龙思想研究》（2006）、常金莲《〈六十家小说〉研究》（2008）；从文献学角度研究的有陈桂声《话本叙录》（2001）；等等。

可以看出，21世纪以来，话本小说研究呈现出繁荣局面，一些新的研究角度不断开拓，除上面一些专著提示的研究方向外，笔者还对大量的期刊论文进行了分析与分类，大致的研究角度为：考证、叙事学、语言学、文体学、人类学（如"母题"、"原型"研究等）、性别、禅宗、商业、民俗、美学、道德伦理、插图等。由此可以看出，话本小说研究已经取得了突破性进展。研究范式、方向的多元，边缘性研究的拓展繁荣了话本的研究。

值得关注的另一种研究范式是艺术总结性研究，即从话本小说的文本现象出发总结话本小说独特的叙事规律。如鲁德才先生《古代白话小说形态发展史论》（2002），从白话小说形态的角度总结其艺术规律、发展脉络。这是一种由小说到理论的研究范式，与由理论进入小说有着根本的不同。但鲁先生的著作执着于小说形态史的梳理，在建立具有民族特色小说理论的意识方面还是稍有不足的，因此是非常遗憾的。

纵观以上四个阶段，我们发现，话本小说研究近百年来的每一个阶段都有一定的背景，第一阶段仰仗小说界革命和新文化运动；第二阶段在话本小说收集、整理、出版以及第一阶段研究的基础上进行了深化；第三阶段随着大量话本小说收集、整理、出版，在前辈研究的基础上进行了总结；第四阶段则是在西方理论译介的背景下，研究角度为之一新。

二、话本小说研究范式

话本小说研究的繁荣离不开研究范式的多样化。话本小说研究的发展过程就是研究范式多样拓展的过程，从上面的研究分期我们可以清楚地看到这一点。下面笔者就话本小说研究的几种基本的范式进行分析。

（一）史学研究

鲁迅先生的《中国小说史略》开启了中国古典小说史研究的先河，他开辟的小说史研究格局极大地影响了后来的小说史研究。鲁迅先生的研究至少有以下三个方面的影响：

1. 专门史研究。小说作为一种文学类型，以时间为经进行史学梳理，使小说的发展脉络清晰地展现在我们面前。

2. 分类史研究。鲁迅对中国小说的研究在类型上的划分对后世影响深远。比如神话传说、传奇、志怪、话本、拟话本、神魔、人情、谴责等。

3. 以朝代为时间序列的分期研究。鲁迅的研究在以上两种特色的基础上对小说进行了以朝代为阶段的分期研究，使小说在各个朝代的特点非常直观地展现出来。

郑振铎先生在小说史研究方面也有精到论述。他在中央文学讲习所的演讲《中国古代文学的小说传统》中，首先对中国小说类别和特质进行了总结，然后以朝代为时间单位对各个朝代的小说类型和特色进行了论述，其研究无疑也具有示范意义。

从话本小说研究的实际可以看出，以“话本小说”为研究对象进行“专门史”研究是话本研究的一大特色。胡士莹先生的《话本小说概论》无疑具有开创性。石麟《话本小说通论》中的“类别论”把话本分为风情、市井、信义、公案等类型，除了有话本本身类型的影响，无疑受到鲁迅先生的分类史研究的影响。另外，罗小东《话本小说叙事研究》下编对话本小说的叙事类型分析亦如此类。另，欧阳代发《话本小说史》以朝代为时间序列写话本小说史，写出了宋代至清代各个朝代话本小说的不同特色。

（二）考证、文献学研究

话本小说湮没既久，很多话本小说都经过曲折的发现、考订过程，因此，考证、文献学研究成为话本小说研究的一大特色，而且这种研究是一种基础性研究，它为其他研究范式提供了资料支持。许多学者都做过考证方面的工作，如鲁迅、郑振铎、孙楷第、胡士莹、赵景深、谭正璧等。

孙楷第先生《三言二拍源流考》、《小说旁证》，谭正璧先生《三言二拍资料》等都是话本小说来源的翔实考证。胡士莹《话本小说概论》集多项研究范式于一身，不乏考证、文献学的研究。后来学者陈桂声《话本叙录》是一本话本小说文献学研究专著。这方面的研究即使现在仍然是学者们关注的重要方面，文章不断见诸期刊，比如发表在《明清小说研究》2010年第二期的《“三言”、“二拍”本事来源的新发现》（作者王瑾）等。

（三）个案研究

个案研究是话本小说研究的一大特色，可分为三种类型：（1）以作家为对象的研究；（2）以作品为对象的研究；（3）以小说类型为对象的研究。个案研究弥补了小说史研究太过笼统的弊端，有利于对作家、作品、类型做深入的分析，从中发现个案的独特性。近年来随着话本小说研究的深入，个案研究呈现增多趋势，尤其是大学中国文学方面的硕士、博士喜欢做针对性很强又较易操作的个案研究。这方面已经出版许多专著，如聂付生《冯梦龙研究》、冯保善《凌濛初研究》、杜书瀛《李渔美学思想研究》、顾克勇博士论文《陆文龙、陆人龙兄弟文学研究》（浙江大学2004年）等以作家为对象的研究；常金莲《〈六十家小说〉研究》、温孟孚《"三言"话本与拟话本研究》、胡莲玉博士论文《〈型世言〉研究》（南京师范大学2002年）等以作品为对象的研究；以及以小说类型为对象的研究，如苏建新博士论文《才子佳人小说演变史研究》（福建师范大学2005年）、张廷兴博士论文《明清艳情小说研究》（山东大学2005年）等。

（四）文体学、语言学研究

话本小说的文体学虽然在话本研究中比重较小，但却是很有特色的。王庆华《话本小说文体研究》对话本小说文体的发生、发展、演变过程、影响予以了史的考察，从文体的角度论述了话本的形态。张永葳《八股文对拟话本文体的塑造》（《福建师范大学学报》2010年第一期）则独辟蹊径，从结构逻辑、叙述方式、细部述写方法等方面考察了八股文对拟话本文体的影响。

从语言学方面对话本小说的研究虽然鲜有专著，但从发表的期刊论文、硕士论文来看较为活跃。比如李淑霞硕士论文《〈清平山堂话本〉动态助词研究》（四川师范大学2005年）、黄英硕士论文《明话本小说动词重叠研究》（四川大学2005年）、高玉洁硕士论文《〈清平山堂话本〉介词研究》（安徽师范大学2007年）等。

（五）理论分析研究模式

进入21世纪以来，西方文学理论的译介扩大了国内研究者的视野，运用西方理论分析中国文学作品已经成为一种时尚的研究模式，并且这种理论分析研究模式已经取得了不小的成绩。表现在话本小说研究上，从大量用西方理论分析话本小说的专著、期刊、硕博论文可以看到西方文论的影响。具体理论如叙事学理论是运用较多的分析工具，罗小东《话本小说叙事研究》、王昕《话本小说的历史与叙事》以及其他文学史研究、个案研究均不同程度地运用了叙事学理论。女权主义理论也是话本小说研究者常用的分析工具，刘果《“三言”性别话语研究》就是这方面的专著，期刊论文更多。运用接受美学研究话本小说的如吴波《明清小说创作与接受研究》。用经济学理论对话本进行“边缘性”研究的如李桂奎《元明小说叙事形态与物欲世态》，很有特色。所有这些用一种或者几种理论对话本小说进行分析研究的方法我们不妨叫作“理论—文本”模式。

不同于以上的“理论—文本”研究模式的另一种理论分析研究模式是“作品—理论”研究模式，即立足文本，对作品进行文本细读，在现有理论的背景中探索作品自身独特的艺术和审美特性，以期发现新的叙事规律，这种模式具有理论生产的特质。立足于话本小说，总结话本小说叙事、形态的规律与发展脉络，这种研究很具有知识生产（理论生产）的性质，很值得我们关注。比如鲁德才先生《古代白话小说形态发展史论》就对白话小说的艺术形态进行了总结，对白话小说与文言小说两个不同的发展系统进行了深入的形态学探讨，对白话小说横向发展系统、民间说书与白话小说交叉互动等方面进行了小说形态形成、演变的探索。张勇《中国近世白话短篇小说叙事发展研究》（云南大学出版社，2006年版）对白话小说叙事的独特性也进行了有益的探索，赵毅衡《苦恼的叙述者——中国小说的叙事形式与中国文化》则以叙述者为中心企图建构中国叙事学。他们的研究笔者将在本章第二节中予以展开评析。

以上五类是话本小说基本的研究范式，并非穷尽所有，但上述分类在话本小说研究中具有代表性。值得指出的是，话本小说研究往往是一种综合的劳动，以上诸种研究范式你中有我、我中有你，相互包含、相互补充，形成了话本小说研究的综合性特征。

三、话本小说研究展望

话本小说研究百年来，作为一个学科——“话本学”，已经成为一个事实，它形成了自己的研究对象、范围、方法、成果、研究者队伍等一系列作为一个学科所需要的基本要素，无论是研究的深度还是广度，“话本学”已经非常成熟。从研究者到研究成果，我们可以清晰地划出一条脉络来。以上仅仅是比较纯粹的话本研究者和作品，如果加上中国文学史、介绍性的著作（如石昌渝《小说》，人民文学出版社，1994年版）等方面的研究者和作品，那么话本小说的研究队伍会更大，作品会更多。但仔细考察话本小说的研究状况，繁荣的背后存在着极大的危机，大量重复性研究浪费了研究者的许多精力。张兵1992年在

《贵州文史丛刊》第一期上曾发表文章《话本小说研究的回顾与思考》，其中提出变革话本研究方法的四条主张：用历史的、美学的眼光，古为今用的原则，宏观与微观的有机结合，坚持纵横交错的比较来研究话本小说。由以上论述可知，张兵的主张已经不同程度地得到实现。而现在距张兵的文章发表已经过了很多年，话本小说研究今非昔比。21世纪以来，结合国外文学研究发展的情况，不难发现我们的研究有些方面还非常不足。如果从文艺学的角度考察话本小说的研究，更让人感到匮乏。深度模式的缺乏，理论总结能力的欠缺，金圣叹式的知识生产凤毛麟角，总结具有中国民族特色与传统叙事经验、规律的作品更是稀有。因此，话本小说期待更加深入的研究与艺术规律的探索，以形成自己民族传统特色的叙事理论、小说理论等。下面笔者想就自己的思考，对话本小说研究做一下展望。

中国古代“说话”艺术是经过千年发展的艺术形式，其言说、叙事的方式直接影响了话本小说艺术特征的形成。因此，从口头艺术的角度来研究话本小说无疑是自然的事情。话本小说许多独特的叙事特征与说话艺术有着直接的承继、改造、演进关系。比如，发源于“勾栏瓦舍”的说话艺术最大的特征就是与听众进行面对面的“交流”，因此，其“交流性”特征渗透到说话的方方面面。其文本形制，入话、头回、议论、叙事无不打上“交流”的印记。以此为基础我们发现来源于说话的话本小说从结构、叙事方式、语言到意识形态无不具有这种“交流性”。这是一种具有地方特色的叙事类型与叙事方式。从此出发，我们发现，话本小说经过许多作家的努力，从一开始的“说—听”叙事交流模式，逐渐向“写—读”交流模式转变，揭示这种转变的内在逻辑，无疑会对由口传到书面的艺术发展规律有更加深入的认识，这已经不仅仅是对话本小说有意义的事情了，恐怕会对有类似情况的文学样式的研究具有启发意义，此为话本小说未来可研究的方向之一。

话本小说未来可研究的方向之二是传统文化与话本小说叙事研究。话本小说作为被底层民众喜爱的通俗小说，作为转而为中国古代白话小说的经典之作，其流传既久，与传统文化对话本小说叙事的影响乃至操控有着密切的关系。揭示传统文化在话本小说叙事中的表现形态无疑会为其为何长盛不衰找到答案。话本小说，尤其是具有极高艺术成就的话本小说流传至今千年不衰，即使今天仍然可以从中国古典戏剧、电影、电视剧、民间曲艺甚至老百姓的口头发现其踪迹。传统文化作为最具影响力的叙事因子已经渗入话本小说叙事的骨髓。比如中国的婚姻制度讲究门当户对、媒妁之言、明媒正娶等，话本小说写这方面的很多，仔细分析我们发现了两种叙事模式，其一是遵从式文化叙事，其二是背反式文化叙事。经过细致的文本细读，我们发现话本小说在妇女问题（比如贞洁观念等）、婚姻问题、商贾问题等方面尤其喜欢采用第二种。由于叙事与婚姻制度的背反所产生的喜剧性或悲剧性在话本小说里非常常见。比如李渔《连城璧》“子集”“谭楚玉戏里传情　刘藐姑曲终死节”，其构思的巧妙不但表现在“戏中戏”的小说结构，而且还表现在由于婚姻制度所导致的戏里戏外的张力关系，并由于这种张力关系而形成的故事动力系统。而在忠孝节义等问题上尤其喜欢采用第一种。另外，一些话本小说表现善恶因果、命相观念等则采取了两种叙事兼备的方式，使叙事体现的文化观念更具有辩证特征。这些情况在话本小说中非常普遍，已经形成一种具有地方特色的“文化叙事”。

话本小说未来可研究方向之三，笔者以为应把接受者考虑进去。从以上论述可知话本小说承继说话艺术最大的特点是交流性，交流是一种双方行为，只考虑一方显然是片面的。考察话本小说的接受问题应该成为话本小说研究的一项重要内容。事实上，话本小说研究者这方面的研究几乎处于空白状态。我们发现，话本小说作者、叙述者、文本与读者的关系可以通过文本叙事的各种现象表现出来。比如公案小说的叙事模式之一是先叙述案件的发生过程，然后进入审案程序，这种叙事结构表现出很强的交流性，即叙述者把读者置于“观众”的位置，官员审案的过程由于读者已经明了案件的全部过程而具有当众表演的性质，这样产生的直接结果就是读者与故事之间的间离状态，这种间离因避免了接受者沉湎故事而具有娱乐性的特质。类似的情况、相反的情况或兼具二者的情况在公案小说里普遍存在。由此我们发现，话本小说的读者交流与西方小说有很大的不同。揭示这种不同就会建立具有中国特色的文本接受理论。研究话本小说的接受问题还有一个值得注意的现象是文本接受的“可靠性”问题，这是在西方修辞叙事学理论中到目前依然备受关注的问题，在探究话本小说的接受问题时同样会出现具有挑战性的状态，如由于历史的、观念的、地域的流转而形成的“可靠性”的历史性问题等。

总之，话本小说研究近百年来成绩斐然但依然存在这样那样的不足。尤其是从文艺学的学科特点来考察话本小说的研究，其局限与不足理应引起研究者的高度关注。建立具有民族特色的文学理论需要我们站在世界文学理论的前沿考察我们自己的问题，并在此基础上形成具有中国民族特色的知识生产机制，就像我们的前辈金圣叹、王国维、钱钟书那样。

第二节 话本小说研究的“文本—理论”模式成果评析

文艺学的知识生产一般具有三种模式：（1）理论—理论模式，这是目前文艺学知识生产比较流行的模式，从理论推导出理论，使理论在理论的间性空隙中寻找生机；（2）理论—文本模式，即致力于理论的文本实践，利用理论在文本中的穿行来为理论的合理性寻找注脚或者为文本的艺术性寻找根据；（3）文本—理论模式，从文本现象入手进行从现象到理论的探索与推演。可以说三种模式各有优长，但文艺学学界的状况是三种模式并非发展均衡而是第一种居多而第二、三种居少。具体到中国古代小说研究，笔者发现，21世纪以来尽管研究模式不断更新，但依然存在严重不足，比如面对许多学者运用西方叙事学理论对中国古代小说进行的“理论—文本”模式的分析，有人就提出了质疑：

运用西方叙事学理论对中国古典小说创作和小说批评进行研究，其积极的意义是可以对一些感受性的现象进行清晰的描述，可以把中国固有的发散式的批评方式重新排列成集束式体系形态，尤其是叙事学在叙事类型和叙事层次上的非常精细的划分、限定，更可以把中国固有的小说批评形态组合成一个精致的体系。

但是，这种理论挪用及其操作方式，在前提上存在一个先天性制约。西方叙事学是对西方叙事传统的归纳、概括、提升，中国固有的小说学（它更多的来自中国古代文章学）是对中国叙事传统的归纳、概括、提升，它们都是遵循着归纳法。但是，把西方叙事学挪用到对于中国古代小说的分析上，这却是采用了演绎法，它实质上是以中国古代小说为例证，对西方叙事学进行演绎。这时，中国古代小说进入了一个非常难堪、非常尴尬的境地：它与传统文章学的关系被割断了，它进入了一个陌生的理论世界——西方叙事学。[1]

我们说，这种质疑是有道理的，因为我们长期处于发散式思维的传统背景之下，缺乏系统性的逻辑思维，因此对于中国古代小说散点式研究无法适应当今理论的发展趋势。对于西方文论的学习长期处于知识性的学习阶段，而对于知识的生成模式却很少有人关注。也就是说，我们学会了知识，却没有学会如

---

[1] 黄霖、许建平等：《20世纪中国古代文学研究史・小说卷》，中国出版集团东方出版中心，2006年版，第62页。

何生产知识。另一方面，我们不应当在保持我们传统的同时陷入另一个盲目自大的泥沼之中。当今世界，全球化时代不只是一种口号，它已经成为我们的生存现实，面对西方先进的理论知识我们不可能充耳不闻。因此，研究中国古代小说，一方面我们必须站在较高的前沿的理论背景上对中国古代小说独特的艺术和审美特性、规律进行研究；另一方面，我们不应当迷信理论，西方很多理论思想也许用在中国古典小说研究中并不适用，把西方理论作为工具还是作为我们思考的背景和研究的起点关系到研究的范式问题。在此意义上，笔者更关注把当今世界先进的理论思想作为自己的理论背景（而不是框子），研究中国古代小说特有的艺术和审美特性，从而建立具有中国特色又有理论前沿性质的中国叙事理论。以此思想为基础，笔者就话本小说研究的“文本—理论”模式的成果进行评析，在此，笔者持如下几种观点：

1. 笔者不试图对话本小说研究著作进行全方位的评析，因为话本小说研究已经很成熟，有大量的著作问世，对此从第一节论述所提及的著作已经可见一斑，而且这些著作也无法涵盖话本小说研究著作的全部。评析只是针对话本小说研究“文本—理论”模式，因此，笔者所选取的著作也许并非话本小说研究方面的“权威”性著作，而且所论及的著作也是这种研究模式的一部分作品。

2. 在评析的具体内容方面，笔者更倾向于切近本书对于话本小说艺术和审美特性的认识，换句话说，即是笔者所认为的更切近话本小说艺术和审美特性的那部分内容。也就是说，笔者想在话本小说研究著作方面探讨那些更接近本书核心观点的部分，以期在话本小说艺术和审美特性探索方面建构本书的知识序列。

3. 笔者想在此再次重申在导论里面的研究思想，即不以中国古代小说传统的研究范式为研究模板，不试图做考据、文献方面的努力（这并不表明它们不重要），而是站在文艺学的立场进行，立足文本，从文本现象出发探索话本小说的叙事规律、艺术特性、审美特性等。因此，下面的评析也会按照这个思路进行。

一、赵毅衡：建构中国叙事学的努力

赵毅衡在其代表性的著作《苦恼的叙述者——中国小说的叙述形式与中国文化》一书的“后记”中对其工作有这样的论述：

我的工作，是试图找出中国文化的文本集合构造如何限制了（而不是决定了）中国白话小说的叙述形式。只是中国小说的叙述方式至今未得到仔细研究，因此本书不得不把大半篇幅用于中国小说的叙述分析上，以设法使整个立论有个比较坚实的基础。而且，鉴于至今未有以中国小说为对象的中国人写的叙述学著作，本书不得不花一部分篇幅解释我的叙述学理论。我不想说这是一个独创的“体系”，但至少它更适合中国小说，也因此而与其他叙述学者的体系重点不同，论点也有所不同。就这个意义上说，本书可视为中国小说的一本叙述学导论。[1]

赵毅衡在这本书里以“叙述者”为理论视角，选取20世纪初的中国小说古代与现代的胶着期的中国小说为考察对象，并站在中国文化与中国文学的关系的高度进行了中国小说叙事的“文本—理论”探索。在此，笔者仅就其对于古代白话小说的叙事特征的论述进行评析。赵毅衡认为，就中国古代白话小说的形式特征表现出的“拟话本程序”而非“话本程序”可以断定，“它们也不是中国传统白话小说的起源——口述文学留下的痕迹，我们只能说它们是中国小说由于某种需要而采用的程序”。[2] 赵毅衡的这个结论建立在对于“话本”与“拟话本”的理解之上。对于话本与拟话本的不同孙楷第先生指出：

明末人作短篇小说，是学宋、元话本的。因此，明末人作的短篇小说，从体裁上看，与现存的宋元话本相去甚微。但论造作的动机，则明末人作短篇小说，与宋元人编话本不同。宋元人编话本，是预备讲唱的。明末人作短篇小说，并不预备讲唱，而是供给人看。[3]

赵毅衡也引用了孙楷第先生这段话，他就此指出这样的悖论，即供讲唱的话本没有口头标记，供人阅读的小说则保持了口头艺术特征。因此他得出上述结论。本书中，笔者有一个基本的观点，即拟话本这个名称不能准确地称呼明清的话本小说，因为，明清话本小说是一种“说话”模拟，而非“话本”模拟。诚如孙楷第先生所说，话本与话本小说的接受群是不同的。笔者认为，话本之所以没有那么多口头程序，关键在于其接受者——说话人，他们不需要那么多的程序套语，因为那些程序套语是他们的“发明”，所以不需要为他们提供“说话材料”的话本作者在那里啰唆。也就是说，话本充其量是一个半成品，故事的最终完成是在书场之中。而话本小说的读者需要阅读的是完整的故事，所以作者向他们提供的不能是半成品，而是具有完整故事的成品，即加上了话

[1] 赵毅衡：《苦恼的叙述者——中国小说的叙述形式与中国文化》，北京十月文艺出版社，1994年版，第284页。

[2] 赵毅衡：《苦恼的叙述者——中国小说的叙述形式与中国文化》，北京十月文艺出版社，1994年版，第21页。

[3] 孙楷第：《俗讲、说话与白话小说》，作家出版社，1957年版，第5页。

本中许多只有在书场才出现的口头程序。但赵毅衡先生对于话本小说何以出现口头程序特征给予了另一种解释，他认为这是由于中国古代白话小说长达四个世纪的改写期，“在此期间，不管是作者还是改写者，对白话小说作品都不拥有全部著作权。由于叙述主体没有权威性来源，叙述者就不得不取得类似口头叙述者的权威性。在口头叙述艺术中作者主体几乎不在考虑之列，同样，程序化的拟口头叙述格局也可以使著作权成为不必考虑的问题，任意改写就理由十足”[1]。这解释看起来合情合理，但笔者认为可能另有原因，因为有关“著作权”的担心在古代中国的小说作者那里是多余的，这种现代意识无法解释中国古代小说的相互改编、抄袭、引用等的时代累积特点。符合实际的解释也许是“说话”艺术的故事讲述格局为话本小说的故事叙述提供了现成的叙述框架，也更符合话本小说作者倡导的“谐于里耳、劝惩厚俗”的理念，即符合低级接受者的“听故事”的接受习惯。也就是说，话本小说采用的“拟口头叙述格局”或“拟书场格局”为叙述找到了一个合理的框架系统，这一框架系统被话本小说作者不断地重复沿用成为一种高度程序化的叙事模式。

其实，赵毅衡先生在其著作中为我们建构了中国小说从古代到现代“叙述者”转变的内在逻辑与框架系统。他首先从文本的形式层面为我们勾勒了中国古代白话小说的叙事格局，即“拟书场格局”，在这个叙事格局之中，叙述者作为一个“非介入”叙述者而存在，他的权威性使其在叙述格局中占有支配性地位，在“叙述干预”一节中，作者指出了在话本小说虚构的“说话人—看官”的“拟书场格局”中，叙述干预的两个层面：（1）“指点干预解释叙述是如何进行的”；（2）“评论干预提供补充信息，或阐明叙述者本人对被叙述事件与人物的态度”。[2] 话本小说中常常出现的口头套语，比如“话说、且说、再说”、“欲知后事如何，且听下回分解”等叫作“拟书场格局的标记”，这种“标记”保证了叙事格局的稳定性与合理性。中国古代白话小说的这种叙事格局使叙述者和“隐指作者”（即隐含作者）高度一致，这样使叙述处于高度的可靠状态，这对读者的阅读产生很大影响：

如此紧密而绝对的可靠性，需要特殊的阅读方式才能取得预想效果，读者必须与隐指读者立场相近，也就是说，读者必须认同叙述各主体共享的价值观，

[1] 赵毅衡：《苦恼的叙述者——中国小说的叙述形式与中国文化》，北京十月文艺出版社，1994年版，第33页。

[2] 赵毅衡：《苦恼的叙述者——中国小说的叙述形式与中国文化》，北京十月文艺出版社，1994年版，第50页。

才能与叙述文本的世界合一。如果一个读者难以进入这个特殊的地位，这种塌缩叙述格局对他来说不堪忍受，过分强加于人。[1]

这里，叙述者（即虚拟“说话人”）的强势化在小说主题结构方面表现为一种“主题式封套结构”，结构的主题化使叙述者处于不断的“辩解”之中，为维护这种主题，叙述者时刻会对小说的情节、人物甚至技巧进行评述，即让读者在一种不允许有歧义的阅读体验中完成接收从而达到主题“封套”的成功；而在故事时间上则呈现为“无缝时间”格局，因为这样可以保证叙述的线性而避免因时间的衔接中断而生歧义。赵毅衡在本书中把中国古代白话小说界定为“亚文化”，指出，这些“亚文化文本没有自己一套独立的文化价值和独立的表意规范，它们无可选择地跟从社会上据统治地位的价值和道德标准，尽管这些道德标准是为主流文化的延续服务的”。[2] 叙事的主题就是对于主流价值观的附和。

赵毅衡从“叙述者”的视角对中国古代白话小说的叙事学考察为我们建构了中国古代白话小说的叙事逻辑，无疑具有开创性。但由于他是注重考察“五四”前后中国叙事格局的变迁，从而影响了他对于中国古代白话小说艺术和审美特性的更加深入的考察。同时，其基本立场依然是在经典叙事学形式研究的范畴之内考察，从而遮蔽了话本小说形式方面的穿透性和由此形成的交流性特征，以及话本小说产生的客观历史背景、作家的生存状态和创作追求、读者状况等对话本小说艺术、审美特性和价值的影响。如果不把话本小说看成一种纯粹的文学艺术活动（客观上也不是），那么我们会发现更多东西。赵毅衡的论述已经触及了话本小说（即古代白话小说）“交流性”的艺术本质，拟书场格局下隐藏着“叙述者（隐含作者）—虚拟读者（看官）”的双向交流模式，话本小说内在的叙事模式无不围绕着这交流性展开。对此本书将做细致的论述。

二、鲁德才、孟昭连：“说书人”与“听众”的交流

话本小说的拟书场格局叙述模式使虚拟“说话人”和虚拟“看官”之间的关系成为不容回避的问题。许多话本小说研究的专著、文章对二者关系的论述

[1] 赵毅衡：《苦恼的叙述者——中国小说的叙述形式与中国文化》，北京十月文艺出版社，1994年版，第77-78页。

[2] 赵毅衡：《苦恼的叙述者——中国小说的叙述形式与中国文化》，北京十月文艺出版社，1994年版，第241页。

流于肤浅或泛泛而谈而无法触及他们关系的本质。我们说，如果只是研究二者之间关系如何是难以抵达其关系的本质的，笔者更关注二者是“如何”建立关系的。也就是说，话本小说如何通过建立叙述者（虚拟说书人）和读者（虚拟看官）之间的关系来构筑话本小说独特的叙述格局和文本模式。正因为话本小说的拟书场叙述格局，考察话本小说的叙述者和读者的关系我们首先必须对于口头“说话”艺术中的“说书人”和“看官”的关系予以考察。鲁德才先生在述及“说话”艺术的“看官听说”叙述模式时指出“说话”艺术的“说—听”模式直接影响了其叙述格局的形成：

特别是说话人的表演场所，大都是勾栏瓦肆、茶楼、酒肆，听众们来听书完全是为了娱乐。在这样嘈杂的场所，面对不同的欣赏对象，这就要求首先要抓住听众的注意力，并使他们的注意力保持愈久愈好，因此就要给欣赏者造成期待，并不时调整变换叙事的速度和节奏……为了调动听者的感受、思考、联想、想象等心理活动的积极运转，缩短说书人与听众的心理距离，除了讲说能够使听者保持情绪稳定性的有趣的故事情节和人物外，在叙事语言上，则采用接近日常生活用语的讲说故事的口头语言。它在语言的结构上经常使用设问、提示、重复的语气。[1]

对于话本小说中虚拟“说话人”和虚拟“看官”之间如何交流，鲁德才先生这样论述：

一般地说，小说中的设问、提示、重复、诠释，基本目的都是缩短创作者与欣赏者的距离。有时说书人为了沟通与听众的思想感情，加强抒情功能，说书人直接和听众对话，同听众一起讨论书中发生的问题，或者是在关键的地方，改变叙事观点，用小说中人物的语气来进行叙述。[2]

这里，很明显把虚拟“说话人”和虚拟“看官”之间的交流分为两个层面：其一，在故事层面的交流，这关系到话本小说的取材、故事类型、思想倾向和观念价值；其二，在叙述层面的交流，这关系到话本小说的叙述方式，即如何使话本小说在艺术和审美层面参与这种“写—读”模式的交流过程。这是一个很重要的思想。因为，一般的研究者只注意到了交流的第一个层面，而忽略了第二个层面。同样，鲁德才先生在其另一著作《古代白话小说形态发展史论》（南开大学出版社，2002年版）中继续延续了这一思想并把它放在古代白话小说的大框架之中来考察。

[1] 鲁德才：《中国古代小说艺术论》，百花文艺出版社，1987年版，第88页。

[2] 鲁德才：《中国古代小说艺术论》，百花文艺出版社，1987年版，第97页。

孟昭连在论述虚拟“说话人”和虚拟“看官”之间的关系时直接把二者的交流性提到了其关系的核心，并提出二者的交流主要表现在四个方面：

（一）“假想的听众”与说书人一起探讨情节的真实性、合理性问题。

（二）“说书人”对叙事人称的改变。“说书人”（作者）为了调动听众的体验能力，会突然改变叙事人称，用第二人称“你”直接同听众交谈，把读者卷入情节之中，使他们由旁观者变成个中人。

（三）“说书人”启发“假想的听众”，一道设计情节中可能出现的歧路。

（四）“说书人”作为公开的劝教者。[1]

这里基本上和鲁德才先生的观点一致，但更为明确了话本小说虚拟的“说话人”和虚拟“看官”之间的关系是一种交流关系，其交流机制围绕两方面展开，即故事层面（上述后两点）和叙述层面（上述前两点）。孟昭连的这一思想在其另外一部著作《中国小说艺术史》[2]中也有表述，此处不赘述。

“说话”作为一种口头表演艺术，它遵循一般的口头艺术规律，在表演者和观众之间的关系上，即他们“如何”交流方面，和世界各地的民间口头艺术有着相似性。美国著名民俗学家理查德·鲍曼在《作为表演的口头艺术》一书中，阐述了口头艺术的表演者与观众之间关系的交流性本质，指出这种交流性的双层本质（如上述）：

从根本上说，作为一种口头语言交流的模式，表演存在于表演者对观众承担展示自己交流能力的责任。这种交流能力依赖于能够用社会认可的方式来说话的知识和才能。从表演者的角度说，表演要求表演者对观众承担展示自己达成交流方式的责任，而不仅仅是交流所指称的内容。从观众的角度来说，表演者的表述行为由此成为品评的对象，表述行为达成的方式、相关技巧以及表演者对交流能力的展示的有效性等，都将受到品评。[3]

话本小说的拟书场格局使“说话人”和“看官”成为一种虚拟的存在，这和作为口头艺术的“说话”中“说话人”和“看官”的现场性交流关系是有区别的，作为书面文本的话本小说有着双重的关系：一是文本中虚拟“说话人”和“看官”的关系，即“说—听”关系；二是现实中作者与读者的关系，即

[1] 宁宗一主编：《中国小说学通论》，安徽教育出版社，1995年版，第425-430页。所引论点出自该书第二编第四章，作者为孟昭连。

[2] 孟昭连、宁宗一：《中国小说艺术史》，浙江古籍出版社，2003年版。

[3] [美] 理查德·鲍曼：《作为表演的口头艺术》，杨利慧、安德明译，广西师范大学出版社，2008年版，第12页。

"写—读"关系。笔者认为，这种复杂性并没有影响二者（无论"说—听"关系还是"写—读"关系）交流关系的上述双层本质，只不过话本小说对说话艺术的"说—听"关系进行了书面化"写—读"关系改造，使话本小说的书面化交流特性得到了加强。

三、胡士莹、石昌渝等关于话本小说结构的探讨

结构问题是叙事文本的核心问题之一，因此，小说的叙事研究对于结构的探讨是一项不可避免的工作。话本小说作为中国古典小说有独特叙事格局和叙事方式的叙事文本，在结构方面的探讨很是复杂，研究者对此做了很多的探讨但基本上围绕两方面展开：其一是根据话本小说的文本形制来确定，胡士莹先生应该是较早这样做的，并在此后有很多的追随者；其二是根据正话的故事情节来确定，这样的思路引发了很多种观点，笔者以为，石昌渝先生的观点最为完善。下面首先从胡士莹先生的研究路子说起。

胡士莹先生在《话本小说概论》中对话本小说的"结构体制"这样写道：

《三言》中的明人作品，继承了宋元话本的历史传统，不但原来作为说话人表演手段的诗词、入话、头回等成为创作的结构形式，就是故事情节也都能在人物的性格冲突中发展，把前因后果，交代清楚。有话即长，无话即短，脉络分明。而且矛盾一定"当场"解决，有头有尾，常常连次要人物的结局也交代个一清二楚。这样的形式，正是我国宋元话本小说所具有的民族形式，为明人所继承，所发扬。[1]

显然，胡士莹先生根据话本小说的"体制"来看其结构，他的这种观点得到后来很多人的赞同，比如陈美林、李忠明在《中国古代小说的主题与叙事结构》一书中沿用了胡先生的观点：

与中国古代任何一种小说形式相比，白话短篇小说和说话艺术的关系都更为紧密。……最为明显的是，从外部结构来看，即使到了清代初年李渔的小说作品中，也还保留了地道的话本小说的痕迹。入话头回、正话、篇尾，体制完整。[2]

杨义在胡士莹观点的基础上进行了发挥，指出话本小说的结构是一种"葫芦格"，即话本小说"形成了体制上相当规整的、以小故事牵引和阐发大故事

[1] 胡士莹：《话本小说概论》，中华书局，1980年版，第459页。

[2] 陈美林、李忠明：《中国古代小说的主题与叙事结构》，安徽文艺出版社，2000年版，第204页。

的结构方式”[1]。杨义接下来的论述基本围绕话本小说入话、头回的关系展开。在另外一部专著《中国叙事学》中，杨义对上述观点进行了更加深入的挖掘，指出：

中国人思维方式的双构性，也深刻地影响了叙事作品的结构的双重性。它们以结构之技呼应着结构之道，以结构之形暗示着结构之神，或者说它们的结构本身也是带有双构性的，以显层的技巧性结构蕴含着深层的哲理性结构，反过来又以深层的哲理性结构贯通着显层的技巧性结构。……叙事作品结构的以道贯技的双重形态，获得了文化思维模式的深厚支持。它在深层次上瓦解了作品结构的封闭性，拓展了作品结构的开放性。[2]

杨义先生站在中国深厚的文化立场上，从中国人思维方式的角度对中国叙事作品的整体结构特征予以关照，无疑是很深刻的。王平在《中国古代小说叙事研究》[3]一书中对话本小说的结构的论述基本和杨义的观点相同，即用结构之技和结构之道的关系来解释话本小说的双重结构模式，在此不赘述。

上述关于话本小说结构的研究基本上在话本小说形制结构方面展开。但笔者认为这里忽视了话本小说叙事的特殊性，即入话头回作为话本小说的口头艺术遗留，虽然经过明清文人的书面化加工显得更加精致，和正话联系更加紧密，但是，话本小说的主体部分却是正话，如果仅仅把目光停留在对其形制结构方面的研究，则会对正话结构模式的探讨构成遮蔽。这种情况在一些话本小说研究著作中很是常见，于是就出现了这样的情况，即在研究话本小说结构的时候，把话本小说的文本形制，即入话头回、正话、篇尾等作为话本小说的结构模式，而在研究话本小说的情节、故事的艺术和审美特性的时候则基本上以正话为对象。造成这样结果的原因笔者认为一是把话本小说的文本形制和结构模式混淆了，因为话本小说作为一种特殊的小说模式，其叙述的合理性来源于拟书场叙事格局，没有这种格局，那么虚拟的叙述者的存在就会受到质疑，那么其叙述就会失去合理的依据而显得不合时宜；二是我们对于“结构”的理解，我们传统的理解也许是指事物的布局方式，即从能“看到”的外在层面来说，而当今文艺学对文学作品结构的理解则是指作品故事、情节等的运行路线、运行模式、运行逻辑，是一个整体性的概念，这是不能“看”出来的，它需要对作品进行细读与分析，然后才能发现作品的内在组织模式。因此，探讨话本小说的结构，

[1] 杨义：《中国古典小说史论》，人民出版社，1998年版，第247页。

[2] 杨义：《中国叙事学》，人民出版社，1997年版，第47页。

[3] 王平：《中国古代小说叙事研究》，河北人民出版社，2001年版。

笔者更倾向于对话本小说主体——“正话”的研究。在这方面，许多学者都做出了努力。

韩南对于中国古代白话小说结构的研究颇有见地，他指出中国古代小说的分类不能用“纯粹的写作技术”来分，他指出：

笔者认为，最重要的形式标准不是上述这些东西（即“话说”、篇尾诗、长度等——引者注），而是写作小说所运用的结构原则。如果我们用“布局”(plot)一词表示故事中事件的次序，便可分辨出两种彻底不同的布局。一种是，情节无论如何曲折离奇，布局仍是完整一体，若把其中稍有分量的内容抽除，便要破坏整个故事。另一种是，布局只是一个连接故事几个部分的松散架子，其中某些部分即被删除，对故事整体亦不足以造成不可弥补的破坏；其实，这几个部分皆可视为小布局。[1]

韩南把第一种称为“单体布局”，把第二种称为“连合布局”。从中国古代白话小说整体上看，韩南根据小说情节做的结构分类基本符合中国古代白话小说的实际。所谓的“连合布局”实际上更符合中国古代长篇白话小说的实际，对此浦安迪叫作“缀段结构”[2]。而对于短篇话本小说则一般为“单体布局”。张勇根据韩南提出的结构原则画出了话本小说的结构模式图：

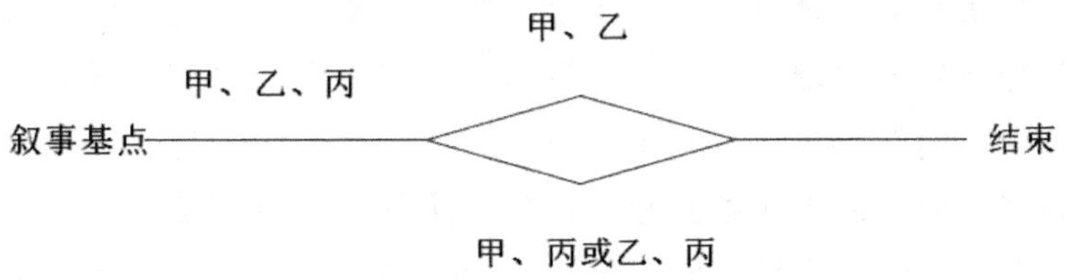

对此，张勇做这样的解释：

这种结构方式是一开始有若干人，如甲、乙、丙一起参与故事叙事，到一定阶段后只是其中的两个或三个人，如甲、乙继续进入故事，原先的一个或两个人如丙由此退出故事，故事变成了甲、乙的故事，等到甲、乙的故事结束，丙又开始进入故事，此时甲或乙有一个已经死亡，故事又变成甲、丙或乙、丙

[1]［美］韩南：《韩南中国小说论集》，王秋桂等译，北京大学出版社，2008年版，第15-16页。本引文出自韩南《早期的中国短篇小说》一文，该文原载 *Harvard Journal of Asiatic Studies* (HJAS)27(1967)。

[2]［美］浦安迪：《中国叙事学》，北京大学出版社，1996年版，第55页。

的故事由此进行直至结束。[1]

张勇根据韩南“单体布局”进行的图示和说明笔者认为只是话本小说结构模式的一种，即笔者命名的“单线蘖合结构”（对此将在后面的话本小说结构一章中予以详细论述），但对于话本小说来说并非如此简单。张稔穰把古代白话小说的结构模式分为三种：单线纵贯、单线组合和多线交叉、网状平展。所谓单线纵贯结构，即“全部情节大都围绕一条贯穿全篇的矛盾主线推进、展开，对矛盾冲突的各方容或采取‘花开两朵，各表一枝’的分叙方法，但都离不开那条纵贯全篇的矛盾主线。这种情节结构方式，我们称之为单线纵贯。我国古代各类短篇小说，大都采用这种情节结构方式”，古代短篇白话小说多采用此结构模式；所谓“单线组合”，即“由众多的单线纵贯式的情节单元（即一个相对完整、独立的事件），连缀组成长篇结构”，如《水浒传》、《三国演义》即如此结构；所谓“多线交叉、网状平展”，即多种矛盾线索纵横交织、相互穿插、互不从属、齐头发展，形成一种网状结构，如《金瓶梅》、《红楼梦》的结构即如此。[2]张稔穰的结构分类，笔者认为并不全面，因为话本小说并非都是“单线纵贯”结构，这只是其中的一部分小说，这和张勇的观点基本一致。张稔穰把结构形态和叙述角度进行了区分，即分叙人物的角度不应当看作结构线索的多重，独立的目的线索才是结构划分的依据。其实，当主要线索分裂为几个人物的命运的几条线索的时候，那么小说的情节布局必然因这种分开而分化，小说的结构就呈现为单线蘖生性的布局特点，而这些蘖生线都朝着主线运行，形成“单线蘖合结构”；话本小说并非只此一种，还有一种即是“多线聚合结构”，即小说同时展开两个以上人物的故事，并按照各自的情节发展，并在适当时候线索交叉、融合在深层主题线索之上。因此，中国古代短篇白话小说的结构特征没有那么简单。王庆华对话本小说结构的论述则更为绝对：“话本小说人物事件较少，情节结构较单一，基本可以看作单体式线性结构，仅有单线贯穿式和主线副线结合式两种形态。”[3]石昌渝先生对于话本小说结构的探索显得较为精细。石昌渝对古代白话小说结构的论述和韩南一样分为“单体式”和“连缀式”，他认为，这种分法是按照“情节外”来分的；而按照情节内来分，可分为“线性式和网状式”两类。石昌渝的“单体式”和“连缀式”结构内涵和

[1] 张勇：《中国近世白话短篇小说叙事发展研究》，云南大学出版社，2006年版，第46-47页。

[2] 张稔穰：《中国古代小说艺术教程》，山东教育出版社，1991年版，第504-517页。

[3] 王庆华：《话本小说文体研究》，华东师范大学出版社，2006年版，第162页。

韩南没有什么两样。他对于“线性式和网状式”两类结构这样界定：

一般来说，话本小说提出一个悬念，叙述一种矛盾冲突的过程，是线性结构。……线性结构比较便捷，适于故事性强而情节比较单纯的小说。

网状结构的前提是小说情节含有多种矛盾，这多种矛盾不仅存在于情节的始终，而且贯穿在每一个场景里面。假若我们对情节截取一个横剖面，那么在这个横截面上有多种矛盾，主要矛盾犹如轴心，各种次要矛盾都归向和牵制着这个轴心，或者说这个主要矛盾的轴心辐射开来，决定着各种次要矛盾，同时也被各种次要（矛盾）所决定。它像一张网，故称为网状结构。[1]

按照情节、矛盾来划分话本小说的结构是非常有道理的，因为，线性叙事是话本小说基本的叙事模式。石昌渝在此基础上做了交叉，即单体结构和连缀结构分别和线性结构和网状结构进行了交叉，即单体结构可以是线性的也可以是网状的，连缀结构可以是线性的也可以是网状的。陈大康先生对我国古代长篇小说的结构做了十分有价值的探索，他指出古代长篇小说有两种基本的结构模式：并联型和串联型[2]。陈大康的串联型相当于笔者论述的单线糵合结构，并联型相当于多线聚合结构，但令人遗憾的是陈先生并没有指出二者的聚合过程是受到深层主题的支配，更没有指出线性叙事的各条线索并非必须走向主题，为了达到汇聚主题的目的，必须有一个或者多个催化结构对故事的运行方向进行控制。陈大康的结构观念是建立在对中国古典长篇小说《水浒传》、《西游记》等的分析之上。其实，纵观中国明清白话小说，无论是长篇还是短篇，其结构有着相似性，而这种相似性的内在原因与这些小说的叙事方式有着非常密切的关系。

纵观上述对话本小说结构的探索，他们不同程度地揭示了话本小说的结构特征，给我们研究话本小说的结构提供了非常有启发意义的观点。但笔者认为，他们的研究都没有抵达话本小说的结构本质。话本小说是一种拟书场叙事格局，其叙事开始便把接受者（看官）置入其中，与看官之间的关系本质上是一种交流关系，维持这种交流关系是话本小说叙事合法性的基础，因此拟书场叙事格局的本质是交流性。这种交流性使话本小说维持了“说话”艺术的深层结构的主题化（即赵毅衡所谓的“主题封套结构”）。这种主题的线性结构有两种运行模式，即“单线糵合结构”和“多线聚合结构”，这是话本小说的横向结构系统，这种结构模式是维系故事线性运行的基础，但一般不会对主题结构

[1] 石昌渝：《中国小说源流论》，生活·读书·新知三联书店，1994年版，第38-41页。

[2] 陈大康：《古代小说研究及方法》，中华书局，2006年版，第61-73页。

构成影响，或者说不能很好地实现主题的意义传达，而呈现或者传达或者汇聚到这种主题结构的则有不同的纵向结构方式，这种纵向结构方式控制着线性故事的运行方向，笔者称之为催化结构。这样就构筑了话本小说立体型网格状结构系统，而这种结构系统最终受话本小说拟书场叙事格局交流性的支配。关于话本小说的结构模式将在后面的章节中详细论述。

本章小结

对于话本小说艺术和审美特性的研究和探讨是一个非常漫长的过程，上述所引学者及其著作只不过是话本小说研究大量著述中的一部分，他们的这些研究不同程度地触及了话本小说艺术和审美特性的某些方面，但是都没有从根本上揭示话本小说独特的艺术和审美特性。站在文艺学的立场上，笔者更推崇话本小说研究的理论分析模式，其中尤其是“文本—理论”模式应该成为探索话本小说艺术和审美规律的主导模式，因为只有从丰富的文学现象出发才能对中国古代小说独特的艺术和审美特性予以揭示。本书也是站在这个立场上进行的。因此，笔者承认话本小说研究的传统模式，比如考证、文献、史学、语言学等的研究价值和成就，但笔者不会在这些研究方面纠缠。文艺学立场是本书的主导立场。因此，本章第二节主要关注的是话本小说研究的“文本—理论”模式。

如果对话本小说研究的“文本—理论”模式的成果进行一个总结，笔者认为，上面论述的学者研究都没有明确抵达话本小说最为核心的艺术和审美特性，没有完全揭示话本小说的叙事规律。赵毅衡的研究的最大贡献笔者认为在于他从叙述者的角度勾画了话本小说叙述的框架系统，即在话本小说的拟书场格局下叙述者采取的口头程序其实是想维持叙述的合理性，为了保持拟书场的叙述格局，说话人采取多种措施，比如叙述干预、口头标记、议论、辩解等。而鲁德才、孟昭连等则发现了虚拟说话人和虚拟看官之间的交流关系，这是一个很重要的发现，但他们的发现因缺乏赵毅衡式的叙述框架而难以建立系统的叙事格局。对于话本小说结构的探讨是研究话本小说叙事的关键，因为结构关系到文本的组织模式和情节分布，是话本小说文本成立的核心之一。学者们对于话本小说结构的研究由于话本小说文本形制的特殊性分为两种，一种是文本的形制结构研究，另一种是文本（正话）的情节结构研究。对此笔者持第二种角度，因为它更符合当今文艺学关于结构的内涵。对于话本小说正话结构的研究，学者们准确指出了话本小说结构的线性特征，但没有更加深入揭示话本小说线性结构的内在成因，更没有发现话本小说的另一种结构模式，即纵向结构系统。

本书认为，话本小说是一种拟书场格局，但此格局的搭建背景是虚拟“说话人—看官”的先期置入，这种置入构成了一种“说—听”的双向交流模式，没有这种模式，话本小说拟书场格局就会坍塌。话本小说的这种“交流性”叙事格局直接来源于“说话”艺术，并在此基础上进行了符合“写—读”交流模式的书面化改造努力。话本小说的这种交流模式在两个方面展开：一是小说的内容，即故事层面；一是叙述的技能（叙述者展示的交流能力），即叙述层面。拟书场格局的“说—听”交流特性使话本小说具有明确的主题性，强势主题原则构成话本小说结构的核心，因此，深层核心主题结构的表层化处理、构成和谐交流的线性叙事以及为达到主题目标的纵向结构，这样就构成了话本小说立体型网格状结构模式，而其核心则是话本小说这种虚拟的“说—听”交流叙事格局。话本小说的情节、文化、观念等无不围绕此格局展开。由此，我们就会发现话本小说已经为我们呈现为以“交流”为核心独特的艺术和审美特性，从而为我们建构了中国古代话本小说叙事的“交流诗学”系统。

第二章　话本小说文本形式的交流性塑形

本章要考察的是话本小说文本形式的形成过程对其艺术和审美特性的影响。考察“说话”艺术独特艺术形制和审美特性的形成原因，必须还原“说话”艺术繁荣的两宋时期以“说话”为代表的娱乐场的现场场景及其运作模式，必须了解“说话人”的生存状况以及其接受者——“看官”的情况，才能从源头上理解“说话”艺术何以形成如此独特的艺术形式。以此为基础，就可以继续考察话本小说何以在“说话”艺术成熟几百年后的明代中后期出现，这和明代的经济发展，造纸、印刷业的发达，文人的生存状况以及他们对话本小说塑形的自觉、大众的文化水平等有着不可分割的关系，话本小说对“说话”艺术的模拟和符合“写一读”交流特征的书面化改造也和上述情况息息相关。由此我们可以看出，话本小说艺术和审美特性的形成有着复杂的历史原因，单纯的文本细读无法还原这一历史过程。换一个角度来说，无论“说话”艺术还是话本小说，从其产生开始，从来都不是一种纯粹的艺术、文学活动，考察其艺术和审美规律必须进入其产生的历史情境，甚至以现在还在民间活跃的说书、曲艺等作为比照才能理解话本小说艺术和审美特性形成的内在原因和动力机制。因此，本章即以此思路来展开论述。

第一节　两宋城市繁荣和娱乐场的生成与运作

明清话本小说的文本形制受两宋“说话”艺术的影响是一个客观事实，对此论者并无异议。但许多论述对“说话”艺术和话本小说文本形制体现出的“生命形式”则没有给予足够的重视。这样就遮蔽了建立在“生命形式”基础上、无论“说话”艺术还是话本小说所体现出的以“交流”为核心的文体、取材、叙事方式、叙事策略等的特殊性。考察明清话本小说文本形制形成的内在原因，必须还原勾栏，揭示两宋时期娱乐场的运作模式；必须走进书场，了解“说话”

艺人的生存与接受者的关系；以此为基础，进一步揭示话本小说对“说话”艺术的书面化改造。

一、还原勾栏：两宋城市文化与娱乐场的运作模式

两宋时期城市文化极度繁荣，城市格局打破了唐长安的市坊格局与时间限制，使商业繁荣、人员阜盛。对此宋孟元老在《东京梦华录·序》中做了这样的描述：

仆从先人宦游南北，崇宁癸未到京师，卜居于州西金梁桥西夹道之南。渐次长立，正当辇毂之下，太平日久，人物繁阜，垂髫之童，但习鼓舞，班白之老，不识干戈，时节相次，各有观赏。灯宵月夕，雪际花时，乞巧登高，教池游苑。举目则青楼画阁，棱户珠帘，雕车竞争驻于天街，宝马争驰于御路，金翠耀目，罗绮飘香。新声巧笑于柳陌花衢，按管调弦于茶坊酒肆。八荒争凑，万国咸通。集四海之珍奇，皆归市易，会寰区之异味，悉在庖厨。花光满路，何限春游，箫鼓喧空，几家夜宴。伎巧则惊人耳目，侈奢则长人精神。[1]

东京之盛还可以从张择端史诗性巨幅画卷《清明上河图》中得到直观的呈现。南宋杭州之盛又远过于东京，耐得翁《都城纪胜·序》中这样写道：

自高宗皇帝驻跸于杭，而杭山水明秀，民物康阜，视京师其过十倍矣。虽市肆与京师相侔，然中兴已百余年，列圣相承，太平日久，前后经营至矣，辐辏集矣，其与中兴时又过十数倍也。且《洛阳名园记》后论有云，园囿之兴废者，洛阳盛衰之候也。况中兴行都，东南之盛，为今日四方之标准；车书混一，人物繁盛，风俗绳厚，市井骈集，岂昔日洛阳名园之比？[2]

城市的繁荣、人口的激增、市民阶层的壮大、商品经济的发展为城市功能的多元化提供了基础，同时使满足市民趣味的娱乐业空前发达。两宋城市文化不同于以往的重要方面就是专供娱乐的瓦肆的出现，据《东京梦华录》“东角楼街巷”条记载，仅这一条街巷就有“大小勾栏五十余座”[3]；宋西湖老人《繁胜录》“瓦市”条按照地点记载了一些勾栏瓦舍的名目：“南瓦、中瓦、大瓦、北瓦、浦桥瓦。惟北瓦大，有勾栏一十三座。常是两座勾栏，专说史书，乔万

---

[1]［宋］孟元老：《东京梦华录·序》，中华书局，1982年版，第4页。

[2]［宋］耐得翁：《都城纪胜·序》，《东京梦华录（外四种）》，远方出版社，2001年版，第75页。

[3]［宋］孟元老：《东京梦华录·序》，中华书局，1982年版，第66页。

卷、许贡士、张解元。”[1] 支撑这些勾栏运作的是大量“说话”艺人的出现，他们有自己的行会组织——雄辩社，这是艺人切磋技艺的组织；同时还有为艺人提供“说话”底本的组织——书会，书会的组成人员多为科场失意流落京师的下层文人，同时也包括下层官吏、有才学的演唱艺人等。[2]

“说话”艺术的接受者“看官”遍布于各个阶层，上至皇帝，下至贩夫走卒，形成了欣赏趣味、水平参差不齐的受众群。据宋四水潜夫《武林旧事》“诸色技艺人”条记载的“小说”艺人中有5人后明确标有“御前”二字，2人后标有“德寿宫”字，说明这些艺人至少曾经为宫廷服务，或直接就是皇帝或皇族的御用艺人。可以想见，在皇帝的爱好下，贵族阶层也会效法有供自己娱乐的“说话”艺人。然后就是社会的各个阶层，甚至包括远离京师的乡村都有“说话”艺术的受众群。这样就形成受众的层次并直接导致“说话”艺人的分层，比如高级的“御前”艺人、受贵族青睐的艺人、在固定勾栏设场的艺人，以及“或有路歧，不入勾栏，只在耍闹宽阔之处。做场者，谓之‘打野呵’，此又艺之次者。”[3] 这些艺人为了生存需要展开激烈的竞争从而导致了“说话”艺术的繁荣，这种繁荣有如下几层意思：其一，竞争使艺人对自己的“说话”技艺精益求精，提高了“说话”的水平；其二，竞争使“说话”名目不断增多，产生了“灵怪、烟粉、传奇、公案，兼朴刀、捍棒、妖术、神仙”[4] 等名目，这样，很多艺人在固定的勾栏专门表演某一类型；其三，“说话”艺术的繁荣直接导致了专门为艺人写底本的书会“才人”或“老郎”的出现，他们所写的“话本”有时不但作为供艺人表演的底本，而且会作为阅读消遣的文本。比如笑花主人《今古奇观序》中说，“至有宋孝皇以天下养太上，命侍从访民间奇事，日进一回，谓之‘说话人’”[5]。

以上论述可以使我们勾勒出两宋时期以“说话”艺术为中心的城市娱乐场的基本运作模式：城市的繁荣、商业的发达和市民阶层的壮大构成了“说话”艺术形成的客观条件，加上当时农村土地兼并使大批农民涌进城市和城市贫民一起构成了城市的低级阶层、两宋文人制度发达，很多下层文人流落京师，

---

[1] [宋] 西湖老人：《西湖老人繁胜录》，《东京梦华录（外四种）》，远方出版社，2001年版，第105页。

[2] 胡士莹：《话本小说概论》，中华书局，1980年版，第57-75页。

[3] [宋] 四水潜夫：《武林旧事》，《东京梦华录（外四种）》，远方出版社，2001年版，第408页。

[4] [宋] 罗烨：《醉翁谈录》，辽宁教育出版社，1998年版，第3页。

[5] 丁锡根编著：《中国历代小说序跋集》，人民文学出版社，1996年版，第792页。

这些人出于生活所迫从事技艺生涯；受众群上至皇帝下至贫民的层次划分直接导致了“说话”艺人以技艺高低来划分的层次性，层次性带来的收入、地位的差异使他们为获得更多的“象征资本”[1] 在表演的技艺上精益求精，使“说话”艺术水平获得了提高的动力，这样就为后来的话本小说提供艺术上沿袭、借鉴、发展的可能性。书会的出现、文人参与创作话本使“说话”艺术在文化品位上大幅提高，这在罗烨《醉翁谈录·小说开辟》中有精彩的描述，此处不赘。“说话”艺人为提高“说话”水平一方面提高自身的文化素养与表演技法，一方面从书会才人处购买“话本”。这样就形成了一种“创作—‘说话’艺人表演（相当于‘出版’）—看官（受众）”的运行链条。当然，由于“说话”表演艺术的特性，所谓的创作其实很复杂，话本作为底本，只不过提供了一个基本的故事框架，要想获得好的书场效果必须加上艺人根据书场情况进行的创造性表演。也就是说，创作是书会才人或老郎的“话本”创作和艺人现场创作相结合的。同时，这种创作受“看官”影响很大，同一故事在不同的书场氛围会有很大不同，因此“说话”艺术基本的程序是在说话人和看官的长期交流磨合的基础上形成的。

二、走进书场：“说话”艺术的生命形式

对话本小说文本形制的研究往往忽略了这样一方面，即话本小说书面化的文本形制其实是“说话”艺术长期形成的一种“生命形式”。“说话”艺人首先把“说话”艺术看作自己的生存之道，通过表演给别人提供娱乐获得自己的生活资本；同时，“说话”艺术不同于商品买卖的是它是一种精神性的娱乐，即所谓“娱人耳目”，因此必然在精神上有一定的品味、价值。因此，笔者把这种既有生存需要又追求精神价值的艺术形式称为“生命形式”，以区别纯粹为获得生存资本的“生存形式”。对于艺人表演和其生活的关系，历史上并没有太多的记述，清咸丰、同治时期著名苏州弹词艺人马如飞在其《出道录》中对艺人从生活、道德等方面提出了严格的要求：

早起莫迟，恐使声音哑涩；夜眠休晏，须防精气衰疲。幼而不肯用功夫，老亦难成事业。试思青春不再，岂容片刻荒疏；白日易过，全杖少年习学。当初游戏，无益身心；日后饥寒，攸关面目。况且三条弦索，播入四处声名；一部南词，容我半生衣食。……登台以秽语诙谐，先丧雅道，到处则大言狂妄，易惹祸殃。当以克己待人之气度，兼之劝人为善之心肠，而作稗官玉尺，野史

[1] [法] 皮埃尔·布迪厄：《艺术的法则》，中央编译出版社，2001年版。

金针。[1]

从这里的“当初游戏，无益身心；日后饥寒，攸关面目”、“一部南词，容我半生衣食”可见艺人们对于生存的忧虑与对于技艺的刻苦训练的关系。并且对于“雅道”、“为善”的强调使我们看到从事精神娱乐的说书艺术不同于一般商品的品质。

两宋时期的“说话”表演场所，即书场，在《东京梦华录》、《都城纪胜》、《梦粱录》等书中多有记载，形式多样，有瓦子勾栏、茶肆酒楼、寺庙、街道空地、宫廷、私人府邸、乡村等，这些书场有一个共同的特点，即是一个开放的场所，听众可以随意出入。听众不是先付钱后听书，而是先听书，在此过程中说书人在某个适当时间收取费用。《醒世恒言》卷三十八“李道人独步云门”中记述了这样一个说书过程，李清遇到一位瞽者说书，瞽者：

念了这四句诗，次第敷演正传，乃是“庄子叹骷髅”一段话文，又是道家故事，正合了李清之意。李清挤近一步，侧耳而听，只见那瞽者说一回，唱一回，正叹到骷髅皮生肉长，复命回阳，在地下直跳将起来。那些人也有笑的，也有嗟叹的。却好是个半本，瞽者就住了鼓简，待掠钱足了，方才又说，此乃是说平话的常规。谁知众人听话时一团高兴，到出钱时，面面相觑，都不肯出手。又有身边没钱的，假意说几句冷话，佯佯的走开去了。刚刚又只掠得五文钱。那掠钱的人，心中焦躁，发起喉急，将众人乱骂。

此为类似“打野呵”式的“说话”表演。从中可以明显看出说书人处于非常尴尬的处境。“说话”艺术的程序一般为：题目、篇首（诗词）、入话、头回、正话、篇尾。这些显在的程序其实是一种书场交流模式，不妨列表来说明这些程序的各个层面的书场交流作用：

表 2.1.1　话本小说文本形式及其功能

文本形式	功能
题目	广告、吸引听众
篇首（诗词）	造成意境、烘托书场听众情绪
入话	拖延时间，稳住现有听众，等待更多听众突出正话主题
头回	拖延时间，稳住现有听众，等待更多听众突出正话主题（可与入话交替使用或并用）
正话	话本正文，中间往往设“扣”，在精彩处突然打住，然后向听众收钱

[1] 中国艺术研究院曲艺研究所编：《说唱艺术简史》，文化艺术出版社，1988年版，第130-131页。

续　表

文本形式	功能
篇尾	往往诗词结束，向听众传达故事主题或对故事人物的评价等

注：此表部分观点出自胡士莹先生《话本小说概论》。

上表简单勾列出了“说话”艺术形式与说话人生存的关系，也就是说，说话人时刻处于失去听众的焦虑之中，他不断采取各种措施与听众形成良好的交流关系，使他们时刻处于继续听下去的心理动机之中，而不至于中途退场。从上表中我们可以看出听众对于“说话”艺术形式的反向塑形作用，听众的嗜好、心理、行为直接影响了“说话”的形式。比如题目的“广告化”，在罗烨《醉翁谈录·小说开辟》中记载的“说话”名目都极为简单，如“《葫芦儿》、《芭蕉扇》、《鸳鸯灯》、《三现身》”等，这些简洁的题目使人过目不忘；对于入话和头回则是一方面等待听众，另一方面也可能体现了听众游走于不同书场选择时的时间迟延。由于两宋时期“说话”艺术的发达、艺人竞争的激烈，“说话”的这种艺术形制无不体现了一种策略性的措施。换句话说，这种艺术形制无不体现了“说—听”交流过程中的长期的筛选与磨合过程。

说书人的这种时时刻刻的听众交流指向不仅仅表现在“说话”艺术的这种显在的形式上，而且已经深入“说话”艺术的各个层面，形成了以“交流”为核心的内在艺术机制。在题材选择上，说话人往往选择听众最爱听的“灵怪、烟粉、传奇、公案，兼朴刀、捍棒、妖术、神仙”等故事，并形成了一个说话人专说一类故事的局面。这就印证了罗烨在《醉翁谈录·小说开辟》中记载的以“小说家数”来分类，而不是以“小说”来分类的原因，即艺人常常在固定场所表演固定的故事类型。在主题选择上，说话人往往选择一种大众的主流的道德、伦理、意识形态，并把这些进行“显在”的处理，即在入话部分就会首先说明正话要表达一种什么主题思想，这种故事深层主题结构的表层化处理使听众一开始就处于一种“价值期待”之中，吸引他们为这种期待带来的好奇心付出金钱。这种深层结构的表层化由于其大众化与主流化使其获得了穿透故事本身与听众进行交流的力量。在“说话”艺术的情节模式方面，其交流性更加明显，比如采取表演性情节、场面化情节使书场变成了一种故事实景的存在，听众仿佛置身其中。说话人的这种要保持听众的焦虑还表现在不时穿插于故事中的议论与设身处地为观众解惑的品评。所有这些都作为“说话”的内在的艺术机制运行于“说话”的整个过程。

综上所述，书场的客观情形直接影响了“说话”的艺术形制，这是建立在说话人生存基础上的一种“生命形式”，是一种交流性的艺术形式。正因为说话人表演的好坏与其生存有着直接的联系，因此对于讲故事、表演的技巧的探索便成为他们非常注重的一方面。这客观上促进了“说话”在艺术上的发展与进步。同时，由于“说话”艺术是一种精神性的娱乐，讲究思想价值，比如对道德、伦理等的宣扬，所以“说话”艺术区别于一种简单的谋生手段而具有了“生命”的意义。也就是说，“说话”艺术的形式是一种具有思想意义的“生命形式”。

第二节 明中后期至清初的时代经济、思想潮流和文人生存状况

明朝中后期的江浙闽一带，以手工业、商业为代表的经济繁荣发展，出现了中国早期的资本主义萌芽，尤其是丝织业，大量机房出现，雇佣劳动关系产生了；制造业的繁荣直接刺激了商业的繁荣，城市在手工业和商业繁荣的背景下，出现了一些现代城市的特征。此时，出现了以王阳明、李贽等为代表的张扬人性的新的思想思潮，极大地影响了明末清初的社会生活和文人的思想。此时，造纸业和印刷业的发展直接推动了书坊的出现，这种具有现代出版特征的书坊为话本小说的产生和繁荣提供了很好的物质基础。在明末清初，各种形式的官办、民办教育机构大量涌现，科举的窄途已经无法适应大量文人追求前途的要求，文人开始从书斋走出来从事商业活动，比如商品买卖、书坊经营、职业创作等。同时，教育业的发达提高了国人的文化素养，识文断字已经不是小部分人的专利，教育开始走向大众化，这就客观上制造了一大批的文化消费者，话本小说的繁荣就有了读者基础。下面，笔者具体描述明中后期的时代经济、思想潮流以及文人的生存状况，以期还原话本小说产生的时代背景。

一、明中后期至清初的经济状况和造纸业、坊刻业的繁荣

话本小说作为书面通俗小说，其传播受到各方面的限制，比如经济状况、造纸业和印刷业的发展以及大众文化水平等，因此，话本小说在明清之际的繁荣有着客观原因。了解明清之际的经济等状况，对于理解“说话”艺术何以在宋代就已经成熟而只有到了明中叶以后才出现话本小说繁荣发展的原因，而且，对于理解话本小说的艺术和思想也是一种重要的参照。明朝的城市较宋代更加繁荣，尤其是在江南，市镇的数量、人口大幅增加，商业繁盛，人员流动

规模很大。尤其明中叶以后，江南出现了许多工商业发达的大城市，比如苏州、杭州、湖州等，其中苏州最为繁华，出现了大量的手工业丝织工厂，资本主义萌芽开始出现，这在话本小说中也有表现。明人莫照有《苏州赋》云：

列巷通衢，华区锦肆；坊市綦列，桥梁栉比，梵宫莲宇，高门甲地。货财所居，珍奇所聚，歌台舞榭，春船夜市：远土巨商，它方流妓，千金一笑，万钱一箸。所谓海内繁华，江南佳丽者。[1]

城市的繁荣兴盛的重要条件之一就是城市人口的大量增加，这样就形成了城市的市民阶层，他们多以商为业，商业文化和市民的逐利心态逐渐成为江南社会思潮的新动向。而江南的造纸业和印刷业也在此时进入了繁盛时期。造纸业是中国古代四大发明之一，至宋元时期，活字印刷术的发明大大推进了造纸业的发展，尤其是江南竹纸的发明使造纸成本大大降低，宋应星《天工开物·杀青》中详细记载了竹纸的制造工艺和流程，明代胡应麟在《少室山房笔丛》中详细记载了各地的纸张和印刷情况：

凡刻之地有三：吴也，越也，闽也。蜀本，宋最善，近世甚希。燕、粤、秦、楚，今皆有刻，类自可观，而不若三方之盛。其精，吴为最；其多，闽为最；越皆次之。其直重，吴为最；其直轻，闽为最；越皆次之。凡印书，永丰绵纸上，常山柬纸次之，顺昌书纸又次之，福建竹纸为下。棉贵其白且坚，柬贵其润且厚。顺昌坚不如棉，厚不如柬，直以价廉取称。闽中纸短窄黧脆，刻又舛伪，品最下而直最廉。余框箧所收，什九此物，即稍有力者弗屑也。近闽中则不然，以素所造法，演而精之，其厚不异于常，而其坚数倍于昔。其边幅宽广，亦远胜之，价值即廉，而卷帙轻省，海内利之，顺昌废不书矣。[2]

胡应麟生活在1551—1602年间，其记载基本还原了当时的造纸印刷业的如下情况：其一，当时造纸业和印刷业已经比较发达，形成了全国几个主要的造纸、印刷基地；其二，各地纸质不一，印刷质量参差不齐，且相互之间有竞争；其三，在造纸、印刷业者中，福建竹纸质低价廉，但销路很广，即如胡应麟本人“余框箧所收，什九此物”，但闽中经过改进造纸工艺，终使价廉物美的竹纸获得竞争力，“价值即廉，而卷帙轻省，海内利之”，使别的竞争对手逐渐丧失市场，“顺昌废不书矣”。明代的刻书业主要有三种形式，即官刻、私刻和坊

[1] 同治《苏州府志》卷二，清李铭皖、谭均培修，清冯桂芬纂，《中国地方志集成·江苏府县志辑》，江苏古籍出版社，1991影印本。转引自宋莉华：《明清时期的小说传播》，中国社会科学出版社，2004年版，第21页。

[2] [明] 胡应麟：《少室山房笔丛》，中华书局，1958年版，第56-57页。

刻，其中坊刻直接面对市场，明清之际的话本小说等通俗文学作品大都出自坊刻。亦如胡应麟记载，由于福建竹纸的工艺改进和价钱降低，坊刻在福建建阳地区兴盛是自然的事：

自宋以来，福建建阳一直是全国最大的坊刻中心之一。入明以后，建阳刻书持续发展，嘉靖、隆庆间刻书渐趋丰富，万历达到高峰，天启、崇祯余波未平。据统计，明代建阳有名可考的书坊有64家，刻书计655种。刻书内容充分显示了坊刻的实用性特点，大致可分为科举应试、医书、民间日用、通俗文学四类，而在通俗文学类中又以白话小说为多。1987年，韩锡铎、王清原汇综各名家所著书目提要写成《小说书坊录》，是迄今为止较全面的中国通俗小说书目。该书所录明代小说有225部，其中建本小说66种，占明代现存小说的29.3%。而据现存作品统计，自嘉靖至泰昌（1522—1620）九十年间，建刻白话小说共23种，占整个明代通俗小说总存量的近20%，高居江浙地区刻本数之上，居全国第一位。[1]

福建坊刻的繁荣不是一个偶然现象，这和福建的造纸业的发达有很大关系。福建坊刻的发达还和出现了一批有名的坊刻经营者有密切关系，比如建阳余氏家族之余象斗，坊刻刘氏家族之刘求茂安正堂、刘氏乔山堂，建阳熊氏坊刻之熊龙峰忠正堂（话本小说的最早刊本之一《熊龙峰刊刻小说四种》即出自此坊）等。这些书坊主不但是白话小说的出版家，有的还是小说的编撰家，他们了解市场需要，运用多种方式进行促销，比如增加小说评点、增加绣像插图、请名人写序，甚至冒充名人或以名人的名义为其小说寻求销路。但福建建阳地区的坊刻业随着小说创作中心向江浙一带转移，在白话小说尤其是话本小说的刊刻方面逐渐向江浙一带转移[2]，出现了苏州、杭州、金陵等以刊刻通俗文学为主的书坊中心，话本小说的代表作“三言二拍”、《石点头》、《今古奇观》等都出自苏州坊刻。这一方面说明纯粹的商业运作无法完全决定通俗文学的发展走向，一方面说明以话本小说为代表的通俗文学的运行有其自身的内在逻辑。

---

[1] 李玉莲：《中国古代白话小说戏曲传播论》，山西教育出版社，2005年版，第219页。

[2] 李忠明：《17世纪中国通俗小说编年史》，安徽大学出版社，2003年版。该书以编年的方式描述了白话小说出版中心由福建向江浙转移的过程及其原因。

同样可参考许振东：《17世纪白话小说的创作与传播——以苏州地区为中心的研究》，中国社会科学出版社，2005年版。该书以苏州地区白话小说的创作和刊刻为对象，描述了苏州地区话本小说创作、刊刻、传播的关系。

二、明中后期的思想潮流和文人的生存状况

明朝中后期，伴随工商业的发展和经济模式、生产关系的悄然转型，以市民阶层为代表的新兴阶层的出现，在思想界也表现出了一些新的思想潮流。以王阳明为代表的“王学”就出现在此时。王阳明改程朱理学之“理”本体为“人”本体，倡导自然人性，肯定人的情感和欲望：

耳目、口鼻、四肢，身也，安能视听言动？心欲视听言动，无耳目、口鼻、四肢亦不能。故无心则无身，无身则无心。但指其充塞处言之为之身，指其主宰处言之为之心，指心志发动处谓之意。指意之灵明处谓之知，指意之涉着处谓之物，只是一件。意未有悬空的，必着事物，故欲诚意则随意所在某事物而格之，去其人欲而归于天理，则良知之在此事者无蔽而得致矣。此便是诚意的功夫。[1]

这里指出了身与心的相互依存关系，即无身即无心，反之亦然。王阳明“心学”即建立在这个基础之上。王阳明肯定人欲，指出人的“七情之乐”的合理性，指出“良知”乃人之心，“致良知”即是人的主体德性，是人的自然天性而无须受外界影响：

知是心之本体，心自然会知。见父自然知孝，见兄自然知弟，见孺子入井自然知恻隐。此便是良知，不假外求。若良知之发，更无私意障碍，即所谓“充其恻隐之心，而仁不可胜用矣”。[2]

王阳明“心学”标志着人的主体意识的觉醒，这和程朱理学之“存天理、灭人欲”对比鲜明。王阳明“心学”之“明德亲民”的民本思想体现了一种平民意识，所谓“满街都是圣人”（王阳明弟子王艮语），人若“致良知”即达“圣境”。

王阳明之后有一大批追随者，其中诸如王龙溪，泰州学派王艮、何心隐、李贽，以及公安派袁宏道、冯梦龙等。李贽倡导自然人性论，指出人的“穿衣吃饭，即是人伦物理”，即是人之常情，物之常理。同时，李贽肯定人的私欲，指出：

夫私者，人之心也。人必有私，而后其心乃见；若无私，则无心矣。如服田者，私其秋之获，而后治田必力；居家者，私积仓之获，而后治家必力；为学者，私进取之获，而后举业之治必力。故官人而不私以禄，则虽招之必不来

[1]［明］王守仁：《王阳明全集·传习录》，上海古籍出版社，1992年版，第90-91页。

[2]［明］王守仁：《王阳明全集·传习录》，上海古籍出版社，1992年版，第6页。

矣；苟无高爵，则虽权之必不至矣。[1]

李贽针对文学提出“童心说”：

夫童心者，真心也，若以童心为不可，是以真心为不可也。夫童心者，绝假纯真，最初一念之本心也。若失却童心，便失却真心；失却真心，便失却真人。人而非真，全不复有初矣。

天下之至文，未有不出于童心焉者也。苟童心长存，则道理不行，闻见不立，无时不文，无人不文，无一样创制体格文字而非文者。诗何必古《选》，文何必先秦！降而为六朝，变而为近体，又变而为传奇，变而为院本，为杂居，为《西厢》曲，为《水浒传》，为今之举子业，大贤言圣人之道皆古今至文，不可得而时势先后论也。故吾因是而有感于童心者之自文也，更说甚么六经，更说甚么《语》《孟》乎！[2]

李贽“童心说”倡导自然人性，反对道学、名教，主张言由心发为真，张扬个性，无疑对于虚假文风当头棒喝。童心，即人的自然真心，只要文出真心，即为“至文”。李贽充分肯定了《西厢记》、《水浒传》的价值，这对于当时的通俗小说、文艺的发展无疑具有张目价值。李贽之后，公安派以袁宏道为首，主张“独抒性灵，不拘格套”，与王阳明、李贽的张扬自然人性一脉相承。话本小说奠基人之一冯梦龙，主张“情教”无不受此影响。明中后期这些主张人性、个性的思潮对于儒家“存天理、灭人欲”的思想构成了巨大冲击，在思想界出现了多元并存的局面。对于人性的觉醒和发现，对于自然人性的倡导无疑极大地影响了明朝中后期的思想潮流。出现于话本小说中大量反映市民阶层的故事，以及对商人逐利的肯定、先进的妇女观念无不受到来自这股思想潮流的影响。

明中后期至清初，文人除在思想上受到冲击外，来自另一方面的冲击也非常之大，即自身生存的困境。明朝在前朝科举制的基础上制定了详细的科举取士制度，从学校制度到考试形式组成了封建社会完备的选人制度体系。清朝则继续延续这一制度。明清的考试形式有童试、院试、乡试、会试、殿试，级级筛选之下使许多考生皓首穷经，有的甚至在连年的失败中打发人生，这实为人生悲剧和社会的悲剧。清末梁启超等举人在《公车上书请变通科举折》中历数八股取士之弊，指出：

[1]［明］李贽：《藏书》（第十册），中华书局，1974年版，第1827-1828页。

[2] 张建业主编：《李贽全集》（第一册，焚书注一），社会科学文献出版社，2010年版，第276页。

邑聚千数童生，拔十数人为生员；省聚万数千生员，拔百数十人为举人；天下聚数千举人，拔百数十人为进士；复于百数十进士，拔十数人入于翰林。此其选之精也。然内政外交治兵理财无一能举者，则以科举之试以诗文楷法取士，学非所用，用非所学故也。[1]

梁启超本人就是通过层层选拔出来的，他自然了解生员们的辛苦。这是清末在面临国家危亡之时，这些有识之士、热血青年的改革呼声。在明代，生员们的状况与此无二。话本小说两位大家冯梦龙和凌濛初年轻时科考蹭蹬，冯梦龙（1574—1646）到崇祯三年57岁时才补贡生，凌濛初（1580—1644）55岁补贡上海县丞。根据冯梦龙、凌濛初二人的生卒年代，笔者对当时登科人数比例进行了查阅[2]：

表 2.2.1　明代进士年均登科数占年均人口数的比例

年份	年均人口数	年均登科数	所占比重 %
1619—1625	51655459	151	0.000292

表 2.2.2　明代进士录取比例占考生人数比例

年份	考生人数（人）	录取数（人）	比例 %
1601	4700	300	6.4

表 2.2.3　明代江南乡试录取比例

年份	考生人数	录取人数	比例 %
1630	7500	150	2.0

这些数据表明，科举制度在明代的确是读书人身心疲惫的事业，有的人一辈子也没有出头之日。冯梦龙和凌濛初的遭遇是一个普遍现象，而且他们二人也未必比其他人结果更差，因为许许多多的生员最后连补贡的机会也捞不到。科举制度虽然摧残人才，但却催生出一大批学校，明代除官办学校外，私人办学非常兴盛，江南更是书院林立，拿福建一省来说，官、私书院有名可考的就达174所[3]，可见教育机构的发达。伴随学校的是一大批读书人的出现，这客观上在普及文化方面起到了很大的作用。如此众多的生员，如此之少的录取人数，使很多人无缘榜名。再加上明中后期江浙一带工商业的兴起，使很多读书

[1] 梁启超：《饮冰室合集之三》，上海中华书局，“民国”二十一年版，第22页。

[2] 郑若玲：《“累人”的科举》，《科举制度的终结与科举学的兴起》，刘海峰主编，华中师范大学出版社，2006年版，第31-35页。

[3] 多洛肯：《明代福建进士研究》，上海辞书出版社，2004年版，第104-116页。

人放弃举业而转向其他领域，比如经商、坐馆、写作、出版等，以此来解决生计问题。在话本小说中，就有不少篇目描述了读书人为生计转向其他行业的情况。《儒林外史》中，范进中举之前，参加乡试无盘缠，向其岳父胡屠户去借钱，被胡屠户骂了个狗血喷头，说："趁早收了这心（即科考），明年在我们行事里替你寻一个馆，每年寻几两银子，养活你那老不死的老娘和你老婆是正经。"读书人如此窘境，绝非吴敬梓夸张。

三、明末清初以江浙为中心的通俗文学场的运作模式

17世纪是一个多事之秋，明清易代是这个世纪的大事，朝代更替给明代读书人带来的不仅是因社会动乱而日益恶化的生计问题，而且，更加触及灵魂的是对新朝廷的态度问题，很多人选择抵抗，也有很多人选择做隐士，当然不少人选择入仕。17世纪以话本小说为代表的通俗文学的繁荣绝非是一个偶然现象，这也许包含读书人的一种生存方式，而造纸业、印刷业的发达，市民阶层的壮大，识文断字的人口数量的增加等这些客观因素为明末清初话本小说等通俗文学的发展创造了非常有利的社会背景。以"作者—作品—出版商—读者"的关系链条为基础的文学场，在古代中国第一次出现在江浙一带，形成了话本小说运作的市场化模式，这种模式将对话本小说的文本形式和价值追求产生很大影响。话本小说作为一种被称为"亚文化"（赵毅衡语）的小说类型，作为被历代正统文人所不齿的"小道"，从事话本小说的创作，其本身并不能作为一种迂回的"进取"之道，也不能为作者带来名声。即使如冯梦龙、凌濛初这样的大家，在补贡之后即不再涉足话本小说，而且在记录其生平的县志、墓志铭中已难寻为他们带来声誉的话本小说——"三言"和"两拍"。而一个客观情况是，话本小说大都不署真名，有的更是没有署名，导致现在大多话本小说不知道作者是何人。所有这些说明，从事通俗小说创作并不能够为作者带来声誉上的好处，以及对于这些封建文人孜孜以求的科考事业亦无任何帮助，甚至会带来麻烦。那么，唯一的合理解释是创作小说是为生计所迫的有偿劳动。因此，小说作者和书坊主之间的关系即类似于今天作者和出版商的关系。这就导致一些职业、半职业作家的出现。比如江西文人邓志谟长期受雇于福建建阳书坊，编撰了大量通俗小说；广州痒生朱鼎臣长期服务于福建书坊，编撰了多种通俗小说等。[1]作家和出版商的这种关系成为明清之际江浙一带文学场生成的基础。下面，我们试着描述一下这个文学场的运作模式。

---

［1］宋莉华：《明清时期的小说传播》，中国社会科学出版社，2004年版，第40页。

首先是社会客观条件。江南造纸业和印刷业的发达，造纸工艺的改进和成本的降低为书籍的印行提供了物质基础，于是，以坊刻为主的图书市场形成了。坊刻最初以盛产质优价廉的竹纸的福建为中心，坊刻主为谋取利益，刻印通俗读物以满足普通百姓的阅读需求，后来便涉足通俗小说的印行。科举考试的副产品——大量教育机构的出现培养出了越来越多的读书人，这样便客观上提高了人们的文化水平，培育了广大的读者市场。但科举窄途无法给更多人提供出路，虽然很多人皓首穷经，但也会有很多人由于生计所迫从事科考以外的事业，参与通俗文学创作、参与书坊的编辑和经营或受雇于书坊就是他们的谋生手段之一，因此便出现了具有一定创作才华和编撰才能的书坊主，比如凌濛初就出身于乌程凌氏刻书世家，陆文龙、陆人龙兄弟不但是书坊主还是话本小说著名作家等。明清易代，使很多读书人在生活，但更多的是在心理上难以适应，绝意科考选择创作也是出路之一。所有这些客观条件表明，话本小说创作繁荣出现在明清之际并非偶然。

其次，书坊主的经营与作家群的出现。书坊主为谋取经济利益会根据他们了解的读者市场需求进行出版，话本小说的繁荣与此有不可分割的关系。冯梦龙《古今小说》一开始并非能够保证一定为书坊主带来利益，其最初也是一种商业性的试验。冯梦龙在《古今小说叙》中写道："茂苑野史氏，家藏古今通俗小说甚富。因贾人之请，抽其可以嘉惠里耳者，凡四十种，畀为一刻。"明天许斋（应为刻坊之名——引者）在《古今小说识语》中说："本坊购得古今名人演义一百二十种，先以三分之一为初刻云。"[1] 对于这两篇叙和识语，起码包含如下意思：其一，冯梦龙是应书坊主之请而编撰《古今小说》，这不会是一种义务劳动，这在天许斋识语中说得很清楚，即"购得"；其二，天许斋以三分之一初刻，有一种市场试验性质；其三，取名《古今小说》而非后来的《喻世明言》说明一开始并没有一下子出版"三言"的计划，这说明《古今小说》刊刻的试验性质。这从后来的衍庆堂《喻世明言识语》中可得到答案："绿天馆初刻古今小说四十种，见者侈为奇观，闻者争为击节，而流传未广，搁置可惜。今版归本坊，重加校订，刊误补遗，题曰《喻世明言》……"[2] 而在衍庆堂《醒世恒言识语》中说："本坊重价购求古今通俗演义一百二十种，初刻为《喻世明言》，二刻为《警世通言》，海内均奉为邺架玩奇矣。兹三刻《醒世

[1] 丁锡根编著：《中国历代小说序跋集》（中），人民文学出版社，1996年版，第774页。

[2] 丁锡根编著：《中国历代小说序跋集》（中），人民文学出版社，1996年版，第775页。

恒言》，种种典实，事事奇观。”[1]市场的畅销使话本小说在读者之中取得最初的成功。后来的凌濛初“两拍”也有同样的情况，即一开始并非计划“两拍”，而是在《拍案惊奇》取得成功的基础上有了《二刻拍案惊奇》，那么《拍案惊奇》就叫作“初刻”了。这里我们可以看出，商业成功对于话本小说的发展的决定作用。试想，如果《古今小说》市场反应冷淡，那么以后的话本小说创作就会受到很大的限制，就根本不会出现后来的繁荣局面。这样，由于书坊主和作家的成功合作，培育了最初的读者市场，接下来导致的直接结果是大批书坊主参与到话本小说刊刻中来，也使大批文人参与到话本小说的创作中来。如果以现在流传下来的话本小说数量来看，笔者认为，无法完全体现当初的繁荣程度，因为清朝禁书令的下达、小说自身不被看作严肃文学等各种因素，导致大批话本小说没有流传下来，这从“三言二拍”这些话本小说精品的命运就可看出能够流传下来是多么不易。

再次，由于话本小说“行世颇捷”，导致大量书坊主从业其中，竞争在所难免，而竞争的结果不但影响话本小说的文本形式也影响话本小说作家地位、作家群体的形成。竞争手段各种各样。其一，做广告，话本小说作品中的“序”、“识语”等都具有广告作用。比如出版商安少云在《初刻拍案惊奇》的封面就做这样的宣传：“本坊购求，不啻于拱璧；览者赏鉴，何异藏珠。”[2]其二，在书籍装帧上下功夫，使用“绣像”，“三言二拍”等许多话本小说都有绣像插图。其三，利用名人评点，比如用李贽、金圣叹等的评点来吸引顾客。冯梦龙不但编撰话本小说，也点评话本小说。更有书坊主为吸引顾客而“假托”名人评点等现象。[3]从某种意义上来说，书坊主的市场经营行为使古代小说批评形式——“评点”得以发展：市场行为影响了文学批评形式。正因为话本小说的市场化运作，一些话本小说作者在文学场中获得了巨大的“象征资本”，比如冯梦龙、凌濛初、烟水散人等，他们甚至可以影响书坊主的出版和经营。比如，《石点头》就请冯梦龙作序；烟水散人编辑出版了许多才子佳人小说，从而成为影响才子佳人小说类型的关键人物。这样，在江浙地区，以苏州和杭州为中心，形成了以著名作家为中心的作家群体，构成了明清之际通俗文学场的创作队伍，有的学者甚至认为已经形成了小说流派：“苏州作家，笔者以为已形成了一个以冯梦龙为核心的小说流派——苏州作家群。这个群体主要成员有冯梦

[1] 丁锡根编著：《中国历代小说序跋集》（中），人民文学出版社，1996年版，第780页。

[2] 宋莉华：《明清时期的小说传播》，中国社会科学出版社，2004年版，第39页。

[3] 宋莉华：《明清时期的小说传播》，中国社会科学出版社，2004年版，第113-128页。

龙、凌濛初、席浪仙、抱瓮老人等。……就是上述三位作家（即冯梦龙、凌濛初、席浪仙），创作了明代乃至整个话本小说史上最优秀的小说。他们有明确的创作主张，并自觉地以之指导创作实践，形成了鲜明的创作风格。”[1]陈大康认为：“以拟话本为形式的短篇小说的出现，打破了长期以来长篇小说在通俗小说创作中占绝对垄断地位的格局，而冯梦龙有意识的积极推动，又使得拟话本迅速地发展成为一个重要的小说流派。”[2]据宁宗一先生观点，从宋元话本开始就已经形成了流派，而且他论述了划分流派的理论依据：

窃以为，流派是一种分类、一种概括，作为复杂的社会的和心理的、时代的及个人的精神产品，它既无法按生物分类那样理出纲门种属，又没有为研究者提供所公认的流派取舍标准。那么，《都城纪胜》、《梦粱录》、《醉翁谈录》诸书对小说的分类和概括，就有着流派的性质，体现了一种流派观念的觉醒意识。事实上，流派的划分标准，从来就是多元的……[3]

笔者同意宁宗一先生的观点，流派是一种文学研究划分，可以按照题材、按照地域、按照作家之间的关系、按照艺术和审美特征等不同标准对历史上某一时期集中出现的作家作品进行流派划分。有理由认定，在明清之际的江浙一带出现的话本小说作家作品已经具有了流派的特征，而且形成了当时通俗文学场的核心。

最后，话本小说市场化运作不得不考虑消费者——读者对话本小说的影响。事实上，话本小说从一开始就有明确的读者定位，即冯梦龙所谓“里耳”，因此，从话本小说的语言来说，采用白话即符合大众的阅读口味；从文本艺术形式来说，长期的“说话”艺术对大众欣赏习惯有一个塑形作用，话本小说的“拟书场格局”无疑更符合大众的欣赏习惯；对于题材的选择也是受到来自读者的影响，即一些身边琐事、新闻、政治事件等成为话本小说的叙事对象，中国古代文学作品第一次姿态下移，第一次以平民为主角（包括当时主流话语权力下地位低下的商人），等等，所有这些表现了话本小说的读者塑形作用。读者的反向塑造对于话本小说的文本形态、价值追求有着不可忽视的作用，“毋庸讳言，世俗文化对文人精神的裹挟，有时就是文人向世俗的屈从。尤其是当商业化已经顽强左右小说创作时，趋俗媚俗差不多成了小说的普遍特点，区别

[1] 傅承洲：《明清文人小话本研究》，人民文学出版社，2009年版，第52-53页。

[2] 陈大康：《明代小说史》，人民文学出版社，2007年版，第556页。

[3] 宁宗一：《倾听民间心灵回声》，山西古籍出版社，2003年版，第37页。

只在多少而已”[1]。可以说，话本小说的文本形态、价值追求等是一种“写—读”交流的结果，话本小说文本的艺术和审美特性无不围绕这种“交流性”展开，这会在本书后面做详细论述。

综上所述，在17世纪的古代中国，在江浙一带，形成了以话本小说等通俗文学为主的文学场域，上面描述了其基本的运作模式。但应当指出，话本小说和一般商品的不同之处还在于它是一种精神产品，这和“说话”艺术的精神特性是一致的，因此，其文本塑形还要受到这种特性的支配，同时，作家的创作理念也是一个重要因素。

第三节　话本小说序跋的小说观念和文本塑形自觉

话本小说从业者有一套自觉的创作理念，其创作理念直接影响了话本小说的文本形式和观念形态，因此考察话本小说序跋所体现的这种创作理念，可以从作家方面理解话本小说艺术和审美特性的形成的影响因素。话本小说自明朝冯梦龙“三言”始开创了中国古代白话小说的传统，无论是体例、文本形制还是叙事方式、价值追求等都对后来中国古代白话小说产生了深远影响，并在明清之际形成了中国通俗小说——话本小说的创作潮流。可以说话本小说之所以能够形成形式、追求等较为统一的文学类型，除上述受到来自文学场各种因素的影响外，话本小说从业者同时也有自觉的文本追求，正是这种统一的“文本塑形自觉”才使得一个文类——话本小说在中国古代小说史上占有举足轻重的地位。话本小说利用序跋的形式对小说的地位、写作定位、写作理念和写作目的等做了较为全面的论述，形成了明清之际系统的通俗小说理论。

一、正名：文白雅俗之辩

中国古代最早对小说正面论述的当属两汉著名思想家桓谭，他在其《新论》中写道：“若其小说家，合丛残小语，近取譬论，以作短书，治身理家，有可观之辞。”[2]而影响最大的应该是班固的《汉书·艺文志》：“小说家者流，盖出于稗官，街谈巷语，道听途说者之所造也。孔子曰：‘虽小道，必有可观者焉，

[1] 刘勇强：《中国古代小说史叙论》，北京大学出版社，2007年版，第368页。

[2] 黄霖、韩同文选注：《中国历代小说论著选》，江西人民出版社，2000年版，第1页。

致远恐泥。是以君子弗为也。’”[1] 班固以正统史学观念来看待小说，虽然肯定了小说的价值，但是也固定了人们对小说的理解，在其正面评价的背后传达出更多的是对小说的不齿，加上《论语》中把小说列为“小道”、“君子弗为”等，这些观念影响了中国两千多年封建社会对小说的认识，致使长期以来，小说被禁锢于“小”的框定之内而无法得到正统的地位，不但被统治者斥为“小道”，而且为大多封建文人所不齿。因此，到了明代，随着文学重心向小说倾斜，对小说观念的更新、对小说地位的重新评价等便摆在了从事小说创作、研究、阅读等人的面前，为小说正名、为小说创作和为个人生存赢得更多、更大空间成了他们的迫切任务。

话本小说以序跋的形式在多处对此做出了努力，冯梦龙在《古今小说序》中勾列了中国古代小说发展的大致脉络：“始乎周季，盛于唐，而浸淫于宋，”“皇明文治既郁，靡流不波；即演义一斑，往往有远过宋人者。”同时，冯梦龙还对小说的发展源流进行了概括，在此基础上对话本小说倡导的“通俗”进行了辩护：“大抵唐人选言，入于文心；宋人通俗，谐于里耳。天下之文心少而里耳多，则小说之资于选言者少，而资于通俗者多。试今说话人当场描写，可喜可愕，可悲可涕，可歌可舞；再欲捉刀，再欲下拜，再欲决脰，再欲捐金。怯者勇，淫者贞，薄者敦，顽钝者汗下。虽小诵《孝经》、《论语》，其感人未必如是之捷且深也。噫，不通俗而能之乎？”[2] 这里明确了通俗小说与文言小说的不同的地方，即“文心”、“里耳”之辩，并彰明通俗小说在“感人”方面比之于《孝经》、《论语》的优势。显然，冯梦龙此序明显具有为通俗小说“正名”的目的。在《警世通言叙》中，冯梦龙更是把通俗话本小说提高到了与“经书史传”同等的地位：“《六经》《语》《孟》，谭者纷如，归于令人为忠臣、为孝子、为贤牧、为良友、为义夫、为节妇、为树德之士、为积善之家，如是而已矣。经书着其理，史传述其事，其揆一也。理着而世不皆切磋之彦，事述而世不皆博雅之儒。于是乎村夫稚子、里妇估儿，以甲是乙非为喜怒，以前因后果为劝惩，以道听途说为学问，而通俗演义一种遂足以佐经书史传之穷。”在《醒世恒言叙》中，冯梦龙更是高扬“里耳”精神，倡通俗、白话而对艰深的文言予以贬斥：“六经国史而外，凡著述结小说也。而尚理或病于艰深，修词或丧于藻绘，则不足以触里耳而振恒心。此《醒世恒言》四十种所以继《明言》、《通

[1] 黄霖、韩同文选注：《中国历代小说论著选》，江西人民出版社，2000年版，第3-4页。

[2] 丁锡根编著：《中国历代小说序跋集》，人民文学出版社，1996年版，第773-774页。

言》而刻也。"[1] 这里冯梦龙起码有如下几方面思想：(1) 何为小说；(2) 文言小说弊病：艰深、藻绘不足以震动普通人；(3) 刻"三言"目的：改变如此局面。

冯梦龙"三言"的这三篇序言可以看作通俗、白话小说的宣言书，它们在提高白话通俗小说的历史地位方面对话本小说的发展产生了深远影响。但在为话本小说正名方面，这只是一个开始。笔者发现，话本小说在以后的发展中多以序跋的形式延续了冯梦龙的思想，形成了话本小说为争取自身地位而有意识的理论行为，这在中国古代小说理论的发展史上无疑具有赢得话语权的意义。

梦觉道人在《三刻拍案惊奇序》中，以对话的形式回答了人们对于写作通俗小说"无补于世"的指责：

客有过而责余曰："方今四海多故，非苦旱潦，即罹干戈，何不画一策以苏沟壑，建一功以全覆军，而徒哓哓于稗官野史，作不急之务耶？"予不觉叹曰："子非特不知余，并不知天下事者也！天下之乱，皆从贪生好利，背君亲，负德义；所至变换如此，焉有兵不讧于内，而刃不横于外者乎？今人孰不以为师旅当息，凶荒宜拯，究不得一济焉。悲夫！既无所济，又何烦余之饶舌也？余策在以此救之，使人睹之，可以理顺，可以正情，可以悟真；觉君父师友自有定分，富贵利达自有大义。今者叙说古人，虽属影响，以之喻俗，实获我心；孰谓无补于世哉！"[2]

梦觉道人从创作的角度批驳了认为通俗小说是"稗官野史，作不急之务"的指责，指出了通俗小说"理顺、正情、悟真"的社会价值，以及通俗小说与所谓正统经史同样具有维护"君父师友"的"定分"、"富贵利达"之"大义"的作用。这在当时的生活文化环境中、在争得文学正统序列的博弈中，无疑具有振聋发聩的作用。

笑花主人在"三言二拍"选本《今古奇观序》中指出："小说者，正史之馀也。……《开元遗事》、《红线》……诸传，《睽车》、《夷坚》各志，名为小说，而其文雅驯，闾阎罕能道之。……至有宋孝皇以天下养太上，命侍从从访民间奇事，日进一回，谓之'说话人'。而通俗演义一种，乃始盛行。至所纂《喻世》、《警世》、《醒世》三言，极摹人情世态之歧，备写悲欢离合之致，可谓钦异拔新，洞心駴目，而曲终奏雅，归于厚俗。"[3]《今古奇观序》从小说史高度对文言小说与白话小说予以区分并甄别优劣，对"三言二拍"不吝赞扬之词。在指

[1] 丁锡根编著：《中国历代小说序跋集》，人民文学出版社，1996年版，第776、779页。

[2] 梦觉道人、西湖浪子辑：《三刻拍案惊奇》，北京大学出版社，1987年版，第353-354页。

[3] [明] 抱瓮老人辑：《绘图今古奇观》，齐鲁书社，1985年版，第1页。

出文言小说“雅”之弊端的同时，从“厚俗”角度为通俗小说张目。对此陈洪先生给予很高评价：“其可贵之处有三：1. 已经彻底放弃了‘杂纂小说’的观念，纯然从文学角度梳理小说的脉络。2. 明确指出了中国小说的两大支脉：文言和通俗，而明显更看重通俗一脉。3. 对两条支脉的源流描述比较清楚，对各阶段代表作品的评价也较公允。因此，所论虽为小说史，却反映了小说观念的自觉，具有相当的理论意义。”并指出，“在这个问题上（小说史——引者），一时论者无出其右”。[1]

无独有偶，管窥子在《今古奇观》的另一序中指出：“小说之传，由来久矣。自汉迄明，代有作者。遐搜博采，摛藻扬华，各有专门，以成一家之说。虽属稗官野史，不无贯穿经典，驰骋古今，洋洋大观，足与班、马媲美者。”[2] 从历史的角度说明小说的渊源，并把小说抬高到可“与班、马媲美”的地位，可以看出与冯梦龙的倡导一脉相承。

小说在中国古代文学的序列中是以“小道”而被排挤在文学正统之外，要想提高小说的地位，必须把小说抬高到正统文学，即诗、论、经史等的位置，这样才能够为小说赢得一席之地。因此我们发现，话本小说序跋的小说观念，在为通俗小说正名的时候无不在雅俗 / 文白、经史馀补等角度论述，为通俗话本小说制造“名正言顺”的理论环境。“三言”以后论者不断对此予以强化。比如，《五色石序》中，作者更是把通俗小说提高到“补天道”的地位：“女娲所补之天，有形之天也；吾今日所补之天，无形之天也。有形之天曰天象，无形之天曰天道。天象之阙不必补，天道之阙则深有待于补。”[3]《飞花艳想序》指出：“四书五经如人间家常茶饭，日用不可缺；稗官野史如世上山海珍馐，爽口亦不可少。”[4]《玉蟾记序》：“思何灵欤！识何精欤！学何博欤！褒贬严于《春秋》，词旨洁于《史记》。”[5] 其他诸如《今古奇闻序》、《珍珠舶自序》等多有论述，此处不赘。有些论述虽有溢美之嫌但对于提高话本小说的地位却是很有帮助的。

从以上论述可知，话本小说作者或序者从文白、雅俗的角度对于话本小说的历史地位与作用给予了相继论述，在文白、雅俗之辩中对话本小说给予了充

[1] 陈洪：《中国小说理论史》，天津教育出版社，2005年版，第121-122页。

[2] 丁锡根编著：《中国历代小说序跋集》，人民文学出版社，1996年版，第 794页。

[3] 丁锡根编著：《中国历代小说序跋集》，人民文学出版社，1996年版，第838页。

[4] 侯忠义等编：《中国古代珍稀本小说 · 3》，春风文艺出版社，1994年版，第300页。

[5] 侯忠义等编：《中国古代珍稀本小说 · 7》，春风文艺出版社，1994年版，第582页。

分的肯定和赞扬，为提高话本小说的地位和影响起到了关键作用。他们的论述从中国古代对小说的贬斥中走出来，给予小说，尤其是通俗话本小说前所未有的关注与赞扬，起到了为小说“正名”的作用，这为17世纪明清易代之际中国古代通俗小说的繁荣提供了理论支持。

二、定位：谐于里耳、耻于淫辞

与高扬“通俗”的“正名”之论相呼应的是话本小说自身的创作定位。“正名”解决的是历史地位、社会地位问题，是为话本小说制造理论环境，只有用创作实绩与之配套才可以使理论得以有说服力。对此，话本小说论者有着更清醒的认识。冯梦龙在具有“宣言”性质的《古今小说序》中就明确指出小说是为天下多者“里耳”而作。天许斋在《古今小说识语》中指出刻印的目的：“小说如《三国志》、《水浒传》称巨观矣，其有一人一事可资谈笑，犹杂剧之于传奇，不可偏废也。本斋购得古今名人演义一百二十种，先以三分之一为初刻云。”[1]很明显，这里把刻印书定位为“可资谈笑”，这与冯梦龙的“谐于里耳”一脉相承。这里明确了通俗小说的一个理念，即供人娱乐谈笑。冯梦龙编选《古今小说》也是抱着“嘉惠里耳”的目的。衍庆堂在《喻世明言识语》中也说：“题曰《喻世明言》，取其明言显易，可以开□人心，相劝于善，未必非世道之一助也。”取白话易懂、劝善助世目的。《醒世恒言叙》对“三言”取名予以解释：“明者，取其可以导愚也。通者，取其可以适俗也。恒则习之而不厌，传之而可久。三刻殊名，其义一耳。”同样，衍庆堂在《醒世恒言识语》中指出刻印“三言”“总取木铎醒世之意”。[2]

凌濛初在《拍案惊奇自序》中对于小说家作品的娱乐性也进行了论述：“宋、元时有小说家一种，多采闾巷新事为宫闱承应谈资，语多俚近，意存劝讽。虽非博雅之派，要亦小道可观。”并说自己的创作“因取古今来杂碎事可新听睹、佐谈谐者”。

由“三言二拍”序可知，话本小说从一开始便定下了如下基调：（1）取白话谐于里耳，这样可以通俗易懂。（2）看重小说的娱乐性，可以娱人耳目。（3）看重小说的劝诫功能：导愚适俗。（4）小说题材多取闾巷新事。这些观念的倡导为以后话本小说的发展提供了一个基本的思想定位，在以后的话本小说创作中，基本是按照这些理念的，虽然有时候可能只发展了这些理念的部分内

[1] 丁锡根编著：《中国历代小说序跋集》，人民文学出版社，1996年版，第774页。

[2] 丁锡根编著：《中国历代小说序跋集》，人民文学出版社，1996年版，第 775-780页。

容。比如在为话本小说起名上，小说作者就很在意小说的教化功能，《石点头》、《醉醒石》、《鸳鸯针》、《娱目醒心编》等无不打上劝惩意味。这与“三言二拍”的倡导有着直接的关系。《石点头》即为冯梦龙做“序”推荐的，在“序”中冯梦龙明确指出：“小说家推因及果，劝人作善，开清净方便法门，能使顽夫伥子积迷顿悟。此与高僧悟石何异？”[1]由此可见，话本小说之“娱人”和“教化”是同步的，至于为何采用“浅俚之言”，《雨花香序》中给予了解释：

兹观雨花香一编，并不谈往昔旧典，是将扬州近事，取其切实而明验者汇集四十种，意在开导常俗，所以不为雅驯之语，而为浅俚之言。令读之者，无论贤愚，一闻即解。明见眼前之报应，如影随形，乃知祸福自召之义，一予一取，如赠答焉。神为之悚惧，心为之憬悟，志行顿然自新。若以此书遍布虎晓，人各守分循良……又何计雅俗浅俚耶！[2]

在取材上，“三言二拍”之后，很多话本小说取材时事，明末陆云龙《魏忠贤小说斥奸书》写于魏忠贤事终不及一年时间，可以称为“时事小说”；《雨花香》更是以身边事作为写作对象，更使其具有“流行”小说的特征。无独有偶，以身边事、时事作为素材的创作如《铁冠图全传》，取材于明末清初的农民战争；《海角遗编》取材于清初常熟的反清斗争，等等。无论从理论还是创作实践上在俗白近俚、取材闾巷方面都做出了成绩。

在娱乐和劝诫两方面，《娱目醒心编序》论述更为明确：

其间可惊可愕、可敬可慕之事，千态万状，如蛟龙变化，不可测识。能使悲者流涕、喜者起舞，无一迂拘尘腐之辞，而无不处处引人于忠孝节义之途。既可娱目，即以醒心，而因果报应之理，隐寓于惊魂眩魄之内。[3]

署名西湖渔隐在《欢喜冤家叙》中更明确了该小说针对不同的读者所具有的娱乐功能：

其间嬉笑怒骂，离合悲欢，庄、列所不备，屈、宋所未传。使慧者读之，可资谈柄；愚者读之，可涤腐肠；稚者读之，可知世情；壮者读之，可知变态。致趣无穷，足驾唐人杂说；诙谐有窍，不让晋人清谈。[4]

当然，很多话本小说在宣扬娱乐和劝诫之时，小说本身则更多倾向于娱乐性，而有的更是在所谓劝诫的幌子下行淫秽之实。但客观上讲，话本小说序跋

[1]［明］天然痴叟：《石点头》，“序”，吉林文史出版社，1986年版。

[2]侯忠义等编：《中国古代珍稀本小说·9》，春风文艺出版社，1994年版，第495页。

[3]丁锡根编著：《中国历代小说序跋集》，人民文学出版社，1996年版，第827页。

[4]丁锡根编著：《中国历代小说序跋集》，人民文学出版社，1996年版，第820页。

在创作定位的论述上是强调了小说的双重功能，强调小说的社会责任与娱乐并重，这在创作导向上无疑具有积极的一面。对于有些话本小说写作的“淫辞”描写，许多话本小说作者和序跋者予以排斥，表现了自觉维护话本小说纯洁性的一面。比如兼善堂《警世通言识语》中对那些以“淫词”射利予以抨击：“奈射利者而取淫词，大丧雅道。本坊耻之。”[1]《娱目醒心编序》痛斥“淫邪”之说：“稗史之行天下者，不知几何矣。或作诙奇诡谲之词，或为艳丽淫邪之说。……流弊所及，每使少年英俊之士，非慕其豪放，即密于艳情。人心风俗之坏，未必不由于此。”[2]《幻中游序》：“俾看官有以启其善念，遏其邪心。较之才子佳人，花前月下，徒以偷香窃玉之态，闺阁床笫之言，长人淫欲，贻害幼学者。似为不无较异云！”这些都对“淫邪”小说予以抨击。虽然话本小说在拒斥“淫邪”方面做了种种努力，但是依然不能阻止许多作者、出版商以“艳情”小说做射利求快之事。这是通俗小说较为常见的现象。

同时，针对传统对小说的“小道”贬斥，话本小说在序跋里多处表现出了小说依然能承载作者思想的观念。这一方面可以满足封建文人“立言”的人生需求，使更多人参与话本小说的创作；一方面促使小说创作注重思想性。“三言”被多数论者公认为有“寄托”之作，在《醒世恒言叙》中，作者以“醉醒”命题，“天不自醉人醉之，则天不自醒人醒之。以醒天之权与人，而以醒人之权与言。言恒而人恒，人恒而天亦得其恒。万世太平之福，其可量乎！”[3]寄醒人醒天于“言”，取喻世、警世、醒世之旨，表现了冯梦龙的文本追求。凌濛初在《二刻拍案惊奇小引》中也说：“偶戏取古今所闻一二奇局可纪者，演而成说，聊舒胸中磊块。”[4]清末小说《梦中缘叙》：“晚年胸有积愤，乃怨随笔出，遂成是书。”[5]“发愤着书”是中国古代文人的写作传统，但往往是那些“正统”文人所为，而且是针对那些诗词经史的。而对于被目为“小道”、“不登大雅之堂”的小说为更多封建文人所不齿。话本小说作者和序者要想打破这种观念，必须在话本小说有所“寄托”方面予以宣扬，这样就会使更多文人参与到话本小说的创造中来。

由以上论述可知，话本小说通过序跋形式对话本小说创作进行了定位，以

[1] 丁锡根编著：《中国历代小说序跋集》，人民文学出版社，1996年版，第777页。
[2] 丁锡根编著：《中国历代小说序跋集》，人民文学出版社，1996年版，第826页。
[3] 丁锡根编著：《中国历代小说序跋集》，人民文学出版社，1996年版，第780页。
[4] 丁锡根编著：《中国历代小说序跋集》，人民文学出版社，1996年版，第789页。
[5] 侯忠义等编：《中国古代珍稀本小说·7》，春风文艺出版社，1994年版，第119页。

俗白浅近之语述巷闾近事，劝诫厚俗、娱目醒心、动心骇目、抒发块垒、资于天道。同时，为净化创作，对于“艳情淫邪”予以拒斥，虽然收效甚微，但足以让人看到话本小说从业者为话本小说的健康发展所做出的积极努力，这是值得肯定的。

三、创作：奇出庸常、事赝理真

话本小说来源于滥觞于唐之变文、繁盛于两宋的“说话”艺术。“说话”艺术经过长期的发展，已经有着较为成熟的故事结构、叙述模式和一整套的叙述技巧和方法。话本小说继承了“说话”艺术成熟的文本形制和叙事、结构技巧，并在此基础上进行了书面化改造，使之从“说—听”艺术转变为“写—读”艺术。话本小说作者和序跋者在为小说正名和定位的同时，在创作上也进行了有益的探索，总结出了一系列的创作经验和创作方法。

首先是对于“奇书文体”的追求。对“奇”的追求是中国古典小说的传统，从《山海经》记远古神话，到六朝志怪，再转而为唐宋传奇，历经几千年而不衰。但我们发现，文言小说对“奇”的追求在素材上一般取灵异鬼神、诡异仙怪，这些内容上的“奇异”与小说的技巧关系不大。话本小说由于其谐于里耳、劝诫厚俗的文本定位，对于“奇”则必须另辟蹊径。凌濛初在《拍案惊奇自序》中，一开始就对“奇”进行了切近话本小说、切近通俗的且与传统不同的论述：

语有之：“少所见，多所怪。”今之人但知耳目之外牛鬼蛇神之为奇，而不知耳目之内日用起居，其为谲诡幻怪，非可常理测者固多也。昔华人至异域，异域咤以牛粪金。随诘华之异者，则曰：“有虫蠕蠕，而吐为彩缯锦绮，衣被天下。”彼舌挢而不信。乃华人未之或奇也。则向耳目之外索谲诡幻怪以为奇，赘矣。[1]

凌濛初创作“二拍”追求“新听睹、佐诙谐”，追求小说之“奇”理之必然。但与以往不同的是，凌濛初的“奇”为“耳目之内”之奇，如表现日常起居之“谲诡幻怪”则必须在小说情节上进行巧夺天工的设计，这与以往单凭素材炫奇是不同的。睡乡居士之《二刻拍案惊奇序》则更进一步，指出：“今小说行世者，无虑百种，然而失真之病，起于好奇。知奇之为奇，而不知无奇之所以为奇。舍目前可纪之事，而驰骛于不论不议之乡。如画家之不图犬马，而图鬼魅者。”[2] 睡乡居士把“奇”与“真”联系起来，指出不能取奇而失真，见

[1] 丁锡根编著：《中国历代小说序跋集》，人民文学出版社，1996年版，第785页。

[2] 黄霖、韩同文选注：《中国历代小说论著选》，江西人民出版社，2000年版，第266页。

解极有见地。

关于“奇”，明朝笑花主人《今古奇观序》基本在秉承凌濛初观念的基础上进行了发挥：“(三言）极摹人情世态，可谓钦异拔新，洞心駴目，而曲终奏雅，归于厚俗。”“故夫天下之真奇者，未有不出于庸常者也。……则夫动人以至奇者，乃训人以至常者也。”也就是要“奇寓教化”。到清朝管窥子《今古奇观序》，“从来至奇之文，无至庸之理”[1]，可谓一脉相承。所谓“奇出庸常”则要求小说要有高超的叙事技巧，在故事婉转曲折中极尽奇异之致。清朝芸香馆居士《删定二奇合传叙》中也对“奇”与“理”进行了论述：“是书之所以奇者，谓于人伦日用间，寓劝惩之义，或自阽危顿挫时，彰灵异之迹，既可飞眉而舞色，亦足怵目而刿心，不奇而奇也，奇而不奇也，斯天下之至奇也。”[2]这里判断奇与不奇的核心即是在“人伦日用间，寓劝惩之义”，把劝惩作为“奇”的核心，标志着话本小说在说教方面越走越远了。

把“奇”与叙事技巧直接关联的是清康熙年间话本小说《赛花铃•题辞》：

予谓稗家小史，非奇不传。然所谓奇者，不奇于凭虚驾幻，谈天说鬼，而奇于笔端变化，跌宕波澜。故投桃报李，士女之恒情；折柳班荆，交友之常事。乃一经点勘，则一聚一散，波涛迭兴；或喜或悲，性情互见。至夫点睛扼要，片言只字不为简；组词织景，长篇累牍不为繁。使诵其说者，眉掀颐解，恍如身历其境，斯为奇耳。[3]

这篇“题辞”从写作技巧的角度论述“奇”可以说很有价值。它解决了“奇出庸常”的技术问题，指出所谓“奇”并非“凭虚驾幻、谈天说鬼”而是“笔端变化”。由此可见，话本小说在追求“奇书文体”方面已达到了自觉，形成了通俗小说独具特色的“奇书”创作理论。

其次，在描写、结构等技巧上，话本小说亦有自觉的追求。《玉蟾记序》中指出该小说“善用其情”，而如何用情呢？“于极浅处，写出深情；于极深处，写出浓情；语君子，则以恺恻之心，写端庄之致；于小人，则以诙谐之语，写佻达之形。……其论断处似老泉，其明叙处似欧柳。小记可以浚人之心思，可以长人之见识，可以资人之学问。”这可以看作《玉蟾记》的“写情之法”。其另一篇“叙”中则指出其“写人之法”：“形容奸党，则脸上粉白一团，虽倾东海之波不能洗。阐从忠臣，虽染西山之云，无所污。”这有“脸谱化”之嫌了。

[1] 丁锡根编著：《中国历代小说序跋集》，人民文学出版社，1996年版，第793-795页。

[2] 丁锡根编著：《中国历代小说序跋集》，人民文学出版社，1996年版，第850页。

[3] 侯忠义等编：《中国古代珍稀本小说•7》，春风文艺出版社，1994年版，第294页。

对于《玉蟾记》的结构，该“叙”还指出：其“开场别致”、“中幅闲情”、“收为余波”，“构思正而能奇，指事真二有据，运笔险而自然成章。绝处逢生、引人入胜”。[1] 这可以说是其“结构之法”了。站在作品间架结构的角度论述小说技巧，虽语多概略，亦是难能可贵了。

再次，把写作技巧、作者思想、娱乐、劝惩融为一体，在创作上做出很大成绩的当属李渔。李渔的话本小说《连城璧》和《十二楼》在写作技巧上可以说达到了很高的水平，他自觉将戏曲的一些技巧运用于小说创作，取得了很好的效果。睡乡祭酒在为其《连城璧》的序中指出：“其深心具见于是，极人情之诡变，天道渺征，从巧心慧舌，笔笔钩出，使观者于心焰熛腾之时，忽如冷水浃背，不自知好善心生，恶恶念起。”[2] 这里把写作技巧和读者感受联系到了一起，同时又寄意劝惩、娱人耳目而又寓含“深心”，可以说提高了话本小说的写作水平。

最后，在艺术真实性问题上，冯梦龙《警世通言叙》无疑具有划时代的意义：“人不必有其事，事不必丽其人。其真者可以补金匮石室之遗，而赝者亦必有一番激昂劝诱，悲歌感慨之意。事真而理不赝，即事赝而理亦真，不害风化，不谬于圣贤，不戾于诗书经史，若此者其可废乎！”[3] 很明显，冯梦龙把故事虚构与艺术真实辩证统一起来，突破了“史传”的影响而求“理真”，即艺术真实。同时，又以三“不”作为艺术真实的最高标准，真正实现了通俗小说摆脱传统“史传”模式，追求文体独立性的艺术追求，为通俗小说虚构提供了理论支持。

对于小说技巧、结构等方面的论述，话本小说序中虽有涉及但并不充分。不过可以看出作者或序者已经认识到了这一点。尤其是对于“奇”的论述，道前人所未道，把中国古代“奇书文体”理论推向了一个很高的高度，并且以话本小说的创作实绩充分实践了这一理论。把“奇”与“庸常”、与“日常起居”、与“真”结合的首要条件是必须在写作技巧与叙事结构上下功夫，这无疑会推动话本小说在写作技巧上的创新与进步。同时对故事虚构与艺术真实辩证关系的认识突破前人，道人之所未道，见解是极为敏锐的。

---

[1] 侯忠义等编：《中国古代珍稀本小说·7》，春风文艺出版社，1994年版，第582-585页。

[2] [清] 李渔：《连城璧》，上海古籍出版社，1992年版，第1页。

[3] 丁锡根编著：《中国历代小说序跋集》，人民文学出版社，1996年版，第777页。

四、话本小说序跋的理论贡献与文本塑形自觉

综上所述，话本小说作者或论者在对话本小说艺术特性的论述中，已经形成了系统的创作思想和创作方法，可以看出他们在摆脱“史传”思维、倡导通俗、探索艺术真实性以及庸常出奇等方面所形成的自觉的艺术追求，换句话说，他们创作话本小说是一种自觉的艺术行为，而不是先创作然后形成风格统一的文学类型，因此，可以说对话本小说文本艺术形式和价值追求方面是一种自觉状态。话本小说通过“序跋”的形式，在古代中国，把小说从目为“小道”的思维框子中解放出来，为白话小说在文学史上赢得一席之地做出了贡献，为通俗白话小说在理论与实践上进行了不遗余力的“正名”，从而在明清之际形成了通俗白话小说的创作潮流，创作了一大批话本小说。同时，又通过“序跋”的形式为话本小说进行了准确的定位，并在写作技巧、文体追求等方面进行了突破前人的努力，形成了中国古代系统的、独具特色的通俗小说理论。“正名”解决的是话本小说在文学序列里的地位问题，有了自身的一席之地才能谈发展；“定位”是在“正名”的基础上的创作导向，是话本小说自身品格形成的理论基础；“创作”是体现上述二者的具体行动，没有创作实绩，其他任何东西都无从谈起。因此，话本小说以序跋形式体现的系统的通俗小说理论思想在中国古典小说理论史上绝不是可以轻易忽略的客观事实。然而，这种系统的通俗小说理论并没有引起研究者的重视。比如陈洪《中国小说理论史》（修订本）（天津教育出版社，2005年版）只以一节的篇幅对冯梦龙、凌濛初的理论观点予以介绍，但对其他人的理论贡献却重视不够，而且没有从系统性的角度来考虑话本序跋的理论思想；方正耀《中国古典小说理论史》（修订版）（华东师范大学出版社，2005年版）则以分散的形式把话本小说序跋的小说观念融合在明代的小说批评之中；而陈谦豫《中国小说理论批评史》（华东师范大学出版社，1989年版）中只对冯梦龙的小说理论予以介绍，虽然勾列出了冯梦龙通俗小说理论思想的基本框架，但缺乏应有的逻辑关系，而且没有对包括凌濛初在内的其他话本小说作者或序跋者的理论贡献予以系统的论述；王汝梅、张羽《中国小说理论史》（浙江古籍出版社，2001年版）对冯梦龙、凌濛初的小说理论思想分别用一节的篇幅予以介绍，但很是简略而且难成系统。值得注意的是，由谢昕、杨列容、周启志所著《中国通俗小说理论纲要》（台湾文津出版社，1992年版），该书从发展论、作家论、功能论等九个方面对中国通俗小说理论做了史的梳理，但，我们说中国通俗小说是一个复杂的存在，不同的发展阶段所表现出的文本格局可谓大异其趣，该书采取一种“打乱融通”的写作模式实

际上遮蔽了因通俗小说类型的差异所带来的理论差异。无论如何这是一种可贵的尝试，但这似乎并没有引起学界重视。笔者认为，中国小说理论史研究忽略了如下三点：（1）他们只是关注了一些重要作家作品的理论表述，而对其他作家的理论贡献没有给予足够重视；（2）他们没有对作为一个小说流派，比如话本小说以序跋形式体现出的小说观念等进行系统研究，对个体的关注掩盖了作为话本小说群体的历时性的理论表述，并忽略了话本小说以序跋形式、用群体的努力（包括理论与创作）所体现的系统的通俗小说理论；（3）话本小说序跋所体现出的理论层次及其逻辑关系没有得到重视。而也正因为忽略了以上三点使话本小说序跋的小说观念在中国古代小说理论史上没有得到应有的地位。

何以会出现如此局面呢？笔者认为存在以下原因：

其一，这一通俗小说理论多以散论形式出现在话本小说的序跋里，且有些序言有人云亦云的毛病，致使研究者只对少数几篇序言给予关注，而忽视了其他话本小说序言所体现的理论思想。

其二，话本小说浓重的说教意味，使很多研究者对以说教为中心而形成的对小说叙事规律的论述很鄙视。这就关系到话本小说的创作定位问题，由于话本小说作者把其创作定位在“谐于里耳”、“厚俗劝惩”上，这必然会影响话本小说的理论。换句话说，话本小说的写作规律技巧无不具有“劝惩”的味道。如果反过来考虑，这不正是中国自古的“文以载道”传统在话本小说里的反映吗？如果考虑话本小说作者都来自封建下层文人阶层，就不难理解这一点。因此我们对此应该给予客观看待。

其三，我们对于系统理论的观念影响了我们对话本小说序跋的通俗小说理论的认识。在我们的印象中，一套系统的理论应该是一套非常严密的体系，而以散论形式出现的话本小说序跋则不具备这样的形式。笔者认为，话本小说序跋所形成的系统的古代通俗小说理论是经过许多人的创作实践总结出来的，我们不能对古人求全责备。

我们应该充分评估话本小说序跋的小说观念对于话本小说创作的指导和塑形作用，在中国古代小说理论史和小说史上，没有任何一个时代和小说类型有这种自觉的理论倡导和在理论指导下的创作实践。从话本小说的创作来看，基本实践了其理论，而且又丰富了理论所没有表述的东西。因此，我们说，话本小说的理论思想和创作是自觉的，这在中国古典小说史上具有非常重要的意义，因为这种理论倡导和创作自觉只有到了近代梁启超之后才出现。

总之，笔者认为，话本小说序跋经过许多作者和序跋者的论述，从“正名”、创作“定位”和创作规律等方面对话本小说的通俗性进行了较为全面的论述，形成了一套理论主张与创作实绩结合的、较为完备的通俗小说理论系统，并经过大量的文本实践，“塑形的自觉”使话本小说形成了风格统一的话本小说创作潮流。无疑话本小说以序跋的形式表达的小说观念，以及对明清之际通俗小说的倡导在中国古典小说发展史上具有开创性意义。

本章小结

从上述对两宋城市文化“娱乐场”的运作模式、“说话”艺术的生命形式、明末清初文学场和话本小说从业者的理论倡导各个方面的论述，我们建构了从“说话”艺术对话本小说最初的“塑形”作用到明清时代经济、通俗文学场和从业者小说观念对书面化的话本小说塑形的影响。从根本上讲，无论是“说话”艺人还是话本小说作家，他们都受到来自生存的很大压力，而无论是“说话”艺术还是话本小说，其自身的精神性特征使其区别于一般的商品买卖而具有精神性的价值追求。因此，笔者将既有生存需要又有精神追求的文本形式叫作“生命形式”。正因为话本小说与“说话”的这种渊源关系，使其很好地保留了“说话”艺术的“交流”特性，只不过话本小说把“说话”艺术的“说—听”交流模式进行叙事格局式的内化，使其更符合书面化的话本小说“写—读”的交流特性。这是一种在“交流”特性下的“拟书场叙事格局”，话本小说的文本叙事形式和审美特征均围绕这种交流性“拟书场叙事格局”展开。话本小说对“说话”艺术的“写—读”交流模式改造存在于很多方面。下面首先从话本与话本小说的区分开始来描述这一改造过程。

话本与话本小说的不同之一在于它们具有不同的接受群。鲁迅先生指出：“说话之事，虽在说话人各具匠心，随时生发，而仍有底本作凭依，是为‘话本’。”[1] 可见，话本是作为说话人的“底本”，面向的是说话人而非普通读者。由流传下来的宋元话本（比如《醉翁谈录》中的话本篇目、《清平山堂话本》中的篇目等）来看，其文本形制和明清之际的话本小说有很大的区别。因为，作为“底本”的话本对一些说话人常用的套语、叙事程序并没有呈现出来，而且内容很简略，这要靠艺人在表演时的现场“敷演”与“捏合”来使故事更加丰满与动人心魄。因此，称明清话本小说为“拟话本”，即对话本的模拟并非

[1] 鲁迅：《中国小说史略》，上海古籍出版社，1998年版，第73页。

是一种严格意义上的定义，鲁迅先生对话本小说的“拟话本”命名在确立话本小说历史地位方面虽然起到了作用，但同时也会形成误导。因为明清话本小说的文本形制是一种“说话模拟”，而非“话本模拟”，即是把一种具有现场感的艺术进行了书面化的改造，也就是说，这些小说是一种“书面化”的“说话”艺术，对此，石昌渝指出：

“说话”是群众喜闻乐见的伎艺，在这个基础上才会产生书面化的“说话”。书面化的“说话”就是话本小说。话本小说不是说话人的底本，而是摹拟“说话”的书面故事。它最初是记录“说话”加以编订，发展下去它同时也采集民间传闻进行编写，还选择一些传奇小说和笔记小说的某些作品加以改编。[1]

石昌渝的观点很清楚，话本小说是一种“说话”记录，或者说是一种“说话”模拟，而非话本模拟，因为作为“说话”的底本，“大概只是一个故事提纲和韵文套语以及表演程式的标记”[2]，与话本小说文本形式相差实在太远。因此，笔者更倾向于采用“话本小说”的命名，来指称包括宋元文人创作的供人阅读的模拟“说话”的小说与明清文人创作的模拟“说话”的小说作品。“话本小说”是一种文体意义上的命名方式，它既包含了这些小说与“说话”的渊源关系又包含了作品的“写—读”特点。

话本小说对于“说话”的模拟与书面化改造可以从文本形制的模拟、叙事方式的精化、题材的调整、内在精神的改造等几个方面进行考察。

首先，话本小说具有一种现场感极强的、模拟“说话”的文本形制，甚至比“说话”艺术的形制更加规范。因为“说话”艺术有很大的灵活性，说话人根据现场情况随时调整说话的形式和内容，所谓顷刻间的“提破”与“捏合”就反映了这种灵活性。比如对于入话和头回的处理，如果说话现场人员爆满，那么说话人很可能选择在开场之后直接进入正话。但作为一种文体规范，话本小说在规范的同时失去了“说话”艺术的灵活性。从话本小说，比如“三言二拍”的文本形制可以看出，话本小说对“说话”艺术题目、篇首（诗词）、入话、头回、正话、篇尾的沿袭与书面化形成了话本小说固定的文本范式，并在文本进程中模拟“说话人声口”，比如随处可见的“话说、且说、却说、正是”等口头语，再如为表明故事结构的“话分两头”或“按下不表”，以及穿插于故事之中的大量议论，等等。也就是说，话本小说作者把自己想象为一个说书人，把写作看作面对听众的“说话”，这种“听众意识”使话本小说具有了“说话”

[1] 石昌渝：《中国小说源流论》，生活·读书·新知三联书店，1994年版，第230页。

[2] 石昌渝：《中国小说源流论》，生活·读书·新知三联书店，1994年版，第231页。

艺术的读者交流品质，而且这种交流品质不仅仅存在于文本形制的表面，还存在于文本的叙事方式、结构模式、文化模式以及意识形态模式之中。

其次，话本小说作为一种书面文本，作为以读者为接受对象的艺术形式，其不同于"说—听"艺术，或者说对"说话"艺术书面化改造在叙事方式上表现为叙事方式的精化。"说话"艺术在叙事方式上往往随意性较强，对故事的"提破"、"捏合"、"敷演"表现了这种随意性特征，话本小说对"说话"的书面化改造从根本上改变了这种随意性，对叙事采取了精细化处理，这样使故事看起来更加合理，更具有可读性。比如《喻世明言》卷三十五"简帖僧巧骗皇甫妻"采取倒叙的叙事方法，使故事在一个悬念的背景下展开，这样便增加了读者的阅读兴味。再如在全知视角下采用限制视角用来表达悬念或者表达人物在特定环境中的心理。在语言上，更能体现书面化与口头艺术的不同，比如《初刻拍案惊奇》卷六"酒下酒赵尼媪迷花　机中机贾秀才报怨"中采用浅近语言的骈体进行叙事："见男人问讯称呼，礼数毫不异僧家，接对无妨。到内室念佛看经，体格终须是妇女，交搭更便。"语言的这种书面化特性在场景描摹、人物描写、心理描写时更加明显，语言的雅致体现了"写—读"模式的特点，因为阅读的快慢、重复、时间等在于读者，也就是说主动权在读者一方，他可以在字词之间留恋琢磨，语言的雅化使阅读更具兴味；而"说话"艺术的"说—听"模式主动权在于说话人，听众基本随说话人的语速对故事进行体悟，语言的通俗化和口语化有利于降低理解的难度和减少理解的时间，这样听众不至于因理解时间过长而产生跟不上故事进程的情况。因此，话本小说叙事方式的精化一方面是小说创作文人化的影响，另一方面也受到书面文本交流方式变更的支配。

再次，话本小说对于"说话"的书面化改造还表现在对题材的选择上。在明清之际繁荣的话本小说与两宋"说话"艺术在题材选择上的不同表现了时代的差异与接受群体的不同。明清话本小说作家对于题材有着自觉的追求，他们往往取"巷闾近事"来"新听睹、佐谈谐"。翻检大量的话本小说可以看到里面出现了不同于以往的商人形象，日常琐事成为话本小说叙述的中心。这与话本小说读者群来自于社会各个阶层有很大关系。题材的调整反映了时代的变化、接受群的变化和以读者为交流对象的文本追求的变化。题材变化的另一个表现方面是对艳情的描写。"说话"艺术的接受是在一个公共的空间进行，因此说话的题材往往对艳情有所顾忌；而话本小说的读者阅读一般是在一个私人空间进行，接受环境的变化使书面文本容易摆脱公共的道德约束而为取悦读者的阅读趣味进行一些艳情描写。这同时与明清之际的社会风气不无关系。

最后，话本小说的书面化最为核心的是内在精神的变化。明清之际文人生存环境加速恶化，社会动荡，加上阳明心学和李贽“童心说”的影响，社会思潮向着高扬人性精神发展。明清之际，江南特别是江浙闽一带，经济快速发展，出现了具有资本主义雇佣劳动性质的萌芽，商业的发展打破了文人“学而优则仕”的观念和流传千古的“义利”观，弃儒经商已经成为许多文人的选择。因此时代精神的转型使文人的传统精神发生了深刻变化，在话本小说中体现在许多方面。比如对商人靠劳动和智慧获得利益的肯定，对弃儒经商者所持的赞成态度与不避追逐经济利益的心态。对于妇女问题则更体现了难能可贵的男女平等思想，如《二刻拍案惊奇》卷十一“满少卿饥附饱飏　焦文姬生仇死报”中写道：

却又一件，天下事有好些不平的所在！假如男人死了，女人再嫁，便道是失了节，玷了名，污了身子，是个行不得的事，万口訾议。及至男人家丧了妻子，却又凭他续弦再娶，置妾买婢，做出若干的勾当，把死的丢在脑后不提起了。并没人道他薄幸负心，做一场说话。就是生前房室之中，女人少有外情，便是老大的丑事，人世羞言。及至男人家撇了妻子，贪淫好色、宿娼养妓，无所不为，总有议论不是的，不为十分大害。所以女子愈加可怜，男子愈加放肆，这些也是伏不得女娘们心里的所在。

这里把男女不平等看作天下的“不平事”，体现了在人性觉醒的明末社会对妇女问题的关注，这不是一个偶然现象。在明清话本小说中表现女才子的故事并非是一个孤立的个案，值得注意的是许多女性表现出了使很多男性不如的才华。话本小说对于妇女贞节问题也表现出一种矛盾心态，一方面许多小说站在传统的立场维护妇女的贞操；另一方面很多小说还表现出了对于妇女再嫁的肯定。所有这些内在精神的变化体现了鲜明的时代特点和读者群变化后的一些交流性调整。

因此，话本小说对书场“说话”的书面化模拟而形成的叙事的“拟书场格局”存在模仿和调整两种同时性的维度，话本小说继承和发扬了“说话”艺术特有的文本形制，使“说话”艺术以“交流”为核心的艺术特性得到保留，并根据时代特点和接受群的变化进行了符合“写—读”交流的书面化调整，这种调整体现在各个层面，从而确立了话本小说以“交流”为核心的艺术特色，“交流”不但作为一种具有读者指向的写作目的，而且是一种文本的叙事模式和组织模式，是一种艺术方法。

综上所述，两宋城市的发展和市民阶层的形成为“说话”艺术提供了良好的社会土壤，“说话”艺术的艺术形制是建立在说话人生存和“说话”艺术精神特性基础之上，在长期的表演实践和与听众交流磨合下形成的具有思想内涵的“生命形式”。说话人的生存和时刻有失去听众的焦虑直接使“说话”艺术从表层艺术形式到内容呈现出一种“交流”的艺术特征，确切地说，这是一种以“交流”为核心的艺术形式，“交流”已经成为一种具有核心意义的艺术方法。当明清之际，江南经济的发展、造纸业和印刷业的发达、以工商业为主的市民阶层的形成和文人的生存危机、教育的发展和大众文化程度的提高，为以话本小说为主的通俗文学的发展提供了条件，从而促进了明清之际通俗文学场的形成。在明末社会动荡和明清易代之际，来自士人阶层的话本小说作家也同样有一种生存的焦虑，话本小说受到文本外，尤其是来自接受者的反向塑形作用，因此，话本小说延续了“说话”艺术的“生命形式”的特性和与接受者的“交流”特性。话本小说对书场的还原和对“说话”的模拟使其具有了“说话”书面化特征，其基本的“拟书场叙事格局”表现在对于“说话”艺术文本形制的继承和针对“写—读”交流模式进行的书面化改造，这种改造在形式和内容两方面同时展开。由此，我们可以明显地看出话本小说以“交流”为基础形成的独特的文体、结构、情节、文化等的独特文本模式。从另外一个角度来说，话本小说对“说话”艺术的书面化改造过程无不受到来自读者群的反向支配，因为读者兴趣往往成为话本小说追逐的目标，这是一种“读—写”交流模式，话本小说的发展与没落无不体现出“读写 / 写读”两种交流模式之间的此消彼长的过程。

第三章　话本小说交流性文体——“说话体”

本章要解决的问题是：话本小说是一种什么样的文体？它是如何形成的？其最核心的特征是什么？话本小说研究者对于话本小说文体的研究建立在对文体概念理解的基础之上。因此，我们可以看出对文体“概念”理解差异下研究的不同。文体是建立在文本分类基础上的概念，而文学文体，则是在历史上文学作品丰富性和差异性的前提下的分类依据。文学文体学尽管古今中外定义殊异，但有一套基本的前提，即围绕文学语言展开。对于话本小说文体的研究首先必须对文学文体学的基本分析模式进行界定，然后才能进入下一步的工作，因为这是一种研究方法问题。对话本小说文体的研究，笔者不试图做一种先入为主的框定，即先有话本小说这一文体概念，然后寻找这一概念的文本的或者历史的依据。本章做法恰好相反，即从文本细读出发，从话本小说独特的文本现象出发总结话本小说之所以成为特征鲜明的小说类型的内在根据，即本书所倡导的研究的“文本—理论”模式。

第一节　文学文体学与话本小说文体研究

一、文学文体学的基本概念

文学文体学是文体学的一个重要分支，是文体学研究的核心。中国古代有着悠久的文学文体学研究的传统，《尚书·毕命》云“辞尚体要”，《墨子》云“立辞而不明于其类，则必困矣”，刘勰《文心雕龙·定势》云“夫情致异区，文变殊术，莫不因情立体，即体成势也”，明人徐师曾（1507—1570）在谈到《文体明辨》一书的编纂方式时，就明确提出“唯假文以辨体，非立体而选文”的观点（《文体明辨序》）等，这些论述不但阐明了“体”对于“辞”的重要性，阐明了“体”对于文学分类的作用，而且阐明了“体”之所以不同的内在原因，从而形成中国古代文体学的知识系统。郭英德在综合各家观点后指出：

我认为，一种文体的基本结构，犹如人体结构，应包括从外至内依次递进的四个层次，即：(一) 体制，指文体外在的形状、面貌、构架，犹如人的外表体形；(二) 语体，指文体的语言系统、语言修辞和语言风格，犹如人的语言谈吐；(三) 体式，指文体的表现方式，犹如人的体态动作；(四) 体性，指文体的表现对象和审美精神，犹如人的心灵、性格。

文体的这四个结果层次，体制和语体，偏重于外，往往通过观察、分析便可以直观地把握；体式与体性，偏重于内，只能通过仔细的辨析和比较才能深入地体察。[1]

郭英德先生的观点无疑与中国古代的文体观一致。童庆炳指出：

文体是指一定的话语秩序所形成的文本体式，它折射出作家独特的个性特征、感觉方式、体验方式、思维方式、精神结构，和其他社会历史、文化精神。文体是一个系统。从呈现层面看，文体是指独特的话语秩序、话语规范、话语特征等。从形成文体的深隐原因看，文体的背后存在着创作主体的一切条件和特点，同时也包括与本文相关的丰富的社会和人文内容。毫无疑问，文体属于形式文体，但这形式是内容的形式，因此形成文体内容的作家的资禀、气质、思想、情感、愿望、理想等一切条件，以及相关的文化传统、现实生活的一切实在，都直接或间接地，或强或弱地制约着文体，文体折射着一切主、客观因素，同时又受制于这一切主、客观因素。企图撇开文体背后的问题孤立地来谈文体，是不可能的，也是不科学的。[2]

这就是刘勰所谓“夫情动而言形，理发而文见，盖沿隐以致显，因内而符外者也”[3]，“才性异区，文体繁诡。辞为肤叶，志实骨髓”[4]。也就是说，文体的外在形式受到内在精神和情志的支配。由童庆炳、郭英德的论述可以看出中国人从古至今对于文体的理解有着内在的一致性，即文体并非是一个纯粹的语言形式，并非是一个空洞的外壳，而是内含了丰富的情感内容，它不但与个人的情志、经历、习惯等有关系，更为重要的是，它是一种历史的生成物，包含了丰富的历史文化信息。因此，文体是连接个人、历史、文化、现实的语言表

[1] 郭英德：《中国古代文体学论稿》，北京大学出版社，2005年版，第4页。
[2] 童庆炳：《文体与文体的创造》，云南人民出版社，1994年版，第102-103页。
[3] [梁] 刘勰：《文心雕龙·体性》，郭晋稀注，岳麓书社，2004年版，第257页。
[4] [梁] 刘勰：《文心雕龙·体性》，郭晋稀注，岳麓书社，2004年版，第263页。

达系统。陶东风认为：“文体的创造和演化本来就扎根于人类的生存环境和精神需求，具有丰富的人文内涵和价值内涵。文体绝不是与人类的生存环境无关的纯语言现象。”[1]

西方人用“style”来专门指称文体，其基本的含义有文体、风格、格调、式样等，具体语境下其意义不同。文体学则叫作“stylistics”，这是一个组合词，其中“styl”为文体，后面“istics”则指语言科学。也就是说，从词源来说，西方文体学是一种语言科学，因此，关注语言是西方文体学的核心。文学文体学则是文体学的一个分支，也是文体学研究的核心。关于文学文体学，申丹指出：

“文学文体学”特指以阐释文学文本的主题意义和美学价值为目的的文体学派。文学文体学是连接语言学与文学批评的桥梁，它集中探讨作者如何通过语言的选择来表达和加强主题意义和美学效果。[2]

西方语言学研究常常利用对于文学文体的分析来发展或者验证语言学理论，文学只不过是他们的分析资料，其最终目的是为其学科服务。文学文体学的提出则是站在文学研究的立场上，利用文体学的理论和方法，以文学语言为基础探索文学的“主题意义和美学效果”。这与语言学在研究目的上有着根本的区别。文学文体学有着一套自己的分析方法，申丹继续阐述了被誉为文学文体学之父的德国文体学家斯皮泽(Spitzer，1887—1960)的“语文圈”的阐释模式：“先找出作品中偏离常规的语言特征，然后对其作出作者心理根源上的解释，之后再回到作品细节中通过考察相关因素予以证实和修正。”[3]西方学者对语言学的关注是一个传统，20世纪西方文论的繁荣很大程度上得益于语言学研究的重大突破。斯皮泽的观点实际上在他生活的时代已经在文学研究中广泛运用，比如俄国形式主义的“陌生化”、英美新批评的文本“细读”、燕仆逊的“含混”，以及德里达的“延异”等，无一不是从语言的“偏离常规”中来探索文学特殊的艺术和审美特性。

综合以上论述，我们发现，无论中西，文体学研究的基本核心是一种语言研究，文学文体学研究是对文学作品语言特性的研究，然后延及语言背后的作

[1] 陶东风：《文体演变及其文化意味》，云南人民出版社，1994年版，第20页。

[2] 申丹：《叙述学与小说文体学研究》，北京大学出版社，2001年版，第76页。

[3] L. Spitzer，“Linguistics and Literary History” in D.C. Freeman，ed. *Linguistics and Literary Style*，New York：Holt，Raiehart & Winston，1970，p. 30. 转引自申丹：《叙述学与小说文体学研究》，北京大学出版社，2001年版，第78页。

者的写作目的、情感倾向，再然后是历史、文化内涵。文学文体学的研究方法中西各异，中国传统对于文学文体的研究注重"因文立体"，是一种归纳法，即通过对文学作品语言风格（包括词素、义素、语素的组合方式）、文本体制、作家情志、价值追求、历史文化因素等的考察来判定一种文体的独特的艺术和审美特征。西方文体学讲究文本细读，他们往往在文本语言研究的基础上提出一些概念来标示某种特定的文体特征，比如"含混"、"陌生化"等，并以此建立自己的理论系统。

本书对话本小说文体的研究采用一种中西结合的研究方法，并遵循本文一贯的"文本—理论"研究模式。首先，笔者不做一种先入为主的判断，即不首先确定话本小说是一种怎样的文体特征，而是以"因文立体"为思路，采用归纳法，从话本小说的文本现象出发来探索话本小说的文体特征；其次，采用西方以"语言"为核心的分析模式，笔者认为，文体学的研究范围是作品的语言以及语言的各种外延，即包含一些基本的语义、语素和叙事单位。比如套语、组成语言表达或叙事表达的基本主题（小主题）、组成叙事的一些故事范型、不同类型的体裁的组合（比如话本小说中的文备众体、韵散结合等）。所有这些均不足以构成一篇完整的小说，这些都是作为语言现象或扩大了的语言现象而存在，虽然故事范型具有某种固定的情节模式，但它们是作为一种零散的语言现象分布的，是一种大的语义系统，要成为小说则必须进行情节的布局和结构的安排。比如"才子佳人"范型，虽然此范型有很多小说，但小说的具体结构、情节布局以及价值追求是不同的，也就是说，"才子佳人"已经作为一种基本的语义系统存在于语言之中。因此，我们说，文体学和叙事学的研究范围虽有交叉但还是有区别的，前者关注语言的形态、功能和语言的表述方式，后者关注叙事作品的情节和情节布局、结构、观念系统等（对此，申丹在《叙述学与小说文体学研究》中论述很详尽，此处不赘述）。再次，在分析话本小说文体特征时注重话本小说的历史性影响因素和话本小说产生的社会语境、作家的价值追求和读者接受之间的交流互动关系。对于话本小说的生成在本书第二章有详细论述，因此，本章在这方面不做详细论述，但会穿插在对话本小说以"语言"为核心的分析之中。最后，在注重语言的同时也对语言的发出者——叙述者予以关注，因为对叙述者的研究可以更加清楚地判断语言的存在形态，而且话本小说叙述者的独特存在是形成话本小说文体独特性的前提条件，因此笔者将用一节篇幅讨论话本小说的叙述者。在分析话本小说的文体特征前，笔者先就话本小说文体方面的研究成果予以评析，然后进入下一节的具体分析。

二、话本小说文体研究成果评析

话本小说文体方面的研究很多学者的著述中多有论述，但对话本小说文体的研究专著则寥寥，其中王庆华《话本小说文体研究》(2006)[1]和王凌《形式与细读：古代白话小说文体研究》(2010)[2]是最近几年出版的研究话本小说文体的专著。下面对这两部专著从研究方法、主要观点等方面进行评析。

按照作者的观点，《话本小说文体研究》一书主要采取一种较为“宽泛”的文体概念，即：一是体制规范，相当于中国古代文论中的“文体”、“体制”概念，包括功用宗旨、创作原则、篇章体制、题材选择、表现手法、表现旨趣、风格特征；二是“艺术构造方式和形态”，包括叙事结构、叙事方式等。[3]由此我们看出，王庆华的文体观基本重合了文体学与叙事学的主要研究内容。该书首先从对“话本”的考证建立自己的“话本”概念，因此，其论述主要建立在其对“话本体”概念的合法性的基础之上。这似乎没有什么不可以，但正如笔者在第二章第四节所述，话本小说的文本的基本格局是一种“拟书场”或者“拟说话”而不是拟“话本”，话本小说无论从语言还是文本形制等方面都与早期话本有很大区别（比如《清平山堂话本》等），因此对“话本”概念的考证无法完全支持把话本小说文体叫作“话本体”。当然，此书在话本小说文体方面的研究还是非常全面，而且，笔者认为，书中论述很明显是在对话本小说“口头”与“案头”的比较中建立对话本小说文体的认识。比如第一章就从这个方面进行论述，对话本从口头到案头的过程进行描述。第三章则对话本小说文体的独立与成熟进行详尽论述，主要论述了话本小说书面化、案头化、文人化的特征。第四章则从话本小说文体演变的角度进行论述，比如雅俗，指出话本小说发展的适俗化倾向；在发展演变方面，指出了话本小说在演变过程中对话本小说文体的消解与话本小说消亡之间的关系。作者指出：

清中后期话本小说文体的变异实质上属于话本小说传统文体规范的全面消解。从某种意义上说，它是话本小说创作走向衰亡的产物。反过来，这种变异又加速了话本小说创作的衰亡。充满说教色彩的笔记化话本小说既不符合市井细民的审美口味，也难以赢得文人的喜爱。因此，这种白话笔记小说文体并无

[1] 王庆华：《话本小说文体研究》，华东师范大学出版社，2006年版。

[2] 王凌：《形式与细读：古代白话小说文体研究》，人民出版社，2010年版。

[3] 王庆华：《话本小说文体研究》，华东师范大学出版社，2006年版，第4-5页。

多少生命力可言，其速生速灭也是必然的。[1]

这种从文体演变的角度来说明话本小说衰亡的原因（但不是唯一原因）是有道理的。王庆华的论著从“话本”概念考述、文体发生、独立与成熟、发展演变、与古代其他文体的比较以及影响等方面建立其话本小说文体——话本体的共时与历时系统，可以说对话本小说文体的研究做出了贡献，因此，谭帆先生在此书序言中予以高度评价。

王凌的《形式与细读：古代白话小说文体研究》的文体概念基本与王庆华较为宽泛的文体观一致，但王凌的研究更注重文本细读。如果说王庆华的文体研究擅长考证，那么王凌的文体研究则注重文本微观现象的分析，正如著作题目所示，“形式”是研究的内容，“细读”是研究的方法。王凌的研究范围较为宽泛，即古代白话小说，这与王庆华单纯研究话本小说是有区别的。比如对“叙述结构”的论述，王凌不但关注了话本小说等短篇白话小说，而且还关注长篇白话小说，而王庆华则只是局限话本小说方面。王凌对于古代白话小说的研究真正做到了“细读”，全书五章，分别从语言、修辞与人物话语表述、人称和视角、顺序和节奏、叙述结构等方面全面论述了古代白话小说的文体特征。但读后给人一种论述详尽深刻不足的印象，其内在原因笔者认为是她没有从纵深的层面对白话小说文体形成的内在逻辑予以揭示，也就是说，支撑白话小说文体的内在原因到底是什么。内在研究的缺失造成的直接结果是论述内在逻辑的不足并因此导致了系统性的缺失。古代白话小说，包括话本小说在内，笔者认为其外在文本的文体特征有着深厚的内在原因，与历史语境、文化传统、个人生存和生活情趣、接受者状况等都有着不可分割的联系。正如陶东风所说：

人类在其漫长的进化过程中，在其与自然及社会的不断的交往接触中，形成并改变着自己的行为方式与精神结构，包括其艺术地感受和体验世界的心理图式，它是文学艺术史上文体（风格）演化的内在根源。因而文体的创造与演化本来就扎根于人类的生存环境和精神需求，具有丰富的人文内涵和价值内涵。文体绝不是与人类的生存环境无关的纯语言现象。[2]

综上所述，话本小说文体研究虽然存在很多不足，但取得的成果是可喜的，尤其是明确的研究思路，即在中西文学文体学研究的方法借鉴方面对于古代文学的研究是一个很好的启发。因为当今的古代小说研究的“文本—理论”模式并非主流，或者并非为古代小说研究的学者看好，但正是这种模式开启了中国

[1] 王庆华：《话本小说文体研究》，华东师范大学出版社，2006年版，第153页。

[2] 陶东风：《文体演变及其文化意味》，云南人民出版社，1994年版，第20页。

古代小说研究的先河，李卓吾、金圣叹、毛宗岗等无不立足文本进行小说理论的探索和对古代小说文本艺术规律和审美特征进行归纳总结。

第二节　话本小说标题的演变、类型和功能

话本小说的文体特征首先从标题开始。作为一种从口头“说话”艺术演变而来的全新的书面小说体裁类型，话本小说标题便呈现了这种对口头艺术的继承和书面化改造，话本小说标题经历了口头到书面、简单到复杂的演变过程。从“说话”艺术时期“招牌”式的标题形式到书面文本，尤其是冯梦龙“三言”之后的话本小说的标题设置，我们可以清晰地看出标题除了为故事起个名字，更多的是在其叙事功能和交流功能上呈现出文人化和市场化的倾向。从根本上说，话本小说标题体现了在“虚拟说话人—虚拟看官”交流框架下“拟书场格局”的“说话”特性，以及这种特性的“写—读”交流模式的转变过程。

一、话本小说标题的演变与类型

最早大量记述话本小说名目的当属宋罗烨《新编醉翁谈录》，在其“甲集”卷一之“小说开辟”中记载了至今留存或已经散佚的大量话本小说名目，并按照小说的故事类型进行了分类。比如《杨元子》、《汀州记》、《红蜘蛛》、《铁瓮儿》等为“灵怪之门庭”；《推车鬼》、《灰骨匣》、《燕子楼》等为“烟粉之总龟”；《莺莺传》、《爱爱词》、《鸳鸯灯》、《王魁负心》、《章台柳》、《李亚仙》等为“传奇”；《石头孙立》、《姜女寻夫》、《三现身》、《八角井》等为“公案”；《杨令公》、《青面兽》、《陶铁僧》、《赖五郎》等为“朴刀”；《花和尚》、《武行者》、《飞龙记》、《梅大郎》等为“捍棒”；等等。[1] 从这些名目可以看出，在话本的口头艺术“说话”阶段，题目类似于“招牌”，这些“题目的字数多寡不一，这些可能是说话艺术的初级阶段艺人们为了吸引听众，把题目写在招牌上当演出海报，主要是为了明白易懂，并不讲究什么艺术性。后来被人记下来，便成了话本的题目”[2]。作为“招牌”形式的“说话”标题应该讲究过目不忘、易懂易记，这样就会起到类似今天广告的作用。但这些“招牌”式标题也许并不说明其所

[1]［宋］罗烨：《新编醉翁谈录》，辽宁教育出版社，1998年版，第3-4页。

[2] 孟昭连、宁宗一：《中国小说艺术史》，浙江古籍出版社，2003年版，第183页。

对应的话本的标题也是如此，比如以上所举《李亚仙》在同书癸集卷一中则叫作《李亚仙不负郑元和》，归入“不负心类”，这相对于单纯以“李亚仙”名字来作标题更具有故事情节和类别特征；再如《王魁负心》在同书辛集卷二中叫作《王魁负心桂英死报》，标题不但显示了故事主要情节而且具有因果报应色彩。由此可见，上引招牌式标题也许并不是话本的完全题目，而是简便、明了的广告式缩写，这从对比该书后面记录的大量话本可以看出，如《三妓挟耆卿作词》、《裴航遇云英于蓝桥》等。

在明洪楩所编《清平山堂话本》中，话本标题与罗烨《新编醉翁谈录》所记话本名目并无太大变化，有简单的“招牌”式标题如《简帖和尚》、《西湖三塔记》、《蓝桥记》、《快嘴李翠莲记》等，也有体现故事情节的如《陈巡检梅岭失妻记》、《花灯轿莲女成佛记》、《杨温拦路虎传》等。《清平山堂话本》中话本标题的最大特点是大多以“记”、“传”命题，很明显受到唐传奇以及史传文学的影响。《清平山堂话本》许多篇目被冯梦龙编入“三言”并对标题和故事进行了增益和润色，下面选几篇予以对比：

《清平山堂话本》篇目	“三言”篇目
《简帖和尚》	《简帖僧巧骗皇甫妻》
《风月瑞仙亭》	《卓文君慧眼识相如》
《错认尸》	《乔彦杰一妾破家》
《羊角哀死战荆轲》	《羊角哀舍命全交》

从以上所列可以看出，从《清平山堂话本》到“三言”经过了文人的润色过程，“三言”标题无疑更具有情节和节奏。而从《宝文堂书目》中的标题到“三言”标题则变化更加明显：

《宝文堂书目》篇目	“三言”篇目
《种瓜张老》	《张古老种瓜娶文女》
《错斩崔宁》	《十五贯戏言成巧祸》
《玉观音》（《碾玉观音》）	《崔待诏生死冤家》
《沈鸟儿画眉记》	《沈小官一鸟害七命》[1]

这里可以明显看出冯梦龙的润色之功，题目更加工整，更具有故事性和吸引力，也更具有节奏感。冯梦龙对话本小说题目的书面化、文人化加工直接影

---

[1] 有论者把《清平山堂话本》、《宝文堂书目》和“三言”篇目进行比较，进而推测《清平山堂话本》（又名《六十家小说》）的散佚篇目。见常金莲：《〈六十家小说〉研究》，第三章，齐鲁书社，2008年版。

响了后来的话本小说。“三言”标题很多是七言、八言且不同故事的标题两两相对极为工整。凌濛初的“二拍”标题设置除受“三言”影响外，还把长篇章回小说的题目样式引入话本小说，把同一故事标题设置成对联形式，如“初刻”《转运汉遇巧洞庭红　波斯胡指破鼍龙壳》、《顾阿秀喜舍檀那物 崔俊臣巧会芙蓉屏》等，这样，标题的表现力更加强了。冯梦龙和凌濛初在话本小说命名方面起码有以下影响：（1）采用工整的文字和对偶的方式命名；（2）采用双级标题方式，即小说集的命名和每个故事的命名，如《喻世明言》、《拍案惊奇》为小说集总称，内包括各自独立的短篇小说；（3）标题讲究教化和劝谕，明确写作目的和文本定位。在后来的话本小说发展中，话本小说的标题基本上是按照冯梦龙和凌濛初的命名方式对故事进行命名，诸如《型世言》、《觉世雅言》、《别本二刻拍案惊奇》、《今古传奇》等；而有的则教化意味明显，如《石点头》、《鸳鸯针》、《醉醒石》、《警悟钟》等。随着话本小说的发展，娱乐性被强调，这与话本小说的通俗性是分不开的，诸如《人中画》、《都是幻》、《宜春香质》、《一片情》、《通天乐》等；而有的则直接裸露艳情淫邪色彩，如《肉蒲团》、《风流悟》、《弁而钗》等。所有这些话本小说集一般采取双级或三级标题的方式进行命名。

由此可见，话本小说标题的演变经过了口头艺术“说话”阶段招牌式命名和不规则命名，到明清之际，“三言二拍”以及之后更加文人化和书面化的命名，然后是更加“市场化”的命名。从命名方式可以看出所谓话本小说的雅化过程其实是一种鱼龙混杂状态，因为话本小说的通俗化和市场化是话本小说挥之不去的影响因子，一切都为这两“化”服务。所谓“雅化”，笔者认为不单单表现在语言的高雅化和文人化上，而且也应该表现在作品所体现的具有较高品位的思想性上，也就是说，“雅化”应该从形式和内容两个方面对作品进行价值评判。因此笔者认为，话本小说从口头到书面的确有一个文人化和雅化过程，这从标题的演变就可以看到这一点，但文人化是一贯的、延续的，而“雅化”则需要区别对待。

为了更为清晰地看出话本小说标题的类型特征，笔者试进行了如下分类。

（一）按照层级分类

1. 单级型标题。这在“说话”艺术时期更加常见，因为当时故事是以单篇进行表演的，没有经过人为的编辑，如以上所举《新编醉翁谈录》、《清平山堂话本》以及《熊龙峰四种小说》等中的话本小说都属于单级型标题。

2. 双级型标题。如“三言”、“二拍”、《型世言》、《幻影》等。这些是在小说集的总标题下，各个故事又有自己的标题，同时以“卷”或者“回”作为排列顺序。话本小说的中长篇则采取“分段”式标题方法，即故事的一个完整段落设为一章或一回并标题，如一些讲史平话或演义以及后来的才子佳人小说皆为此类。这里，小说集的标题一般具有一定功能，如劝诫、尚奇等。

3. 三级标题。这类标题除小说集题目外，还有二级标题和三级标题，如《八洞天》的一级标题是“八洞天”，二级标题有八个，如第一个是“补南陔”，在其下又有三级标题“收父骨千里遇生父，裹儿尸七年逢活儿”等。此可以看出，一级标题是明确劝谕目的，二级则为某个劝谕方面，三级则是正式的故事标题。如此类型的话本小说还有《五色石》、《云仙笑》、《鼓掌绝尘》、《跻春台》等，但各级标题的功能则视情况各有不同。

（二）按照标题的形式分类

1. 同篇单句或偶句，所谓“同篇”即一篇小说的标题形式，句子多采用五言、七言、八言等。比如“三言”是同篇单句，“二拍”则为同篇偶句。

2. 异篇单句或偶句，所谓“异篇”指不同小说篇目。异篇单句是指不同小说标题的单句标题；异篇偶句则指不同小说标题之间的对偶关系，这与文人的加工润色有很大关系，有的异篇小说不但标题采用对偶，而且在故事类型上也一样，如《喻世明言》卷二十九“月明和尚度柳翠”和卷三十“明悟禅师赶五戒”，标题对偶，类型同为宗教类题材。如此情况在话本小说各种集子中很常见。

（三）按照标题的内容分类

1. 以主要故事情节来命名。这是话本小说基本的命名方式，很多话本小说标题皆为此类，如《十五贯戏言成巧祸》、《简帖僧巧骗皇甫妻》、《程元玉店肆代偿钱　十一娘云岗纵谭侠》等。

2. 以小说中人物命名。这种命名方式多受《金瓶梅》影响，如后来的《平山冷燕》、《玉娇梨》等。

3. 以小说类型分类，如“演义”、“公案”等。

由此可见，话本小说从“说话”口头艺术走来，经过了书面化、文人化、雅化，从话本小说的标题演变中一目了然，并且从标题中可以看出话本小说作者对于话本小说的劝谕功能和娱乐功能有着自觉的追求。

二、话本小说标题的叙事功能

话本小说标题并不仅仅是一个从简单到复杂的过程，而是在书面化、文人化与雅化的过程中融入了小说作者精心的艺术构思。书面化后的拟话本小说的标题承担了多项叙事功能，比如提示情节、炫奇、揭示故事结构、揭示故事主题等，而有的标题层级则起到了故事分类的功能。下面就具体的例子对话本小说标题的叙事功能进行分析。

1. 提示情节。绝大多数话本小说的标题具有提示情节的功能，如交代主要人物的主要行动、故事发生的地点、故事的结局等。比如《喻世明言》中“杜十娘怒沉百宝箱”，该标题首先提示了主要人物——杜十娘，然后提示了杜十娘的主要行动“怒沉百宝箱”，这里有一个重要的情节字眼即“怒”，它包含了极为丰富的故事情节内涵；“蒋兴哥重会珍珠衫”标题也如上例，其中的关键情节字眼“重会”不但提示了蒋兴哥的行为而且隐含了故事的曲折性；“陈御史巧勘金钗钿”亦如此类，关键性情节“巧勘”具有丰富的故事性。以上三例有一个重要的线索性情节提示，即都有一个“道具”，我们可将其称为“标志物”：百宝箱、珍珠衫、金钗钿。这些都是贯穿小说线索和情节的主要“道具”。这种带有“标志物”的标题在话本小说中极为常见，而且为话本小说后来的戏剧改编提供了方便，这正是“标志物”的情节提示作用。[1] 再如《初刻拍案惊奇》的“李公佐巧解梦中言 谢小娥智擒船上盗”标题中不但提示了两个主要人物，而且把主要人物的行动进行了交代，读过小说我们就可以知道，“巧解梦中言”和“智擒船上盗”有着直接的因果关系，因为只有李公佐把“梦中言”解开才会有谢小娥以此追凶的行动，没有前者，后者的行动则无从谈起。话本小说标题对小说故事情节的提示各有不同，仔细分析就可以发现，每一个标题都蕴含了作者独具的艺术匠心，他们不但在标题的形式上力求工整、有节奏，而且还要与不同的故事的标题形成对偶，“戴着脚镣”来进行完美的艺术“舞蹈”，没有相当的文学修养是无法做到的。

2. 炫奇。对小说故事“奇异”的追求是话本小说的传统，可以说话本小说从产生到衰落，对“奇书文体”的强调伴随始终。比如冯梦龙最早的《喻世明言》刻印者衍庆堂《喻世明言识语》：“绿天馆初刻古今小说四十种，见者侈为奇观，闻者争为击节。”[2] 凌濛初更把自己的小说集命名为《拍案惊奇》，并在

[1] 程国赋：《三言二拍传播研究》，中国社会科学出版社，2006年版，第178-181页。

[2] 丁锡根编著：《中国历代小说序跋集》，人民文学出版社，1996年版，第775页。

《拍案惊奇自序》中写道："今之人但知耳目之外牛鬼蛇神之为奇，而不知耳目之内日用起居，其为谲诡幻怪，非可以常理测者固多也。"[1]这种自觉的"奇书文体"追求直接影响了话本小说标题的设置，可以用"炫奇"来称之。据统计，"三言二拍"五部话本小说集中直接用"巧"的有：《初刻拍案惊奇》4篇、《二刻拍案惊奇》3篇、《喻世明言》2篇、《醒世恒言》2篇。而有一部话本小说选集则直接命名为《四巧说》。"巧"作为直接构成"奇"的要素备受话本小说作者的推崇。更多话本小说标题则从表达的意义方面体现对于"奇"的追求，如《八洞天》卷一"补南陔"《收父骨千里遇生父，裹儿尸七年逢活儿》、卷二"反芦花"《幻作合前妻为后妻，巧相逢继母是亲母》、卷七"劝匪躬"《忠格天幻出男人乳，义感神梦赐内官须》等，可以说《八洞天》标题篇篇都在"炫奇"，真如其《序言》所称的"别有洞天"。[2]"三言二拍"选集抱瓮老人编辑《今古奇观》也是以"奇"命题；被称为话本小说最后一部的公案小说《跻春台》则直接被称为"清末拍案惊奇"。由此可见，"炫奇"是话本小说标题的主要追求。

3. 揭示故事结构。此类功能体现在"同篇单句或偶句"式标题中。这些标题在提示故事主要人物、情节以及"炫奇"之外，还揭示了故事的结构。偶句标题如《五色石》第一卷"二桥春""假相如巧骗老王孙 活云华终配真才子"，题目一假一真，其实揭示了故事的2个人物及2条线索，即通过无真才实学的木一元和满腹才华的公子黄生之间交合而又分离的线索展开故事。这是话本小说常见的"双线聚合"结构。再比如《生绡剪》第七回"沙尔澄凭空孤愤 霜三八仗义疏身"，标题揭示了故事的2个人物沙尔澄和霜三八，通读故事我们就会发现，这2个人物只有3处"聚合"，标题所揭示的就是这2条线索的一处"聚合"即"凭空孤愤"和"仗义疏身"，正是这一处聚合把2个人的命运紧紧联系在一起，构成了作品"双线"之间的扭结，从而形成了整体结构。但偶句标题并不完全是"双线聚合结构"，比如《五色石》第五卷"吉家姑捣鬼感亲兄 庆藩子失王得生父"则是单线结构。"同篇单句"标题也具有如上结构功能，如《警世通言》第十一卷"苏知县罗衫再合"，标题提示了人物、主要行动和标志物，更为重要的是揭示了故事的单线结构模式；《醒世恒言》第三卷"卖油郎独占花魁"，标题揭示了2个人物，这2个人物的级差表明了故事的双线结构，而两条线索又以级别较低的"卖油郎"对级别较高的"花魁"的"独占"予以

[1] 丁锡根编著：《中国历代小说序跋集》，人民文学出版社，1996年版，第785页。

[2] 五色石主人：《八洞天》，书目文献出版社，1985年版，第Ⅱ页。

重合，集线索、人物、故事情节、炫奇于一身，可见冯梦龙的极高的艺术创造力。

4. 揭示故事主题。“劝诫厚俗”是话本小说的传统，因此标题体现这个主题也在情理之中。比如《鸳鸯针》第二卷第四回“举罪废双侠报恩知 化贪痴一门成忠孝”直接指明了小说的“报恩”与“忠孝”主题。再如《醉醒石》第二回“恃孤忠乘危血战 仗侠孝结友除凶”体现了小说的“忠、侠、孝”主题；《警世通言》第十八卷“老门生三世报恩”的“报恩”主题、《醒世恒言》第三十五卷“徐老仆义愤成家”中的“义”主题等，如此例子不胜枚举。

5. 为故事分类。由于有些话本小说集标题的多层级性，小说作者在设置标题的时候，对小说标题的某个层级就会进行有目的的分类。比如《八洞天》的第二层级标题有“补南陔”、“反芦花”、“培连理”、“劝匪躬”等，每一个标题下就是某一类的劝诫故事；《五色石》亦如此。而《鼓掌绝尘》的第二层级标题则是“风、花、雪、月”四个标题，且每一标题下有作者的题辞来说明用意。类似的如《跻春台》的二级标题为“元、亨、利、贞”。

综上，话本小说的标题绝非是一个可以被研究者忽略的现象，标题所隐含的叙事功能可以说非常丰富，绝非以上所能概括完全。研究这些标题的叙事功能可以使我们了解话本小说书面化、文人化和雅化的过程，了解作者蕴含其中的写作观念和指向，丰富我们对话本小说作者行为的理解。

三、话本小说标题的读者交流功能

由以上论述可以知道，话本小说标题对故事情节、结构、主题等的直接揭示是话本小说标题的突出特征，而且这一特征没有随着话本小说书面化、文人化和雅化的深入而消失，相反却是越来越被话本小说作者所强调。这是一个值得思考的现象。对于严肃文学和雅文学来说，用标题直接揭示作品的情节、结构、主题等未必是一种好的选择。一般情况下，标题的含蓄蕴藉、充满象征或者隐喻，或者充满诗意等都会比标题对故事很多方面的揭示更加符合文人和作品雅致的特性。但为什么话本小说却选择了不同于中国传统的命名方式呢？这就和话本小说的创作定位有着不可分割的关系。冯梦龙在《古今小说序》中对于话本小说的创作定位给予了明确说明：

大抵唐人选言，入于文心；宋人通俗，谐于里耳。天下之文心少而里耳多，则小说之资于选言者少，而资于通俗者多。试今说话人当场描写，可喜可愕，可悲可涕，可歌可舞；再欲捉刀，再欲下拜，再欲决脰，再欲捐金。怯者勇，淫者贞，薄者敦，顽钝者汗下。虽小诵《孝经》、《论语》，其感人未必如是之捷且深也。噫，不通俗而能之乎？[1]

“谐于里耳”和“资于通俗”作为创作定位，把“劝惩厚俗”作为创作目标，这在一定程度上影响了话本小说的标题设置。冯梦龙的倡导可以说成了后来话本小说的创作宗旨，影响极为深远。但同时另外一种原因就是话本小说的市场化，明清之际之所以会有中国白话小说的繁荣，很大程度上与当时造纸和印刷业的发达、大量具有一定文化的读书人和市民阶层的出现有着很大关系。可以说，在中国古代文学发展史上，明清之际的白话小说第一次实行了市场化运作，作者靠写作获得稿费，出版商靠作品的销路赢得利润，读者靠作者的创作和出版商的出版获得可供娱乐消闲的小说。并且，书商之间的竞争是相当激烈的。[2]由以上两种原因可知，作为通俗文学的话本小说要想靠读者的购买力获得生存，就必须从各种方面进行“包装”，包括标题。因此，话本小说的标题设置具有明显的读者指向。虽然研究者对于话本小说标题的重视不是太够，但是，凡是有所论及，无不对话本小说标题的读者（听众）指向予以揭示，比如：

胡士莹《话本小说概论》：

“说话”的题目，是根据正话的故事来确定的，它是表明故事的主要标记。它最初可能是短的（以人名、浑名、物名、地名等为题），《醉翁谈录·小说开辟》所列举的皆是。但说话人表演时，为了使内容更加醒目，更易于吸引听众，便常把题目衍化为七言八言的句子，写成话本时也照样记录下来。[3]

孟昭连、宁宗一《中国小说艺术史》中对于标题的读者指向论述更为详细：

（“说话”标题——引者）种类虽多，却都能简明扼要地给读者一个总体印象，有的还颇有吸引力，如《西山一叟鬼》、《风月相思》。题目的字数多寡不一，这些可能是说话艺术的初级阶段艺人们为了吸引听众，把题目写在招牌上当演出的海报，并不讲究什么艺术性。

但到了拟话本阶段，由于书是给读者看的，故事的一切魅力都要在这短短的几千字或上万字的书面中表现出来，作为小说“门面”的题目，其重要性就突现出来了。所以原来长短不齐过于简单的题目都改成诗体的七字句或八字句，不但读起来有一定的节奏感，对内容的概括力也更强了；而且从全书来看，

[1] 丁锡根编著：《中国历代小说序跋集》，人民文学出版社，1996年版，第773-774页。

[2] 李忠明：《17世纪中国通俗小说编年史》，安徽大学出版社，2003年版。

[3] 胡士莹：《话本小说概论》，中华书局，1980年版，第134页。

整齐划一，具有一定美感，显得很雅致。[1]

石麟《话本小说通论》：

后来，为了使题目更具有艺术性，从而更能引起听众或读者的兴趣，大多数小说话本的题目便发展为六言、七言、八言的单句。[2]

可见，话本小说标题的读者指向是公认的。随着话本小说的发展，读者指向也得到了强化。但市场化带来的负面效应也随之出现，有的话本小说作者或者出版商为了吸引读者，用带有“淫欲”、“艳情”的名称来为小说命名，如《肉蒲团》、《风流悟》、《绣鞋记》等，并在作品中充斥大量的淫秽描写。这种读者指向走向了极端和反面，但也反证了话本小说标题的读者指向性。也许我们不应对古人进行苛刻的要求，在通俗文学的发展史上，无论古今中外，都难以消除部分作者或出版商为了谋取利益而自毁形象之事。

为了适应市场化需要和吸引读者，有些小说设置标题有意模仿已经成名且销路好的作品；有些小说的标题不断被改头换面以期用一个新的名称来招徕顾客。比如《型世言》之于“三言”，《二刻醒世恒言》之于《二刻拍案惊奇》和《醒世恒言》，而《幻影》则改成了《三刻拍案惊奇》。《四巧说》则是选取了《八洞天》中的三篇和《照世杯》中的一篇进行重新命名出版。这种对标题的改头换面在话本小说史上屡见不鲜，其目的是明确的，即吸引读者，企图用一种陌生化的手段引起读者注意，想以此和读者形成“交流”关系，达到勾起读者阅读欲望然后购买的目的。同时，笔者注意到，有些多层级标题其中的某一级是可有可无的，如《八洞天》、《五色石》、《鼓掌绝尘》、《跻春台》里的第二级标题完全可以去掉，但作者之所以设置是因为作者的读者指向与想和读者进行“交流”的欲望。这是一个很值得思考的现象。

韦恩·布斯曾经论述“标题的修辞”，指出：“我们绝不要忘记标题的修辞。《荒原》？《空虚的人们》？是谁这么说的？”布斯是想提醒我们，标题的背后具有作者的声音，而这个声音直接指向了读者，“事实是，如果可以辨识的对读者的吁请是一种不完美的标志，那么完美的文学是找不到的；不仅在小说中，而且在所有各类伟大作品中，我们发现这种吁请到处都有”。[3] 话本小说的标题也是一种“标题的修辞”，其直接指向读者，向读者发出“吁请”，其目的是作者想通过标题发出自己的声音并与读者进行“交流”，这也是遵从了冯

[1] 孟昭连、宁宗一：《中国小说艺术史》，浙江古籍出版社，2003年版，第183-184页。

[2] 石麟：《话本小说通论》，华中理工大学出版社，1998年版，第23页。

[3] [美] 韦恩·布斯：《小说修辞学》，北京大学出版社，1987年版，第111、109页。

梦龙倡导的“劝惩厚俗”的创作理念。

综上所述，话本小说的标题经过了口头艺术阶段和书面艺术阶段，经过了文人化、书面化和雅化的过程，经过了由简单到复杂，由“招牌”式向承载更多叙事功能和读者“交流”功能的过程，这是一个不断完善的过程，也是一个体现话本小说从冯梦龙始倡导的“劝惩厚俗”的创作理念的过程。话本小说标题的演变体现了话本小说文体特征的一个轮廓，即“说话”特性，在以“虚拟说话人—虚拟看官”交流为基础构筑的“拟书场”框架下的演变轨迹，这种轨迹基本沿着“说—听”交流向“写—读”交流转变的路线进行，而“说话”特性已经置入其中，这种特性不会改变，除非话本小说放弃这种交流框架系统。

第三节　话本小说文体的口头艺术特征及其书面化

话本小说文体特征与“说话”口头艺术有着不可分割的关系。以冯梦龙“三言”为代表的话本小说以其对中国古代白话小说新形式的开创在中国小说发展史上占有很重要的地位。但应当指出，这种新形式是基于对自古以来至宋代兴盛的“说话”的成熟形式的改造之上。因此，话本小说以书面的形式保存了大量的口头艺术特征，这些口头诗学特征已经深入到了话本小说语言、结构、叙事话语等各个方面。并且，随着话本小说书面文本的发展，这些口头特征显示出一种弱化趋向。朝戈金在约翰·迈尔斯·弗里的著作《口头诗学：帕里-洛德理论》的译者前言中，把帕里-洛德口头诗学理论进行了简要的概括：“口头程序理论的精髓，是三个结构性单元的概念，它们构成了帕里-洛德学说体系的基本骨架。它们是程序、主题或典型场景，以及故事型式或故事类型。”[1]这些概念在贝茨·洛德的，被约翰·迈尔斯·弗里称为口头诗学“圣经”的《故事的歌手》一书中有详尽的阐述。考察话本小说的文体特征，笔者试图以帕里-洛德口头诗学理论为背景，从程序、主题和故事类型三个方面对话本小说以交流为核心的“拟书场”框架下的文体特征予以考察，揭示话本小说文体的口头诗学特征及其弱化过程，并对话本小说所具有的中国民族传统因素予以揭示，从“中国特性”方面考察话本小说的文体特性。

---

[1] [美] 约翰·迈尔斯·弗里：《口头诗学：帕里-洛德理论》，朝戈金译，社会科学文献出版社，2000年版，第15页。

一、话本小说文体的程序特征

程序概念在口头诗学理论中与我们平常的理解有很大差异。帕里的程序概念：“在相同的格律条件下为表达一种特定的基本观念而经常使用的一组词。”[1]我们发现，帕里所说的程序是词而不是我们平常所理解的结构、套路等一些僵化的东西。洛德从歌手的角度对程序进行了研究，指出歌手学习的过程“是一种无意识的吸收、融会贯通过程。年轻歌手一直在有意识地琢磨那些故事，而这些故事之间是以无意识的独特方式联系在一起的。但是，当歌手开始演唱时，故事的叙事方式像早已准备好了似的出现在眼前。于是，程序便为他诞生，他由此而获得了程序化的表达习惯”[2]。因此，程序是歌手长期学习过程中形成的表达习惯，它因人而异，有创造性的歌手往往“将新的词语放入旧有的模式中，新的程序便产生了”[3]。程序为表达主题服务，不同的歌手的程序积累是不一样的，同一歌手的程序积累也会随主题材料而变动，因此，程序不是死的，而是流动的、变化的。

中国古代的“说话”经过漫长的发展，到了宋代达到了成熟。宋代“说话”经过艺人长期的表演实践，积累了一整套的表演程序，这些程序在口头表演时是流动的、跳跃的、变化的，到明代，冯梦龙根据宋元以来的“说话”以及“话本”进行了加工，写成“三言”。“独龙子犹氏所辑《喻世》等诸言，颇存雅道，时着良规，一破今时陋习；而宋元旧种，亦被搜括殆尽。”[4]冯梦龙的编撰首先保存了大量宋元明“说话”故事；其次对“说话”进行了书面的规范，使一种中国古代白话小说的新文体形式得以形成；再次保存了大量“说话”的口头艺术特征，程序就是其中之一。冯梦龙的开创性工作为话本小说的文体特征的形成做出了巨大的示范性作用和贡献。

话本小说中很多描写中语词的使用既表现出某种频度又灵动变化。比如“三言”中对女性微笑的描写，往往用“启一点朱唇，露两行碎玉”来写女性的微笑之美。但更多时候表现出频度与灵动的结合，例如对女性外貌的描写：

云鬓轻笼蝉翼，蛾眉淡拂春山，朱唇缀一颗樱桃，皓齿排两行碎玉。莲步半折小弓弓，莺啭一声娇滴滴。——《警世通言》卷八

---

[1]［美］贝茨·洛德：《故事的歌手》，尹虎彬译，中华书局，2004年版，第40页。

[2]［美］贝茨·洛德：《故事的歌手》，尹虎彬译，中华书局，2004年版，第45页。

[3]［美］贝茨·洛德：《故事的歌手》，尹虎彬译，中华书局，2004年版，第59页。

[4]［明］凌濛初：《拍案惊奇序》，上海古籍出版社，1982年版，第1页。

水剪双眸，花生丹脸，云鬓轻梳蝉翼，蛾眉淡拂春山；朱唇缀一颗夭桃，皓齿排两行碎玉。意态自然，迥出伦辈，有如织女下瑶台，浑似嫦娥离月殿。——《警世通言》卷十四

以从上两例可以看到，程序语“朱唇缀一颗樱桃（夭桃），皓齿排两行碎玉”是重复的，但穿插于不同的外貌描写中，很是自然灵动。类似的例子如：

眸清可爱，鬓耸堪观。新月笼眉，春桃拂脸，意态幽花未艳，肌肤嫩玉生香。金莲着弓弓扣绣鞋儿，螺髻插短短紫金钗子。如捻青梅窥小俊，似骑红杏出墙头。——《警世通言》卷十四

新月笼眉，春桃拂脸。意态幽花殊丽，肌肤嫩玉生光。说不尽万种妖娆，画不出千般艳冶。何须楚峡云飞过，便是蓬莱殿里人！——《警世通言》卷十六

“新月笼眉，春桃拂脸”随手穿插，恰到好处。

在描写人物的“哭状”时，“二拍”中不断出现一些程序化套语：

父母与妹，及合家人等，多哭得发昏章第十一。

合家见防御说得伤心，一起号哭起来，直哭得一佛出世，二佛升天……——《初刻》卷二十三

珍珠姬一发乱撞乱掷，哭得一佛出世，二佛升天，直等哭得尽情了，方才把前时失去今日归来的事端一五一十告诉了一遍。——《二刻》卷五

翠翠哭得个发昏章第十一……——《二刻》卷六

而到了李渔，这种描写“哭状”的程序化套语则得到了改进，哭中增加了更多意味：

到第三日上，少不得两位新人要请他出来，同拜三朝。及至走到堂前，与穆子大立在一处，各人抬头一看，不觉四滴眼泪一齐流下腮来，背了新人暗暗的哭了一会。哭到后面，知道掩饰不来，索性搂做一团，号号啕啕哭个尽兴。——《连城璧》午集“妒妻守有夫之寡 懦夫还不死之魂”

话本小说中以书面形式固定下来的套语很多，诸如用来提示故事结构的“花开两朵，各表一枝”、“话分两头”、“却说”；用来议论的“看官听说”、“诗曰或有诗为证”；用来提示故事节奏的“话休絮烦”、“说时迟，那时快”、“当日无话”、“闲话休提”等。但更为重要的是话本小说里所保留的与“看官”的交流程序，这种交流程序为我们还原了“说话”的现场场景。比如

《喻世明言》第一卷“蒋兴哥重会珍珠衫”中写道：

假如你有娇妻爱妾，别人调戏上了，你心下如何？古人有四句道得好：

人心或可昧，天道不差移。

我不淫人妇，人不淫我妻。

看官，则今日我说「珍珠衫」这套词话，可见果报不爽，好教少年子弟做个榜样。

《醒世恒言》卷六“小水湾天狐贻书”：

说话的，那黄雀衔环的故事，人人晓得，何必费讲！看官们不知，只为在下今日要说个少年，也因弹了个异类上起，不能如弹雀的恁般悔悟，干把个老大家事，弄得七颠八倒，做了一场话柄，故把衔环之事做个得胜头回。劝列位须学杨宝这等好善行仁，莫效那少年招灾惹祸。

《初刻》卷三十“王大使威行部下 李参军冤报生前”：

说话的，为何还有一个正话？看官，小子先前说这两个，多是一世再世，心里牢记得前生，以此报了冤仇，还不稀罕。又有一个再转世来……

有时候，这种“交流”程序采用第二人称“你”来直接面对虚拟“看官”：

《生绡剪》第九回“势利先生三落巧 仆诚箱保倍酬恩”：

你道他不敢势利么？若论到尼姑、优伎身上，品概一发卑微。不由你不涎涎媚媚，色赛势利。

《生绡剪》第十四回“清廉能使民无讼 忠勇何妨权作奴”：

看官，你说世界上事，靠着这班乌沙长者，内中却又不齐得紧……

这样的例子不胜枚举，来源于“说话”表演艺术的话本小说，“其本质在于表演者对观众承担着展示交流能力（能够用社会认可的和可阐释的方式来说话的知识和才能）的责任，它突出了艺术交流进行的方式，而不仅仅是它所指称的内容”。[1] 话本小说中普遍存在这种说话人与其理想的接受者“看官”的交流模式，这种交流模式已经成为一种程序化的存在被话本小说普遍采用并在话本小说的书面化进程中不断被弱化。可以想见，说话人在“说话”表演的情景中，时时处于一种“失去听众”的焦虑之中，他要不断与“看官”进行交流，激发他们的情绪与热情，激起他们的好奇心与持续的关注。这实际上是一种处于社会底层的说话人的“生存”模式。处于表演时的交流是一种实实在在的交流，是与有血有肉的“看官”的交流。这与书面文本呈现的话本小说中的“看官”是有区别的，书面文本中的“看官”，是一种假想的接受者，是虚拟的。

同样可以想见，处于表演状态的“说话”艺人在组织故事的时候许许多多的词语信手拈来，这些已经构成其无意识的资料库，话本小说极大限度地保留

[1] [美] 理查德·鲍曼：《作为表演的口头艺术》，杨利慧、安德明译，广西师范大学出版社，2008年版，第131页。

了艺人表演的一瞬所呈现的话语状态。而在实际表演中，故事应当更加的精彩灵动，按照洛德的口头诗学理论，表演者每次表演都是一种创造，每次表演即使是同一个故事也会不同。这就可以解释，为什么一个艺人在一个固定的场所表演能够长盛不衰，且能够保持稳定的听众群。程序不是僵死的套路和不厌其烦的翻版与重复，而是一种习惯性的、个性化的资料库存。

因此，我们说，早期话本小说，如“三言二拍”，其可贵之处就是用书面形式固定了“说话”艺术的一瞬，并因此形成了中国白话小说文体的形式样态，这种可贵尝试的意义与局限随着话本小说的繁盛与衰落彰显无遗。

二、话本小说文体的主题特征

帕里关于主题的概念为：“在以传统的、歌的程序化文体来讲述故事时，有一些经常使用的意义群。”[1] 按照洛德的观点，主题是一些意义单元，如集会、征兵、宴会等，因此一个故事会由很多主题组成，这多个主题形成的一个个意义单元构成故事所需要的链条，最后形成一个统一体。也就是说，一个故事就是一个“主题群”。由于歌手的创造性，同一个故事主题在传承过程中会有很大变化，“主题的形式在歌手的脑海里是永远变动的，因为主题在现实中是变化多端的；在歌手的脑海中，一个主题有多种形态，这些形态包括他演唱过的所有形态，虽然他最近表演自然而然地在脑海里记忆犹新。主题并非静止的实体，而是一种活的、变化的、有适应性的艺术创造。主题为歌而存在”[2]。“在歌手的日常积累中，一个重要的主题可以采用多种可能的形式。当他在新歌中唱到这种主题时，他更易于依据自己业已储备的材料来重新创作这一主题。”[3] 由此我们看出，帕里－洛德口头诗学理论关于主题的概念并不和我们平时的理解完全重合，有时候，“典型场景”这一概念倒能够帮助我们把握主题的概念。帕里－洛德理论的主题概念的核心是：（1）意义单元；（2）流动性；（3）可变性；（4）因人而异。

不可否认，话本小说作者对于“说话”艺术是非常熟悉的，他们很多人中有据可查的，如话本小说经典作家冯梦龙、凌濛初等都是出入于书场的常客。话本小说主题多样，有的故事包含了多个主题，形成了一个“主题群”，这些主题又构成一个统一体，具有典型的口头艺术特征。同时我们发现，话本小说

[1]［美］贝茨·洛德：《故事的歌手》，尹虎彬译，中华书局，2004年版，第96页。

[2]［美］贝茨·洛德：《故事的歌手》，尹虎彬译，中华书局，2004年版，第136页。

[3]［美］贝茨·洛德：《故事的歌手》，尹虎彬译，中华书局，2004年版，第115页。

的主题可分为母题模式与“典型场景”模式。其一，母题模式就是口头艺术长期形成的叙事主题套路，这些套路并不是僵硬的模板而是灵活的，具有可塑性的模式，它好像相同房间，房间内家具、装饰品的摆设完全依靠个人喜好，所以一个楼道单元相同的房子模型里你会发现走进各家都会有陌生感。母题，赵毅衡叫作“意元”，是“最小的与意义相关的结构单元”[1]，即母题是和语言相联系，在长期历史过程中形成的具有固定意义的叙事单位。话本小说把口头艺术的各种“母题”模式进行了文本化。其二，以“三言”为代表的话本小说把口头艺术常用的“典型场景”也进行了文本化，比如小姐的闺房、公堂、僧尼的寺庵、船舱、断桥、坟场等，这些场景在长期的叙事中形成了某种固定的氛围而参与各种各样的叙事运作。由此我们看出，“三言”的主题模式具有明显的民族性传统与地方性特质，它无疑丰富了“口头诗学”理论的主题内涵。下面结合作品进行分析：

第一，主题的“母题模式”。《喻世明言》卷二“陈御史巧勘金钗钿”，故事讲述了江西赣州府鲁廉宪公子鲁学曾与顾佥事之女顾阿秀从小“面约为婚”，不料鲁家家道中落，顾佥事见其穷困欲悔婚，但夫人孟氏与女儿顾阿秀不愿意，暗地请鲁公子上门欲赠其行聘婚姻之礼金。鲁公子因衣不蔽体，向其表哥梁尚宾借衣服，梁尚宾得知鲁学曾之事故意延误，自己却冒名去顾家并乘机与顾阿秀做成男女之事，并得到顾家金钗钿等财物。后来鲁学曾去顾家，被指认为假，顾阿秀见失身于假的鲁公子而含羞自缢，后顾家把鲁学曾告官，鲁学曾被刑讯逼供，加上顾家园公的错误指认不得已招供，遂被问成死囚。恰巧陈濂御史奉差巡按江西审得此案，发觉鲁学曾冤枉，便乔装访事，获得梁尚宾所得的顾家金钗钿罪证，开庭审理遂冤案昭雪，而鲁学曾也意外得到被梁尚宾休了的妻子田氏，最后中举、完婚，大团圆。这个故事包含了如下主题：悔婚、真/假、乔装访事、冤案昭雪、大团圆。这些主题构成一个个意义单元，串起来构成一个故事。这些源于口头的单元主题被不断地拆分、组合，形成一个又一个新的叙事模式，这些新的模式又来源于相同的主题，这些主题就是母题。我们阅读拟话本以及后来晚清时期的鸳鸯蝴蝶派的作品，看中国的戏剧、曲艺，以及民间故事传说就会发现，这些故事一遍遍地回溯到这些常说常新的主题。嫌贫爱富式的悔婚、穷秀才中举发迹变泰成亲大团圆往往成为“三言”故事的结尾的常用路数。“乔装”主题模式，如《醒世恒言》卷十“刘小官雌雄兄弟”叙述了刘公先后救起落难的刘方、刘奇二人，二人饭同桌、睡同榻，多少年后刘方

[1] 赵毅衡：《苦恼的叙述者》，北京十月文艺出版社，1994年版，第172页。

才发现刘奇乃是女扮男装，后二人喜结连理；《喻世明言》卷二十八，写南京应天府黄公之女黄善聪女扮男装随父经商，父亲患病死去，受到李秀卿帮助并与其结拜合伙经商，后结连理的故事，也是一个“乔装”变体。凌濛初《初刻拍案惊奇》卷十九“李公佐巧解梦中言，谢小娥智擒船上盗”中谢小娥女扮男装；《二刻拍案惊奇》卷四，“青楼市探人踪，红花场假鬼闹”中公差扮作客人访凶手等类似的例子这些拟话本中重现。至于公案话本小说中官员为打探案子真实情况而“乔装”访事更是司空见惯，但具体行文又各有千秋。当然，母题作为主体意义单元还有很多，上面只是其冰山一角，比如破镜重圆、积冤得雪、嫌贫爱富、状元及第、洞房花烛等，这些作为带有叙事母题的语言已经深入到了文化的深层成为一种带有“故事”的语词在传统的故事中一遍遍重现、翻版、演绎。母题模式的固定化与灵活性体现了口头艺术观众的欣赏习惯，易于听众随故事的进展形成一个又一个接受期待，而对于说话人来说，熟悉的主题与灵动的变化有利于和听众形成交流关系，从而保持一种融洽的书场氛围，达到良好的接受效果。

第二，主题的“典型场景”模式。话本小说中保存了大量的“典型场景”，比如风月妓馆、小姐闺房、寺庙尼庵、判案公堂、梦境等。这些典型主题场景形成了相似场景中的相似故事，这构成了中国古代白话小说特殊的叙事模式。按照洛德的口头诗学理论，口头艺人演绎故事并不是靠纯粹的记忆，因为记忆是僵死的，而是靠长期的形成于其无意识领域的程序、主题与故事类型，当表演时，这些主题就成为一个个等待排列组合的意义单元，不同的排列形成不同的故事格局。由此可见，包括“三言”在内的话本小说也只是这些口头艺术中“主题模式”的冰山一角，不能够穷尽复杂多变的口头表演艺术。例如《警世通言》卷二十四“玉堂春落难逢夫”中，基本上是以场景的形式推动故事进程的，一个个场景构成一个个意义单元，即主题：嫖院、庙会、起解、会审、探监、团圆。但是我们发现，在现在的表演中，对主题的呈现却各有不同。比如在秦腔《玉堂春》中的“会审”一折，王金龙问玉堂春状告何人，玉堂春认出是“丈夫”王金龙，于是就大胆说要告王金龙负心以致让她落难；而冯梦龙在小说中则是玉堂春刚开口说“爷爷！我从小接着一个公子，他是南京礼部尚书三舍人”时被王金龙喝住“住了！我今只问你谋杀人命事，不消多讲。”这里明显是王金龙怕外人知道他当初嫖妓的事。可见，书面文本与表演艺术的区别，虽然“三言”保存了大量口头艺术特征，也可以看出一些向书面文本过渡的痕迹。

《警世通言》卷二十八“白娘子永镇雷峰塔”故事的演变更体现了拟话本小说中口头艺术的“主题场景”的多变特征。该故事本事经历了复杂的演变，捉妖杀妖（《太平广记卷458之“李黄”》）、建塔镇妖（《湖壖杂记·雷峰塔》）[1]，故事到冯梦龙有了更多改进，我们相信冯氏改进的基础是口头艺人对白娘子故事主题的增益与演进，但冯氏故事基本采取了如下“主题场景”：雨中赠伞、索伞相会、法海降妖、永镇塔下等，这些小主题统一成“戒色”的教化的大主题。但冯梦龙的编撰只是呈现了口头表演的一瞬，该故事在表演艺术中主题逐渐发生了变异，摈弃了一些把白娘子妖魔化的主题，增加了新的主题场景，比如白娘子为维护爱情的几个场景：盗取灵芝草、与法海斗法、水漫金山等，并以爱情悲剧做结。由此可见，口头艺术永远是丰富的。

第三，母题的主题模式与场景的主题模式有时候是很难区分的。在话本小说中，诸如公堂认亲，《警世通言》卷二十四“玉堂春落难逢夫”中场景“公堂”与“认亲”母题的重合；或者榜前认亲，《石点头》卷一“郭挺之榜前认子”的“认亲”母题；小姐闺房中假公子骗奸，《醒世恒言》卷十六，“陆五汉硬留合色鞋”中，媒婆之子杀猪汉陆五汉冒充公子张荩到小姐潘寿儿闺房相会骗奸。这里真假母题与闺房场景结合构成了故事的核心。类似的“装扮”母题更是变化多端，化装破案、男扮女装、女扮男装等。

由此可见，话本小说中的口头艺术的主题特征是普遍存在的，而且这些特征所具有的民族特性使话本小说本身成为一个“母题”，在漫长的中国戏曲、曲艺、文学等的发展过程中不断被改编。据学者统计，仅“三言”中“《喻世明言》有16篇，《警世通言》有22篇，《醒世恒言》有16篇”[2]被后世做了各种改编。改编比例如此之高的重要原因，笔者认为与“三言”所保存的大量具有民族性的叙事主题有很大关系。这些与接受者有密切关系的、来自社会底层的“三言”小说，其主题中包含许多中国人特有的人生的“典型情景”，这些情景已经上升为一种人们心理的“原型”模式，“人生中有多少典型情景就有多少原型，这些经验由于不断重复而被深深地镂刻在我们的心理结构之中”[3]。如果把有些流传至今常演不衰的故事如“白蛇传”、“玉堂春”、“杜十娘”、“司马貌”等进行对比，很容易发现主题的流动性变异，并由此发现，“三言”的这些主题特征只不过保存了“说话”表演的一个瞬间，并把这个瞬间进行了书面化的固定，对比依然活跃的表演艺术会很容易看到这一点，这种对比为研究

[1] 谭正璧：《三言两拍资料》，上海古籍出版社，1980年版，第337页。

[2] 程国赋：《三言二拍传播研究》，中国社会科学出版社，2006年版，第76页。

[3] [美] 霍尔等：《荣格心理学入门》，冯川译，生活·读书·新知三联书店，1987年版，第44页。

“三言”等话本小说的口头诗学特征提供了有益的参考。话本小说来源于“说话”，这是诸多研究者已经证明的事实，但在多大程度上传承了“说话”，又在多大程度上进行了书面化改造，以及由此形成的中国古代小说叙事的传统母题是怎样的，却是值得研究的课题。以上论述则部分地说明了这个问题。

三、话本小说文体的故事范型特征

帕里对于故事范型这样论述："在口头传统中存在着诸多叙事范型，无论围绕着他们而建构的故事有着多大程度的变化，他们作为具有重要功能并充满着巨大活力的组织要素，存在于口头故事文本的创作和传播之中。"[1] 也就是说，故事范型是一种相对稳固、能够被继承传播的、具有灵活多变的组织要素。“甚至就同一位歌手而言，从这一次表演到下一次表演，要说其间有什么成分固定不变的，那简直就近于无稽之妄谈，况且，这还不是指逐字逐句地对应的文本层次，而仅是针对主题和故事范型而言。变异的模式包括细节的精雕细刻、删繁就简、某一序列中次序的改变或颠倒、材料的添加或省略、主题的置换，以及常常出现的不同的结尾方式等等。”[2] 话本小说作为一种“虚拟说话人—虚拟看官”交流框架下的“拟书场格局”，可以看作是假想的“说话人”的一次表演，话本小说作为对长期流行的“说话”故事的编撰整理，保存了大量的故事范型，比如“案发—申冤—清官—昭雪”范型、“穷公子落难—小姐相救—中举—大团圆”范型、“机缘—考验—升仙”范型等。这些故事范型既有作为传统承继的相对稳固性，又有灵活多变的变异性。这些范型无论在作家的笔头还是在艺人的表演中不断地变化。这里仅就“三言”中的公案小说为例来加以论述。这些范型可以说已经作为话本小说“话语”的一部分，虽然范型一样但叙述方式和结构方式是不一样的，因此，范型作为扩大了的语义单位参与小说的营造过程。

话本小说中保存了大量的公案话本小说，这些公案小说基本上保持了“案发—申冤—清官—昭雪”的故事范型。但是各个故事又有各自的特点，其叙事方式、主题的变异与细节的设计体现了口头艺术的特点，而一些心理的描写、

---

[1] Parry, Milman.The Theme of Withdrawn Hero in Serb-Croatian Oral Epic, 1969, p.18. 转引自［美］约翰·迈尔斯·弗里：《口头诗学：帕里-洛德理论》，朝戈金译，社会科学文献出版社，2000年版，第109页。

[2]［美］约翰·迈尔斯·弗里：《口头诗学：帕里-洛德理论》，朝戈金译，社会科学文献出版社，2000年版，第101页。

视点的设计、场景的渲染则体现了从口头向书面的转化痕迹。

例如，同样是“冤案昭雪”故事范型，《喻世明言》卷十“滕大尹鬼断家私”与其本事来源《龙图公案》卷八之《扯画轴》[1]是不一样的，而且通过冯梦龙的改编，故事的主题思想产生了变异，体现了话本小说同一范型下的不同叙事方式。范型，只是作为一种扩大了的“语义素”而存在。《扯画轴》是一篇公案小说，极其简短，仅1600字，说的是顺天府香县有一乡官知府倪守谦临老纳妾梅先春并生一儿子取名善述。倪守谦长子善继生性贪心，倪守谦怕其死后善继会独霸家产而谋害其弟，于是就在死前把家产全交予其长子善继并嘱咐等其弟长大成人后“可代他娶妇，分一所房屋数十亩田与之，令勿饥寒足矣”。接着又给梅氏母子一幅画轴，并说：“日后，大儿善继倘无家资分与善述，可待廉明官来，将此画轴去告，不必作状，自然使幼儿成个大富。”善述长大后要求其兄分家产遭拒绝，后拿画轴告于包公衙下，包公神明断案，使善述获得万两白银以及千两黄金，包公亦拒绝倪守谦遗言中的千两黄金的酬谢，结尾作者评论道：“包公真廉明者也。”由此我们看出《扯画轴》是一个典型的公案小说，并赞美包龙图的清正廉明。但该小说经过冯梦龙的改编，把包龙图换成滕大尹，其主题却发生了逆转。改编成的“滕大尹鬼断家私”字数扩充到了12 000字，故事的主题也由赞美清官转换成了宣扬“孝悌”的世情伦理小说。为了突出“孝悌”的主题原则，冯梦龙做了如下改编：

1. 把包公换成了滕大尹，角色的改变为冯梦龙宣扬“孝悌”主题提供了方便。众所周知，包公是一个清官，这是一个历史事实，是无法改变的，如果依然采用包公断案，这就使兄弟争财产而使他人得利的主题无法更加鲜明地突出来。而换作滕大尹则不一样了，滕大尹虽有机智秉公办案的一面，又有贪图财产的一面，这就很好地突出了“他人得利”的一面，从而也就突出了作者宣扬的“孝悌”主题。

2. 情节改编。在《扯画轴》中，倪守谦遗嘱藏于画轴之内，并说明如果“后有廉官看此画轴，猜出此画，命善述将金一千两酬谢”。面对千两黄金，包公一文不取，“适闻倪老先生命谢我，我决不要，可与梅夫人作养老之资”。而在“滕大尹鬼断家私”中，倪太守的遗嘱这样写道：“后有贤明有司主断者，述儿奉酬白金三百两。”在滕大尹断案之时，却说：“更有一坛金子，方才倪老先生

[1] 据谭正璧：《三言两拍资料》，上海古籍出版社，1980年版，《滕大尹鬼断家私》出自《龙图公案》卷八《扯画轴》，并“按《皇明诸司廉明奇判公案》下卷《争占》类亦有此条，内容尽同”，第54页。

有命，送我作酬谢之意，我不敢当，他再三相强，我只得领了。”这是一处很有意思的改编，也许是作者有意揭露官场黑暗的神来之笔，但笔者更倾向于这是为宣扬其“孝悌”而写，因为这更加强了“鹬蚌相持，渔人得利”的叙事主题。且看紧接着作者写道：“这正叫做‘鹬蚌相持，渔人得利’。若是倪善继存心忠厚，兄弟和睦，肯将家私平等分析，这千两黄金，弟兄大家该五百两，怎到得滕大尹之手？白白里作成了别人，自己还讨得气闷，又加个不孝不弟之名，千算万计，何曾算计得他人，只算计得自家而已！”作者用意不言自明。

3. 故事的扩充为作者塑造人物提供了更加充裕的空间。《扯画轴》中人物简单，缺乏心理描写，人物语言、行动等几乎全靠全知叙述者和盘托出，类似于笔记题材；而改编后的“滕大尹鬼断家私”为突出“孝悌”主题而精心刻画了几个主要人物，心理描写与行动描写也更加丰富。比如善继其人的贪婪狡诈、倪太守的工于心计、滕大尹的机智与贪婪等刻画得入木三分。倪太守对长子的贪婪本性了解极深，“收租房贷之事，件件关心”，不让其长子插手，纳妾生子之后屡次对长子的恶行“藏在肚里”，分家产时为保全次子稳住长子的深谋远虑等是《扯画轴》中不曾有的内容。再如《扯画轴》中倪太守遗嘱是藏于画轴之内，改编后则是裱于画中，滕大尹得财后又重新装裱，去掉遗嘱，这又为刻画滕大尹的阴险狡诈增添浓重一笔：滕大尹哪是在秉公断案，简直是利用断案之便扎人钱财！冯梦龙这样改编无非是想告诫世人兄弟和睦才能保全家财，否则会遭人算计，正所谓“鹬蚌相持，渔人得利”。

冯梦龙为了一个统一的“孝悌”主题，把《扯画轴》的“清官”主题进行了“主题置换”，从而抵达了一个不同的结尾。这是中国“说话”口头艺术特有的“主题先行”的叙事模式，对现有的故事素材进行改头换面是“说话”艺人常用的“伎俩”；把中国传统小说里的“鬼断”、“解谜”（这些在公案小说里是常见的断案模式）等“小主题”进行了重新组装，从而形成一个新的故事，这也是“说话”艺术常用的叙述技法。但，冯梦龙并没有拘于口头艺术，而是同时充分利用书面优势对倪守谦善于心机、滕大尹“善于”算计进行了入木三分的刻画。

公案小说的核心主题是“案件”、“断案”，但这一故事范型的叙事方式又是多种多样的，体现了口头艺术留下来的“说话人—看官”的交流模式。比如《醒世恒言》卷三十四，“一文钱小隙造奇冤”采取了顺时序叙事，把案件的发生、发展、结局一一展示，并采取“案中案”模式，极尽曲折。其中引人注意的是其文本交流模式，案件每到一个关节点，就会有“只因这一文钱，又断送了一条性命”之语，让读者在“一文钱”与“一条性命”之间权衡，从而强化了对“舍财忍气”观念的认同感。《喻世明言》卷三十五“简帖僧巧骗皇甫妻”，其原始来源为《夷坚支景·卷三“王武功妻”》，采用的是顺叙事，写简帖僧看到皇甫妻美貌欲占有，用“简帖”离间皇甫夫妻，最后成功得到皇甫妻，后阴谋败露遭官府惩罚，皇甫妻“亦怅恨以死”。[1] 后《清平山堂话本》改编成“简帖和尚”，冯梦龙几乎没有改编，收入《喻世明言》并易名。改编后的“简帖僧巧骗皇甫妻”的叙事顺序发生了改变，采用倒叙的方式先写和尚派人送简帖，后把皇甫妻骗到手，然后说明为什么送简帖，结尾也以皇甫夫妻团圆作结。由此我们看出，“简帖僧巧骗皇甫妻”是用倒叙的方式与“看官”保持一种持续的“期待”的交流关系，并用“大团圆”的结尾来迎合受众的心理期待，给小说中的人物皇甫一个机会的同时也给“看官”一个心理舒展的机会。由此看出，“三言”在同一个故事范型下“细节的精雕细刻、删繁就简、某一序列中次序的改变或颠倒、材料的添加或省略、主题的置换，以及常常出现的不同的结尾方式”[2] 的口头诗学特征，以及书面化的趋势。

话本小说之公案小说是话本小说重要的叙事类型之一，话本小说还有很多其他类型，并含有极其丰富的故事范型特征，故事范型在看似一致的背后潜藏着极为丰富的叙事现象，上面论述只是豹之一斑，但已足以说明其在同一故事范型下变异的丰富性。

综上所述，话本小说直接的来源是古代的民间口头艺术，即“说话”，虽然这些话本小说做了书面化的努力，但其口头诗学特征是明显的。其文体的主要特性表现为在话本小说“拟书场叙事格局”下的“说话”特性，有学者将话本小说的文体命名为“话本体”，笔者认为是不准确的，因为话本小说表现的是一种和“说话”的现场感有密切关系的文体特性，因此笔者将这种独特的文体命名为“说话体”，用口头诗学理论为我们研究话本小说文体提供了一个理论参照。从中我们发现话本小说文体的大量的口头艺术特征，发现话本小说文体——“说话体”在书面化过程中对“说话”艺术特征的继承和进行书面化改造的努力。更进一步，通过运用口头诗学理论对话本小说文体进行分析，可以发现口头艺术对中国古代白话小说的发展产生了极其深刻的影响。与此同时，话本小说的文体也丰富了口头诗学理论，我们可以从中发现具有中国民族传统的叙事模式，渗透有中国戏曲曲艺等表演艺术因子的故事呈现方式和以“交流”

---

[1] 谭正璧：《三言两拍资料》，上海古籍出版社，1980年版，第206页。

[2] [美] 约翰·迈尔斯·弗里：《口头诗学：帕里－洛德理论》，朝戈金译，社会科学文献出版社，2000年版，第101页。

为中心的“读者意识”。因此，转换对话本小说的研究路径，口头诗学理论无疑为我们提供了一个极佳参照，同时也为我们理解话本小说独特文体特征提供了理论资源。

第四节　叙述代理和角色跳跃

话本小说由虚拟的“说—听”交流关系形成的“拟书场叙事格局”中，“叙述者”的位置是一个较为复杂的问题，因为作为一个全知视点的发出者，他并没有把自己限定于固定的位置上，而是在说话人、人物、看官等角色之间随意地穿行，作为非戏剧化的叙述者，其或隐或显地在故事的运行中扮演着维持“说—听”交流关系的任务，叙述者的这种特征使话本小说维持了一种“说话”现场感的存在，使文体特征呈现出一种“说话”特性，或者说，话本小说的独特文体——“说话体”与叙述者的这种特性有不可分割的关系，话本小说的语言在叙述层和故事层的分配与叙述者的这种特性有不可分割的关系，因此话本小说叙述者的叙述代理和角色跳跃既是一种叙述现象也是一种语言现象。那么叙述者到底处于什么位置呢？通过下面对具体口头与书面文本的考察我们发现，话本小说的叙述者，时刻处于一种“代理人”的角色，这是一种“超脱性”的位置，这种位置保证了话本小说的叙述者在各种角色之中穿行的自由，是一种叙述代理。其叙述的核心特征表现为一种“角色跳跃”现象。

一、活态“说话”艺术的叙述者

考察当今活态“说话”艺术的叙述者状况对于研究话本小说叙述者对其文体的影响有着非常直观的意义。由于话本小说的直接源头就是“说话”艺术，话本小说的虚拟“说—听”交流关系下构筑的“拟书场叙事格局”使其“说话人”即叙述者与活态“说话”艺术有着相似性，又有着书面化带来的不同特征。所谓“活态说话艺术”是指当今依然生存的民间曲艺、说书等，比如河南坠子、京韵大鼓、三弦、大鼓书等。笔者经过考察这些“活态说话艺术”并对比话本小说发现，话本小说保留了极其丰富的口头艺术特性，但和这些活态艺术比起来，远没有这些活态艺术丰富，因为，话本小说作为一种固定的书面艺术，其创造性随着书面的固定被凝固了，而活态艺术的每次表演都是一次创作，其艺术特色也就不同，而且，表演受到表演的环境、氛围、接受者等条件的不同而不断调整。因此，研究活态“说话”艺术有利于理解话本小说的艺术和审美特性。

活态“说话”艺术的叙述者，即“说话人”处于“代理人”的位置。活态“说话”艺术最直观的形式是可以看到叙述者——表演者，表演者的一举一动均处于“看官”的视野之内，这种显在性使表演者对于故事具有无可争辩的权威性。叙述者的这种看似简单的位置在话本小说里却是一种维持其叙事格局合理性的存在。那么，说话人的这“代理人”角色究竟“代理”何人呢？首先，他代理“他自己”。这似乎是一种无可争辩的事实，实际上有着非同寻常的意义，因为这里的“他自己”不是作为故事叙述者而存在，而是作为故事外的个人而行使一种与外界的交流功能，比如与“看官”交流或者与表演资助者的交流。请看山东菏泽著名河南坠子盲艺人郭永章《劝乡邻》[1]的开头：

(白) 俺几个来了
俺唱不好
不管唱孬唱好，请大家原谅
咋着说嘞，
上门老头都是熟人 (大家笑)，
这个话我不会说，
都是熟人，是吧？ (大家笑)
唱孬唱好大家多担待点
(伴奏起)
先知先觉灵
万事少年成
干大事情要少年出英雄
上场来这也算是一句道白
各位老少，稳坐两旁
听我慢慢道来呀
向大家奉送到一回
弦子一拉颤三声
今天书说哪一个

[1] 又叫《劝世人》，根据现场演唱记录，由于方言等原因个别字词有些不准确，有些句子从书面化语法看来不符合规范但演唱和接受并不受影响，这从另一方面看出民间口头艺术有一套自己的话语系统和叙事语法。

唱唱老板对你明
为什么咱老板要唱戏?
您听我慢慢咧对你明
就只为这个厂不平静
咱广大社员您都帮帮工
出了啥事您都知道
您心明哎俺都不明
胡振明啊，人家这个老板
你看他心里多惭愧
光想着叫社员把戏听
要是唱了这些戏，
千万万别忘了老板的功
祝老板他们身体好，
祝他们生意发财多赚铜，
保护着老年人长命百岁，
要保护老年人福如东海，寿比南松
光说这些事还不算
什么门哪你们想想
上刘庄都是一般同
邻居姐妹都一样啊
您要是没有事都心疼
初入的门
我们说书开始一长段
先唱个压缩的小段大家先听
唱的是
弦子一拉颤嘤嘤
您听俺唱一段《劝乡邻》
一劝世人孝为本
黄金难买父母恩
……

这个开头为我们呈现了说话艺人受资助演出临场的唱词，一是介绍了资助人以及为什么唱；二是要和听众之间有一种融洽的交流关系；三是这个开头中说书人的位置是处于故事之外，其代理的是他自己。值得注意的是这个长长的开场用时间为近7分钟，而后面整个《劝乡邻》的“正话”部分才16分钟。这就给我们一个重要提示，即有时候说书人并不在意“小段”与正话之间的比例关系，而是更加注重观众接受效果。这让人想起了凌濛初《初刻拍案惊奇》卷四十“华阴道独逢异客 江陵郡三拆仙书”中入话的七个故事，其篇幅竟占据全文的40%。其次，接下来的“正话”中，说书人则是故事内的叙述者，其代理关系就会与此不同，即他随时代理叙述者、人物和听众，并在这三者之间进行自由跳跃。请看郭永章的另一作品《武松闹店》中的一段：

六月里天气热天多
表表好汉武二哥
二武松替兄报仇
杀了他的嫂
又杀了扯皮条的老王婆
又杀了公子哥西门庆
这三个人头手中搦
大老爷看武松是位好汉
给他个充军发配孟州挪
又选来
这个董平薛霸二位差解
押着好汉武二哥
小董平扛起来大被套
薛霸扛起枪一棵
军法三人往前走
那个一步一步奔山坡
走过了多少集镇店
又越过多少高粱棵
军法三人往前走啦
又来到柳荫树一棵
二武松忙开口
再叫声董平薛霸您两听着
董平薛霸慢点走吧
咱歇息歇息奔山坡
小董平就说嘞好好好
薛霸说你说咋着就咋着

小董平放下大被套

薛霸放下来那把枪一棵

这里我们可以看出，开头说话人直接进入叙述者的位置，叙述了“武松闹店”的故事背景。当故事讲道：“二武松忙开口，再叫声董平薛霸您两听着，董平薛霸慢点走吧，咱歇息歇息奔山坡，小董平就说嘞好好好，薛霸说你说咋着就咋着”，其中“再叫声董平薛霸您两听着”是叙述声音和人物声音的混合体，“再叫声”不可能是人物武松的话语，只可能是说书人在演唱时的一种话语缓冲。也就是说，说话人处于完全自由的状态，他并非处于固定的位置，而是一个“代理人”。

叙述者除“代理”他自己和人物外，还“代理”听众，即用听众声口与叙述者直接交流，再看郭永章《拉荆笆》：

（唱）太阳一出照山洼

山西呀山西出了一家

村名就叫个阎家湾

有一人姓阎叫大发

自从娶妻崔氏女

生了小孩阎小娃

一共他有人四口

还有个七十多岁嘞一个老妈妈

（白）对啦，开书啦

哪位同志说啦

你叽里咣当、叽里咣当

敲嘞老少心慌

你也没唱好

俺也没听清亮

你唱哪一段呀？

我唱这一段本身尊老爱幼

……

《拉荆笆》首先唱，介绍了一个家庭，类似“史传”叙事模式，然后采用白话模拟听众疑问然后回答的形式对故事的主题予以揭示。这里我们可以看到叙述者——说书人角色的三重跳跃，即首先以叙述者进入故事，然后跳出叙述者角色，进入一种故事外的代理位置，即“对啦，开书啦”的自言自语，接着进入听众的位置并代理听众进行发问：“你叽里咣当、叽里咣当，敲嘞老少心慌，你也没唱好，俺也没听清亮，你唱哪一段呀？”然后又跳到叙述者角色揭示故事主题。由此我们看出，说书人，即故事叙述者在“活态说话艺术”中的自由状态。类似如乔双锁《割肝救母》最后的唱词：

这本是《割肝救母》书一段
前朝流落书半张
当媳妇嘞听了这段唱
学习小姐白海棠
老太太听了这段唱
千万别学那王大娘
唱到此处为一本
不剩回家早先烧汤

这个结尾是“说话”艺术常见的劝诫，是一种说书人声口，即一种叙述者的姿态和位置，但到了最后一句，这个位置突然进行了跳跃，即从叙述者突然转变成现实中的说书人，即“他自己”的位置并和听众进行交流，说的是大家听到此处早点回家做饭吧（“烧汤”是河南方言，意为煮饭；“早先”意为早点）。这是说书人的用“噱”，类似上面郭永章《拉荆笆》中的“叽里咣当、叽里咣当”。

由以上分析可以看出，“活态说话艺术”中的叙述者并没有固定的位置，而是时刻处于“代理人”的位置并随故事的进展进行各种角色的跳跃，也就是说，“角色跳跃”是构成“说话”艺术“说书人”“代理”位置的重要条件。但，虽然说书人这种自由状态导致了位置的不断变化，但都是根据书场情况和故事情况而进行的，并非是一种随意，变化的目的一是维持一种融洽的书场交流效果，一是具体的故事需要。应当看到，“叙述者”位置永远是主要的，因为保持故事的流畅性是书场效果的需要，不允许频繁的跳跃来打断。同时，对“活态说话艺术”的分析我们还可以看到另外一些情况，比如一些历史故事所遗留的“史传”模式，为融洽“说一听”交流关系的使“彻”、“噱”，劝诫、先行主题等。上述的“说话”内容记录无法还原现实书场表演的真实状态，因为表演包括唱词、音乐、表情、动作、声音的轻重缓急、感情通过声音的传达等，这些现场的丰富性维持了非常活跃的书场效果，说话人和观众相互影响促进了交流的良好运行。

二、话本小说的叙述代理和角色跳跃

话本小说“拟书场叙事格局”中的“说话人”和“看官”是一种虚拟的存在，因此无法像活态说话那样直观地看到说话人和听众，但可以通过语言感知他们的存在。但无论怎样隐匿，我们可以明显看出来，话本小说虚拟说话人即叙述者的存在状态与活态说话艺术并无二致，即叙述者时刻处于代理人的角色，并在故事需要的时候在叙述者本人——说话人、人物和虚拟看官之间跳跃，从而形成话本小说文体特有的语言表达方式。通过文本细读笔者发现，叙述者的“代理人”位置和角色跳跃基本在两个层面展开：故事层面和叙述层面。存在于故事层面的叙述者的变化一般与故事进程、情节、主题等有关；存在于叙述层面的叙述者变化一般与故事结构安排、情节布局说明、虚拟“说听”交流等有关。

冯梦龙“三言”确立了话本小说的叙事规范和文体格局。对比冯梦龙的小说与活态说话艺术我们不难发现冯梦龙并非是简单的编辑，而是一种创作，按照赵毅衡先生底本和述本观点[1]，冯梦龙所依凭的底本许多都是一个简单的故事，而冯梦龙的“述本”则变得规范和复杂，底本是一种任何人都可以依凭的对象，而小说的创造性恰恰在于故事的叙述方式。冯梦龙的“三言”对于话本小说的影响是各方面的，其中对于叙述者的处理方式是最为核心的影响因素。

首先对于入话和头回部分叙述者的处理。活态说话艺术的开场是极为灵活的，也是极为随意的，比如上述郭永章《劝乡邻》，开始是一种和观众之间拉家常的表白，用于活跃气氛和避免猛然开场的尴尬，因为郭永章的表演是有人出钱，无须等待观众，也不需要先说个“头回”作为引子。而冯梦龙编撰的小说则规范许多，比如《喻世明言》卷一“蒋兴哥重会珍珠衫”开头是《西江月》词，然后解释，确立故事的主题，这里的虚拟说话人——叙述者是处于一种隐身状态，但在解释完词义之后，叙述者突然出现：

假如有娇妻爱妾，别人调戏上了，你心下如何？古人有四句道得好：人心或可昧，天道不差移。我不淫人妇，人不淫我妻。看官，则今日我说《珍珠衫》这套词话，可见果报不爽，好教少年子弟做个榜样。话中单表一人……

叙述者用“你”直接和虚拟“看官”进行交流，引出故事主题，然后以“话中单表……”来开始故事讲述。这里我们看出，叙述者在正话的开头，首先作为一个故事外的“说话人”而存在，因此他可以随便和“看官”进行交流，而故事内的叙述者则没有这样的自由，因为，一旦故事内的叙述者和看官直接交流，那么他的身份会马上从叙述者角色跳跃为说话人角色。接下来，故事开始介绍蒋兴哥一家的情况，这就类似郭永章《拉荆笆》开头的状况，接着叙述者再次跳到说话人角色——“闲话休提。却说……”来进入故事进程。当蒋兴哥

[1] 赵毅衡：《苦恼的叙述者》，北京十月文艺出版社，1994年版。

要出门做生意，蒋兴哥一家这条线索就分为两条：一是蒋兴哥，一是蒋兴哥之妻王三巧。那么故事的结构就出现了分蘖，如何处理呢？就需要叙述者在此把身份转换成“说话人”，即进入叙述层：“不提兴哥做客之事，且说这里浑家王三巧儿……”叙述者的角色转换为故事结构变化提供方便，接下来还出现“话分两头”、“闲话休提”、“再说”、“却说”等这样的结构性转换，并在故事进程中进行“说听”交流：“你道这县主是谁？姓吴名杰……”直接用“你”称呼看官。叙述者的这种与“说话人”之间的角色跳跃一般存在于叙述层面，即转换角色意味着故事结构的变化和人物的变化或者与看官讨论故事的合理性、宣扬主题等。而话本小说的角色跳跃还存在于故事层面，即由叙述者角色跳跃至人物角色。话本小说的叙述者基本是一种全知视角叙述，但为了增加故事的阅读效果，在全知叙述中也采用人物视角。如蒋兴哥出门做生意后，其妻在家被薛婆和陈大郎设计上钩就采用王三巧视角：“王三巧儿听得对门喧嚷，不觉移步前楼，推窗偷看。只见……”下面就是王三巧看到的情景，即薛婆和陈大郎假装买卖珍珠讨价还价的场面。这种局部的限制视角增加了阅读兴味，从此，王三巧的举动都在一种阴谋中运行而不自知。

由以上分析可以看出，话本小说的叙述者时刻处于“代理人”位置，其依据故事的需要而跳跃，这种跳跃基本在故事层面和叙述层面展开，在故事层面的跳跃是从叙述者跳跃至人物，即采用人物视角来获得全知视角中的局部限制视角，增加了故事的兴味；在叙述层面的跳跃是从叙述者跳跃回“说话人”，一般是为了显示故事的结构性变化和叙述从一个人物转到另一个人物，或者进行故事主题的宣示，或者与看官进行交流。一般情况下，叙述者跳跃回说话人，这种说法似乎难以理解，但却是话本小说叙述者存在的事实。在全知叙述视角下，叙述者一般不做叙述层面的现身，因为一旦跳出故事进行对故事结构安排、主题宣扬等的揭示，就意味着全知叙述者放弃了隐身，其叙述本身就成为一种“被”叙述的存在，即其创作技巧也成为叙述对象，那么叙述者的位置就超脱了故事而成为故事外的存在，即在话本小说里表现为“说话人”。这种状况如果放在“活态说话艺术”中就显得很好理解，因为其说话人是一个实实在在的存在，赵毅衡把这种存在于中国传统戏剧中的角色跳跃现象称为“跨层”：“跨层在中国传统戏剧中，本是常用的技巧，至今常用于通俗戏剧样式（例如相声）之中。在表演中，演员有时是人物，有时从人物转回演员，在演剧世界与戏中世界来回跳动。”[1] 但赵毅衡接着指出：“跨层在白话小说中几乎从不出现，主

[1] 赵毅衡：《苦恼的叙述者》，北京十月文艺出版社，1994年版，第124页。

要原因是固定的超叙述构造——书场表演，与被叙述的世界的界限过于分明，无法越界。”[1] 但事实并非如赵所说，因为话本小说的这种“拟书场叙事格局”是靠叙述者的这种跳跃来维持的，没有这种跳跃（即赵毅衡的所谓“跨层”），就无法实现内置化了的“说一听”交流关系，而没有这种关系，“拟书场”从何而来？归根结底，话本小说叙述者的这种特征其实就是话本小说虚拟“说一听”交流下的“拟书场叙述格局”的文体特色使然。

虽然话本小说叙述代理和角色跳跃具有上述基本特征，但是，从具体作品分析还是可以看出不同作者作品的不同。也就是说，从具体作品叙述者的变化情况可以看出作者的风格来。比如上述冯梦龙“三言”，由于冯梦龙的开拓之功，使其作品表现出来循规蹈矩的文体特色和劝惩厚俗的创作理念。而凌濛初的“二拍”则是另一种特色。凌濛初作品体现了话本小说文体追求的主要方面之一，即“奇”。关于凌濛初对“奇”的理论倡导我们在第二章第三节已经论及，而其作品叙述者几乎每篇都跳出故事，跳跃至“说话人”角色对故事进行“奇”的宣传或评价。比如《初刻》卷一“转运汉巧遇洞庭红 波斯胡指破鼍龙壳”，在讲述完头回后，接着说：“而今说一个人……从来稀有，亘古新闻。有诗为证……”对于故事中难以理解的内容，则进行说明：“说话的，你错了。……看官有所不知……”《初刻》卷二，也有类似的情况，比如说完头回，接下来说：“今日再说一个容貌厮像弄出好些奸巧希奇的一场官司来。”《初刻》卷三，“今日说一个恃本事说大话的，吃了好些惊恐，惹出一场话柄来”，等等。可以说，凌濛初的叙述者跳跃体现出一种“奇”的创作理念，而“奇出庸常”也成为凌濛初小说的独特品质。

李渔作品则体现出狡黠别致的创作风格。李渔作品格调平庸但技巧高超，其作品的艺术性远大于思想性。比如《连城璧》子集“谭楚玉戏里传情 刘藐姑曲终死节”中，开头做了一番“做戏的妇人”之不同于一般人的议论，然后说：“别回小说，都要在本事之前另说一桩小事，做个引子；独有这回不同，不须为主邀宾，只消借母形子，就从粪土之中，说到灵芝上去，也觉得文法一新。”李渔故意去掉头回，并站在说书人的角度对这种写作创意进行说明，指出这是想“文法一新”。这篇小说技法高超，采用戏中戏的叙事模式，戏里戏外相互照应，结构极其精巧，而且话本小说中的韵文、诗词等基本消失，体现说书人叙述声音的“却说”只有两三处，结尾也没有诗词。由此可见，李渔有意减少了叙述者的角色跳跃次数，一般采取第三人称视角，叙述者基本处于隐

[1] 赵毅衡：《苦恼的叙述者》，北京十月文艺出版社，1994年版，第124页。

身状态。在《连城璧》的十二篇小说里，上述情况是一种普遍现象。在《十二楼》中，李渔继续延续了减少角色跳跃的写作模式，叙述者跳跃主要发生在叙述层面，即跳跃至说话人角色，比如“合影楼”第一回末叙述者突然从叙述者角色跳到故事之外——“这是第一回，单说他两个影子相会之初，虚空模拟的情节”，在故事结尾“这段逸事出在胡氏《笔谈》，但系抄本，不曾刊板行世，所以见者甚少。如今编做小说，还不能取信于人，只说这一十二座亭台都是空中楼阁也”，指出了小说的虚构本质，这是一种叙述层面的角色跳跃。类似如《十二楼》之“三与楼”第二回结尾，“止剩一回，略观便晓”；“夏宜楼”第一回结尾，“看官们看到此处，别样的事都且丢开，单想詹家的事情，吉人如何知道？是人是鬼？是梦是真？大家请猜一猜。且等猜不着时再取下回来看”。叙述者直接跳出故事进入叙述层，用说话人角色和读者直接交流，调动读者参与热情，让读者猜测故事进展，这在话本小说里绝无仅有，体现了李渔小说鲜明的个性。

类似的例子还有《五色石》和《八洞天》。据学者考证，这两本小说集作者为徐述夔，但也有人持怀疑态度，不过根据文本中叙述者的跳跃情况，可判断出自一人之手当无疑问。复杂的故事情节和人物关系是这两本小说集的内容特色。由于人物多、关系复杂，因此叙述者不得不在人物角色之间跳来跳去，小说不断用“且说”、“话说”、“却说”、“话分两头”、“不说……且说……”这样的结构性提示或者人物视角转换的提示。据统计，仅《八洞天》第一卷“补南陔”一篇就有9次之多，且喜欢用“不说……且说……”，有3次。这在《八洞天》其他篇目和《五色石》中同样如此，因此我们可以看出作者的习惯和由这种习惯带来的绵密细致的创作风格。

最为特殊的例子就是《豆棚闲话》，该小说也是备受研究者赞扬，其关键是作者采用把说话人和看官或者听众戏剧化的形式，对说话人和看官进行了人物化处理，从而使小说在外形上成为类似《十日谈》模式的长篇小说，小说把说话人和听众内置在故事之中，使他们现身成为故事中的人物，这样，就在小说中形成了一个实际化了的书场，每一篇对豆棚和说话人、听众的描述构成了一种长篇的故事框架，使小说的描述内容、价值观等成为故事中人物的价值观，因此，故事叙述者和已经人物化了的说话人和听众分离了，故事中的说话人和隐含作者的距离疏远，其可靠性变得很不稳定。因此，叙述者也无须进行代理和角色跳跃，或者说这种叙述代理和角色跳跃存在于小说中戏剧化了的书场之内。《豆棚闲话》在话本小说史上是一个绝唱。

综上所述，话本小说把活态说话艺术的叙述者和看官虚拟化，叙述者的位置很不稳定，他是一个代理人，需要时刻根据故事需要进行角色跳跃。角色跳跃一般在三个角色之间进行：说话人、人物和看官（读者）。叙述者的这种代理状态在两个层面展开：故事层面和叙述层面。这样，在故事层面的角色跳跃一般起到一种限制视角叙述作用，即采用人物视角来控制全知视角的信息量过大而带来的使阅读兴味丧失的缺点。在叙述层面，则起到提示结构、提示转换人物、说明情况、揭示故事主题等作用。话本小说独特的叙述方式成为话本小说文体的一大特色。

三、叙述者状态与文本的交流性

无论是“说话”艺术还是话本小说，其叙述者的存在状态无不建立在文本交流性的基础之上。“说话”艺术是一种实际的“说—听”框架下的书场叙事，说话人和听众构成书场的主要成分，二者交流的融洽成为书场叙事效果的核心。话本小说是一种虚拟说话人和听众的“拟书场叙事格局”，虚拟说话人和虚拟听众的交流关系是通过文字呈现的，其呈现方式表现在两个层面——故事层和叙述层，虚拟说话人在其自身、人物和听众之间根据故事需要进行角色跳跃，其存在状态是一种叙述代理。通过以上对话本小说叙述者存在状态的分析我们发现，话本小说的叙述代理和角色跳跃现象与活态“说话”艺术有着不可分割的关系，或者，换句话说，话本小说把活态“说话”艺术进行了“虚拟”处理，虽然这种处理过滤掉了说话艺术其他方面的特性，比如，表演者的演唱、声音、表情、动作以及书场的现场场景，但我们依然可以通过话本小说叙事的“拟书场格局”看到活态“说话”艺术中“说话人”挥之不去的影子。不但如此，而且话本小说还继承了“说话”艺术的核心，即交流性；以及交流性存在的两个层面——故事层和叙述层。通过上述文本分析得出的这个发现和美国著名民俗学家理查德·鲍曼教授的观点不谋而合：

从根本上说，作为一种口头语言交流模式，表演存在于表演者对观众承担展示自己交流能力的责任。这种交流能力依赖于能够用社会认可的方式来说话的知识和才能。从表演者的角度说，表演要求表演者对观众承担展示自己达成交流的方式的责任，而不仅仅是交流所指称的内容。从观众的角度来说，表演者的表述行为由此成为品评的对象，表述行为达成的方式、相关技巧以及表演者对交流能力的展示的有效性等，都将受到品评。此外，通过对表达行为本身内在的特质的现场享受，表演还可以被显著地用于经验的升华。[1]

---

[1] [美] 理查德·鲍曼：《作为表演的口头艺术》，杨利慧、安德明译，广西师范大学出版社，2008年版，第12页。

鲍曼的观点包含以下思想：(1) 口头表演艺术的“表演者—观众”交流存在于两个方面：表演内容和表演方式（或者表演能力）；(2) 表演者通过表演现场的效果和感受提升经验；(3) 观众不但欣赏、品评表演的内容，而且欣赏、品评表演的方式、技巧等表演者的表演能力。通过分析活态“说话”艺术和话本小说，再和鲍曼教授的观点进行比对，我们不难发现话本小说虚拟“说—听”交流框架下的“拟书场叙事格局”中，叙述者不但存在于故事（内容）和叙述（叙事方式、技巧）两个层面，而且还存在于故事之外，即叙述者还原为说话人自身而与虚拟听众进行直接交流。叙述者的这种存在是以“交流”为核心的，换句话说，话本小说是以“交流”作为一种艺术原则而贯穿于其独特文体——“说话体”的各个层面。下面就话本小说叙述代理和角色跳跃各个层面的交流性进行具体阐述。

首先是存在于故事之外的交流性。也就是说，叙述者跳跃至“说话人”自身而与虚拟“听众”的交流。活态“说话”艺术中，说话人为了保持故事的连续性、合理性和结构的清晰性，往往在结构性转换时予以说明，并形成固定的语言程序。话本小说也继承了这一点，比如《二刻》卷五“襄敏公元宵失子十三郎五岁朝天”中开封府大尹审理贼人偷盗王家小衙内一案时，忽然记起另一案件，小说这样叙述：

大尹却记起旧年元宵珍珠姬一案，现捕未获的那一件事来。你道又是甚事？看官且放下这头，听小子说那一头。

这里，叙述者突然现身，跳跃成为说话人，直接称呼虚拟看官为“你”并与之交流。这种交流有一种结构性转换的功能，它提醒观众，下面要说的是另一个故事或者另一个人物。这让人想起郭永章在《罗成算卦》中的唱词：“你看那，咱记下李金仙把卦卖啦，回头来咱再说罗成将魁元。”如此的交流性角色跳跃已经成为话本小说结构性转换的一个信号，或者叫作程序。但这是一种故事外交流模式，与故事进程没有太大关系，在书面文本中可有可无，因为，书面文本与口头艺术的重要不同就是读者可以直观看到故事叙述方向的变化而不会引起混乱。而口头艺术为了清晰的叙事链条，必须在叙事方向发生变化的时候给观众提醒。

其次是存在于故事层面的交流性。话本小说的全知叙述者并不是把所有的信息都毫无保留地公之于众，因为要保持读者持续的注意力必须有意识控制信息的释放量，让读者时刻处于阅读的兴味之中。要取得这样的效果必须采取角色跳跃方法，将视角转换至人物视角。比如《喻世明言》卷十“滕大尹鬼断家私”中，善述了解滕大尹的过程是通过善述的视角了解的，在善述看来，滕大尹是一个“好官”，所以他和其母才放心把画轴交给滕大尹。而事实上，滕大尹虽然较为公平地断了官司，但也采取非正常手段为自己谋得了一坛黄金。视角的转换为滕大尹的“鬼断”提供了机会，而读者也有幸目睹了一个贪官的丑恶表演。如此例子不胜枚举，比如《警世通言》卷二十八“白娘子永镇雷峰塔”中许宣看白娘子就采用许的视角，使白娘子是白蛇的秘密延续了很久；《警世通言》卷三十二“杜十娘怒沉百宝箱”中，李甲对杜十娘的了解一直局限在他的视觉之内，包括读者在内一直到杜十娘怒沉百宝箱的时候才在杜十娘一层层揭开百宝箱的秘密时幡然醒悟。在话本小说中，公案小说采用视角跳跃来控制信息量的手法司空见惯，由于叙述者是在各个人物视角之间连续跳跃，使读者往往比人物甚至审案官员知道的更多，局部的视觉转换和全局的全知叙述使故事在这种“全知”与“限知”的张力中获得一种交流效果。

再次是在叙述层面的交流。叙述者在叙述层面的角色跳跃在前面多有提及，上述的故事外的交流也可以算作这一层面的角色跳跃。除了上面论述的提醒读者的“结构性转换”的程序，比如“话分两头”、“再说”、“不说……且说……”等，还有如下的交流功能：

1. 讨论情节，比如《初刻》卷十“韩秀才乘乱聘娇妻　吴太守怜才主姻簿”中叙述者现身和读者讨论情节：

假如当日小姐贪了上大夫的声势，嫁着公孙黑，后来做了叛臣之妻，不免守几十年之寡。即此可见目前贵贱都是论不得的。说话的，你又差了，天下好人也有穷到底的，难道一个个为官不成？俗语道得好：“赊得不如现得。”何如把女儿嫁了一个富翁，且享此目前的快活。看官有所不知，就是会择婿的，也都要跟着命走。一饮一啄，莫非前定。却毕竟不如嫁了个读书人，到底不是个没望头的。

叙述者直接与读者讨论情节，还模仿读者声口进行质疑。这种讨论对宣扬故事主题起到了很好的作用。这是一种故事内由角色跳跃带来的效果。

2. 叙述者直接现身，采用叙事假设的形式对故事进行另一种方向的假设，而其目的则是激起读者下一步的阅读兴味。比如《醒世恒言》卷三十三“十五贯戏言成巧祸”中：

若是说话的同年生，并肩长，拦腰抱住，把臂拖回，也不见得受这般灾悔。却教刘官人死得不如《五代史》李存孝，《汉书》中彭越。

叙述者的这种假设往往不可能实现，其目的无非是提示下面将有好戏发生，使读者的阅读兴趣一下子提了起来，因为这种假设预示着刘官人的生死命运。

在话本小说中，叙述者作为代理人，其角色跳跃往往有其交流目的，诸如提示主题、提示结构的转换、提示情节、预言结局等，分析每一次的角色跳跃都会发现其交流效用。因为话本小说是一种虚拟的“说—听”交流框架，表现为叙事的“拟书场”格局，叙述代理和角色跳跃为这种格局的形成提供了可以感知的依据，也为这种格局的合理性提供了一种叙述方式。总之一句话，话本小说的叙述代理和角色跳跃最终围绕“说—听”交流框架展开，叙述者的一举一动无不在这种交流框架中找到依据。话本小说叙述者的这种特征是其交流性文体——“说话体”最为核心的叙述特征。

第五节 话本小说的“韵”与“散”

韵散结合是话本小说重要的文体特征。这里所说的“韵”是指小说中的诗词、韵文；“散”则是相对于“韵”来说的，指的是小说中韵文之外的叙述语部分。在话本小说叙事中往往穿插许多诗词韵文，这些韵文大多并非随意穿插而是具有叙事功能，并且随着话本小说书面化的发展，韵文有逐渐减少的趋势，这体现了话本小说叙事方式从“说—听”交流模式向“读—写”交流模式转变的特征。但这并非是一种严格意义上的发展方向，只能说大略如此。因为在后期的话本小说中，也有大量韵文入小说的，如号称“清末拍案惊奇”的《跻春台》里就出现了大量韵文，似乎可以看到《快嘴李翠莲》的影子。“散”的部分是话本小说叙事语言的主体，也是话本小说书面化的主要语言形式。话本小说“散”文部分采用白话，这是话本小说从冯梦龙开始的倡导，而且采取和传统“史传”模式不同的写作思想，这体现了话本小说对中国古代小说发展的创造性贡献。

一、话本小说“韵”、“散”源流

关于“源流”，刘俐俐教授指出：“所谓源流，分开来说，源是指所借鉴及影响；流是指影响之所至。”[1] 对于话本小说“韵”、“散”源流的研究是指话本小说韵散结合的文体特性来源于哪里？受什么影响？其影响如何？而对于话本

[1] 刘俐俐：《从我国古代白话短篇小说的系列故事叙事看其介于口头艺术和作家文学之间的特性——以凌濛初的〈神偷寄兴一枝梅 侠盗惯行三昧戏〉为例》，《文学与文化》，2011年第2期，第61页。

小说韵散之来源则是一个极其复杂的问题，学者多有异见。胡士莹先生对于诗词入小说做过这样考证：

某些传奇故事、诗赞、议论兼备的文体，对话本也有一定影响。宋赵彦卫《云麓漫钞》卷八说："盖此等文备众体，可以见史才、诗笔、议论。"话本结构也正是如此。以诗插在文中，《吴越春秋》已经有了（如《阖闾内传第四》），《搜神记》也往往有之（如《紫玉》、《天上玉女》），唐初张鷟的《游仙窟》杂用方言、隐语和韵文结合的形式，就是民间说唱的固有形式。某些传奇采用了它，又反过来帮助后世的说话和话本肯定这种形式。[1]

也就是说，以诗词入"文"，韵散结合的形式并非话本小说独创而是古已有之。但是话本小说来源于"说话"艺术，民间说唱艺术对其影响甚大，韵文用来唱、散文用来说是说唱艺术的固有形式，因为韵文押韵，朗朗上口，易记易讼，散文则更随意适合道白。对于民间说唱对话本小说韵散结合的文体形式的影响，胡士莹先生指出：

就现存的通俗文学底本来看，在形式、体裁和说唱方式上对话本影响较大。变文的韵散合组，有唱有讲；讲经文的押座文、解座文：都和话本很相似，可见其承袭关系。而所有的通俗文学，其叙述方法，几乎都是起首结尾，来龙去脉，交代清楚，力求反映矛盾的全过程。而且大抵语言通俗，解释周详。这些群众化的优点，话本也都继承并发展了。[2]

胡士莹先生的论述基本勾勒了话本小说韵散结合的语言形式的历史渊源：其一，来自古代文学的影响；其二，来自民间说唱艺术的影响。无论话本小说韵散在叙事中的功能方面如何进行创造性发挥，这两大影响因子是挥之不去的。由话本小说的文本实际来看，可谓有目共睹。比如《清平山堂话本》卷一"柳耆卿诗酒玩江楼记"中插入柳永词作，"西湖三塔记"中的苏轼诗作等。而最能体现话本小说受说唱艺术影响的莫如《清平山堂话本》卷二"快嘴李翠莲记"，这篇小说中李翠莲说的话全部采用韵文，很适合唱，而且这些韵文采用俗语，押韵但不事雕琢，通俗易懂，试引一小段：

爹先睡，娘先睡，爹娘不比我班辈。哥哥嫂嫂相傍我，前后收拾自理会。后生家熬夜有精神，老人家熬了打瞌睡。

如此韵文贯穿通篇，很是灵动活泼。根据这些韵文的短促、节奏性强、押韵等特点，笔者怀疑更适合快板书之类的说唱形式。另有卷三"刎颈鸳鸯会"

[1] 胡士莹：《话本小说概论》，中华书局，1980年版，第29页。

[2] 胡士莹：《话本小说概论》，中华书局，1980年版，第30页。

直接用“奉劳歌伴，再和前声”句来提示下面的韵文是用于音乐伴唱的，此篇小说中，有“奉劳歌伴，再和前声”十次之多，这从一个侧面反映了“说话”艺术唱为韵语、说为散文的特点。

随着话本小说的书面化，韵散结合的叙事形式虽然存在，但韵文在逐渐减少。其实从冯梦龙开始已经做了很多努力，即将与小说故事关系不大的韵文删除，运用大量适合“写—读”交流特点的书面语言——“散”文。从冯梦龙“三言”中对《清平山堂话本》中的一些小说的重新编撰就可以看出这一点。比如《喻世明言》卷二十“陈从善梅岭失浑家”是对《清平山堂话本》卷三“陈巡检梅岭失妻记”的编撰，其中的“散”文部分描写更加精细，韵文部分则进行了大幅度改造，对“陈巡检梅岭失妻记”中的诗词韵文进行删减，仅举两处：

《陈巡检梅岭失妻记》	《陈从善梅岭失浑家》
青龙玉白虎同行，吉凶事全然未保	青龙玉白虎同行，吉凶事全然未保
天高寂没声，苍苍无处寻；	
万般皆是命，半点不由人。	
施呈三略六韬法，威镇南雄沙角营。	施呈三略六韬法，威镇南雄沙角营。
欲问世间烟瘴路，大庾梅岭苦辛酸。	
山中大象成群走，吐气巴蛇满地攒。	

在冯梦龙的小说中，对《清平山堂话本》小说中的韵文改造是明显的，就如上篇，每处韵文均进行了精简，或者干脆删除。自冯梦龙而后，话本小说在韵文使用上逐渐减少，比如冯梦龙“三言”使用诗词每篇平均数量分别为：《喻世明言》11.2、《警世通言》11.35、《醒世恒言》10.23。而到了凌濛初《初刻拍案惊奇》则为6.65、《二刻拍案惊奇》8.5；李渔《十二楼》4.17、《连城璧》2.17；而艾衲居士《豆棚闲话》中除了第四则“藩伯子破产兴家”引1首、第十则“虎丘山贾清客联盟”引22首，其余各篇无一首诗词[1]。而且自冯梦龙之后的话本小说在运用韵语方面与“说话”艺术和早期话本小说相比，更加有目的性。李渔的小说，有的只是在开头运用诗词，然后通篇不见韵文，比如《连城璧》酉集“吃新醋正室蒙冤 续旧欢家堂和事”就在开头用一首词，其后再无韵文，包括话本小说结尾常常用诗词在李渔作品中亦不多见。当然，在运用诗词方面作者因素至关重要，有的作者喜欢而有的作者则很少用，一般情况，话本小说在后来的发展中，运用韵文则较为谨慎，一般韵文都有叙事价值，这在后文再进行分析。当然也有例外，比如《跻春台》，作为清末最后一部话本

[1] 陈大康：《明代小说史》，人民文学出版社，2007年版，第554页。

小说，其中的韵散叙事似乎比以往更加得到强调，该小说集在艺术上并无太多创造性贡献，但其叙事方式却值得称道，即韵散结合。甚至有的研究者怀疑《跻春台》可能在民间说唱艺人那里流传过。[1]

综上所述，话本小说由于出自文人之手，中国古代文人熟读经史，写作诗词更是其基本功，因此受到来自古代作品的影响在小说中运用诗词再自然不过；同时，我们不能忽略话本小说受“说话”口头艺术影响这一事实，而且在叙事构架上受“说话”艺术影响又远大于来自传统古代文学作品的影响，话本小说虚拟“说—听”交流形成的“拟书场”叙事框架是话本小说运用韵散结合的最主要、最合理的依据。并且，话本小说在“写—读”交流关系下逐渐减少韵文的运用，并使韵文在具有叙事功能方面都对中国古代小说的发展影响巨大。

二、话本小说“韵”、“散”的存在状态

纵观话本小说，我们发现其“韵”、“散”基本存在于两个层面：故事层和叙述层。这和上面论述的话本小说的叙述者的存在状态是一样的。这种存在方式与话本小说“拟书场叙事格局”有很大关系，因为，无论“韵”、“散”，每一次的层面转换都是叙述者角色跳跃的结果。没有叙述者的角色跳跃，这种转换就不会发生。关于话本小说韵散结合的语言方式，陈平原认为这是因为中国小说来源于两个传统：史传传统和诗骚传统。也就是说，话本小说“散”的部分受史传影响，“韵”的部分受诗骚影响。陈平原认为：

“史传”之影响于中国小说，大体上表现为补正史之阙的写作目的，实录的春秋笔法，以及纪传体的叙事技巧。“诗骚”之影响于中国小说，则主要体现出作家的主观情绪，于叙事中重言志抒情；“摛词布景，有翻空造微之趣”；结构上引大量诗词入小说。不同时代不同修养的作家会有不同的什么抉择，所谓“史传”、“诗骚”之影响于中国小说，当然也就可能呈现不同的侧面，这里只能大而言之。[2]

对于话本小说而言，虽然史传传统和诗骚传统基本符合实际，但是，具体情形也许并非完全符合陈平原的解释。话本小说为“正名”的确把自身提高到“经史馀补”的高度，但他们并非把此作为其创作目的，他们追求的是“佐谈谐、

[1] 刘省三：《跻春台——清末拍案惊奇》，“整理后记”，张庆善整理，百花文艺出版社，1988年版，第605页。

[2] 陈平原：《中国小说叙事模式的转变》，上海人民出版社，1988年版，第224页。

新听睹”、“娱目醒心”、“劝惩厚俗”等，这在本书第二章第三节已经做详尽论述，此处不赘述。另一方面，话本小说受“史传”影响的也许也并非“春秋笔法”的实录精神，因为，话本小说在叙事方面早已突破了艺术真实和生活真实的理解藩篱，强调“事赝理真”，在技巧上强调“奇”出于“笔端变化”，因此，笔者认为话本小说基本摆脱了“史传”笔法而在小说虚构等方面走到了当时时代的前列。也许话本小说在叙事技巧方面对“史传”有所借鉴，这就要具体问题具体分析了。冯梦龙在《古今小说序》中指出，“史统散而小说兴”，意为“史”的传统不再一统天下，小说就兴起了，表明小说和历史的不同。金圣叹指出了历史和小说在写作方式上的不同：

其实《史记》是以文运事，《水浒》是因文生事。以文运事，是先有事生成如此如此，却要算计出一篇文字来，虽是史公高才，也毕竟是吃苦事。因文生事即不然，只是顺着笔性去，削高补低都由我。[1]

也就是说，话本小说之“散”的部分更多的凝聚了作家的创造。这在中国古代小说史上是一个开创，即用白话俗语叙事且能够准确传达故事的各种情状。同时，努力摆脱“史传”影响高扬虚构与技巧，从冯梦龙、凌濛初，尤其是到李渔，“史传”影响已经很是稀薄。

话本小说“散”文部分大量存在于叙事之中，这是叙事作品的基本叙事方式，无须论证。在话本小说叙述层面，“散”的部分主要表现为议论、说明等文字，这在话本小说中大量存在，此处不再举例。

对于话本小说“韵文”部分，陈平原归之为“诗骚传统”，并且指出“诗骚”对小说的三方面影响：（1）抒情、言志；（2）描摹景物；（3）诗词入小说。笔者认为，针对话本小说这是一个问题的两个方面，一个问题是话本小说中有韵文，两个方面是：其一，话本小说中的一部分诗词用于抒情言志；其二，一部分诗词用于描摹，即描摹景物、情状、人物等。第一个方面存在于话本小说的叙述层面，第二个方面存在于话本小说的故事层面。

综上所述，话本小说的韵散结合的语言方式构成了其语言结构的核心内容。二者都存在于两个层面——叙述层面和故事层面，在话本小说故事的运行过程中，或抒情言志，或议论说明，或描摹情景、人物等，形成了话本小说独特的语言文体现象。话本小说的“韵”与“散”也许受到传统“史传”与“诗骚”的影响，但在话本小说中更多的是韵散结合并将其分布于叙述和故事两个

[1] 金圣叹：《读第五才子书法》，《奇书四评》，宋俭等编注，湖北辞书出版社，1996年版，第291页。

层面的创造，因为，话本小说与早期“说话”艺术和早期话本不同之处在于，韵散的结合由随意变成了有机，话本小说更注重二者结合后给小说带来的阅读兴味。这在下面对“韵文”的叙事功能的论述中将得到进一步揭示。

三、话本小说韵文的叙事功能

如上所论述，话本小说在运用韵文方面已经较为谨慎，一般韵文都具有叙事功能，很少像口头艺术那样随意穿插。当然这不排除话本小说作者逞才而故意增加诗词数量的情况。一般情况下，话本小说穿插的诗词都具有一定叙事价值，即使可有可无，也显示出话本小说固有叙事模式的惯性作用，比如入话诗，许多虽然可有可无，但绝大多数话本小说依然会保存这一形式，因为作为一种虚拟“说—听”交流关系下的“拟书场叙事格局”，入话诗似乎成为一种彰显虚拟“说话人”合理性的存在。许多论者对话本小说穿插的韵文颇多微词，鲁德才先生这样写道：

如果韵散结合的叙事形式适应于宋元话本说听的审美关系，说话人的提示、设问、重复、诠释等语规，在说话艺术中可以缩短说话者与听众的距离，具有线路功能的作用，是不可缺少的手段。转入视角阅读的小说之后，读者要求直接面对小说中的人物和小说世界，否则叙述者不时的介入，拉长了读者与小说之间的距离。……对读者阅读的小说，从叙事的角度而言，不能不说是一种陈旧落后的形式影响了小说整体和谐统一，特别是破坏了小说的内在节奏。[1]

鲁德才先生的见解是话本小说的客观实际。但是，中国古代白话小说的叙事方式是一个不同于文言小说自成体系的叙事系统，叙事的“拟书场格局”是话本小说叙事存在合理性的依据，韵散结合为这种叙事格局存在提供了一种方式。即使到了晚清，中国古代和近代交接的时代，中国小说家依然没有找到摆脱这种叙事格局的方法，直到“五四”时期外国小说叙事形式的大量引入才为突破这种“拟书场叙事格局”找到了合理的方法，从而加速了中国小说的现代化进程。另一方面，站在当代人的立场上来看，由于我们受现代小说叙事方式的影响，感觉话本小说韵散结合是对于书面阅读流畅性的破坏，但如果将时间退回明末清初，那么，当时的读者未必这样认为，因为他们已经习惯了“说话”艺术的叙事方式，并从中获得很大乐趣，因此，话本小说的韵散结合的叙事方式对他们来说就不存在接受障碍，就如我们习惯了波澜不惊的现代小说叙事而

---

[1] 鲁德才：《古代白话小说形态发展史论》，南开大学出版社，2002年版，第120页。

一下子去阅读先锋小说那样，接受起来会有障碍。

无独有偶，王德威也有类似鲁德才的看法，即他认为叙述者随意地穿插包括诗词、套语在内的程序性话语，对阅读的影响：

我们在叙事主线之下可以发现一条循序渐进的线索，但它的发展在表层却被说话人不断地间歇破坏。也因此我们可以轻易地将焦点对准说话人的存在，并据此发展出一个以“现在”为基准的回旋式时间次序。只要说书情景成为似真的常规，中国古典小说企图以说话人的存在统领全局，控制意义的假设即可成立。[1]

也就是说，说话人不时的现身破坏了故事线索的连续性，使其因叙述者不断穿插的包括韵语在内的程序套语而支离破碎。同时，说话人的这种现身，即我们所说的角色跳跃，同时维持了一种“说书情景”，即笔者所说的“拟书场”，因为，这是话本小说叙事方式存在的基础，否则，叙述者会因缺乏某种权威性而使整个文本框架倒塌，除非作家发现新的叙事方式。但，王德威同时指出：

似乎传统说话人及作者都体会到，故事临场感的产生往往得力于在主线“事件”之上穿插许多无关紧要的“非事件”(non-events)。因此，所有的语言姿态、声音回响、夸大、论断、琐碎的指涉、抒情的描写、叙事格式等等通常被视为阻碍作品时序流通的技巧，反变成了一个功能性的意符，达到了籍说话情景造成时间留滞的效果。[2]

也就是说，说话人的穿插是一种有意识的行为，这种穿插更多体现了一种叙事功能，一种可以实施叙事的手段和维持说话“现场感”的有效方法，即达到“说话情景”时间的“留滞的效果”。因此，对于包括话本小说在内的中国古代白话小说的叙事方式应该有另外一种眼光，因为，在没有现成叙事方式的古代，借鉴民间“说话”艺术，并将其培养成为一种影响中国古代小说写作模式几百年的叙述形式，实在是一种创举。

话本小说韵散结合的语言表达方式是经过文人的加工并得到小说作家广泛运用的话语模式，其韵文在书面化之后，叙事功能加强了，这表现了作为视觉阅读的话本小说对“说话”艺术的“说—听”交流方式的“写—读”改造。话本小说韵文存在于小说的故事和叙述两个层面，下面分别对韵文在此两个层面

[1] 王德威：《想象中国的方法——历史·小说·叙事》，生活·读书·新知三联书店，2003年版，第90页。

[2] 王德威：《想象中国的方法——历史·小说·叙事》，生活·读书·新知三联书店，2003年版，第90-91页。

的叙事功能进行论述。

1. 话本小说在故事层面中，情景描摹是最主要的功能，这种描摹包括人物外貌、景物描写、状态描写等。

首先看人物描写，话本小说对人物外貌的描写一般用韵语来完成，很少用“散”文，因此，对于这一部分的韵文并非可有可无。但是，话本小说有部分人物描写往往雷同，尤其是对女性的描写，比如“三言”中对女性的描写：

云鬓轻笼蝉翼，蛾眉淡拂春山，朱唇缀一颗樱桃，皓齿排两行碎玉。莲步半折小弓弓，莺啭一声娇滴滴。——《警世通言》卷八

水剪双眸，花生丹脸，云鬓轻梳蝉翼，蛾眉淡拂春山；朱唇缀一颗天桃，皓齿排两行碎玉。意态自然，迥出伦辈，有如织女下瑶台，浑似嫦娥离月殿。——《警世通言》卷十四。

这些句子大同小异，给人千篇一律的印象，但有的却很有特点，比如《喻世明言》卷二十七“金玉奴棒打薄情郎”中对乞丐的描写：

开花帽子，打结衫儿。旧席片对着破毡条，短竹根配着缺粗碗。叫爹叫娘叫财主，门前只见喧哗；弄蛇弄狗弄猢狲，口内各呈伎俩。敲板唱扬花，恶声聒耳；打砖擦粉脸，丑态逼人。一班泼鬼聚成群，便是钟馗收不得。

这种既有动感又有外貌的描写使一群乞丐活脱脱呈现眼前。如此用韵语描写人物在话本小说中很是常见，尤其是对于那些在小说中不经常出现的人物类型，更能见出这种描摹的特殊功能，往往能够三两笔活画出人物的外貌行为特征。

其次，对景物的描写。话本小说往往用“但见”来引出对景物描写的韵文，这些许多都是通过人物视觉来实现的。比如《二刻》卷六“李将军错认舅 刘氏女诡从夫”中金生访李将军时看到李将军府的情景：

门墙新彩，棨戟森严。兽面铜环，并衔而宛转，彪形铁汉，对峙以巍峨。门阑上贴着两片不写字的桃符，坐墩边列着一双不吃食的狮子，虽非天上神仙府，自是人间富贵家。

这些韵语不事雕琢，韵语俗语，虽没有文雅的语句却能够很好地表达小人物金生没有见过的阵势，比如“不写字的桃符”、“ 不吃食的狮子”很好地传达了金生眼中富贵家的气象。这不但写了李将军府的富贵与威严，也写了金生自身卑微的身份和心理。在《醒世恒言》卷二十九“卢太学诗酒傲王侯”中，则采用全知视角描写卢太学的私人园林：

楼台高峻，庭院清幽。山迭岷峨怪石，花栽阆苑奇葩。水阁遥通行坞，风轩斜透松寮。回塘曲槛，层层碧浪漾琉璃；迭嶂层峦，点点苍苔铺翡翠。牡丹

亭畔，孔雀双栖；芍药栏边，仙禽对舞。紫纡松径，绿阴深处小桥横；屈曲花岐，红艳丛中乔木耸。烟迷翠黛，意淡如无；雨洗青螺，色浓似染。木兰舟荡漾芙蓉水际，秋千架摇曳垂杨影里。朱槛画栏相掩映，湘帘绣幕两交辉。

韵文极尽雕琢，写了卢太学园林之美，同时为塑造卢太学的个人雅兴和故事的发展起到很好的铺垫作用。

再次，对于情景的描写。话本小说用韵语描写情景极为人称道，因为故事不同，情景就有别，情景描写往往贴近故事，灵动、别致，同时更表现出作家的创造性。比如《初刻》卷二十“李克让竟达空函　刘元普双生贵子”中对婚礼拜堂的描写：

“粉孩儿”对对挑灯，“七娘子”双双执扇。观看的是“风检才”、“麻婆子”，夸称道“鹊桥仙”并进“小蓬莱”；伏侍的是“好姐姐”、“柳青娘”，帮衬道“贺新郎”同入“销金帐”。做娇客的磨枪备箭，岂宜重问“后庭花”？做新妇的，半喜还忧，此夜定然“川拨棹”。“脱布衫”时欢未艾，“花心动”处喜非常。

在韵文中加入一些词牌名，恰到好处，灵动写出婚礼的情景。值得注意的是，话本小说用韵语描写情景在其发展历程中逐渐转变为用“散”文，比如李渔作品等。这标志着话本小说已经注意到韵语对于阅读的局限性，以及韵语自身描摹情景的局限性。

最后，值得注意的是另一种情况，即故事中的人物用诗词韵语来表达感情，这些诗词往往非常深地融入了故事。比如《初刻》卷二十七“顾阿秀喜舍檀那物　崔俊臣巧会芙蓉屏”中崔俊臣之妻题在芙蓉屏上的《临江仙》：

少日风流张敞笔，写生不数今黄筌。芙蓉画出最鲜妍。岂知娇艳色，翻抱死生缘？粉绘凄凉余幻质，只今流落有谁怜？素屏寂寞伴枯禅。今生缘已断，愿结再生缘！

该词不但暗含崔俊臣夫妇的悲惨遭遇，而且在推动故事进展上起到了很大作用，因为没有这首词，高公就不会发现芙蓉屏的秘密，崔俊臣也不会认出是其妻字迹等。同样在《八洞天》卷二“幻作合前妻为后妻　巧相逢继母是亲母”中长孙陈在末路途穷不得已续弦时，心情复杂，他并没有因缔结新姻而喜，而是倍感伤感，思念亡妻，口占《忆秦娥》：

风波里，舍车徒步身无主。身无主，拚将艳质，轻埋井底。

留卿不住看卿死，临终犹记伤心语。伤心语，嘱予珍重，把儿看觑。

该词很好地表达了长孙陈当时的复杂心情。而当长孙陈顶孙去疾之名去夔州赴任，安顿完之后，设立其妻辛氏夫人灵座，面对灵座，他又一次悲从中来，又吟《忆秦娥》一首：

黄昏后，悲来欲解全恁酒。全恁酒，只愁酒醒，悲情还又。

新弦将续难忘旧，此情未识卿知否？卿知否，唯求来世，天长地久。

长孙陈两次《忆秦娥》非常准确地传达出其欲罢不能、在困境中的复杂心态。话本小说之才子佳人类型用诗词来表达人物心境更是常见，但很快便被大规模出现的此种类型的小说所滥用。

2. 在话本小说叙述层面的韵文一般具有两种功能：其一，程序化需要；其二，点明主题或故事预言。在话本小说中，入话诗词似乎是一种显示虚拟说话人存在的信号。许多情况下，入话诗词与小说主题有一定关系，个别情况则纯粹是形式。在入话诗词下面一般是虚拟说话人对诗词的解释，这些解释大多和主题有关。在正话中，存在于叙述层的诗词一般会有先行标志，比如“正是”、“有诗为证”等。而恰恰是存在于正话叙述层中的诗词，备受话本小说研究者所诟病，他们认为这阻碍了阅读的流畅性和线索的持续性。而在话本小说的发展史上，正是对这些存在于叙述层的诗词消减成为话本小说书面化的标志，因为这不仅仅是简单地减少韵文，而是标志着话本小说“拟书场叙事格局”的叙事方式的变化，因为叙述层韵语的减少使叙述者跳跃的机会减少，这使话本小说第三人称叙事的时间加长，阅读变得更加顺畅，书面化程度不单单是原来的仅仅把“说话”艺术的口语变成文字，而是在叙述方式方面进行的书面化革命。但这种革命并不成功，因为话本小说始终没有逃脱虚拟“说—听”交流关系下的“拟书场叙事格局”，就是整个中国古代白话小说亦毫无二致。

综上所述，话本小说韵散结合的语言表达方式从影响层面来说，一方面来源于中国古老的以“诗歌”、历史著作为文学正宗的传统；一方面来自说唱艺术的影响；一方面是话本小说作者来源于传统文人，填词作诗是他们的所长，并不知不觉运用于小说创作；一方面来源于叙述方式的毫无选择和“拟书场叙事格局”的叙述惯性。因此，韵散结合这种往往引起诟病的语言叙述方式是一种历史的选择，其存在具有无可争辩的合理性和价值，它对于中国古代白话小说叙事模式的形成具有无可替代的作用和价值。韵文在话本小说中并非如论者所称不符合书面文本，而是要具体问题具体分析，存在于故事层面的诗词、韵文许多具有叙事价值，对于表现情景、描摹人物、表达人物的精神世界很有作用。而且何时用韵语已经成为作家的写作习惯，成为一种固定的叙述程序，一种“功能性”的存在。存在于叙述层的韵文，则更多表现为“拟书场叙事格局”下的虚拟说话人的存在权威，是虚拟“说—听”交流关系下叙述合理性的重要依据。对韵散结合的叙述方式我们不能一概否定。

本章小结

综合以上论述，我们发现话本小说的文体模式是建立在虚拟说话人与听众交流关系所构成的“拟书场叙事格局”基础上的、具有明显“说话”艺术特征的“说话体”，并且话本小说的这一文体同时具有了书面化的特征，从话语、语言层面表现出了书面化的“说话”艺术特征，这种特征以“交流性”为核心，构筑了话本小说的文体特色。首先，话本小说的标题方面，从演变、类型和功能来看，强烈的“看官”或读者指向是标题演变的内在逻辑动力，因为没有“说—听”或者“写—读”所构筑的双向交流关系，就难以寻找话本小说标题演变的内在动力系统。也正是标题的这种特点，使话本小说从开始就形成了一种虚拟的书场氛围，话本小说独特文体——“说话体”从一开始就成型了。其次，话本小说来源于“说话”艺术，其文体特色保存了大量口头艺术特征。这些特征不是一种简单的外在形态，而是深入到小说的各个方面，程序、主题、故事范型等。这些特征构成了话本小说“拟书场叙事格局”的重要叙述逻辑，从语言到语言的组成再到历史形成的语言的固定语义，或者再推而广之，到基本的已经成为语言一部分的故事范型。所有这些直接受到口头艺术的影响，并成为话本小说叙事话语的叙述惯性，因此，“说话体”其实包含了话本小说语言的组成方式、语义组成方式，以及思维组成方式。所有这些都是深入骨髓的影响因子，只要在虚拟“说—听”关系搭建的平台之上进行文本创造，话本小说的这种口头艺术特征、这种交流性就不会消失。换句话说，“交流性”从叙述开始的一刹那就被置入虚拟的“说—听”情景之中，它已经成为一种话语方法而存在。再次，正因为话本小说虚拟“说—听”交流关系搭建的“拟书场”叙事平台，话本小说的叙述者才具有一种不同于一般的存在状态——代理人，这种代理人角色使话本小说叙述者获得了自由，也获得了权威。考察活态“说话”艺术能够使我们很好地理解叙述者的代理人角色所具有的“角色跳跃”本质。话本小说叙述者的这种叙述代理和角色跳跃特性不但构成话本小说的独特叙述格局——“说话”格局，而且也是一种使话本小说叙事方式成为合理存在的依据，因为，没有叙述者的这种特征，叙述便成为毫无动力机制的存在，话本小说作者由于历史的原因，无法找到更加合理的叙述方法，或者他们“适俗”的创作理念使其根本不愿意寻找标新立异的方法。叙述者的存在状态使话本小说叙事合理性成为可能，也同时成就了话本小说独特文体特征——“说话体”。最后，话本小说的口头艺术特性、叙述者的独特存在姿态，使话本小说语言在叙述层面和故事层面交替展开。话本小说语言的“韵”与“散”就是如此。这其实应和了理查德·鲍曼的观点，即作为表演的口头艺术的表演者不但向观众展示故事，同时也展示讲述故事的能力，而这种能力就是一种技能，一种大众认可的方式[1]。话本小说韵散结合的语言特色无论从表层的“视觉”层面还是深层的叙事功能层面都体现了话本小说交流性文体——“说话体”口头性和书面化的双重特性。

[1]［美］理查德·鲍曼：《作为表演的口头艺术》，杨利慧、安德明译，广西师范大学出版社，2008年版，第131页。

第四章　话本小说立体型网格状结构

本章要解决的问题是话本小说的结构问题。作为代表中国古代白话小说优秀传统的话本小说，其结构有什么样的独特性呢？这种独特性对于话本小说艺术和审美特质有何影响？通过本章对话本小说文本的细读就会发现：话本小说虚拟“说话人—看官”的交流关系是一种动态的建构过程。在这个过程中，支配故事整体架构的是一种先行的、表层化了的“深层”主题结构，也就是说，话本小说并不试图演绎某种隐晦的主题，而是从故事一开始便把主题公之于众，或者即使在故事开始没有明确呈现，也会在故事的进程中不断进行主题揭示并在最后点明要表达的主题。因此，话本小说故事的运行一开始便被主题所框范。但话本小说的故事呈现并非是一种机械“目标”运作，而是容纳了作者精心的构思，并在长期的文本实践中形成了两种基本的横向结构模式：单线蘖合结构和多线聚合结构；以及不同类型的纵向结构模式——催化结构，催化结构有着不同的表现模式，比如转折性结构、辅助性结构、连缀结构等。这些纵横交错的结构模式与深层主题结构一起构成了话本小说独特的立体型网格状结构。列维-斯特劳斯在论述神话的结构时指出：“如果神话能够发现一种意义，这种意义并不能归属于涉及神话构成的独立成分，而只能归结到这些成分的组合方式上。”[1]也就是说，意义的产生是故事各种成分之间的组合方式，而不是成分本身。话本小说便体现了这一点，主题是通过文本独特的结构方式自然呈现出来。由此可见，话本小说的结构模式是一种多层的交流关系，其一，这种交流关系是存在于一种大的叙事框架，即“拟书场叙事格局”中的“说—听”交流关系；其二，是表现于叙述层面的交流，即深层主题结构与故事情节分布所形成的纵横结构之间的磨合与交流关系；其三，是实际的文本接受过程中形成的有血有肉的读者与文本之间的交流关系。本章主要讨论前两种交流，即话

[1]［法］列维-斯特劳斯：《神话的结构研究》，《结构主义神话学》，叶舒宪选编，陕西师范大学出版社，1988年版，第19页。

本小说以“交流”为核心所形成的独特的结构模式。第三种交流关系将在后面章节展开。

第一节　小说结构论：历史与方法

对于小说结构的探讨并不始于结构主义，而是有着很久的历史，因为对于结构的分析是研究叙事作品的重要方面之一。只不过结构主义兴起之后，研究者对于作品的结构的研究更加精细、更加系统；同时，从原来传统的纷繁芜杂的文本外部研究移入文本之内。应当指出，结构主义作为一种哲学思想、一种方法论，其研究领域遍布整个自然、人文科学领域，文学结构研究只是其中之一，而小说结构研究是文学结构研究中的一个方面，由此我们可以勾列出小说结构研究在整个结构主义研究中的位置。结构主义对于叙事作品结构的探讨的主要观点是要为所有叙事作品立法，即建立一种凌驾于叙事之上的框架系统，在这个系统内所有叙事作品的结构将得到合理的解释。但这种努力受到后结构主义和解构主义的攻击，因为任何企图对丰富的叙事现象做一劳永逸概括的努力注定只是一种理想状态。因此，后起的后经典叙事学充分注意到了叙事作品的丰富性和多样性，一种建立在当今文化研究背景中的叙事理论形成了。但这并不意味着经典叙事学的过时，而是“后经典叙事学只是把经典叙事学视为自身的‘重要时刻’之一，因为它吸纳了大量新的方法论和研究假设，打开了审视叙形式和功能的诸多新视角”，“后经典的叙事研究不仅揭示结构主义旧模式的局限性，而且也充分利用它们的可能性”。[1] 因此，对于叙事作品（包括小说）的结构分析早已不是原来的阈于文本的内部研究，而是眼界更加宽广。针对话本小说的结构，笔者发现，它不属于任何现有的理论规范，也就是说，现有的理论无法完全揭示话本小说结构的特殊性，因此，所有的关于小说结构的理论思想与研究范式都作为一种方法、一种工具而存在。话本小说的结构属于一种特殊的模式，一种虚拟“说—听”交流背景下，以“交流”为核心沟通作品内外的结构系统，并且单纯一种结构模式无法单独完成话本小说这种独特的交流性叙事，而是深层、纵向、横向三种结构的完美结合形成的具有穿透性并

[1] [美] 戴维·赫尔曼主编：《新叙事学》，马海良译，北京大学出版社，2002年版，第2-3页。

因此具有交流性的立体型网格状结构系统。探讨话本小说的结构模式，首先要明确小说结构论的历史与方法，明确结构作为一种哲学思想和方法论的内在意蕴，然后才能够更为清晰地知道话本小说的结构分析究竟应当采取何种方法。

一、小说结构的创作论模式

（一）西方文论

在结构主义文论之前，西方文论对于小说结构的研究一般在创作论的视域中进行，因此小说结构论是作为一种创作方法而存在。但这些早期关于小说结构的论述都持宏观的视点，没有结构主义叙事学那样系统和精细。关于小说结构的研究，亨利·詹姆斯指出：

在我看来，结构应该在事后予以评价：那时作者已经做出了抉择，并且已经表明了他的标准；那时我们就能够遵循路线和方向，可以比较语调和相似之处。总之，那时我们就能够享受最美妙的乐趣之一，我们就能够评价质量，我们就能够对创作实践进行检验。[1]

尽管亨利·詹姆斯强调对于小说结构的研究是“事后”之事，但最终是要“对创作实践进行检验”，即用来指导创作，詹姆斯并没有对小说结构做精细的研究，而只是做了一些大略的论述，比如他对于小说部分和整体的关系这样论述：

一部小说是一个有生命的东西，像任何一个别的有机体一样，它是一个整体，并且连续不断，而且我认为，它越富于生命的话，你就越会发现，在它的每一个部分里都包含着每一个别的部分里的某些东西。[2]

戴维·洛奇对詹姆斯的这一思想进行了发挥，他指出：

叙事结构就像是支撑一座现代高层建筑的主梁结构：你看不到它，但它决定了你构思的作品的轮廓和特点。然而小说结构的影响不是在空间上，而是在时间上——往往是经历很长的时间之后才能让人感受到。

相互关联的整个一组故事的意义要大大超过它的组成部分的总和。[3]

---

[1]［美］亨利·詹姆斯：《小说的艺术——亨利·詹姆斯文论选》，朱雯、乔佖、朱乃长等译，上海译文出版社，2001年版，第11页。

[2]［美］亨利·詹姆斯：《小说的艺术——亨利·詹姆斯文论选》，朱雯、乔佖、朱乃长等译，上海译文出版社，2001年版，第17页。

[3]［英］戴维·洛奇：《小说的艺术》，王峻岩等译，作家出版社，1997年版，第240-241页。

西方文论对于小说艺术的研究自亨利·詹姆斯始进入了一种自觉的状态，并开启了小说艺术探索的热潮，这些早期的论者大都从事小说创作，因此，对于小说结构的探索也具有指导创作的特征，而且，这些论述是一种文学化了的描述语言，优美但逻辑性、严谨性、精细性不足。继詹姆斯之后，西方对于小说的研究出现了被称为“西方小说美学的首次崛起”[1]的三部著作：卢伯克《小说技巧》、福斯特《小说面面观》和缪尔《小说结构》。亨利·詹姆斯对于小说技巧的探索直接影响了这些小说美学著作的问世，其中卢伯克《小说技巧》直接对詹姆斯的小说技巧进行研究，指出创作方法受角度支配的观点，很明显受到詹姆斯小说限制视角的影响；福斯特《小说面面观》则从故事、人物、情节、布局和节奏等方面对小说进行了多方面的探索；缪尔《小说结构》则是系统研究小说结构的滥觞之作，缪尔一开始就表现出探索小说结构的宏大构思：

本书的目的是研究小说结构的原理。无论一部小说多么伟大，我们显然不能单以这一部小说为例找到那些原理。因此，我要采用的方法是：把小说分成一些粗略而简便的、易于辨认的类别；我不仅要研究一种结构，而且要研究好几种结构，如果可能，我还想发现在每一种结构中起作用的种种现象，我想说明这些法则是由一个共同的需要产生的，是以一个普遍的原理为基础的。[2]

缪尔把小说分为情节小说、人物小说、戏剧性小说、纪年小说等几个类别，并分别论述了这些小说类别的结构特征。比如对于情节小说和人物小说结构之不同，缪尔指出，情节小说中事件都具有因果性，特殊的事件就会有特殊的后果；而人物小说以描写人物为中心，事件具有随意性、散漫性等特征。因此，我们可以看出，在情节小说中，故事的结构具有逻辑因果关系；而人物小说的故事往往为表现人物而具有散漫特征，故事之间逻辑关系不强，结构随人物性格而发展，虽逻辑关系较弱但依然能够发现“个个事件发生得恰合时宜，它们刚好在该出现的地方出现，以适合小说的计划”[3]。因此，我们看出，缪尔对于各种类型小说的分类研究，探索不同类型小说的结构特征在没有一种形而上哲学（比如索绪尔语言哲学）背景的前提下，其方法具有很强的启发性。但正因为没有哲学背景，缪尔对于小说结构的分类研究也会遇到各种困难，比如情

[1]［英］卢伯克、福斯特、缪尔：《小说美学经典三种：小说技巧、小说面面观、小说结构》，“中译本前言”，方土人、罗婉华译，上海文艺出版社，1990年版，第1页。

[2]［英］卢伯克、福斯特、缪尔：《小说美学经典三种》，方土人、罗婉华译，上海文艺出版社，1990年版，第344页。

[3]［英］卢伯克、福斯特、缪尔：《小说美学经典三种》，方土人、罗婉华译，上海文艺出版社，1990年版，第357页。

节小说和人物小说，有时候是很难区分的，恐怕许多时候研究者首先面临的问题是这种分类困难。缪尔也发现了这一点，他说："当然这两种形式（情节小说与人物小说——引者）在理论上比在实践中易于区分；在某些小说中我们又常发现这两种形式相混淆。"[1]因此，缪尔对于小说结构的研究没有从根本上解决小说的结构问题，这多少有些违背缪尔的初衷。缪尔的小说结构理论对于小说作者和小说读者来说都是一把双刃剑。首先，对于读者，对于想利用缪尔理论去分析、理解小说结构无疑具有价值，但另一方面，读者会首先面临分类的困惑，有些作品即使缪尔本人都很难区分是什么类型，更何况读者；其次，对于作者而言，缪尔一开始就指出小说法则对作者的作用："他（作者——引者）可以不知道这些法则；关键是他应当遵守这些法则。有关这些法则的理论对他会有帮助，也会有妨碍；不了解这些法则，也是同样情形。"[2]难怪毛姆在其小说《享乐》中，借一位小说中的作家之口道出了其感受：

我读了珀西·卢伯克先生所著《小说技巧》，我从中懂得，写小说的唯一方法是象亨利·詹姆斯那样写；后来，我读了爱·摩·福斯特先生所著《小说面面观》，我从中懂得，写小说的唯一方法是象爱·摩·福斯特先生那样写；接着我读了埃德温·缪尔先生所著《小说结构》，我从中什么也没有学到手。[3]

虽然缪尔的《小说结构》不能完全被看作是一种"小说作法"的指南，但缪尔的初衷的确具有这样的成分，他在其著作开始就指明："不管他对生活的想法怎样，他在写作的时候，必然会用某一种模式来表现生活。"但缪尔却对于其理论对写作的指导作用很不自信，因此他会说出小说法则对作家是否有帮助的模棱两可的言论。

（二）中国古代文论

中国古代对于小说艺术的探索在明清以前多三言两语，更别说具体到小说结构的探索了。但中国古代文论的一些基本的思想却影响了明清时期的小说评点理论。比如刘勰《文心雕龙》中不断强调"情志"对于文学作品形式的影响，

[1]［英］卢伯克、福斯特、缪尔：《小说美学经典三种》，方土人、罗婉华译，上海文艺出版社，1990年版，第355页。

[2]［英］卢伯克、福斯特、缪尔：《小说美学经典三种》，方土人、罗婉华译，上海文艺出版社，1990年版，第346-347页。

[3]［英］毛姆：《享乐》，伦敦，海涅曼图书公司，1963年版，第188页。转引自卢伯克、福斯特、缪尔：《小说美学经典三种》，"中译本前言"，方土人、罗婉华译，上海文艺出版社，1990年版，第1页。

在《体性》篇中，刘勰指出，“夫情动而言形，理发而文见，盖沿隐以致显，因内而符外者也”[1]。就是说文章的“情、理”决定了文章的形式。在《定势》中，刘勰指出，“夫情志异区，文变殊术，莫不因情立体，即体成势”[2]。刘勰的这种内容决定形式的思想对后世影响很大。中国文论历来倡导“文以载道”，因此对于文学的研究很少拘于形式而是更注重作品的内在思想。在中国小说理论史上对小说结构的探讨论述极其少，金圣叹《读第五才子书法》虽说是“读法”，而实际是“读法”与“写法”并重。他指出小说与历史写法的不同：“其实《史记》是以文运事，《水浒》是因文生事。”[3] 同时还说：“看来作文，全要胸中先有缘故。若有缘故时，便随手所触，都成妙笔；若无缘故时，直是无动手处，便作得来，也是嚼蜡。”[4] 也就是说，在写作之前要胸有成竹方能落笔生花、自成妙文。对于结构的探索，金圣叹提出了《水浒》一系列的结构之法，比如倒插法，即将后面的紧要文字放在前面；横云断山法，即故事的穿插；鸾胶续弦法，即两个人物故事之间的“无缝链接”等。金圣叹对小说结构等艺术探索言概旨深，对中国传统通俗小说的艺术规律的探索非常有启发意义。

张竹坡对《金瓶梅》的艺术评点也极有启发意义，比如对《金瓶梅》整体结构，写道：“起以玉皇庙，终以永福寺，而一回中已一齐说出，是大关键处。”[5] 这里点明了《金瓶梅》结构的特点，即第一回笼罩全篇，是典型的中国古代白话小说的写法。而这种结构蕴含深意，不但蕴含西门庆从发家到毁灭的过程，更为重要的是预示一种虚空的氛围。这一点浦安迪的论述极为精到。[6] 李渔《闲情偶寄》虽为戏剧理论，但对于结构的探讨却值得一提，因为李渔自觉将一些戏剧技巧运用于其话本小说的创作，并取得了很好的艺术效果。李渔提出结构的七种原则，即戒讽刺、立主脑、托窠臼、密针线、减头绪、戒荒唐、审虚实。其中戒讽刺指出“笔能杀人”，因此作文要劝善，“凡作传世之文者，

[1]［梁］刘勰：《文心雕龙》，郭晋稀注释，岳麓书社，2004年版，第257页。

[2]［梁］刘勰：《文心雕龙》，郭晋稀注释，岳麓书社，2004年版，第305页。

[3] 金圣叹：《读第五才子书法》，《奇书四评》，宋俭等编注，湖北辞书出版社，1996年版，第291页。

[4] 宋俭等编注：《奇书四评》，湖北辞书出版社，1996年版，第292页。

[5] 张竹坡：《批评第一奇书〈金瓶梅〉读法》，《奇书四评》，宋俭等编注，湖北辞书出版社，1996年版，第391页。

[6]［美］浦安迪：《明代小说四大奇书》，第二章，沈亨寿译，生活·读书·新知三联书店，2006年版。

必先有可以传世之心”，“传非文字之传，一念正气使之传也”；[1] 而对于立主脑更明确为“作者立言之本意”[2]。这是典型的“主题先行”。而下面的托窠臼即为创新，密针线、减头绪、审虚实皆为结构之法，戒荒唐则关系到取材。李渔的结构观念在其两部话本小说《十二楼》、《连城璧》中多有体现。

二、小说结构的语言学模式

西方结构主义叙事学有两个直接的源头，一是索绪尔语言学，一是俄国形式主义。但结构主义作为一种方法论却并非局限于文学艺术领域，而是遍布自然、人文多种学科。美国学者罗伯特·休斯在定义结构主义时指出：“结构主义目前则仅仅是带有意识形态内涵的一种方法论。但它是试图将所有学科统一到一个全新的信仰系统之内的方法论。”[3] 对此，皮亚杰在《结构主义》一书中就有着非常广泛的研究，即他把结构主义放置于数学、物理学、心理学、语言学、社会学、哲学等学科进行研究，以期发现结构主义的一般特点。皮亚杰把结构主义概括为三个特征：整体性、转换和自身调整性[4]。文学结构主义是结构主义方法在文学领域里的运用，“力图探讨文学系统与它身为其一个组成部分的文化之间的关系”[5]。而小说结构则是文学结构主义中的一个分支，是探索支配各种小说叙事的内在组织特征的深层次研究。也就是说，站在结构主义的角度研究小说结构就是要为小说作品寻找凌驾于各种叙事模式之上的语法系统，探索支配各种叙事的深层框架系统。要了解包括小说在内的叙事作品结构方面的研究，必须从其源头索绪尔语言学和俄国形式主义说起。

1916年索绪尔《普通语言学教程》出版，在西方文论界引发文论研究的第一次转向：语言学转向。索绪尔改历时语言学研究为共时语言学研究，认为语言研究的着眼点应为当今语言这一符号系统的内在结构关系，即语言各个成分之间的相互关系，而不是这些成分各自的历史演变过程。索绪尔通过一组概念为我们勾列了其共时语言学的基本思想：历时和共时、语言和言语、能指和所指、表层和深层等。比如语言和言语，在索绪尔看来，语言不能和言语活动混为一谈，语言是“言语活动的一个确定部分，而且当然是一个主要的部分。它

[1] 李渔：《闲情偶寄》，陕西人民出版社，1998年版，第4-5页。

[2] 李渔：《闲情偶寄》，陕西人民出版社，1998年版，第8页。

[3] [美] 罗伯特·休斯：《文学结构主义》，生活·读书·新知三联书店，1988年版，第3页。

[4] [瑞士] 皮亚杰：《结构主义》，商务印书馆，1984年版。

[5] [美] 罗伯特·休斯：《文学结构主义》，刘豫译，生活·读书·新知三联书店，1988年版，第16页。

既是言语机能的社会产物，又是社会集团为了使个人有可能行使这机能所采用的一整套必不可少的规约。整个来看，言语活动是多方面的、性质复杂的，同时跨着物理、生理和心理几个领域，它还属于个人的领域和社会的领域”[1]。也就是说，语言是各种言语现象共同遵守的规约，是支配各种言语现象的深层结构系统，是语言机能的一种抽象。索绪尔另外的概念如能指和所指无不遵循这种思想，即在纷繁多样的言语背后有支撑其活动的深层规约系统。这种思想深刻地影响了后来的结构主义文论。

结构主义叙事学的另一个理论源头是俄国形式主义。首先是普洛普的《民间故事形态学》，普洛普对大量俄国民间故事进行分类、组织，对故事的功能进行比较，发现所有这些故事的功能均没有超过31种，然后对这31种功能进行排列，而所有那些民间故事都是对这些功能的顺序的挑选，也就是说，这31项功能的俄国民间故事的基本叙事模式。除此之外，普洛普还对角色功能进行了分类：

1. 反角；2. 施主（供养人）；3. 帮手；4. 公主（一个被寻求的人）和她的父亲；5. 派遣人；6. 英雄；7. 假英雄。[2]

普洛普的这些观点给结构主义叙事学者极大的启发。但普洛普的观点并非完美，正如休斯所论：“普洛普显然意识到了在美学上所应该考虑的东西（色彩、魅力、美），但却不真正关注它们。假如一个故事的结构本身有什么美学特点的话，那么他满足于对之视而不见，尽管他似乎显然会将美学效果归于一个故事在其实现过程中所具有的某个特点而不会将它归于这个故事结构。”[3]也就是说，普洛普实际上离结构主义叙事美学只有一步之遥。“但普洛普就叙事文学的性质教给了我们大家一些基本的东西。他教我们在分析情节功能和人物角色时注意它们之间的精确的和细致的相互联系。因此，他的研究已经成为后来的一批理论家——尤其是格雷马斯（Greimas）、柏莱蒙德（Bremond）（还可译为布雷蒙——笔者）和托多罗夫——的一个出发点。”[4]

---

[1] [瑞士] 索绪尔：《普通语言学教程》，高明凯译，商务印书馆，1980年版，第30页。

[2] [美] 罗伯特·休斯：《文学结构主义》，刘豫译，生活·读书·新知三联书店，1988年版，第101页。同样内容还可见 [俄] 普洛普：《故事形态学》，贾放译，中华书局，2006年版，第74-74页。由于翻译原因，表述有所不同，为行文方便，笔者采用前者的译法。

[3] [美] 罗伯特·休斯：《文学结构主义》，刘豫译，生活·读书·新知三联书店，1988年版，第105页。

[4] [美] 罗伯特·休斯：《文学结构主义》，刘豫译，生活·读书·新知三联书店，1988年版，第105页。

影响结构主义叙事学的另外的俄国形式主义理论家还有维·什克洛夫斯基、鲍·艾亨鲍姆、鲍·托马舍夫斯基等。什克洛夫斯基在《短篇小说和长篇小说的结构》中指出："要使我们感觉到是一篇完整的短篇小说，需要什么呢？""在分析里很容易看到，层次结构同时也是循环结构，或者更明确地说，是环形结构。"[1] 什克洛夫斯基还提出"动机"、"陌生化"等概念，指出文学艺术就是一种"手法"。托马舍夫斯基在《情节和情节分布》中也表达了情节分布的一些基本思想，比如关于故事"平衡"的观点对托多罗夫就产生了很大影响。托马舍夫斯基在《情节和情节分布》中指出：

为使情节运动起来，就要向平衡的情境引入一些能够破坏平衡的事件。所有这些促使情境从静止转为运动的事件之总和叫做开端。开端通常决定着情节的全过程，而全部的冲突归结起来，不过是制约着开端引入的基本矛盾的那个行为所发生的变化而已。这种变化被称为突变（一情境向另一情境的过渡）。[2]

对比托多罗夫的观点：

故事中一个平衡向另一个平衡过渡，就构成一个最小的完整情节。典型的故事总是以四平八稳的局势开始，接着是某一种力量打破了这种平衡，由此产生了不平衡的局面；另一种力量进行反作用，又恢复了平衡。第二种平衡与第一种平衡相似，但不等同。

因此，一个故事由两类成分组成：第一类描写平衡或不平衡的状态；第二类描写从一种状态向另一种状态的转变。第一类相对稳定，可称为反复体，因同一类行动可以重复无数次，而第二类则属动态，原则上只产生一次。[3]

也就是说，托多罗夫把托马舍夫斯基的观点上升为一种叙事作品深层的"语法"系统，即托多罗夫接受了索绪尔的语言哲学和俄国形式主义，并把二者有机结合起来提出了自己的结构主义的叙事语法系统。

类似托多罗夫的情况的叙事学家还有罗兰·巴特、布雷蒙、格雷马斯等。罗兰·巴特将叙事作品划分为三个描写层次：功能层、行为层和叙述层。巴特把叙事作品分为两大类：功能和迹象，前者指一些行为功能见长的叙事作品（如民间故事），后者则以状态见长（如心理小说）。同时把叙事作品的主要功

[1] [俄] 什克洛夫斯基：《短篇小说和长篇小说的结构》，《俄苏形式主义文论选》，托多罗夫选编，蔡鸿滨译，中国社会科学出版社，1989年版，第145页。

[2] 胡经之、张首映主编：《西方二十世纪文论选》，中国社会科学出版社，1989年版，第81页。

[3] [法] 兹维坦·托多罗夫：《从〈十日谈〉看叙事作品语法》，《叙述学研究》，张寅德选编，中国社会科学出版社，1989年版，第180页。

能称为“核心”，把补充功能称为“催化”，巴特还引入另外两个概念：（1）迹象，即表示性格、情感、气氛和哲理；（2）情报，即用来识别身份以及定时定地。这样，巴特就从深层建立起了叙事作品的结构系统：催化、迹象和情报都是核心的扩展，核心“形成一些项数不多的有限的总体，受某一逻辑的制约”，“这一框架形成后，其他单位便根据原则无限增生的方式来充实这一框架”。“叙事作品和句子一样，可以无限地催化。”[1]格雷马斯则从语义学研究叙事作品的语法系统，提出意义产生的基本的深层结构系统——符号矩阵：

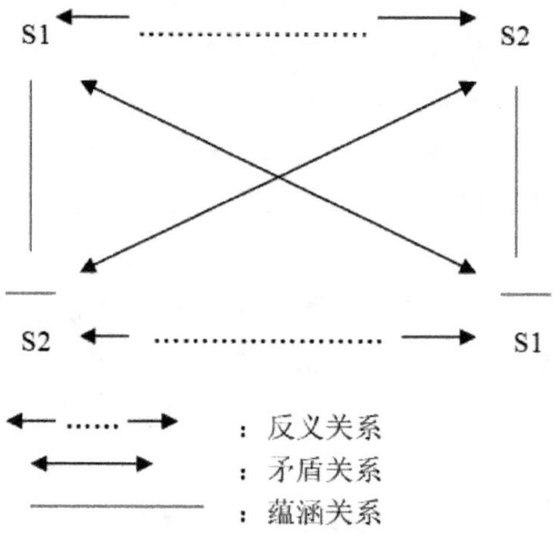

同时，格雷马斯在普洛普的功能概念基础上进行扩展，提出行动元、角色概念，指出：“行为作为现实化的过程被称为功能，行为的主语作为行动过程的潜在力量称之为行动元。”[2]“行动元属于叙述语法，而角色只有在各个具体话语里表达出来时才能辨认。”[3]根据行动元作用的不同可分为发送者、接受者、辅助者和反对者，这样，叙事作品的内在结构就可以把上述符号矩阵变化为[4]：

[1]［法］罗兰·巴特：《叙事作品结构分析导论》，《叙述学研究》，张寅德选编，中国社会科学出版社，1989年版，第17页。

[2]［法］格雷马斯：《叙述语法的组成部分》，《叙述学研究》，张寅德选编，中国社会科学出版社，1989年版，第104页。

[3]［法］格雷马斯：《行动元、角色和形象》，《叙述学研究》，张寅德选编，中国社会科学出版社，1989年版，第119页。

[4]［法］格雷马斯：《结构语义学》，蒋梓骅译，百花文艺出版社，2001年版，第264页。

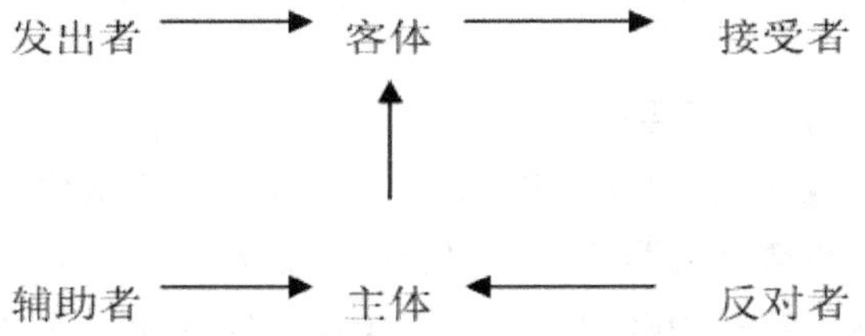

这是叙事作品意义产生的基本的深层结构系统，其中的发送者、接受者、辅助者和反对者既是行动元也是角色。并由此可以看出，无论巴特还是托多罗夫、格雷马斯、布雷蒙（此处关于布雷蒙的观点参见《叙述学研究》）等人，都同时受到索绪尔语言学和俄国形式主义的影响。

结构主义叙事学对于小说结构的探索给小说研究一种全新的视野，尽管其受到后结构主义、解构主义的质疑，但其研究方法却值得肯定和借鉴。

三、小说结构的交流模式

在对小说深层结构的语言学探索的同时，叙事学家对小说结构的交流模式也进行了有效的论述。关于小说结构的交流性，里蒙 - 凯南进行了非常有启发意义的论述：

> 在经验世界中，承担叙事作品的创造及其交流性任务的是作者。然而，实际经验意义上的交流过程同叙事虚构作品诗学没有多大关系，与此密切相关的是作品本文内部同这种实际交流过程相对应的交流过程。作品本文内部的交流所涉及的是，一个虚构的叙述者向一个虚构的被叙述者传达叙述内容。[1]

也就是说，叙事学关注的不是一般意义上的把文学活动理解为是作者通过作品和读者进行了交流，而是把这种交流性移入文本的内部，更关注文本之内虚构的叙述者与虚构的受述者之间的交流关系，这种关系实际上构筑了叙事作品内在的交流框架，关于这个框架所形成的作品内在的交流结构，美国叙事学家查特曼提出了著名的叙事交流图示[2]：

[1]［以色列］里蒙 - 凯南：《叙事虚构作品》，姚锦清等译，生活·读书·新知三联书店，1989年版，第6页。

[2] Chatman，Story and Discourse：Narrative Structure in Fiction and Film. Ithaca：Cornell UP，1978，p.151. 转引自申丹、王丽亚：《西方叙事学：经典与后经典》，北京大学出版社，2010年版，第70页。

叙事文本

真实作者------→ | 隐含作者 →（叙述者）→（受述者）→隐含读者 | ----→ 真实读者

这一图示表明，在叙事文本内部（即方框内）存在着一种如凯南所说的虚构的交流结构，这种交流结构把文本内部基本的交流结构的构成非常清楚地勾勒了出来，这一叙事交流图示随即得到广大叙事学研究者的采纳，但也引起了广泛的论争。因为，结构图中所列的隐含作者这一概念在其产生之初便有许多歧义。按照其创始人韦恩·布斯的观点，隐含作者是真实作者在文本中的“第二自我”，这是作者根据其写作目的的需要在文本中的自我姿态，是其“替身”，布斯指出了同一作家表现于不同作品中的不同的“替身”形象，“正如一个人的私人信件，根据与每个通信人的不同关系和每封信的目的，含有他的自我的不同替身，因此作家也根据具体作品的需要，用不同的态度表明自己”[1]。也就是说，作品中的“第二自我”是一种修辞需要，一种交流策略。但歧义就发生在文本的接受过程中，作者的真实目的是难以再现的，或者说是难以还原的，按照申丹的解释[2]，在写作过程中，隐含作者是一种作者的“编码”，在接受过程中，从读者角度推导的隐含作者形象则是读者的一种“解码”过程，正因为作者的目的与读者的解读不可能完全重合，因此所谓的“解码”并不能完全还原作者的“编码”，这就会引起某种偏差，也同时引起了论争。因此，查特曼的图示中，真实作者和真实读者与叙事文本之间的关系是一种虚线，这种虚线实际上割断了文本与外界的联系，所谓的交流结构是文本内部的事情，是一种文学的虚构。但在后经典叙事学看来，查特曼的图示实际上割断了文本与创作语境、接受语境之间的联系，这种虚构的交流关系无法真正传达文本实际的接受情景。申丹等将查特曼的图示修订为[3]：

叙事文本

真实作者——→ 隐含作者→（叙述者）——→（受述者）——→ 隐含读者 →真实读者

对于这种修订，作者这样解释：

[1]［美］W. C. 布斯：《小说修辞学》，华明、胡苏晓、周宪译，北京大学出版社，1987年版，第81页。

[2] 申丹：《叙事、文体与潜文本》，北京大学出版社，2009年版，第二章。

[3] 申丹、王丽亚：《西方叙事学：经典与后经典》，北京大学出版社，2010年版，第75页。

我们没有用方框来标示隐含作者究竟是处于文本之内还是文本之外，这是因为隐含作者既涉及编码又涉及解码的双重性质。从编码来说，隐含作者是文本的创造者，因此处于文本之外；但从解码来说，隐含作者是作品隐含的作者形象，因此又处于文本之内。

“真实作者”虽然处于创作之外，但一个人的背景、经历等往往会影响一个人的创作。[1]

理解申丹等的观点的一个前提是她们把处于“编码”状态的“隐含作者”看作是“处于某种创作状态、以某种立场来写作的作者”[2]。正因为对“隐含作者”的这种理解才使其处于文本内外的边缘状态。这里牵涉一个问题，即隐含作者究竟是作者本人还是作者的创造物？按照申丹的论述，隐含作者应该是创作该作品时的作者本人（文本外）和在文本接受过程中的读者“解码”出来的作者形象（文本内）的综合。笔者认为，实际的状况是，所谓作者的“编码”是无法确知也无法求证的，因此，究竟怎样的隐含作者形象完全代表作者是难以证明的，换句话说，作者在完成创作把作品推向接受阶段开始，隐含作者的形象便处于一种未定状态，或者说是处于一种读者“解码”状态，承认隐含作者的存在与确定隐含作者是怎样的是问题的两个方面。这里笔者无意讨论这个学术界至今依然争议不断的话题（笔者曾撰文专门讨论作者与隐含作者的关系，文章出处见注释[3]），笔者更感兴趣的是申丹等人论述的具有后经典叙事学色彩的叙事作品的交流性结构模式，虽然其论述没有完全摆脱经典叙事学的影响，但已经提示我们，叙事作品内在的交流性结构并非是一种阈于文本的自足体，而是与作者创作语境、读者状况和接受语境相关的存在。但应当指出，上述关于叙事作品交流性结构模式是在一种宏观的背景中研究的，也就是说，是跳出具体文本形式而在一种大的框架内谈问题。这种大的框架其实与雅柯布森关于交流的观点有一定渊源关系，雅柯布森用下面的图示来表示语言的交流过程[4]：

[1] 申丹、王丽亚：《西方叙事学：经典与后经典》，北京大学出版社，2010年版，第75页。

[2] 申丹、王丽亚：《西方叙事学：经典与后经典》，北京大学出版社，2010年版，第71页。

[3] 王委艳：《论作者与隐含作者的关系》，《淮北职业技术学院学报》，2007年第2期。

[4] [美] 罗曼·雅柯布森：《雅柯布森文集》，钱军译，湖南教育出版社，2001年版，第52-53页。

语境（指称功能）
内容（诗歌功能）
说话人（表情功能）--------------------------------受话人（呼吁功能）
接触（寒暄功能）
代码（元语功能）

凌晨光将这一图示做了文学交流的改造[1]：

语境
文本
作者----------------------------读者
联系
代码

对该图示的意义，凌晨光这样解释：

意义的产生和实现活动是由六种交流因素共同作用的结果，但这种作用不是平均产生的，在文学交流的动态过程中，任何一个因素都可居于首要地位，而为文学批评所关注，与之相应，批评也就自然而然地倾向于凸现其中的某个因素而牺牲或忽视其他因素，从而形成不同的批评理论和批评派别。[2]

由此可见，上述查特曼与申丹等人的图示与雅柯布森的语言交流图示在宏观上并无太大区别，在凌晨光对雅柯布森图示改造之后，这种宏观的相似性更是一目了然，只不过，查特曼、申丹等人的图示更加精细，更加突出了文本内在的交流性结构特征，而不仅仅是雅柯布森的外在的宏观交流图示。

四、话本小说结构研究的立场与方法

综上所述，对于小说结构的研究，不同的立场会产生不同的研究结果。但有一个基本的事实是，自从结构主义叙事学对叙事作品结构的研究以来，对小说作品结构的研究已经不是一种创作论模式，而是着重研究小说深层的结构系统，以期发现支配小说叙事的内在的框架系统，从而为所有叙事作品的结构立法。但后经典叙事学冲破文本，从交流性方面来研究小说的内在结构系统，从

[1] 凌晨光：《当代文学批评学》，山东大学出版社，2001年版，第19页。
[2] 凌晨光：《当代文学批评学》，山东大学出版社，2001年版，第19页。

而发现语境、道德伦理、意识形态等外在因素对这种交流结构的影响。但这种对小说宏观交流结构的研究总给人一种在概念上的纠结状态，因为，诸如隐含作者、隐含读者等概念本身的歧义性给很多研究者带来困惑。针对话本小说结构的研究，笔者采取一种文本立场，即不以任何现成的理论作为研究的出发点，而是回归文本，用文本现象为自己定名。这种研究立场使笔者在研究上采取归纳法和演绎法相结合的方法，归纳法用来分析文本，并归纳得出一般性的结论，然后将这种结论放到具体的文本分析中进行演绎，来检验这种结论的有效性。但笔者的研究并非是在一种真空中运行，而是，上述对小说结构的研究方法将作为一种知识资源和背景。对已有成果的运用将有助于我们更好地理解和研究话本小说独特的结构模式。究竟在哪些方面运用了已有的成果呢？下面简略论述一下。

首先，通过大量文本细读，笔者发现，话本小说是一种中国传统的主题先行的结构模式，强势的主题是作为一种深层的结构图式左右着话本小说故事的进程和运行的方向，但这种深层结构是以表层化的状态出现的，这与话本小说作者“劝惩”的创作主旨和“说话”艺术来源密不可分。至于强势主题如何实现以及如何获得交流性效果，笔者将在下一节详细论述。

其次，话本小说虚拟的“说—听”交流关系下的“拟书场叙事格局”使其保持叙事的流畅性和连续性成为一种必需的叙述方式，因此，话本小说更喜欢以人物行动为中心的线性叙事，而由此带来的“情节分布”（俄国形式主义观点）形成了话本小说线性结构的核心，这种线性结构模式经过话本小说大量的文本实践，已经成为一种深层的结构模式为话本小说所重复采用。由此我们可以看出，话本小说的深层结构并非是一种结构模式，而是具有双重的深层结构系统。而主体结构则存在于最深层，因为它同时支配故事的运行和这种线性结构的形成。这会在接下来的几节中展开。

再次，话本小说的线性结构仅仅是其结构模式在共时状态下的一种，因为仅有线性结构无法完成主题结构的内在调控，线性结构只是作为一种历时的横向结构系统而存在，影响其运行轨迹，并使之朝着主题结构方向运行的还有线性叙事运行中纵向的结构系统，笔者将此命名为催化结构。正是催化结构保证了线性叙事的完整性和主题结构的统一性。催化结构有着具体的表现形态，比如有时可表现为转折性结构，有时可表现为连缀结构，等等。

最后，话本小说结构的交流性不同于上述宏观的叙事交流模式，而是具有微观性和文本性。因为话本小说的强势化“劝惩”主题结构和线性结构在催化结构的影响下向主题结构运行，使话本小说表现出强烈的结构性“说服”机制，或者叫“交流”机制，因此，这是一种文本内在结构突破文本藩篱形成的交流性特征。这种交流性其实存在两个层面：其一是话本小说文本内在的虚拟“说—听”交流关系；其二是真实的读者接受过程中产生的交流关系。由此，我们看出，上述任何关于叙事作品结构的理论都无法准确解释话本小说结构的独特的艺术和审美特征。

第二节　主题结构的强势化与交流性

关于主题概念在第三章第三节已经提到帕里和洛德的观点，即一篇小说由许多小的主题构成，并最终汇合为一个统一的大主题。但是，这种汇合并非随意为之，而是具有内在的统一性。著名俄国形式主义者托马舍夫斯基指出：“主题表现一定的统一性，是由按照一定次序安排的小主题要素构成的。”并同时指出：“主题要素是根据两种主要形式安排的：或是在编年史的一定范围内遵循因果论是原则；或展开主题而不考虑时间，即在不考虑任何内部因果关系的连续情况下展开主题。”[1]托马舍夫斯基指出前者是“有主题”的作品，如短篇小说、长篇小说、史诗；后者为“无主题作品”，如教喻诗、抒情诗、游记等。笔者认同上述观点，但话本小说则是另一种情况，即话本小说是一种“大主题”先行的结构模式，是一种强势化的存在，然后使故事削高补低、安排各种小主题。话本小说主题并不需要读者的推断与总结，而是在阅读之初或者小说结尾就已经点明，因此，阅读话本小说是一种不费脑力的娱乐，是一种主题认同性的活动。这实际体现了话本小说虚拟“说—听”交流下独特的艺术和审美特征。

一、话本小说的主题内涵与强势化表现

话本小说并不试图建立一种全新的道德、伦理规范，其主题不具备先锋启蒙性质。这应该是通俗小说的通例。根据话本小说的创作理念，“劝惩厚俗”与“娱乐”并重，话本小说在主题设置方面不可能进行大规模的创新或者发出惊世骇俗之论，更多的是体现对主流道德伦理、价值观的趋从。赵毅衡指出中国白话小说由于“权力级差”所形成的“亚文化”特征：

[1]［俄］鲍·托马舍夫斯基：《主题》，《俄苏形式主义文论选》，托多罗夫选编，蔡鸿滨译，中国社会科学出版社，1989年版，第238页。

尤其是公元12世纪理学兴起，重新调整并进一步确立了孔孟儒家经典的地位之后，儒家文化哲学所决定的文类级别几乎一直没有受到过严重的挑战。一个严格的“意义权力级差”沿一定的文类秩序展开，使处于底层地位的文本被剥夺了意义的权利，使它们变得很像社会学家所说的“亚文化文本”，至少我们可以说中国传统白话小说，因为是处于中国文化文类金字塔的最底层文类之一，具有强烈的亚文化特征。[1]

亚文化文本并没有自己一套独立的文化价值和独立的表意规范，它们无可选择地跟从社会上据统治地位的价值和道德标准，尽管这些道德标准是为主流文化的延续服务的。[2]

话本小说主题对主流价值观的认同除“小说”文类在文化级差中的地位使然外，笔者认为还在于话本小说作者的观念局限、通俗文学特有的性质和读者的反向塑造功能。首先，就作者来说，他们都来自封建文人集团，尽管他们在这个集团里处于底层，但其大多数都没有放弃通过“科举”阶梯向更高地位攀登的努力，就如冯梦龙和凌濛初来说，二位都科考蹭蹬，最后都以补贡出仕。因此，他们不可能从根本上反对主流价值观；另一方面，即如冯梦龙来说，其创作通俗小说的目的就是想为“里耳”（即大众）提供比传统经史更加通俗易懂的教化读物，立言济世思想是其主导思想。其次，通俗文学自身受市场化影响较深，话本小说作为通俗小说，其根本上并非是一种纯粹的文学艺术活动，而是兼有商业性，因此市场导向必然要求话本小说适合大多数人的口味，适合大多数人的道德、伦理、价值观。“‘通俗文学’作品应该既反映出大众读者群体从文化传统中承继下来的伦理价值观念、故事情节模式、人物类型，同时，又能体现出时代的时代精神和生活风貌。”[3]话本小说的主题内涵就具有这种特征，即使表现时代新的思想动向也会向传统的主流价值回归，这是一个值得思考的现象。比如，话本小说里面反映明末江南繁荣的商业文化，人们的思想从传统的“重义轻利”观念中解放出来，追求“利益”的合法性，许多话本小说涉及于此，但话本小说更主张在金钱利益与传统伦理之间寻找调和点。《醒世恒言》卷三十五“徐老仆义愤成家”中，讲述了徐家老仆人阿寄帮助徐家颜

[1] 赵毅衡：《苦恼的叙述者——中国小说的叙述形式与中国文化》，北京十月文艺出版社，1994年版，第197-198页。

[2] 赵毅衡：《苦恼的叙述者——中国小说的叙述形式与中国文化》，北京十月文艺出版社，1994年版，第241页。

[3] 李勇：《通俗文学伦理》，知识出版社，2004年版，第104页。

氏母子重振家业的故事，阿寄靠颜氏的十二两银子，靠自己个人的智慧和勤奋为颜氏母子挣得巨大家业，而后全部拱手奉还颜氏。阿寄的经商经历真实再现了明末商业经济的发达和商人的经营之道。但小说并没有在“利益”观念上停留，而是向传统的“义”回归，即赞扬仆人对于主人的忠诚。小说从一开始就把主题定于此：“劝谕那世间为奴仆的，也学这般尽心尽力做家活，传个美名；莫学那样背恩反噬，尾大不掉的，被人唾骂。”这种宣扬的“奴才哲学”是符合当时的伦理道德规范的。《醒世恒言》卷十八“施润泽滩阙遇友”中反映了苏州丝织业的繁荣，丝织业主施润泽经营有方事业兴旺，但作者笔墨并没有停留于此，而是通过施润泽拾金不昧的“义举”收到回报的故事来宣扬“义”与“利”的关系——“滩阙巧逢恩义报，好人到底得便宜”，这是小说的主题所在。再次，读者的反向塑造的作用不容小觑。这从话本小说中的淫秽小说就可以看到这一点。话本小说中的这些淫秽小说的创造来自于读者的趋之若鹜，没有市场的“行销颇捷”就不会有作品的大量创作，淫秽内容满足了许多读者的某种心理需求，而另一方面，这些小说无一不在大释渲染色情内容的同时不忘戒色、戒淫的教化，还给予小说中的淫秽行为以身败名裂等下场。这种矛盾心态实际上传达了几个方面的内容，其一是来自读者的心理需求，这是最为主要的东西；其二是来自作者既想从小说销售中获利又不忘宣扬教化劝惩的矛盾心理；其三是来自书坊主逐利的推波助澜。这中间，读者的需求是其根本动力。另外，话本小说对于“奇”的追求无疑也来自读者的反向塑造作用，而对于“奇”的追求直接形成了话本小说文体的独特性，以及围绕“奇”形成了许多写作技巧。

话本小说的主题内涵往往是传统的、主流的忠孝节义观念，和因果报应、积德行善的民间信仰，这些民间信仰作为主流价值观的补充受到主流价值的允许。即使描写妓女、同性恋的小说也向贞节观念回归，比如李渔的作品。话本小说的这些主题往往是一种强势化的存在，如果把话本小说说成是“主题小说”并不过分。这种强势化是通过一系列的手段来达到的，下面笔者就话本小说如何实现主题的强势化进行分析，但这些分析只是强势化手法的一部分，不能涵盖话本小说多样的手法类型。

（一）通过改编来实现主题强势化目的

话本小说从冯梦龙开始形成了改编传统，即把存在于其他文献的故事进行加工、润色形成话本小说独特的叙事模式。这些改编有着极强的目的性，往往在原文基础上进行主题化改造，使其更符合这种所要表达的主题。话本小说的发展有一个从编撰到独立创作的发展过程，对原有文献的改编随着时间的推移逐渐减少，这一方面说明可利用的资源较少，一方面说明话本小说作者创作意识的加强。话本小说通过改编体现的主题强势化原则可以通过例子进行说明。

比如，我们在第三章第三节的第三个问题，谈到《喻世明言》卷十“滕大尹鬼断家私”对《龙图公案》卷八之《扯画轴》的改编，不但把《扯画轴》中的包公换成了滕大尹，而且在人物行动、心理描写上下足功夫，使滕大尹、善继的贪婪，倪太守的工于心计等都得到入木三分的刻画。在情节方面，尤其是对倪太守画轴遗嘱的改编为表现滕大尹的狡诈、贪婪起到了很好效果。而所有这些改编均围绕“鹬蚌相持，渔人得利”的叙事主题展开，并借以劝诫世人“孝悌”之重要。

《警世通言》卷二十八“白娘子永镇雷峰塔”的故事，据谭正璧先生考证，来源极为复杂，但这些本事均以蛇妖害人、建塔镇妖、公子遇妖等为主。该故事经过冯梦龙的改编，增加了很多情节，比如遇雨赠伞、讨伞相会以及白娘子对许宣几次相帮等，刻画了二人的爱情。虽然结尾也是建塔镇妖，但故事的方向已经发生了改变，即由单纯镇妖主题演变为禁欲主题。但从另一方面来说，冯梦龙的改编为故事的发展提示了另一种方向：白娘子与许宣的爱情。事实上，在白娘子故事后来的流传中，故事主题进一步被改编，成了一部描写纯真爱情的故事，法海也从原来的护法的正面形象转变为干涉爱情自由的反面典型。主题为改编提供了方向，也为故事的发展提供了方向。

《石点头》卷六“乞丐妇重配鸾俦”的故事来源于洪迈《夷坚支丁》卷九“盐城周氏女”条[1]，该条故事极为简单，仅不到400字，写织席贫女初帮父织席后父母双亡沦落为乞丐，后嫁富家落魄子弟吴公佐。吴好博业，后因博发迹，再发奋读书入贡。该故事在《石点头》中得到了极大扩充，成为11 400字的短篇小说，并在原来的基础上突出了劝世人“莫要一味趋炎附势，不肯济难扶危”、“莫要轻易看人”的主题。故事的发展均围绕贫女由乞丐而封“紫诰”展开，并一步步逼近上述主题。

由此可见，话本小说对古典文献中的小故事、野闻逸事等进行了大规模的再创作，为了突出所要表达的主题，对原来的本事进行大幅度改编、削减、增益，均体现了主题的强势化原则。把不符合主题的人物、故事情节进行改变，把主题不明确的故事进行主题的明确化处理，增加人物的行动、心理描写，增加有利于宣达主题的故事情节等。

[1] 孙楷第：《小说旁证》，人民文学出版社，2000年版，第373-374页。

(二)通过叙述者声音进行主题的预设与强化

笔者已经论述，叙述者是以代理人的身份存在，在角色之间进行跳跃来显示一种叙述格局的存在。在叙述层面的跳跃对强化小说主题有着不容忽视的功能，这种跳跃通过叙述者的声音来实现。下面笔者以《喻世明言》卷十“滕大尹鬼断家私”为例来说明叙述声音对于主题的强化作用。

除了我们上面论述的，冯梦龙通过改编来突出“孝悌”主题，作者还通过声音来进行主题预设。叙述声音是“说话者的风格、语气和价值的综合”[1]。叙述声音是叙述者为体现自己的价值判断而设置在文本中的“痕迹”，作者通过一系列的手段把自己的声音设置在文本之中，“作者可以在一定程度上选择他的伪装，但是他永远不能选择消失不见”[2]。话本小说的叙述声音往往采取“非伪装”的形式，直接向受众说话，故事开始往往进行主题预设而使故事呈现出在主题笼罩下的“观念性”叙事。

纵观“滕大尹鬼断家私”，我们首先做一个量化的技术统计。整个故事约有12 000字，其中叙述者的直接议论约为1160字，约占全文字数的10%。由此可以看出大量的议论成了故事的一部分，而这些议论又穿插在故事之中，比如有些议论是以诗歌的形式出现，即用“有诗为证”、“有诗云”、“有诗曰”、“正是”等作为标记，这样的议论在故事中有10处之多，每到故事的一个关节就会有诗作结。再加上叙述者穿插在故事进程中的议论更使作品时时处在叙述者的价值掌控之下，这形成了作品的一大特色。

其次，如果做文本细读，我们就很容易发现整个故事是在一个“预设”的主题下来发展的，故事进程为预设的主题服务，从而体现强大的“叙述声音”特权。这是一种主题预设下的“权力”叙事，它不容受众进行自我阐释，更不容读者对故事进行“误读”。故事以一篇《西江月》词开篇，词中“多少争财竞产，同根何苦自相煎。相持鹬蚌枉垂涎，落得渔人取便”非常明白地说出了故事主题，但叙述者并不放心，进而又进行了总结：“依我说，要做好人，只消个两字经，是‘孝悌’两个字。那两字经中，又只消理会一个字，是个‘孝’字。假如孝顺父母的，见父母所爱者，亦爱之；父母所敬者，亦敬之。何况兄弟行中，同气连枝，想到父母身上去，那有不和不睦之理？”入话结束，叙述者的“劝喻”目的更是昭然若揭：“看官们或是有弟兄没兄弟，都不关在下

[1] 詹姆斯·费伦：《作为修辞的叙事》，陈永国译，北京大学出版社，2002年版，第174页。

[2] 韦恩·布斯：《小说修辞学》，北京大学出版社，1989年版，第23页。

之事，各人自去摸着心头，学好做人便了。”

在故事进程中，叙述者的议论穿插使故事进程一步步逼近“孝悌”主题。比如在倪太守死后用“早知九泉将不去，作家辛苦着何由！”来推动故事进程，又以“任是泥人应堕泪，从教铁汉也酸心”来引人关注梅氏母子的命运，从而为长子善继恶行的暴露提供了一个很好的时机。写到梅氏母子后来的悲苦命运时叙述者的声音再次出现：“少年嫠妇拥遗孤，食薄衣单百事无。只为家庭缺孝子，同枝一树判荣枯。”直到滕大尹鬼断家私，占有（多占）别人钱财，叙述者更是忍不住跳了出来，直接议论道：“众人都认道真个倪太守许下酬谢他的，反以为理之当然，那个敢道个‘不’字？这正叫做‘鹬蚌相持，渔人得利’。若是倪善继存心忠厚，兄弟和睦，肯将家私平等分析，这千两黄金，弟兄大家该五百两，怎到得滕大尹之手？白白里作成了别人，自己还讨得气闷，又加个不孝不弟之名，千算万计，何曾算计得他人，只算计得自家而已。”

再次，作品的“果报”思想也是不容忽视的。倪太守长子善继因贪婪险恶，为子不孝、为兄不仁，最后其两个儿子“都好游荡、家业耗废”，倪家两大宅子最终归善述所有，善述娶妻连生三子皆读书成名。这种好有好报恶有恶报的果报思想直接服务于其“孝悌”主题与“劝喻”目的。其实冯梦龙创作话本小说的主要思想从他为三本小说集取名可见一斑：《喻世明言》、《警世通言》、《醒世恒言》，其“劝喻世人”的目的性是很明了的。

从“三言”小说创作意向到各篇的主题设置，我们都可以看出叙述者的“强权”式叙述声音，这种声音构成了故事的主题预设，为故事的叙述基调、接受期待做了强力的“框范”，从而成为叙事文学的一个主题“权力”修辞叙事的特例。其实，何止“三言”，话本小说在叙述者声音方面均体现了对于小说主题的不断强化和控制，并使文本一步步走向一个大主题。

（三）通过视角转换来加强对主题的控制

话本小说叙述者的角色跳跃为小说的视觉转换提供了方便，创造了话本小说全知叙述下的限制叙述模式，这种限制叙述模式归根结底是为主题服务。笔者还以“滕大尹鬼断家私”为例进行分析。

除了改编和叙述声音体现的围绕“主题”来建构故事的特点，“滕大尹鬼断家私”还在视角转换上体现了这一特点，即以视角的转换来进行主题控制。通篇故事采用了第三人称全知视角，也就是说，故事的背后有一个全知全能的叙述者来操控故事。全知视角的好处是叙述者可以深入人物的内心讲述故事，他无所不知，每个人物的行动都在他的监视之下。但其弊端就是使人物毫无秘密可言，不利于对人物自己的真实内心做更加客观的描写。其实，“滕大尹鬼断家私”的作者并没有把全知叙述一贯到底，而是采取了局部的限制视角进行叙事，这为塑造人物、完成主题提供了很好的条件。作品中主要在以下几处采用了限制视角：

1. 倪太守向梅氏母子交“行乐图”时，叙述者的视角做了限制，采取的是梅氏母子的视角，这时，读者看到的行乐图与梅氏母子看到的行乐图是一样的，叙述者并没有因为全知视角而把行乐图的全部秘密和盘托出，而是“千里设伏”，把这一故事的关键线索留到了故事的高潮部分，这样使故事读来兴味盎然，吸引读者的同时也使作品充满了艺术意味。通读全篇我们不难发现，行乐图的秘密为很好地阐释“兄弟相争、他人渔利”的主题理念起到了很好的结构性修辞作用。

2. 善述了解滕大尹的过程作者采取了限制视角，这一过程全用善述的视角，而“全知视角”则退居善述视角的背后。善述通过滕大尹审赵裁被谋害一案表现出的贤明而对其深信不疑，这时，读者也和善述一样对滕大尹的了解仅限于此。其实善述的判断是不可靠的，由于作者采用了善述的视角，因此这种不可靠性在读者那里成了一种可靠性事实。其实，读完全篇我们会发现，全知叙述者对滕大尹并非完全持正面评价，这里暗含了对滕大尹贪婪的揭露，这表现在：其一，行乐图中明明写着“后有贤明有司主断者，述儿奉酬白金三百两”，而滕大尹在经过一番装神弄鬼的审案之后，拿走的却是一千两黄金；其二，滕大尹识破行乐图后没有向任何人透露其中奥妙，包括对此拥有知情权的梅氏母子，这就为滕大尹多占别人钱财提供了便利；其三，滕大尹的贪婪还表现在案子审过之后对行乐图的处理，即重新装裱，去掉其中倪太守的遗嘱后才把行乐图还与梅氏母子，限制视角下对滕大尹的贪婪本性以及其处心积虑贪图金钱做了很好的安排。对比《扯画轴》中包公的作为，不难发现作者如此安排除有借此讽官之外，更大的目的是为“他人渔利”物色人选，包青天当然不合适，换成滕大尹则可以使作者在宣扬“兄弟不睦、他人渔利”的主题时无所顾忌。

“职业化叙事话语中，说书人对于叙事材料的控制往往依赖于套路和程序，如预言、视角等技巧。它所重视的是故事的表达效果：如何使讲述过程完整地表现故事的来龙去脉，如何使讲述过程充满紧张和吸引力。”[1] 脱胎于“说话”的话本小说虽然增加了文人修改润色成分，但主题对叙事结构的控制却很难一下子改变过来。相反有时候，文人改编却对主题的宣扬更加有意识。正如托马

[1] 王昕：《话本小说的历史与叙事》，中华书局，2002年版，第150页。

舍夫斯基在论述主题时所说，“文学过程是围绕着两个重要时刻组成的，这便是选择主题和设计主题”[1]。文人参与创作话本小说使主题选择以及主题设计更加自觉。但从另一方面来看，文人的这种选择与设计也受到话本特色的反向控制，比如无法摆脱那种“说话”形式的纯粹说教，无法摆脱叙述者对事件的道德价值评价，无法做到使自己“置身事外”，让读者对故事进行自我评判。叙述者对故事“不失时机”的“正是”、“有诗为证”、“诗曰”等议论打乱了读者对故事的理解进程。这是进入纸质媒介的小说所诟病的东西。而话本作为“说话”底本，具有程序化、现场性特点，它直接面对听众，而听的特点是不容许有长时间的思考的，说话者的及时议论便填补了听众的没有时间思考的缺陷，而能够做到一种现场感。读者与听众的最大不同是他可以掩卷沉思，思考的时间是充裕的，若纸质小说再用“说话”的那种套路就显得不合时宜，而且让读者有一种被说教的感觉，从而从心理上产生抵触与反感。

由以上论述可知，话本小说的强势化主题体现在很多方面，上述几种手法不足以概括所有的话本小说。但是由此我们可见话本小说对于主题的强调。话本小说主题结构是一种深层结构表层化，即它不需要读者的归纳而自现其身，尽管是一种表层化的存在，却是一种深层结构，是话本小说的内在结构形态，是一种潜隐的深层结构，它影响小说的情节布局但不能代替小说的情节布局。换句话说，话本小说文本结构的形式还有具体的表现形态，笔者会在下面几节展开论述。

二、话本小说主题结构的穿透性与交流性

话本小说的主题内涵具有趋从于主流道德、伦理、价值观的特征，这种特征很明显不具备思想启蒙性质和先锋性质，也无法向读者传达比统治思想更先进的理念。话本小说主题的这些特点使其具有了和社会大众意识形态平行、平等的性质，因此，话本小说主题很容易穿越文本藩篱融入那个时代的大众生活之中。正因为话本小说不具备比普通大众或者主流价值更高的意识，所以，在社会主流道德伦理和价值观方面便没有级差、没有台阶，其所宣扬的道德伦理便直接融汇在彼时的社会生活之中。那么，形成话本小说主题穿透性的原因是什么呢？

首先，与作者的文化身份有直接关系。话本小说作者来自封建文人阵营，

[1] 托多罗夫选编：《俄国形式主义文论选》，蔡鸿滨译，中国社会科学出版社，1989年版，第234页。

虽然大多科考蹭蹬、经济落魄，但都不约而同标举“醒世”、“劝诫”的创作目的，其忧世之情从话本小说宣扬的主题可见一斑。话本小说作者通过创作来为自己的文化身份定位。“身份在很大程度上就是依存于这些观念及观念的表达之中。因为人们总是用话语系统来表达身份的，而一旦人们认同于某种身份，他们又会自觉不自觉地用这套话语系统表达他们的观念、意识和利益。”[1]话本小说作为作者身份的标志体现了作者的思想和价值观，而正因为话本小说作者来自封建文人集团，他们所要表达的就是那个集团的主流价值，也是整个社会的主流价值。这从第二章第三节的论述可见。话本小说的另一个现象似乎与此相悖，即话本小说作者大多不署真名，既然他们所宣扬的价值观与主流价值一致，为什么不署真名呢？笔者认为，其一，小说作为一种文论在中国历代备受贬斥，不登大雅之堂，从事小说创作与封建文人雅趣相差很远，因此，作者出于避讳考虑不署真名；其二，话本小说作者经济地位低下，处于社会下层，创作小说可以为他们解决部分经济问题，明末清初，通俗小说市场化规模扩大，为这些文人靠创作获取生活之资提供了可能，因此，他们中很多人抛弃传统对小说的偏见，从业其中但不署真名；其三，明清易代，清朝为巩固统治，限制言论，实行严格的文网制度，许多文人因写作获罪，甚至家人亲眷受到株连，这使这些文人们在迫于生计创作小说时不得不有所顾忌。鉴于以上原因，话本小说不署真名现象并不与其主题的主流化相悖，这些主题更多体现了封建文人“立功、立德、立言”的人生追求与“修齐治平”的信念。

其次，与话本小说的通俗性、市场化有关。通俗小说追求的是故事性与娱乐性，它并不提供比一般社会更高的思想，价值观的平面化是通俗小说的一般特征。但是价值观的平面化并不代表低俗，因为话本小说表现出的是对社会公认价值的维护与倡导，是对破坏社会公共道德伦理行为的谴责，其主题结构是一种“劝惩”相济模式。尽管话本小说在很多时候表现出对民间信仰的推崇，比如对积德行善、因果报应、命运、面相、阴骘纹的信奉，但这些是作为对主流“忠孝节义”意识形态的补充而存在的。话本小说一改传统的英雄叙事，把叙事的主角转换为普通大众，叙事姿态的降低使中国文学以前所未有的姿态亲近大众，小说中所描述的生活就存在于读者大众的身边，因此，话本小说的通俗性绝非只是把传统的文言文变成白话文，而是从取材、主题设置等方面比以往更倾向于民间。也就是说，当时读者在接受过程中，小说主题价值就在身边，他们没有仰视的感觉，而是小说中人物能够做到的，比如“忠孝节义”、“积德

[1] 李勇：《通俗文学伦理》，知识出版社，2004年版，第120页。

行善”等，他们也可以做到。因此这种交流是一种发自庸常但却抵达内心的交流，话本小说主题在这个意义上获得穿透性。因此，话本小说的通俗性和市场化使其获得了亲近大众的机会，也为其主题的设置预设了标准，而这种标准又受到通俗性和市场化的制约使其降低姿态，并同时获得穿透性所需要的条件。

再次，受读者的反向塑造。话本小说的运作方式是一种市场化运作，明末清初出现的通俗小说在中国文学史上第一次采取市场化的运作方式，而市场化的特征使任何商品都要受到消费者的制约，话本小说亦如此。从话本小说的发展史可以看出，从一开始，比如冯梦龙《古今小说》、凌濛初《拍案惊奇》等，作者、书坊主并不能够确定这些历史上没有的新的小说形式是否会得到大众的认可，其刻印出版是一种商业冒险行为，但一旦发现这些小说“行销颇捷”之后，接着，很快便出现了“三言”和“二拍”，这是一种读者推动。迎合读者是话本小说自始至终追求的目标，包括绣像、广告式序言、评点等外部包装，以及话本小说内容、主题等无不受读者的反向塑造作用。话本小说一部分滑向淫秽读物就是读者反向塑造的有力证明，只有读者对之的趋之若鹜，才有追逐利益的作者、书坊主的迎合心态。但，无论怎样受读者影响，话本小说始终追求趋近主流的“劝惩”主题，大众的道德评判会在公共的聚光灯下显出正面的力量，因此，话本小说，包括淫秽作品在内，无不把主题的设置置于公共道德伦理的制约之下。这也就很好解释，为什么那些淫秽之作一方面充斥大量色情描写，一方面还煞有介事地宣扬“戒色”、“戒淫”、“淫为万恶之首”等。

概而言之，话本小说主题结构受到作者、通俗化、市场化、读者等因素的影响，其形成是一种综合的结果。正是受到多方面的制约，话本小说的主题才呈现出不自由状态，在这种状态下，取中庸、平均是话本小说必然的选择。另一方面，话本小说作为一种“亚文化”，无论从文类的层级还是在文学领域的地位，都谈不上优势，主流化的主题追求在彰显自身价值、赢取自身地位方面可以获得多方支持。因此，话本小说主题呈现为大众化、平面化、主流化趋向，正是这种趋向使其不会被文本所框范，而汇入了大众化的平庸生活之中，穿透性便由此而来。话本小说主题的穿透性带来的直接结果便是交流性。这要从两种角度来理解。其一是话本小说主题的形成是一种交流的结果，已如上述，作者的追求、市场化影响、读者的反向塑造等，这些因素相互交流促成了话本小说主题特征的形成；其二，话本小说主题自身呈现出的交流性，即主题本身的普世价值使其不存在任何价值观优势，而是汇入大众生活之中，并参与大众生活的构成。这两种角度中前者是后者的基础，后者是前者的表现。因此话本小说主题结构表现出的最核心的艺术和审美特征就是交流性，交流性是作为一种艺术方法参与话本小说主题结构营造的。

第三节　话本小说的横向结构与纵向结构

话本小说作为一种通俗小说，对故事性的追求远远大于其他，因为其无论要维持文本内部虚拟的“说—听”关系还是维持实际的文本接受过程中与读者的良好的交流关系，都要求所述的故事要好看，适合大众口味。而维持话本小说的故事性就需要故事的连续性、因果性；同时话本小说的强势主题结构也要求小说的连续性和故事无缝隙连接，因为这样最不易引起歧义。因此线性叙事是话本小说基本的叙述特征。正如有学者指出：“线性叙事是一种通俗的叙事方式——这是经典叙事文本经久不衰的公开秘密，古今中外概莫能外。”[1]话本小说叙事的线性要靠人物的行动来维持，没有人物在时间流程中的行动和这种行动带来的因果性和对故事的推进，线性叙事就无法进行。话本小说以人物行动为中心，同时兼及人物的性格和心理内涵。因此，话本小说以人物行动为中心的线性叙事必然带来情节分布随人物行动的条块状沿着时间延展。这就形成了话本小说以历时性为特征的横向结构系统。但这种横向结构系统并不必然朝主题结构运行，在许多时候需要在故事进程的某一时刻与另外一种情节进行共时性的交叉，这种“另一情节”我们可以叫作催化结构，这种共时性的纵向结构影响了线性叙事或者叫横向结构的运行方向，并使其朝主题结构回归。话本小说的这种纵横交错的结构与其主题深层结构一起构成其立体型网格状结构模式。

一、案例分析 1：横向结构之单线蘖合结构

《警世通言》卷十一“苏知县罗衫再合”的入话和头回讲了一个有关“酒、色、财、气”的故事，在进入正话之前有这样一段议论：

这段平话，虽说酒、色、财、气一般有过，细看起来，酒也有不会饮的，气也有耐得的，无如财、色二字害事。但是贪财、好色的又免不得吃几杯酒，免不得淘几场气，酒、气二者又总括在财、色里面了。今日说一桩异闻，单为

[1] 杨世真：《重估线性叙事的价值——以小说与影视剧为例》，浙江大学出版社，2007年版，第165页。

财、色二字弄出天大的祸来。后来悲欢离合，做了锦片一场佳话。

由此可见，下面正话是有关因财色惹祸的故事，可以说正话主题是劝诫人们莫要贪财好色，否则就会惹火烧身。那么故事如何展开，又如何一步步使故事向这一主题运动呢？首先，故事开始描述了永乐年间北直隶涿州苏云、苏雨兄弟和其母张氏、苏云之妻郑氏一家人平静而有前途的家境，苏云饱读诗书一举登科殿试二甲，要到浙江金华兰溪县上任。苏云抱着做好官，“只饮兰溪一杯水”的志向将其家中十分之七家财带去赴任，只留十分之三供膳母亲。苏云夫妇与仆人苏胜夫妇带着资财去赴任。苏云受苏胜撺掇搭乘载满货物的货船，即所谓“官座”，即货船因官人乘坐免税课，因此，货船不但不收取坐船费，而且还反送坐船人“坐舱钱”，苏胜私下得到“坐舱钱”自然喜出望外。但不幸货船因太沉重漏水，苏云一行不得已将家眷行李搬上岸。而恰在此时遇到强盗徐能一伙的船，因该船打着“尚书府”旗号，受到苏云等的信任，使苏云误入贼船。徐能贪财好色，其弟徐用却好善，因此当徐能贪财、好色要杀人的时候，徐用虽无法左右事态发展，却帮助了苏云和其妻郑氏，当时郑氏已怀九月身孕。这样，苏胜夫妇被杀，苏云被投江，郑氏流落徐能处被逼要与其成婚，得到徐用及劝郑氏成亲的朱婆帮助逃走流落尼庵。郑氏尼庵生子，但因庵中不便同时留郑氏和孩子，不得已将孩子用罗衫包裹丢弃于柳树之下。从此郑氏在庵中做了道姑。其子恰好又被四处寻郑氏的徐能拾到抱养。苏云被投江之后被徽州客船中陶公捞起带回其村中做了教书先生。苏云之母张氏因苏云一走杳无音信，就让二子苏雨去寻，到兰溪询问才知其兄凶多吉少，苏雨忧愤成疾而死。徐能抱养苏云之子而不自知，起名徐继祖。徐继祖聪慧好学，十五岁登科参加会试路过涿州，恰遇苏云之母张氏。张氏见徐继祖长得像苏云，不觉悲从中来，徐继祖启程，张氏以“罗衫”相赠，并说罗衫为其亲手所做，共两件，分别为男衫和女衫，女衫被儿媳穿去，只剩男衫赠予徐继祖。徐继祖仕途顺利，中二甲进士，在京二年，选授监察御史，差南京刷卷。郑氏在尼庵一十九年，自觉面容憔瘦无人认得，决定托钵出去抄化并寻子。当抄化到当涂县，恰遇徐继祖到任，经好心人帮助写状纸告到徐继祖面前。徐继祖看状纸状告其父徐能，决定带郑氏到衙内面审。徐继祖遂想起在涿州遇到老妇之事并想起小时候听人说非徐能亲生等，于是对自己身世起了疑问，就让小时候奶公姚大到当涂县，徐继祖在对郑氏和姚奶公盘问之后，才得知事情真相，遂命姚奶公去取罗衫和金钗。苏云教书多年，想到老母妻子，决定寻访消息，因宿于庙内得梦暗示其到操江御史衙门告状，于是就写一份状纸去告。操江御史看了状纸对苏云甚是怜悯，就差人知会山东抚案缉拿徐能等强盗。恰巧操江御史为徐继祖同年，且在苏云告状时，徐继祖拜访操江御史得知此事，就设计不让操江御史的差人去山东，并承诺不用去山东就可以将强盗缉拿归案。恰徐能、徐用一伙来徐继祖衙门庆贺，徐继祖便将苏云、郑氏一案审定，强盗被一网打尽，徐家得团圆。

笔者之所以不厌其烦地复述整个故事，目的是想还原故事的整个进程，也就是说，当我们了解故事的时候，必须以人物为中心，而故事的进程呈现为一种线性的发展轨迹。根据以人物为中心的故事情节分布，我们很难确定故事是以哪个人物为中心来确定主线的，也就是说，故事是把情节分配到几个人物的身上：苏云、郑氏、苏雨和其母张氏、徐继祖（苏云之子）。我们不妨以简单的形式勾勒故事的线性发展逻辑：

A　a 苏云一家人的富足安静生活：

苏云中举上任一家人分开：b 苏雨与其母张氏；c 苏云与其妻郑氏。

苏云江中遇盗与其妻分开：c1郑氏流落强盗处；c2苏云被陶公救起后做了教书先生。

郑氏被徐用和朱婆救，流落尼庵并生子，庵内不允许同时留母子，不得已弃子，郑氏与其子分开：d1其子被徐能抱养，起名徐继祖；d2郑氏存身尼庵。

郑氏让苏雨寻苏云，二人分开：b1张氏在家；b2苏雨寻兄；g 苏雨未果忧愤而死。

B　f 徐继祖中举赴京遇苏云母张氏，并得到一件罗衫。h 郑氏告状。i 苏云告状。

e 徐继祖审案获知实情，两件罗衫为证。j 徐继祖缉拿强盗。一家团圆。

整个故事其实分为两大块，一是 A 部分的离散过程，一是 B 部分再团圆过程。这一过程经历了19年。我们可以将这两个过程用图示来表示：

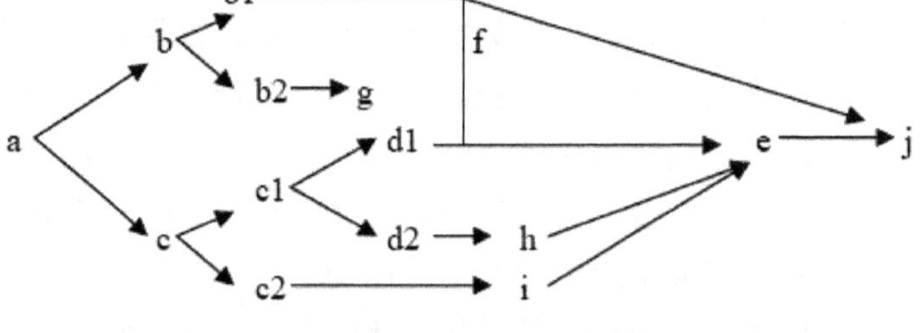

这种看似复杂的故事线索和以人物为中心的情节分布实际上并不复杂，它是由一条线索 a 蘖生成 b 和 c 两条线索，然后二者再次蘖生成新的线索，最后这些线索再归拢到 j。也就是说这是一种单线蘖生再汇合的过程。这里预示着一种“分离—团圆”式的传统叙事模式，这是故事主线。其实故事还有一条副线，就是徐能、徐用兄弟的下场：徐能贪色贪财、谋财害命终于受到惩罚，徐用因一些善举而保命。这里蕴含这样一种叙事模式：贪财色—作恶—受惩罚。这其实是作品要宣扬的贪财色惹祸端的教化主题，小说结构基本上围绕这一教化主题进行分布。这种看起来以副线结构来支撑主题结构的叙事模式其实含有主线人物与副线人物命运此消彼长、转换的人生逻辑。也许我们不可将此划分“主”与“副”，而应在二者的逻辑、转化关系中看到中国阴阳相生、祸福相倚的传统哲学对于小说结构的影响。

《初刻拍案惊奇》卷二“姚滴珠避羞惹羞　郑月娥将错就错”具有同样的结构特征。虽然该篇标题看来似乎是两个人物两条线，但事实是故事是由姚滴珠与其丈夫一条线分蘖出两条分支线索来进行情节布局的，并进而形成了单线蘖生再汇合的结构模式。小说入话诗道出该篇主题：相貌虽似但人心不同。故事开始写姚滴珠与其新婚夫潘甲恩爱，由于生活所迫潘甲被父母强行赶出谋生，夫妻分离。姚滴珠不忍公婆欺辱决定出走回娘家但路遇歹人被逼为娼。姚滴珠走后，其公婆家由于找不到人去姚滴珠娘家要人，而姚滴珠娘家亦不见其女，遂两家争执告官，姚滴珠娘家争执不过，后得到机会找到与姚滴珠长得厮像的娼妓郑月娥顶替，郑月娥顶替姚滴珠与潘甲回家后被潘甲识破、告官，李知县让潘甲不要声张并设计访得拐卖姚滴珠之人汪锡一举破案。最后作品宣扬一开始提出的主题：娼妓就是娼妓，良家就是良家，即使长得很像但毕竟人心不同。值得注意的是，该篇小说同样有一个离散过程和一个聚合过程，影响两个过程进程的是一些有决定意义的事件，比如姚滴珠出走导致姚滴珠这条线索运行的开始；发现郑月娥与姚滴珠长得像并冒充姚滴珠这一事件使故事朝聚合的方向发展，并逐渐靠近主题；发现歹人汪锡加速了故事的聚合进程。这些事件好像一个个催化剂，使故事进程朝着设定的主题结构运行。

《石点头》第三卷“王立本天涯求父”也具有上述相同的结构形态。这是一篇宣扬孝道的小说，小说开始便设定“人当以孝道为根本”的主题。小说同样具有一个离散过程和聚合过程。离散过程是王珣为躲避官差苦役抛妻别子出走他乡，作为单线的王珣一家蘖生出两条线索：（1）王珣；（2）王珣之妻张氏及儿子王立本。线索2又进一步蘖生出两条线索：（1）王立本寻父；（2）张氏与王立本之妻。王立本寻父的过程其实就是各种分支线索聚合的过程，这里有一个关键性情节，即王立本在山东田横岛寺庙入梦与老者解梦，这一情节加速了故事的进程，使各种分支线索迅速聚合，最后汇聚于“孝感天地、惠及子孙”的深层主题结构。也就是说，小说各种线索运行受到深层主题结构的控制。

话本小说注重故事性的特征使上述由一条线索蘖生、再蘖生然后汇合至主题的故事结构模式成为其基本的结构模式之一，笔者将此种结构模式称为“单线蘖合结构”[1]。这种结构模式可以用下面这个简单的图示直观地表示出来：

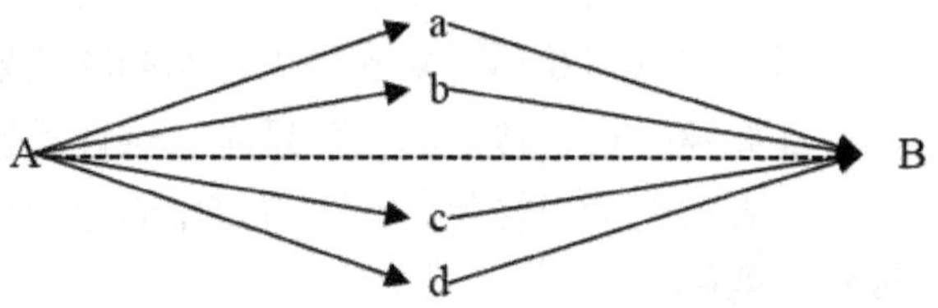

这里很明显把故事结构分为两个过程：离散过程和聚合过程。故事开始由单线 A 蘖生出几条不同的线索：a、b、c、d 等，故事按照不同线索进行叙事分配，各条线按照各自的轨迹运行。图中虚线表示处在深层的主题结构，各条线索都会在各自的运行中受到共时情节的干扰，共时情节起到类似催化剂的作用，它促使各个线索朝着既定的方向运行并最终聚合到主题结构之上。在不同的小说中，线索蘖生与聚合的方式会有不同，各种线索各自也会出现蘖生、再蘖生现象并由此使故事趋于复杂。但也有例外，即单线结构并没有出现蘖生现象，是一种纯粹的单线结构并直达预定主题，但单线结构是很少见的，我们不妨将单线结构看作单线蘖合结构的特殊类型。单线蘖合结构中，情节线索根据人物的行动进行分配，形成了小说历时性的横向情节分布，这些横向情节分布形成了故事的条块状结构特征。但这些条块状结构会受到共时性情节，即催化情节的分割，这种催化情节控制着故事的进程和运行方向，并保证故事各个线索最后都能够汇聚于主题上来。也就是说，催化情节参与了故事情节的分配，并形成了一种纵向结构系统，而控制横向结构和纵向结构的则是小说深层主题结构，形成了话本小说特有的立体型网格状结构模式。这种结构模式在话本小说另一基本结构类型——多线聚合结构中也得到充分表现。

二、案例分析 2：横向结构之多线聚合结构

话本小说除了单线蘖合结构模式还有另外一种结构模式，即故事有两个以上线索，这些线索在进程中由于某种因素聚合到一处，从而使故事的主题内涵得以呈现。试看下面例子：

《醒世恒言》卷三“卖油郎独占花魁”是一篇经典的爱情故事，小说描述了两种截然不同的人生：花魁妓女莘瑶琴和卖油郎秦重。很明显，小说采用的

[1] 这里的“蘖”取植物学中植物主干生出小的支干之意。

是双线结构模式，这在小说标题中便表现出来。商人在古代的地位甚至比妓女都低，更何况一个卖油郎，因此卖油郎秦重能够“独占”花魁娘子莘瑶琴，这样的标题肯定会“有故事”。很多话本小说的故事性往往来自故事中人物地位的级差，因为这种人物地位级差的存在，要想使他们产生瓜葛，必须使小说有出人意料的故事发生，这同时也是作为通俗小说所应具备的“引力”条件。该篇一开始设定了小说的主题：帮衬。这里，“帮衬”并非是一个贬义词，它和“帮闲”有本质区别。按照文本中的解释，所谓“帮衬”，“帮者，如鞋之有帮；衬者，如衣之有衬。但凡做小娘的，有一分所长，得人衬贴，就当十分。若有短处，曲意替他遮护，更兼低声下气，送暖偷寒，逢其所喜，避其所讳，以情度情，岂有不爱之理？这叫做帮衬”。因此，这里“帮衬”有照顾、帮忙等意思，并有“以情度情”的真情在其中。围绕这一主题，小说从秦重和莘瑶琴两条线索展开。两条线索把故事情节进行了分配，并有三处扭结，这三处扭结形成了故事结构的条块分割，并最终抵达故事内在的“帮衬”主题。第一处扭结是秦重偶遇莘瑶琴，使其萌生了“若得这等美人搂抱了睡一夜，死也甘心”，秦重的想法并不高尚甚至很猥琐，但面对一个美丽妓女如此想法也情有可原。接下来秦重就开始为此想法奋斗。第二处扭结是秦重攒够金钱去实现自己最初的想法，这时，其善良之心便显露无遗，他对莘瑶琴的爱护、照顾远远超出了一个嫖客的目的而从心底萌生了爱情。第三处扭结是莘瑶琴被打江边寻短见而被秦重救起，这使莘瑶琴对秦重甚为感激，并以身相托，莘瑶琴开始谋划赎身。其实三处扭结源于两个人物共同的心理基础，即莘瑶琴不得已从妓开始所埋藏心底的“从良”之心和秦重善良、朴实的人品。线索的汇合基础便建立在“以情度情”的真情“帮衬”之上。看似毫不相干的两条线索在共时性的三处扭结情节的催化下最后聚合到主题结构之上，可以说这是双线结构或者多线结构基本的运行模式，多条线索之间的扭结直接影响了故事的运行方向、线路和进程，并确保了各条线索在主题结构上聚合。

《生绡剪》第七回“沙尔澄凭空孤愤 霜三八仗义疏身”也是三线结构模式。故事入话讲述了几个反对魏阉的人物结义，阐述了故事的结义主题。正话故事讲述了三个人物：沙尔澄、霜三八和蒋淇修。沙尔澄与蒋淇修是同窗，蒋淇修家室富有，沙尔澄聊落途穷寄居蒋淇修家，二人志同道合，每聚谈时局，沙尔澄任侠负气，当其时魏阉专权，蒋淇修怕其出门惹祸，让其淹留其宅，后魏阉倒台，遂让沙尔澄去湖州为其办事以远游舒闷。因此二人分开。霜三八是一个鞋匠，专事缝皮手艺也来到湖州谋生。因此故事分为三条线索：(1) 蒋淇修；(2) 沙尔澄；(3) 霜三八。三条线索中，(1) 和 (2) 有一个离散过程；(2) 和 (3)

的第一次汇合是沙尔澄去看戏，恰巧霜三八利用看戏人多在戏台下做鞋，沙尔澄因为戏中上演魏忠贤而“凭空孤愤”，一股激情拿起霜三八的做鞋切刀把演魏忠贤的演员杀了，沙尔澄跑掉了，霜三八却被拉去顶罪。这种本来的阴差阳错因为霜三八为杀“魏忠贤”人的“义举”而甘愿顶罪弄假成真，被判充军。蒋淇修等沙尔澄不耐烦，就自己收了五百多两沙罗段匹去京师出脱，不料路遇盗贼，不但东西被抢，而且其人也被掠到山上，蒋淇修因感于众贼“义气”，便答应他们做了他们的首领，这为蒋淇修与霜三八的汇合制造了机会：即线索（1）和（3）的汇合是蒋淇修一伙劫持了充军路上的霜三八而成，蒋淇修因感于霜三八的“义气”而放他去保定衙门。一日，霜三八去蓟门值差偶遇沙尔澄，其时沙尔澄已经是蓟州镇屯捕总司。二人相遇述说别后事情，沙尔澄为霜三八的“义气”所动，并在霜三八处得到蒋淇修情况，遂促成蒋淇修“招安”，三条线索聚合一处。而促成三线聚合的就是运行于故事深层的“义气”主题。小说的三条线索把故事结构进行了分割，而几处聚合作为纵向情节又将三线进行切分，而完成这种结构条块分割的恰恰是故事的深层结构系统——主题结构。

话本小说两条线索以上的多线结构模式是其另一种常见的结构模式，其结构形态可以用下面的简单图示来表示：

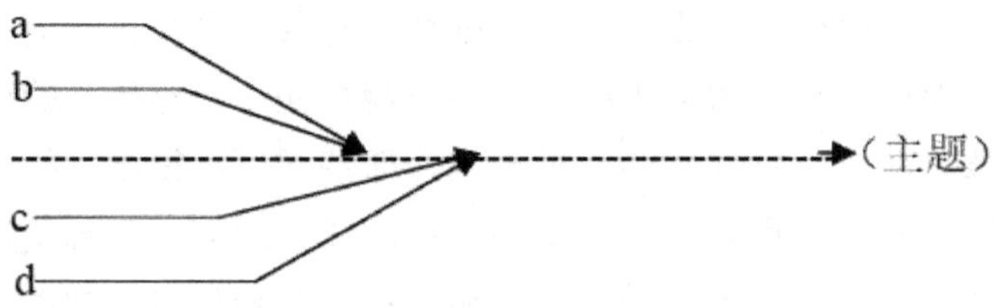

图中虚线表示深层主题结构，a、b、c、d 代表不同的线索，不同的线索通过不同的共时性情节，即纵向结构而改变自身的运行轨迹，并分别朝主题结构方向运行。但需要指出的是，该图示只是一种简单的假设，因为，线索汇合的方式因故事而异，很复杂，不可能不约而同地同时汇聚在一起。而且，每条线索并非一定朝着主题运行，他们必须有辅助性的催化结构来改变他们的运行轨迹、速度、方向等，控制他们运行的催化结构的设置则受到来自深层主题结构的支配。而催化结构则把已经条块化了的故事结构进一步切分，从而形成了话本小说受深层主题结构调控的立体型网格状结构模式。那么，催化结构又是什么样的形态呢？下面我们进一步分析催化结构的形态。

三、案例分析3：纵向结构之催化结构

所谓的催化结构，这里的“催化”是借用罗兰·巴特的概念。巴特认为，“一部叙事作品从来就只是由种种功能构成的，其中的一切都表示不同程度的意义。这不是（叙述者方面的）艺术问题，而是结构问题”[1]。而叙事作品的这些功能的作用是不一样的，巴特指出：“有些单位是叙事作品（或者是叙事作品的一个片断）的真正铰链；而另一些只不过用来‘填实’铰链功能之间的叙述空隙。”[2]巴特把第一类功能叫作核心，把第二类功能叫作催化。也就是说，所谓催化功能是主要功能的帮助者，是完成主要功能所必须具备的完美条件。笔者借用“催化”这一概念是为了说明这样的情节的“辅助性”功能，之所以叫作催化结构，是因为这些在故事主要线索发展到一定时间点而共时性出现的情节不但改变了线索的运行轨迹，更为重要的是，由于这些催化情节的存在而把故事的结构进行了纵向切分，呈现在读者面前的并非是完整的条块结构，而是被切分成了网格状。这是话本小说追求故事性、追求主题交流效果而必然产生的独特结构模式。这种主题结构控制下的立体型网格状结构模式是一种文本内外的交流需要，因为主题往往是大众的主流价值观，它不提供比大众更高的价值伦理，而是最大可能融入目标受众的日常生活，在这个意义上，话本小说的故事所承担的是一种使交流顺畅、融洽的使命。因此，话本小说没有任何意识形态优势，而是最大可能地融汇到接受者的谈笑、娱乐之中。话本小说的这种立体型网格状结构模式其实是一种“交流性”的结构模式。

催化结构可分几种不同的形式：

1. 故事内事件，即故事进程中发生的影响故事进程、方向的偶然或者必然事件。上举《警世通言》卷十一“苏知县罗衫再合”中徐能对苏云之子的收养就是改变故事走向的催化性事件，因为苏云一家人没有任何人具备把徐继祖养大的条件，而徐能则因为无子得子而在情理之中。这种类似《赵氏孤儿》中屠岸贾收养赵氏孤儿的情节模式，在通俗性的民间叙事中一遍遍上演。再如《警世通言》卷二十八“白娘子永镇雷峰塔”中白娘子搭船偶遇许宣事件迅速改变了两个人的情感生活。

[1]［法］罗兰·巴特：《叙事作品结构分析导论》，《叙述学研究》，张寅德选编，中国社会科学出版社，1989年版，第11页。

[2]［法］罗兰·巴特：《叙事作品结构分析导论》，《叙述学研究》，张寅德选编，中国社会科学出版社，1989年版，第14页。

2. 外部事件。这是一种为推动故事进程而“增加”的事件，这种事件因为与线索故事的某些“瓜葛”而被“捏合”在一起，参与故事的整个进程。比如上举《初刻拍案惊奇》卷二“姚滴珠避羞惹羞　郑月娥将错就错”中，发现郑月娥就是一个偶然的外部事件，本来郑月娥没有可能参与故事，但正因为其长相与姚滴珠厮像而无意中参与了故事并改变了故事的运行方向。同样在《八洞天》卷二“幻作合前妻为后妻　巧相逢继母是亲母”中，长孙陈流落客店走投无路之际，恰遇同乡好友因病无法上任，于是便上演了冒名顶替的一幕，一个偶然的外部事件推进了故事的进程。《醒世恒言》卷二十八“吴衙内邻舟赴约”中，因为自然界的“狂风”的偶然事件将吴衙内与贺小姐两条线索扭结在一处。话本小说中类似这样的例子很多，可以说这种用外部事件参与故事进程的做法已经成为话本小说叙事技巧之一，可以想见，当初“说话”艺人口若悬河、滔滔不绝的表演如何可以在顷刻之间进行故事情节的“捏合”与故事主题的“提破”。

3. 人物心理事件，即人物由于某种机缘或者刺激等而起的心理变化并影响到故事的进程和故事的发展方向。《喻世明言》卷三十五“简帖僧巧骗皇甫妻”中，皇甫殿直失去妻子，正月初一“在家中无好况”，心情烦闷，便思量：“每年正月初一日，夫妻两个，双双地上本州岛大相国寺里烧香。我今年却独自一个，不知我浑家到那里去了？”正是皇甫殿直这种心理变化预示着其对自己休妻的反思，这种“心理事件”直接促使他的进一步行动。《醒世恒言》卷十八“施润泽滩阙遇友”中，施复拾得银子的心理起伏，一方面刻画出人物复杂的内心世界和一个商人本能的财富想象，一方面则是为失主着想的道德情操。最终这一心理事件以一个善良的拾金不昧善举而影响了故事的进程，使故事朝着预定的“阴骘”主题回归。类似的情况同样发生在《初刻拍案惊奇》卷二十一“袁尚宝相术动名卿　郑舍人阴功叨世爵”中，兴儿在厕所捡到银子同样经过了心理斗争并最终决定等失主取钱，所谓“积善阴骘”的主题在人物“心理事件”的基础上得到了呈现。

4. 非现实事件。话本小说为推动故事进展，往往采取一些非现实手段，比如梦境、仙境、鬼、神等非现实空间来影响故事的方向与进程，这是话本小说叙事时常采用的手法，也可以看作一种“捏合”手段，或者“敷演”手段。所谓“最畏小说人，盖小说者，能讲一朝一代故事，顷刻间捏合……”[1]、“靠敷

[1] [宋] 吴自牧：《梦粱录》，《东京梦华录（外四种）》，远方出版社，2001年版，第310页。

演令看官清耳”[1]。催化结构的核心功能应该是确保小说朝着预定的主题结构运行，而不致因故事偏离预定轨道而无法收场。这是“说话”艺术必须具备的基本叙事技法。用梦境来推动故事进程的例子比比皆是，在“三言二拍”中，几乎达到了篇篇说梦的地步，可见，利用梦境来左右故事情节布局、进程和方向是话本小说的常用技法。比如《初刻拍案惊奇》卷十九“李公佐巧解梦中言　谢小娥智擒船上盗”中，谢小娥的梦境中的谜语为揭开杀人真凶提供了答案，也就是说，谢小娥的梦境推动了故事进程并影响了故事的走向。《警世通言》卷十三“三现身包龙图断冤”中，则是三次大孙押司冤魂现身推动了故事进程并最终使冤案得以昭雪。《八洞天》卷七“忠格天幻出男人乳，义感神梦赐内官须”中，王保几次得到神人帮助，这些催化事件把故事的结构进行了分割，并促成了主题结构的完成。

话本小说的催化结构是一个复杂的存在，在具体文本中，上述形态多有交叉、重叠，也就是说有时候并非一种类型而是多种类型的并用来改变故事的运行轨迹，完成故事结构的网格状分割。催化结构不是一种简单的情节模式，而是更多地参与了故事结构的营造，因为单纯的线性结构无法完成故事的主题结构，只有在催化结构的作用下，才能使故事朝着预定的主题运行，并保证交流的顺畅性。

话本小说由于故事性的需要，基本采用线性叙事的模式，即话本小说基本表现出两种线性结构模式：单线蘖合结构和多线聚合结构。线性叙事使小说的结构呈现出条块状分割，但由于话本小说的主题结构强势化，促使故事的线性发展处于不自由状态，也就是说，线性故事必须在某种写作技巧的作用下朝着预定的主题发展才符合主题的强势化要求。这样，催化结构就起到了影响线性叙事轨迹的作用，条块状的结构分割在催化结构的纵向切分下呈现出网格状特征，而这些网格状特征受到深层主题结构的控制，使话本小说的结构呈现出立体型模式。值得注意的是，话本小说的主题往往是一种大众主流价值，它毫无阶梯地融入了大众的日常生活，成为一种谈笑、一种娱乐。作为对比，使人想起巴赫金在论及托尔斯泰《三死》时指出，虽然小说中的三个生命是三条线索，但三个生命的死亡并无内在的联系，因此“每一个角色生与死的总体的和最终的意义，只可能在作者视野中揭示出来”[2]。所以，《三死》只可能是独白

---

［1］［宋］罗烨：《新编醉翁谈录》，辽宁教育出版社，1998年版，第3页。

［2］［俄］巴赫金：《陀思妥耶夫斯基诗学问题》，生活·读书·新知三联书店，1988年版，第112页。

型小说而非对话型小说。而，话本小说的交流性在于结构模式的运作直接服务于一种毫无争议的价值观和平面化的现实生活。因此，话本小说线性结构在催化结构作用下的趋主题特性其实是一种交流特性，这种结构模式也是一种交流模式，无论是小说内部的“拟书场格局”下的虚拟“说—听”交流，还是有血有肉读者的阅读接受活动，话本小说的这种主题化结构所能说明的是一种大众价值的认同，交流一开始就不存在任何级差，融洽的氛围制造出的是通俗小说的娱乐性本质。

第四节　话本小说连缀故事的结构和时空逻辑

连缀故事在话本小说里并非是一种常见的故事类型，因为连缀故事的分段性质使其更适合长篇小说，比如《水浒传》、《西游记》等。但在话本小说里并非没有这样的故事类型，比如下面的这些话本小说就具有连缀故事特征：

1.《初刻拍案惊奇》卷四十“华阴道独逢异客　江陵郡三拆仙书”。

2.《醒世恒言》卷三十四“一文钱小隙造奇冤”。

3.《警世通言》卷三“王安石三难苏学士”。

4.《喻世明言》卷十三“张道陵七试赵升”。

5.《二刻拍案惊奇》卷三十九“神偷寄兴一枝梅 侠盗惯行三昧戏”。

6.《豆棚闲话》。

因此，连缀故事作为话本小说的一种类型，其具有独特的结构类型：串珠式结构。这里非常重要的是“用什么”将各种故事进行了连缀，将这些分散的“珠子”串成完整的故事？这些故事的连缀方式有什么不同？其有什么样独特的时空逻辑？连缀故事的叙事方式是如何形成的？

一、连缀故事的类型与结构方式

连缀故事产生之初也许并没有针对某个类型，如连缀故事可分布于公案、侠义、考验升仙、名士风流、科场等，但经过了表演艺人和观众的长期磨合以及各类故事的特点，连缀故事越来越集中于公案、侠义、考验升仙等类型，如《水浒传》、《西游记》、《七侠五义》以及公案小说等长篇都属于此类。可见，连缀故事的叙述方法经过了长期的实践筛选，集中于某一、二个类型，因为这些类型更适合用此种方法。从短篇话本小说来看，此种方法并不多见，以“三言二拍”为例，近200篇故事，明显具有连缀特征的就大约只有以上5篇，更多的故事则具有严密的故事叙述逻辑和单一完整的结构。但是，从长篇小说来看，连缀方法更常见。这从某种意义上可以说，短篇小说由于短小，更易于操作，所以更易于组织成严密的小说结构。

连缀故事一般采用“穿珠式结构”，即用某种类型的线索将一个个故事按照一定的关系串起来最后形成一个完整故事形态。但这种“穿珠式结构”的“穿珠”方式却是各异的，一般常见的方式可有如下几种：

1. 以一个人（或几个人）贯穿几个故事，比如上述《王安石三难苏学士》、《张道陵七试赵升》、《神偷寄兴一枝梅 侠盗惯行三昧戏》属于此类。这三篇有一个共同的特征，即故事的各个故事不但由一个或几个人贯穿，而且还有一个深层结构系统。比如《王安石三难苏学士》中，连续的三个故事都以王安石对苏东坡的“三难”作为内在联系，而深层主题则是宣扬人要“谦虚”，“三难”均围绕这一主题展开。《张道陵七试赵升》与《王安石三难苏学士》的“穿珠”方式相同，其深层主题即为了宣扬“得道必须心坚”的道理，但此篇除“七试”的7个故事外，在“七试”之间还连缀了张道陵道法高超的几个故事，这些故事也是极为常见的得道升仙的叙事模式。值得注意的是《神偷寄兴一枝梅 侠盗惯行三昧戏》，贯穿该故事的内在主题是“神偷”和“侠盗”，即以“神”和“侠”贯穿15个故事。和上述“三难”、“七试”不同，这里没有故事数量的限制，那么各种故事的内在逻辑和先后关系全靠叙述者的干预来完成，也就是说，故事的动力来源不是故事的内部，而是故事外部的叙述者，即叙述者的议论成为故事运动的动力。故事连缀的另一种方式就是“重复”，这种重复性其实起到了一种修辞效果，即要想把偷盗这一道德底线之下的行为抬升到道德底线之上，小说必须有一种“说服”机制，而“重复”修辞则起到了这种作用。但是，小说从表面看，根本看不出有什么重复修辞，作品所叙述的17个故事没有一个重复讲的，即使在修辞的微观层面也看不到重复修辞的影子。但是，当我们深入研究这17个故事，尤其是正话中的15个故事，我们就会发现，作品的重复修辞其实存在于作品的意义层面，下面我们具体分析话本正话的15个故事：

第1～3个故事写懒龙偷富济贫，突出懒龙的“侠”和“义”；

第4～7个故事写懒龙“遇着不巧，受了窘迫，却会得逢急智生，脱身溜撒”，突出懒龙的机巧和智慧；

第8～12个故事写懒龙“戏耍”兼写其智慧；

第13～15个故事写懒龙与贪官之间的周旋。

通过以上分析我们发现每一个叙述“主题”都不是由一个故事完成的，而是通过少到3个，多到5个故事来重复一个主题，这样，这种叙述层面的重复修辞就起到了结构故事的作用，在故事整体上体现为一种“深入骨髓”的修辞风格。这种重复修辞在本话本中起到了某种“提纯”作用，即通过几个故事来重复一个主题，每一次重复就对主题强化一次，“无穷无止的重复本身就是一种高度提纯的产物，它以向某一叙事方向的不断回归而实现对原有叙述旨趣的强化”[1]。因此重复修辞有着一种潜隐的叙述与价值取向。话本《一枝梅》叙述的是一个盗贼的故事，盗贼本身是一个负面的因子，如何把这种负面的因子转化为一种正面的价值，这是《一枝梅》需要解决的首要问题，而重复修辞恰恰解决了这个问题，即通过系列故事来重复宣扬盗贼的侠义、智慧等。

另外，文本还潜藏着另外一种重复，就是每个故事无不围绕着“侠”与“神”展开，可以说整个文本把二者重复了15次之多，从而突出了这个主题。这种“主题式”重复一遍遍把读者置于被说服的、作者设定的场域之中。主题性重复作为广义修辞，其最大的特点在于宣扬主题，增加说服性与增强阅读效果。这其实和狭义修辞那种使句子更加生动形象以增加阅读兴味的作用如出一辙，只不过前者侧重于文本后者侧重于语言罢了，这就是修辞的叙事学与语言学最根本的不同。

由以上分析可以看出来，以一个或几个人物贯穿多个故事的“穿珠式结构”其连缀方式是不相同的，在短篇小说中，这种连缀方式相对比较简单，而在长篇小说中，由人物贯穿故事的连缀叙事的连缀方式则会更为多样。

2. 以一件事贯穿不同人物的故事。此种连缀方式，《一文钱小隙造奇冤》即是一个典型例子。该小说一开始就设定了“舍财忍气”的主题，而故事中所有的案件均表现了不“舍财忍气”而造成悲惨后果。贯穿小说的“一件事”就是窑户的做工的邱乙大之妻杨氏因一文钱引起的夫妻争吵而后自缢事件。杨氏尸体的流转成为一个个案件的导火索，每一个案件均因为一个“财”字。

3. 以相同类型的故事（比如科场故事）连缀起几个不同人物的故事，故事之间可以没有任何关联。这样的连缀方式极不常见，《华阴道独逢异客 江陵郡三拆仙书》入话连缀7个故事，皆以“有个该中了……”来说明科场中各种异事。

4.《豆棚闲话》的结构是一个值得注意的存在。这种类似西方《十日谈》、《一千零一夜》的故事结构方式在中国古代小说发展史上具有非常重要的意义。

---

[1] 邢建昌、鲁文忠：《先锋浪潮中的余华》，华夏出版社，2000年版，第137-138页。

以一架豆棚从种到收的过程牵出12篇故事，这种把书场内置的叙事模式使其具有了连缀式长篇的性质。与别的话本小说虚拟书场、虚拟“说—听”关系不同的是，小说把说书人和听者内置在故事之中，这样，读者和说书人的距离被拉长，交流方式因说书人和听者的位置变化而有了根本的不同。同样是“穿珠式结构”，但《豆棚闲话》的穿珠之线已经故事化了。

值得关注的是，无论连缀方式怎样，故事的基本结构均为“穿珠式结构”模式，而这种模式往往有一个深层的主题结构，这个主题结构控制着故事的运行方向并能够使各个故事都朝着主题聚合，从而体现了话本小说的强势主题原则。

二、连缀故事的时空逻辑

连缀故事一般主要是以空间序列进行故事的铺排，而不主要以时间序列作为故事进程的推进方式。因此，在连缀故事中常常可以看到大段时间的跳跃，这种跳跃在很大程度上是为节约空间距离而设，因此，时间被空间布局所左右，呈现在读者面前的是一种空间化叙事，这种空间化叙事有如下表现方式。

一是时间的空间化，也就是说时间的呈现要靠空间的运动来完成，时间本身没有推动故事进程的能量。时间的空间化不是不要时间，而是时间为空间服务，说到底，是时间空间化最终为叙述故事服务。这是中国古代叙事的独特一面，与中国人的时空观念密不可分。所谓“天人合一”是一种趋从自然、融于自然的世界观，是时空混一、转化的时空观，是“人法地，地法天，天法道，道法自然”的辩证观。比如《王安石三难苏学士》中，虽然三个故事的顺序是按照时间来推进的，但是，这里的时间是一种“非故事化”时间，即时间在故事的讲述中没有被设定为故事的主要运动方式，而故事的运行主要靠三个空间布局来完成：一是书房续诗，二是黄州做官，三是三峡取水。故事在三个空间之间运行，时间也随这种空间的流转而或正常运行或大幅跳跃。在《一文钱小隙造奇冤》中亦如此，尸体的流转使空间不断变换，空间的变换又使故事、人物、事件不断变换，虽然故事也表现出时间性，但时间基本围绕空间来展开。《豆棚闲话》也属此类，豆子的成长作为一种时间标志对于故事的影响极小，而且这种内置的书场格局实际上呈现为两种空间与时间：一种是豆棚时空，即说书人和听众的时空；一种是故事时空，即故事的运行有自己的时空逻辑，这种时空关系要具体分析。如果不把《豆棚闲话》看作一个完整的长篇，而是看作12篇小说的小说集，那么《豆棚闲话》完全可以另行论述，各篇的结构方式也基本遵循话本小说两种基本的结构模式——单线蘖合结构和多线聚合结构模式，而不是这里所说的连缀叙事的“穿珠式结构”。

二是纯粹的空间叙事，这里的时间成为一种悬置化了的存在，也就是说，时间的存在被忽略，故事进程靠空间转换来完成，故事的分布完全没有时间概念，有些故事顺序完全可以随意调换而不影响故事的进程和结果。比如《张道陵七试赵升》，用七个故事来叙述张道陵对赵升的七次考验，这七次考验故事可以调换顺序而不影响故事的结果，因此，连缀故事并非在时间序列中来安排情节与结构，而是用不同的空间铺排来将松散的故事统一成一个整体。《神偷寄兴一枝梅　侠盗惯行三昧戏》也是如此情况，15个故事展开15个空间，这些空间完全没有时间性，其实该篇故事的整合还有一个内在的逻辑，即以某一小主题来整合故事，这在上面已经做了详细分析。

三是不同时空之间的叠加。这种时空关系在长篇小说中极为常见，比如《水浒传》中故事的连缀方式，按照金圣叹的说法是“鸾胶续弦”之法，这其实是在忽略不同人物各自的人生时间而趋从于故事中不同人物生活空间的组接，这里是以牺牲时间组接的不可能性而使空间组接成为可能。比如，为了从武松空间转到宋江空间，那么他们二位的人生时间不得不进行小部分的重叠，这种重叠在现实中发生的概率是微乎其微的。

连缀故事时空逻辑是一个复杂的存在，故事中往往表现的不是一种时空关系，而是为了叙事需要采用多种时空关系。故事连缀的方式有很多种，除上述几种外，还有“蒙太奇”式的空间转换，即同一时间不同人物的故事之间的转换，诚如《一文钱小隙造奇冤》中叙述者的夫子自道：“小子只有一张口，某一两副舌，说了那边，便难顾这边，少不得逐节还你一个报应。”也就是说叙述自身的时间性无法同时呈现两个时空发生的故事，而只能逐一讲出；还有时间跳跃式转换，即以压缩时间来组合空间，这会在下一章的“场面化叙事”中进行详细论述；还有以虚拟的空间来进行时间的跨越，这在考验升仙故事或者牵涉异时空叙事中常常见到，比如仙境一日人间一年，这种人间时间与异时空时间的不对称直接造成了现实时空的转换。

三、连缀故事的成因

话本小说脱胎于“说话”艺术，从连缀故事的叙事方式可以看出口头艺术的影响。同一类型的故事的说唱艺人经过长期的练习，在其大脑库存里存了大量该类故事的资料，在其表演时，这些资料就作为备选而根据“书场氛围”的不同进行有针对性的筛选，由于故事的连缀特性，艺人能够自如地选择更适合现场表演氛围的故事进行组合，其组合的故事数量应该根据表演时间等因素来决定。如果是长篇，连缀的叙事方式更使“说话人”易于操作，一方面连缀故事可以让他在有限的时间内使故事完整，另一方面连缀故事的叙事方式可以使他更容易设置“扣子”而吸引观众下次再来。这些都可以从长篇连缀故事里看出。由此可以很容易理解为什么一些说唱艺人常常表演同一类型的故事。这就印证了罗烨在《新编醉翁谈录·小说开辟》中记载的以“小说家数”来分类，而不是以“小说”来分类的原因，即艺人常常在固定场所表演固定的故事类型。罗烨把说话家数分为：“有灵怪、烟粉、传奇、公案，兼朴刀、捍棒、妖术、神仙。”并且还说：“讲论处不僀搭、不絮烦，敷演处有规模、有收拾。冷淡处提掇得有家数，热闹处敷演得越长久。”[1]这里有几方面值得注意：其一，所谓有规模是指故事够长，有收拾是指对故事时间的掌握；其二就是叙事技巧，即“敷演”，靠敷演可以很轻松地应付书场的氛围，所谓冷淡处如何、热闹处如何。这些方面对于连缀故事来说更易于操作，因为可根据书场情况增减故事数量，所谓“提掇得有家数”、“敷演得越长久”即可看出说话人表演的游刃有余状态。

另外，口头艺术是一种表演艺术，故事时间在表演中的呈现方式是以空间的转换作为标志的，同时，空间在一些可以设置背景的舞台上更易于在观众面前直观呈现。因此，表演艺术的时间感觉是以空间来呈现的，换句话说，就是以空间置换了时间，这与空间的直观性有很大关系，因为时间是无形的，用空间转换来呈现时间的流动是中国传统表演艺术常用的技法。这也可以看作口头艺术、表演艺术对话本小说叙事的影响。

话本小说之连缀故事受到“说话”口头艺术的深刻影响，但融进了更多的书面技巧，这样，连缀故事更加精致，这和口头艺术的“敷演”有了很大区别。因此，古代白话小说的“连缀故事”的叙事方式其实和说话人的生存紧密联系在一起。说话人要想获得生存资本，必须在吸引观众、与观众交流合作上下足功夫。连缀故事同时兼具说话人生存模式和观众交流模式，二者紧密相连缺一不可。

---

[1]［宋］罗烨：《醉翁谈录》，古典文学出版社，1957年版，第3-5页。

第五节　话本小说奇书文体、转折性结构和劝谕图示

本节笔者试图从另一角度来解读话本小说主题结构对于小说运行的内在控制作用。话本小说之纵向结构——催化结构在很多情况下表现为一种转折性的结构模式，这种转折性结构不但是形成话本小说文体——“说话体”的表现之一——“奇书文体”的重要条件，而且促进了故事线性叙事向小说的主题结构方向的运行，即很多时候，是转折性结构改变了故事的运行方向，使故事朝着预定的主题发展。“奇书”概念很早就被提了出来，至清代李渔提出“四大奇书”（即《金瓶梅》、《三国演义》、《水浒传》、《西游记》），影响甚大。其后，毛宗岗把《三国演义》称为“第一奇书”，张竹坡把《金瓶梅》称为“第一奇书”。“奇书”作为中国古代几部长篇小说的代名词已经为研究者接受。以此为基础，美国浦安迪教授研究中国明清“五大奇书”（《金瓶梅》、《三国演义》、《水浒传》、《西游记》和《红楼梦》），提出了“奇书文体”这一基本叙事概念：“‘奇书文体’有一整套固定而成熟的文体惯例，无论是就这套惯例的美学手法，还是就它的思想抱负而言，都反映了明清读书人的文学修养和趣味。它的美学模型可以从结构、修辞和思想内涵等各个方面进行探讨。”[1]这一概念的提出虽然针对的是“五大奇书”，但它同时明确了一个基本的事实，即中国古典小说（包括文言小说和白话小说）普遍存在的一个文本现象：“尚奇”体。浦安迪教授的研究虽然针对的是他所谓的“文人小说”，即已经经典化的明清“五大奇书”，但是“奇书文体”并非“五大奇书”所独有，考察话本小说我们会发现，“奇书文体”同样普遍存在于其中。因此，浦安迪的研究对于研究话本小说具有启发意义。“尚奇”作为话本小说作者普遍的叙事追求，经过长期的发展已经形成一套成熟的叙事策略和文本特征，其重要表现就是“奇书文体”。“奇书文体”的形成有一个基本的结构模式——“转折性结构”；而通过大量的文本细读，笔者发现，在“奇书文体”与其赖以形成的“转折性结构”背后有一个更深层次的主题结构——“劝谕图式”。在此基础上，笔者认为，所谓的话本小说的“奇书文体”不过是作者（叙述者）—文本—读者交流的一种模式。下面，笔者以明末清初话本小说《八洞天》为例对此进行分析。

[1]［美］浦安迪：《中国叙事学》，北京大学出版社，1996年版，第24页。

一、话本小说与奇书文体

话本小说奇书文体的形成与作者的小说观念有着不可分割的关系。宋耐得翁《都城纪胜·瓦舍众伎》："最畏小说人，盖小说者能以一朝一代故事，顷刻间提破。"[1] 宋吴自枚《梦粱录·小说讲经史》："但最畏小说人，盖小说者，能以一朝一代故事，顷刻间捏合，与起令随令相似，各占一事也。"[2] 笔者认为，这里最关键的不是"一朝一代故事"，而在于"顷刻间"的"提破"或"捏合"。如何"提破"或"捏合"则是每一位小说作者自觉的艺术追求。无论是两宋的"说话"还是明清拟话本小说，它们都要面对一个接受者市场，迎合听众/读者的欣赏口味，想方设法吸引顾客是关乎作者们生计的，因此，对"奇闻逸事"的追求就成了话本小说共同的叙事手段之一，并且形成了独特的"奇书文体"。冯梦龙在其《古今小说叙》中对于文本叙事和接受者有着明确的定位："大抵唐人选言，入于文心；宋人通俗，谐于里耳。天下之文心少而里耳多，则小说之资于选言者少，而资于通俗者多。试令说话人当场描写，可喜可愕，可悲可涕，可歌可舞。再欲捉刀，再欲下拜，再于决脰，再欲捐金。怯者勇，淫者贞，薄者敦，顽钝者汗下。"[3] 这里有一个明确的叙事定位，即叙事必须使人感同身受而且具有教化作用；还有一个明确的接受者定位，即"谐于里耳"。而作品的刊刻者更加明确地指出了冯梦龙所谓的"可喜可愕，可悲可涕，可歌可舞"之所在。如明衍庆堂《喻世明言识语》："绿天馆初刻古今小说四十种，见者侈为奇观，闻者争为击节。"[4] 又，衍庆堂《醒世恒言识语》："本坊重价购求古今通俗演义一百二十种，初刻为《喻世明言》，二刻为《警世通言》，海内均奉为邺架玩奇矣。兹三刻《醒世恒言》，种种曲实，事事奇观。"[5] 虽然刊刻者有做广告吸引买者的目的，但道出了话本小说叙事一个重要的追求：奇。凌濛初则直接把其作品命名为《拍案惊奇》，在《拍案惊奇自序》中，凌濛初写道："今之人但知耳目之外牛鬼蛇神之为奇，而不知耳目之内日用起居，其为谲诡幻怪，非可以常理测者固多也。"[6] 由此我们看出，凌濛初对"奇书文体"有着自觉的追求，"奇"不仅仅是叙述一些怪异之事，如"牛鬼蛇神"，而是把"奇"寓于

[1]［宋］孟元老等：《东京梦华录（外四种）》，远方出版社，2001年版，第84页。
[2]［宋］孟元老等：《东京梦华录（外四种）》，远方出版社，2001年版，第310页。
[3] 丁锡根编著：《中国历代小说序跋集》，人民文学出版社，1996年版，第774页。
[4] 丁锡根编著：《中国历代小说序跋集》，人民文学出版社，1996年版，第775页。
[5] 丁锡根编著：《中国历代小说序跋集》，人民文学出版社，1996年版，第780页。
[6] 丁锡根编著：《中国历代小说序跋集》，人民文学出版社，1996年版，第785页。

“耳目之内日用起居”，即平常中见奇崛。这里已经不是简单的述奇异之事，而是在文体形制、叙事策略上突出“非可以常理测者”。

明清易代，随着清代统治者一道道禁书令的颁布，绝大多数话本小说湮没不闻，而“三言二拍”选本《今古奇观》能够通过重重关卡得以行世，其重要原因之一笔者认为就是突出了凌濛初“平常见奇”的理念，这里的“平常”即为日常之事，而“奇”就是“奇书文体”。抱瓮老人在《今古奇观·序》中写道：“（三言）极摹人情世态，可谓钦异拔新，洞心骇目，而曲终奏雅，归于厚俗。”又云：“故夫天下之真奇者，未有不出于庸常者也。……则夫动人以至奇者，乃训人以至常者也。”[1]这其实延续了凌濛初“奇”中寓于“教化”的思想。这种对“奇书文体”与“劝谕教化”的双重追求反映了话本小说一个普遍的叙事策略。

产生于明末清初的话本小说《八洞天》便集中体现了“奇书文体”这一特点。该书作者五色石主人在“序言”中指出：

倘谓天之外另有一天，是非复人间世之天，而别一洞天者也。而彼别一洞天者，以为不在人间世之中，而又未始出人间世之外。试思宇宙之大，何所不有。人特囿于成见，拘于旧闻，有不及知耳。假如女娲补天之说，古未尝传，而吾今日始创言之，未有不指为荒诞不经者。推此而论，又安知别一洞天之天，非即此人间世之天也哉！[2]

由此可见，五色石主人的观点与凌濛初如出一辙，即“事出庸常”而“奇”。在《八洞天》中每篇的篇名都是不同寻常的“奇异”；在入话之前的导引语中，更是把“奇”作为叙事预设的“噱头”来引起读者的兴趣。如：

卷一“补南陔”《收父骨千里遇生父，裹儿尸七年逢活儿》：

如今待在下说一丧父重逢，亡儿复活的奇遇，与列位听。

卷二“反芦花”《幻作合前妻为后妻，巧相逢继母是亲母》：

如今待在下说一人，娶第三个浑家，却遇了第一个妻子，他孩儿事第二个继母，重逢了第一个亲娘。这件奇事，出在……

卷三“培连理”《断冥狱推添耳书生，代贺章登换眼秀士》：

如今待在下说一奇女子，不但不嫌丈夫贫贱，并不嫌丈夫废疾……

卷四“续在原”《男分娩恶骗收生妇，鬼产儿幼继本家宗》：

如今待在下说一个兄弟不睦的，私去收养假子，天教他收着了兄弟的孩儿。

[1] 抱瓮老人辑：《绘图今古奇观》，齐鲁书社，1985年版，第1-2页。

[2] 五色石主人：《八洞天》，书目文献出版社，1985年版，第Ⅱ页。

卷七“劝匪躬”《忠格天幻出男人乳，义感神梦赐内官须》：

今待在下说一个忠肝义胆、感格天神，有两段奇奇怪怪的报应。

不用再多举例子，以上可以看出，《八洞天》的每一篇故事都有对“奇书文体”的自觉追求。可以说，“奇书文体”已经成为话本小说重要的文体特征。

二、奇书文体的艺术形成机制：转折性结构

“奇书文体”作为话本小说重要的文体特征，其形成经过了一个漫长的过程，这里面既包括作家的人生经验，也包括一套高度技巧的叙事策略，即作者在看似庸常的叙事中如何渗入“劝谕”、如何进行“提破”或“捏合”。通过对《八洞天》的文本细读，笔者发现，“奇书文体”的艺术形成与其叙事采取的“转折性结构”有着密切的关系。下面笔者先对文本中的“转折性结构”进行分析，然后对该结构进行理论层面的探讨。

《八洞天》卷一“补南陔”《收父骨千里遇生父，裹儿尸七年逢活儿》，写宋仁宗时河北秀士鲁翔十六毕姻十七生子三十登第在京候选，在京期间娶一妾楚娘。及至选官后归家，楚娘有孕，其妻石氏不悦。在鲁翔离家赴官之际，石氏对楚娘百般刁难，多亏其子鲁惠周全方生下鲁意，而鲁意又因出痘花昏厥，被以为死了，楚娘用半条绣裙裹了遗弃，并为避石氏而出家为尼。而鲁翔也因赴官途中遇乱，让随从吴成带自己信归家养病。而吴成在回家之前得到鲁翔已死的噩耗并将此噩耗告知鲁翔家人。至此，故事的进程似乎到了山穷水尽的地步。此间，鲁惠仕途顺利，在剿除乱贼时忽然得到其父鲁翔未死的消息，才知道原来死的是鲁翔家人，因其保管上任文凭而被错认。石氏自儿子离家后因遭祸乱被楚娘收留庵中得以幸免。鲁翔同儿子鲁惠寻着石氏与楚娘归家，楚娘的半条绣裙被鲁惠媳妇月仙认得并拿出了另一半，自此，鲁意就有了下落。原来鲁意生痘花是“紫金痘”遇风而愈，并被人送与月仙家抱养。以上简略的叙述无法还原故事复杂的人物关系和曲折的情节，但我们依然可以发现，故事有两处戏剧性转折：（1）鲁翔的死而复活；（2）鲁意的死而复活。这两处转折突出了故事的“奇”，同时，前者的转折推进了故事并使第二处转折得以实现。这种转折把故事分成前后不同情形的两部分，以“转折”为支点使故事结构呈现前后的平衡关系。无论是人物命运还是故事进程都因这种转折获得了“奇异”的特性，该小说的“奇书文体”由此得到确立。该篇的这种“转折性结构”是一种“情理之中”的转折模式，它没有靠叙述“牛鬼蛇神”的怪异之事来获得某种“突转”，而是出于庸常“非可以常理测者”。

《八洞天》卷七“劝匪躬”《忠格天幻出男人乳，义感神梦赐内官须》，写

南宋高宗时北朝金国书生李真博学志高，因写为岳飞被害鸣冤诗被同窗米家石告发下狱遭处决，家人株连。家人王保为保李真襁褓之子乔装出逃，在穷途末路、小儿哇哇待哺之际向天祷告，忽口中生津、两乳胀起生乳，从此男扮女装，隐姓埋名，乳儿度日。一日，一道人见状给他们一庙安身并赠银母丹盒日生三分银两，从此衣食无忧。后王保与孩子女装度日，并再次受道人指点得到女扮男装、能写会画的妻子。后经官场中人帮助，又历经国家政治变动，沉冤方雪。该故事曲折离奇读来引人入胜，其中有两处转折根本改变了故事的走向：（1）王保男人生乳；（2）王保两遇道人帮助渡过难关。这种转折出于想象之外又处于情理之中。两处转折构成故事结构的两次调整，把故事结构分为三个阶段，而每个阶段都是人物命运产生戏剧性突转造成。“奇书文体”在这种转折性结构中得到呈现。

其他如《八洞天》卷二“反芦花”《幻作合前妻为后妻，巧相逢继母是亲母》中，长孙陈因乱离职出逃，其妻因不愿连累他而投井自尽，穷途末路之际遇同乡病友孙去疾，并冒名上任。长孙陈后派人去取其妻尸骸而不得，原来被其丈人救起……这个故事也有两处转折：（1）长孙陈遇病友困局得脱；（2）长孙陈妻因巧遇救。无论是故事还是人物命运，都因为这种转折而改变，故事结构的曲线也因转折而发生拐点。《八洞天》卷六“明家训”《匿新丧逆子生逆儿，惩失配贤舅择贤婿》中，晏述因家中送信人生病耽误没能及时回家探视病中亲人，而自己却因这次耽误获得进考场应试的时间，并一举得中，“家人生病”成为晏述命运和故事结构的重要转折点。《八洞天》卷八“醒败类”《两决疑假儿再返真，三灭相真金亦是假》中，纪衍祚之妻因嫉妒把其怀孕的妾嫁出去，家中参金的铜佛像被盗构成故事的两处转折，人物命运和故事结构因此改变走向，并发生离奇的故事。《八洞天》卷五“正交情”《假掘藏变成真掘藏，攘银人代作偿银人》中有三处转折：（1）背恩弃义之人甄奉桂因梦掘藏得金；（2）好人冯乐善家中失火；（3）甄奉桂得病身亡。所有这些故事都因这些转折而获得某种结构、人物命运等的协调与平衡，从而使小说的“奇书文体”得以形成，并构成具有标志意义的“转折性结构”。

由以上文本细读与分析，我们发现“转折性结构”是形成“奇书文体”的重要叙事策略与叙事模式。话本小说的“转折性”至少具有两种情形：（1）故事进程转折；（2）人物命运转折。《八洞天》卷一、卷六和卷八中的转折就属于前者，虽然故事进程的转折与人物命运有时候构成重合，但故事进程的转折基本是因时间、空间的错位而产生信息隔膜使故事发生枝蔓、曲折；《八洞天》卷二、卷三、卷四、卷五、卷七和卷八中的转折就属于后者，人物命运因某种不可预知的巧合、机遇甚至灵异事件而发生改变，或途穷而遇峰回路转，或意外而获人生转机，等等，不一而足。但有时候二者很难区分，比如卷八就二者兼而有之。构成转折的因素有很多，比如梦、意外事件、灵异事件、机缘巧合、时空的错位、误解，甚至一些文化制度、风俗习惯、人物心理变化等。由此我们发现，转折性结构的形成往往超乎想象之外而又处于情理之中。转折性结构是话本小说“奇书文体”艺术机制形成的基本结构模式，是一种高度技巧化而又具有高度自觉的叙事策略。

三、奇书文体的深层结构：劝谕图式

形成“奇书文体”的转折性结构与中国人的思维习惯有着密切的关系，这里包含了中国人对生命、世界的体认方式和对人生的思考。吴士余在论及园林文化对中国小说的影响时指出，园林文化的“峰回路转”、“豁然开朗”、“山重水复疑无路，柳暗花明又一村”的空间导引思维对中国小说结构影响深远，“情节的曲折，是小说叙事的一种基本表现形态。中国小说所谓忌平直、讳浅露，讲究迂回穿插、抑扬相映的曲笔，便是情节转折的思维显示”。“以形象组合的空间疏密、间隔，空间序列之节奏是抑扬与缓急来呈示情节的转折，由此来组织、扩大情节的艺术空间，这正是中国小说叙事思维的基本特征。”[1]“奇书文体”的形成和中国人的思维习惯有着不可分割的联系。

更为重要的是，“奇书文体”和“转折性结构”同时也反映着中国人对于宇宙、人生和社会的认识，这里蕴含着国人的生存智慧。这里且不说话本小说的“转折性结构”和由此形成的“奇书文体”以其新颖而极具吸引力的故事赢得读者青睐，而作者也由此获得生存的资本，就文本“转折性结构”本身来说，其背后就潜藏着教化劝谕的深层结构。

《八洞天》卷一“补南陔”中的两处转折看似是因时空错位、信息不通造成，究其深层次原因与鲁翔之子鲁惠的醇厚孝道不无关系，因此作者篇末感慨：“亲能见子之荣，子能侍亲之老，孝子之情大慰。”以此来补因“孝子思养父母而作”的《诗经·南陔》之缺，体验人间真情、离合悲喜之余，具有明显的劝谕目的。

《八洞天》卷五“正交情”中前两处转折写尽小人得意、好人途穷，第三处转折写甄奉桂之死，作者强调他的死乃“忘恩背义，坏了五脏”，并用“看官听说”来解释，指出“忘恩背义，为天理所不容”。作者通过三处转折，写出人生的无常与人情的冷暖，并因转折而否极泰来。最后，用小说的事实劝谕

[1] 吴士余：《中国文化与小说思维》，上海三联书店，2000年版，第161页。

世人："奉劝世人切莫以富欺贫，以贵欺贱。古人云：'一富一贫，乃见交情；一贵一贱，交情乃见。'"这里，转折性结构为劝谕主题、为验证劝谕理念而设，它其实是一种深层次的"劝谕图式"。

《八洞天》卷七"劝匪躬"中，那种灵异式转折其实是受作者劝谕人"忠义"目的所支配。故事结尾的"看官听说"便点出了这种劝谕目的："人若存一片忠心，一团和气，不愁天不佐助，神不效灵。"

细读《八洞天》每一卷都会发现，作者在文章入话和收尾甚至故事中间的随时穿插的议论、"看官听说"等，其"劝谕"目的是非常明了的，考察小说的"转折性结构"与这种"劝谕"目的有着难以分割的关系，因为，没有这种"转折性结构"就不会得出小说所要表达的主题，"劝谕"就会成为无源之水显得苍白无力；相反，正是这种"转折性结构"改变了小说的结构，也改变了小说中人物的命运和故事的进程与走向，"劝谕"便如泉水自然流出。

由此可以看出，话本小说的转折性结构受到更深层次的"劝谕图式"的控制与调配，从而形成话本小说"奇书文体"的深层结构图式。话本小说的这种转折性结构蕴含了中国人对生命的体验、对世事的辩证思考。所谓否极泰来、物极必反，所谓柳暗花明、峰回路转，无不传达一种积极的人生态度、一种对生存境遇的透彻理解。当人遇穷途、生逢厄运时，对人生转折的确信更加增强了活着的坚韧。因此，"转折性结构"不但构成话本小说"奇书文体"的艺术形成机制，更为重要的是它是中国人经过长期的历史沉淀对生命的一种体认方式。理解了这一点，我们就不难理解小说作者为何以人生的"转折性"来达到"劝谕"世人目的的原因。"劝谕"构成了这种"转折性"的深层结构图式。虽然，有时候话本小说的这种"转折性结构"是由一些荒诞情节来完成，即所谓"人不必有其事，事不必丽其人"，但目的在于"其真者可以补金匮石室之遗，而赝者亦必有一番激扬劝诱，悲歌感慨之意。事真而理不赝，即事赝而理亦真"[1]。

话本小说的这种"转折性情节"往往构成了小说人物人生的拐点，同时也是故事的拐点，人生的起伏、故事的结构性分段往往以这种"转折性情节"为界，从而构成整篇作品的"转折性结构"，达到作品的结构性平衡。话本小说中人物的经历往往随遇而安、移步换景、峰回路转，这与中国人的"园林式思维"之"散点透视"有着密切关系。所谓趋从自然、随机而变无不透露出国人

[1] 丁锡根编著：《中国历代小说序跋集·警世通言叙》，人民文学出版社，1996年版，第777页。

的“天人合一”思维特点。他们相信命运，更相信“否极泰来”的命运辩证；他们趋从生命的自然而随遇而安，但他们更相信生命的转折与柳暗花明。这种对生命的认识、对自然/社会的深刻理解突出地表现在话本小说故事的“转折”之中。这种“转折性结构”其实是一种以“劝谕”为目的的叙述策略，庸常的人生往往会在某种“转折”中透出伟大与渺小、卑鄙与善良……；果报观念、命定主题、忠孝节义、因果轮回等都在这种奇异性转折里得到宣扬。由整个转折性结构所形成的“奇书文体”无不受这种深层意蕴的支配，它无疑形成了话本小说最具核心意义的“劝谕图式”。

综上所述，“奇书文体”是话本小说文体“说话体”基本的表现特征之一，其艺术形成机制与话本小说的“转折性结构”有着密切的关系，正是话本小说的这种转折性结构使“奇书文体”的文本形制得以成立。同时，“奇书文体”的这种转折性结构受话本小说“劝谕图式”的深层次支配，而这种“劝谕图式”与中国人的思维习惯、生命哲学有着不可分割的关系，从而使话本小说成为一种典型的“文化叙事”。同时，“劝谕”是一种有着明确接受对象的活动，话本小说的劝谕图式同时也构成话本小说作者自身的一种生存模式，因为，话本小说的“劝谕”观念与接受者的观念在同一个文化背景中达成默契与相互认同，所谓的“劝谕”，在此意义上可以理解为一种作者通过文本与接受者形成的“交流”关系。因为，作者在劝谕别人的时候也受接受者观念的支配，对接受者观念进行小说化的演绎可以为作者赢得生存的资本。这是一种互动，一种交流。

本章小结

综上所述，话本小说是一种立体型网格状结构形态，这一形态是在故事运行的动态过程中逐步建构起来的。这是一种交流性结构系统，其基本构成如下：

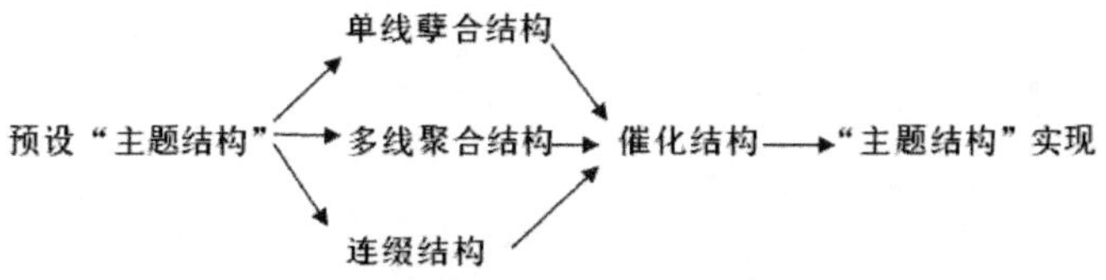

一般情况下，话本小说总是有一种预设“主题”，这是控制故事运行的深

层主题结构。这是一种明示状态下的主题结构。话本小说遵循口头“说话”艺术常用的线性叙事，但线性叙事故事往往有自己的运行逻辑，并不一定朝着主题运行，为了使故事服务于“主题结构”，催化结构就会起到控制故事的运行姿态的作用。这是一种复式结构系统，最深层是主题结构；然后是横向线性结构：单线龒合结构和多线聚合结构，或者连缀结构；再然后是控制线性结构运行方向的催化结构。由这三种结构形式可以看出，深层结构对其余结构方式有一种内在的控制作用。而深层结构的表现方式则是做了表层化处理，使这种本来应该深层运行的主题浅表化，呈现为一种明示状态。在传统的“说话”艺术中，这种明示“主题”在“说—听”交流关系中是合适的，因为“听”的接受方式没有给思考留足够时间，其瞬间性适合接受较为明确的观念。话本小说虽然对“说话”艺术进行了大面积的书面化和文人化改造，但其艺术方式得到相当多保留。同时，这种结构设置直接服务于话本小说的“劝惩”目的，强烈的读者意识是话本小说结构形态最核心的形成原因，这是一种以交流性为目的的结构系统，而结构的这种呈现方式也是以交流性为核心的。也就是说，话本小说是一种交流性结构系统。

第五章　话本小说交流性情节模式

话本小说具有怎样独特的情节模式呢？话本小说作为通俗小说，情节的精巧设置是话本小说吸引读者的重要手段。“通俗小说最重要的特点就是具有较大密度的情节，一般来说，通俗小说都是情节小说。这是一个比较明显的文体特征，因此，情节也就是成为人们认识通俗小说最初的切入点。”[1]通过本章的论述我们就会发现，话本小说拥有独特的情节模式——交流性情节模式。这不仅仅是一种“作者—文本—读者”三者之间的交流模式，如前面几章论述，话本小说的交流性已经作为一种艺术与审美方法深入到了话本小说叙事的各个层面，话本小说在“拟书场叙事格局”下的虚拟“说—听”关系中，交流性已经置入到了情节的构成之中，因此，交流性作为话本小说的独特传统成为其情节的主要组织和运作方式。于是我们发现，话本小说存在大量的传统母题叙事，这些母题经过了长期的历史运行和筛选，而有些则直接因话本小说而成为民族叙事母题的重要组成部分，交流作为母题的主要筛选方式参与了母题的历史性形成，因为，这些叙事母题含有一个民族普遍的情感、心理与普通民众的人生典型情景，因此，母题的情节意蕴因为含有这些普遍性而获得了广泛的交流价值，母题来源于交流也为交流提供资源。话本小说情节的交流性还表现在叙事的节奏，情节节奏的形成有几种不同的方式，比如对情节运行的控制，这些叙事控制起到信息量的缓释作用，而这种缓释的效果就是读者接受的持续性兴趣，叙事控制使话本小说在技术层面为读者的持续的审美愉悦提供了条件；再如叙述干预等。话本小说的节奏调控分布于故事和叙述两个层面。所有这些情节节奏模式均围绕交流性展开。话本小说还存在其他许多种交流性情节模式，比如表演性情节、说理性情节（议论叙事）、假设性情节、戏剧性情节等，这些情节模式直接面对接受主体，换句话说，这些情节模式是一种以接受为中心

[1] 谢昕、杨列容、周启志：《中国通俗小说理论纲要》，台湾文津出版社，1992年版，第94页。

的情节模式，围绕交流对象的情节设置以接受的最大愉悦为核心，使故事情节发挥了最大的交流功能，没有接受者的参与，这些情节模式便失去“如此”叙事的理由而显得毫无意义。情节的空间形式也是话本小说情节的基本模式，于是我们看到话本小说情节的“场面化”特征，但这种场面化与“读者的先期置入”具有不可分割的关系，因此，话本小说的“场面化”叙事同样是其情节的交流模式。

第一节 母题的交流性筛选

一、母题概念与话本小说母题的特征

母题概念来源于西方，英文为motif，汉译“母题”是音译与意译的结合，也正因为这种结合为母题的理解和使用带来了诸多歧义。即使在西方，母题概念也是见仁见智。因此本文有必要对母题进行重新梳理，确定母题的基本含义，尤其是站在话本小说文本的角度，我们会发现存在于中国古代白话小说中的母题形式会更加丰富我们对母题的理解。母题概念起初是作为一般概念来使用，从美国民俗学家汤普森将其引入民间文学研究之后产生了广泛影响并被逐步引入文学研究领域。按照汤普森的说法，所谓母题：

一个母题是一个故事中最小的、能够持续在传统中的成分。要如此它就必须具有某种不寻常的和动人的力量。绝大多数母题分为三类。其一是一个故事中的角色——众神，或非凡的动物，或巫婆、妖魔、神仙之类的生灵，要么甚至是传统的人物角色，如像受人怜爱的最年幼的孩子，或残忍的后母。第二类母题涉及情节的某种背景——魔术器物，不寻常的习俗，奇特的信仰，如此等等。第三类母题是那些单一的事件——他们囊括了绝大多数母题。正是这一类母题可以独立存在，因此也可以用于真正的故事类型。显然，为数最多的传统故事类型是由这些单一的母题构成的。[1]

汤普森接着还区分了故事类型与母题的区别：“母题索引的基本用处是展示世界各地故事成分的同一性或相似性，以便研究它们。类型索引暗示一个类

---

[1]［美］斯蒂·汤普森：《世界民间故事分类学》，郑海、郑凡、刘薇林等译，上海文艺出版社，1991年版，第499页。

型的所有文本具有一种起源上的关系；而母题索引并不含有这样的假设。”[1]从汤普森关于母题的论述中我们可以归纳出母题的一些基本特征。性质：（1）故事的最小成分；（2）在传统中持续出现——重复性；（3）超越具体故事类型的、所有故事中的同一或相似性成分。类型：（1）故事角色；（2）情节背景；（3）单一事件。尽管汤普森的观点为大多数学者所接受，但依然存在这样那样的分歧，例如有中国学者指出：

（母题）通常被认为是一种情节要素，或是难以再分割的最小的叙事单元，由鲜明独特的人物行为或事件来体现。它可以反复出现在许多作品中，具有很强的稳定性；这种稳定性来自它不同寻常的特征、深厚的内涵以及它所具有的组织连接故事的功能。单一母题构成单纯故事，多个母题按一定序列构成复合故事。[2]

学者刘魁立指出：

所谓母题，是与情节相对而言的。情节是若干母题的有机组合而构成的；或者说，一系列相对固定的母题的排列组合确定了一个作品的情节内容。许多母题的变换和母题的新的排列组合，可能构成新的作品，甚至可能改变作品的体裁性质。[3]

尽管中外学者对母题的理解不同，但我认为基本保持了汤普森观点的核心部分。笔者赞成上述关于母题和情节的关系的论述，认为，母题是一个稳定的、具有传承性的最小的叙事单元，但它绝不意味着任何语言成分都可以作为母题来使用。这里有一个关键的因素，即母题是“一种情节要素”，也就是说，母题含有某种可以在历史中传承的“故事”因素，比如“清官”母题，其本身就含有丰富的故事内容，但“清官”本身构不成故事，而只能成为“情节要素”参与故事的构建。因此，有时候母题可以看作一种语言现象，一种含有“故事性”的词语而参与了人们日常语言的构成，这在本书第三章第三节有论述。单个母题或者多个母题的有机组合可以构成情节，而情节的组合可以构成完整的故事。但应当指出，不是所有的情节都可以由母题来构成。同时，母题具有历史传承性、重复性特征，这是母题形成的必要条件，因为这两种性质使母题具

[1]［美］斯蒂·汤普森：《世界民间故事分类学》，郑海、郑凡、刘薇林等译，上海文艺出版社，1991年版，第499页。

[2]刘守华、林继富、江帆、顾希佳：《中国民间故事类型研究》，华中师范大学出版社，2002年版，第2页。

[3]刘魁立：《刘魁立民俗学论集》，上海文艺出版社，1998年版，第376页。

有可被辨识的特性，使我们很容易在叙事作品中辨识出哪些是母题哪些不是；母题还有超越性，即它可以超越文学作品而成为文化的一部分，人们可以在各种领域看到母题的身影。笔者同意学者户晓辉的观点，即他认为，汤普森的母题观是一种对现成对象的描述，而实际上，母题是民间故事的存在方式：

母题有观念的（文本间的）和现实的（文本内的）、纯形式的（跨文本的）和有内容的（进入文本的）两种存在形态：当母题进入具体的叙事文本时，就与叙事的情节发生关联，成为实际的“情节部件”，它不仅“作为某个文本结构内部的基石”结构着情节，而且由于它具有形象和具体的特征而在叙事中起到描绘作用；但这只是母题实现或显现自身的一种方式，母题更根本的特征在于它“是一个关涉到内容的图（程）式，它不受某个具体的历史语境的约束”，它具有独立性，……这样，它才可能“具有各种展开的可能性”，即它是一个纯粹的形式，但又随时可以或者准备关涉到具体的叙事内容，在叙事中发挥它的“功能”。[1]

也就是说，母题超越了民间故事而成为民间故事的一种存在方式。理解这一点很重要，它有利于使我们站在民族文化甚至世界文化的背景中看待母题。但笔者在此并不想把母题作为一种本体来研究，笔者更愿意把母题看作一种研究视觉来研究话本小说的情节模式。作为一种通俗小说，话本小说中存在大量的具有民族特色的母题，这些母题具有上述的各种属性，同时，笔者发现，存在于话本小说中的母题还具有其他的独特性。其一是故事性。话本小说中的母题往往携带着故事因子，这样的母题在小说中很容易形成某一类型的情节模式，比如“清官”、“侠义”、“复仇”、“乔装”等，这些母题都会伴随非常丰富的故事内容并形成极具观赏性的情节模式。其二是筛选性。话本小说作为通俗小说，对故事性要求非常严格，使用母题往往经过长期的与“看官”或者“读者”的交流磨合，因此，话本小说对母题的使用经过了历史的筛选，是与接受者交流的结果，因此，其母题往往具备交流性。话本小说中的母题类型往往与这种交流密不可分。其三，由于话本小说的广泛流行，一些新的母题类型开始形成，比如才子佳人，在话本小说之前，此类作品也有但远远不能够达到某种程度的重复性，正是话本小说使此类叙事作品大量出现并影响到其他艺术领域。其四，母题往往代表了大众的人生典型情景。话本小说在中国小说史上第一次姿态下移，普通大众走到了文学作品描写的中心，因此，文本中出现的大

[1] 户晓辉：《返回爱与自由的生活世界——纯粹民间文学关键词的哲学阐释》，江苏人民出版社，2009年版，第184页。

量母题与普通民众的生活息息相关，很多是他们在人生普通或者极致状态下的典型情景。

综上所述，话本小说的母题研究使我们看到话本小说在中国文化传承中的地位和作用，母题作为情节的一部分并构成了情节独特性的重要条件，而话本小说母题又有自身的独特性，下面就话本小说某些常见的母题进行文本细读与分析。

二、话本小说的母题及其交流性

话本小说母题的存在状态往往不是单一母题叙事，而是多个母题的有机结合。因此，在一篇小说中我们会发现不同母题之间的某种契合使话本小说的情节时时处于读者的期待之中。因为许多母题是在历史与文化中长期形成的，因此母题往往带有某种期待性情节模式，比如公案小说中常用的"乔装访事"母题往往带有案件真情的期待与因乔装者身份变化而带来的观赏效果。母题的这种历史形成的固定情节模式往往给读者带来交流的愉悦。纵观话本小说的母题叙事，笔者发现，传统母题在话本小说中存在许多变体，这些变体丰富了话本小说叙事形态，也避免了因母题携带的固定情节模式给话本小说的读者交流带来乏味，这也体现了话本小说母题在与读者的交流过程中的磨合与筛选过程。作为市场化极强的通俗小说，话本小说的生存要靠读者的购买力维持，维持读者传统欣赏口味又不致因千篇一律使他们感到乏味是话本小说作者必须做到的，采用传统母题并使之发生合理性变异就是他们采取的措施之一。另外，话本小说作者还采取不同母题之间的交叉结合来实现故事的花样翻新，比如真假母题可以结合才子佳人，也可以结合大团圆，还可以结合清官，等等。这也证明了上面关于母题的论述，即母题具有在整个历史文化中穿行的能力，多个母题可以组合成复杂的情节。下面，笔者就话本小说母题及其交流性进行文本分析，但下面的例子绝不能够涵盖话本小说的所有母题，而是用实例来论证话本小说母题的交流特性。

首先，"乔装"母题是话本小说常用的母题之一，也是古代文学作品中常用的母题，比如《木兰诗》中的花木兰女扮男装替父从军，民间传说"梁祝"中的祝英台女扮男装，等等。但在话本小说中，乔装母题有许多变异，比如男扮女装、官员办案的乔装访事以及冒名顶替等，这些变体丰富了乔装母题的内涵，并使其在不同的叙事中形成许多引人入胜的情节模式。乔装母题之所以不断受到人们喜爱，主要原因是其自身含有的"故事性"，乔装意味着人物身份的改变，这种改变为乔装者带来某种方便的同时也带来了因身份差异使其行为的不协调，这种不协调给接受者以欣赏的愉悦。许多情况下，文本中的乔装是在读者知道的情况下进行的，正是这种读者比当事人知道的更多的情况使读者获得了欣赏的心理优势，这种优势会产生满足感和期待感。比如《喻世明言》卷二“陈御史巧勘金钗钿”中的陈御史为破案乔装访事，终于获知案件真情。其实本篇采用了多母题结合的方式来完成其情节的铺排，其他母题还有嫌贫爱富式悔婚、真/假、冤案昭雪、大团圆，这些母题的结合形成了一种母题的情节链条，从中我们可以看到每一个母题都会使人充满期待。《醒世恒言》卷十“刘小官雌雄兄弟”的入话故事和正话故事分别讲述了两种类型的“乔装”，在入话中讲述了男扮女装骗取女色的故事，而在正话中，讲述了一个女扮男装的故事，但在这个故事中，作者采用限制视角，使刘奇是女子的秘密到了最后才揭开，这与其他乔装故事不同，同时，故事还采用其他母题，比如仁义、救人等。《八洞天》卷七“劝匪躬”《忠格天幻出男人乳，义感神梦赐内官须》中也出现男扮女装、女扮男装的母题类型，并和“义仆佑少主”、“男人生乳”母题一起构成离奇的故事情节。《初刻拍案惊奇》卷十九“李公佐巧解梦中言 谢小娥智擒船上盗”中的谢小娥女扮男装复仇的故事曲折、引人入胜，其情节模式采用“乔装”加“复仇”母题。《初刻》卷三十四“闻人生野战翠浮庵 静观尼昼锦黄沙弄”中则是男扮尼行奸的故事。由此可见，话本小说的“乔装”母题有许多变体，并和其他母题一起构成不同的故事类型，母题本身不能够成为情节，而母题的结合则成为情节形成的重要条件。

其次，真假母题也是古代叙事作品常用的母题类型。比如《水浒传》中的真假李逵，《西游记》中的真假孙悟空、真假唐僧，《三国演义》中的真假诸葛亮等，这些故事因其趣味性而获得历代读者的喜爱，也获得历代作者的青睐。在话本小说中，真假母题也是较为常用的。真与假历来是人们在各种领域探求的重要命题，在小说中，真与假因人物行为方式的不同常常会形成情节的跌宕起伏，同时还会带来喜剧效果，因此会受到读者的喜爱。比如《五色石》第一卷“假相如巧骗老王孙 活云华终配真才子”就是一个真假才子的故事，这是一个真假母题、才子佳人母题和考验母题结合的故事，写胸无点墨的木长生多次用满腹才华的黄生的诗词冒充自己的而取悦陶公，并促使其将女儿嫁与他但最终被戳穿。这里的真假有一个变体，即木长生并非冒充黄生本人，而是偷用黄生诗词骗取陶公及陶小姐信任，这里的真与假指的是才华的真与假，木长生费尽心机获取黄生诗词并处心积虑骗取陶家信任，使陶小姐差点嫁与他，即小说采用陶小姐死亡的假象来考验木长生和黄生，最后木长生因其虚假行为当然经不起这样的考验，其阴谋还是被揭穿，黄生与陶小姐终成眷属。真假母题加上才子佳人和考验式的情节模式构成引人入胜的叙事格局。《醒世恒言》卷十六“陆五汉硬留合色鞋”讲述了杀猪汉陆五汉冒充公子张荩与其意中人潘寿儿会面骗奸的故事，这是一个真假母题与公案结合的故事。而另一公案故事《喻世明言》卷二十六“沈小官一鸟害七命”中，黄老狗的两个儿子大保和小保为了得到赏钱竟然将父亲害死，把头割下冒充案件中的死者头颅去领赏，真是令人发指。真假母题之所以受到人们喜爱，关键是真的经过一番曲折最终获得某种期望的结果，而假的最终会被揭穿，这种结果不但是故事情节的运行逻辑，也是一种接受逻辑，即假的一出现就必然使欣赏期待朝着揭穿假象还原真实运动，因此真假母题既是一种叙事逻辑也是一种心理逻辑。逻辑的重合会得到交流的和谐。

再次，朋友之义。在古代中国有许许多多朋友之间的友情故事，笔者之所以将此类归为“朋友之义”而非“朋友之谊”，是考虑到此类母题往往和“义气”联系起来，这是具有民族特色的友情母题，这里不但含有人与人之间的真挚感情，而且含有“仁义”的道德因子。因此，在民间，朋友之间的友情甚至比亲人之间的亲情更带有道德内涵。《警世通言》卷一“俞伯牙摔琴谢知音”是一个流传千古的友情故事，用知音来代指真情朋友即从此故事始。该故事不但写了一段“知音”之间的真挚友情，而且更写了朋友之间的“然诺”之重，所有情节均围绕“知音”和“然诺”展开。俞伯牙和钟子期的友谊成为中国文化传统朋友之情的典范。《喻世明言》卷七“羊角哀舍命全交”中左伯桃与羊角哀虽萍水相逢却一见如故引为彼此知己，在相约去辅佐楚元王途中遇风雪在衣单粮尽之际，左伯桃脱掉自己衣服、省下粮食让羊角哀一人上路，自己宁愿冻死，而羊角哀在得到楚元王任用回来安葬左伯桃后，因荆轲在阴间逼迫，羊角哀宁愿以死助左伯桃，他们的友情中更多地表现为中国传统的“义”。而在《喻世明言》卷八“吴保安弃家赎友”中，吴保安为救朋友郭仲翔十一年舍弃家室在外奔波，而他们二人竟然是从未谋面，其友谊也是源于郭仲翔对吴保安一次没有谋面的帮助，所谓以诚相待，所谓君子之交也无过于此。《喻世明言》卷十六“范巨卿鸡黍生死交”中的范巨卿与张劭的友谊，然诺之重竟以生死相报。而在《生绡剪》第七回“沙尔澄凭空孤愤 霜三八仗义疏身”中，霜三八和沙尔澄之间的友谊直接是因“义”而起，霜三八之所以会为素不相识的沙尔澄顶罪，其关键之处在于他有感于沙尔澄的“义举”，虽然这种“义举”只是一种“凭空孤愤”。在话本小说中，“义”永远是判定友谊的最高标尺，于是，我们发现，话本小说有关“朋友之义”母题的情节设置均围绕一个“义”字展开。“义”构成了中国人人际交往中心理结构的核心道德规范。

最后，救助母题。在中国古代文学作品中，有许多救助类故事，比如《柳毅传书》即为著名的救助故事，柳毅因对龙女提供帮助获得了爱情。诸如此类救助“异类”获得回报的故事在民间传说、民间故事中极为常见，这类“救助”母题往往与其他母题比如与异类的婚姻或者“阴骘得报”母题一起构成具有传奇色彩的离奇情节模式。在话本小说中，此类故事也很常见，比如《喻世明言》卷三十四“李公子救蛇获称心”中，公子李元救起被小孩追打的一条蛇，而这条蛇是水中龙女，此后李元得到龙女帮助不但与龙女成婚而且中高科得官。此篇救助母题和阴骘积善得报的母题一起构成古代儒生的婚姻与中举的双重想象。《五色石》卷四“投崖女捐生却得生 脱梏囚赠死是起死”中，陆舜英同样因救起一条蛇而获得了这个蛇的帮助。《醒世恒言》卷五“大树坡义虎送亲”中，勤自励因救虎得到了虎的帮助。《警世通言》卷二十“计押番金鳗产祸”中，计安计押番之妻因杀死一条金鳗使其家连遭祸端，这与上面的“救助”故事形成对比；与此相同的是《初刻拍案惊奇》卷三十七“屈突仲任酷杀众生　郓州司马冥全内侄”中用吃尽牲畜、野味的屈突仲任受到被其杀害的牲畜在阴间的控告而被青衣人缚去受审的故事来说明残害生灵会得到报应的主题。因救助异类获得回报，或者杀害异类得到报应的故事，很多与“阴骘积善”、“果报”等母题一起构成劝谕式故事类型，此类故事类型的情节模式往往分为两个部分：救助过程和获得回报过程，或者残害过程与报应过程。

话本小说还有其他的母题类型，比如义仆佑少主：《醒世恒言》卷三十五“徐老仆义愤成家”、《八洞天》卷七“忠格天幻出男人乳，义感神梦赐内官须”等；人/鬼、人/妖之恋：《警世通言》卷二十八“白娘子永镇雷峰塔”、《西湖佳话》“雷峰怪迹”均写蛇精白素贞与许宣的爱情故事，《二刻》卷二十三“大姊魂游完宿愿　小姨病起续前缘”的人鬼之恋等；还金得报：《醒世恒言》卷十八“施润泽滩阙遇友”、《初刻》卷二十一“袁尚宝相术动名卿 郑舍人阴功叨世爵”等。分析这些由不同母题构成的情节模式我们会发现这些故事大多具有内在的精神内核，这些精神内核，比如“仁义”、“忠诚”等构成话本小说独特的情节设置，换句话说，这些内在的深层主题在长期的历史流传中，形成了带有某种情节模式的叙事母题，这些母题因与接受者处于同样的文化语境而获得默契的交流价值。“一种叙事程序，一旦受到民众的特别喜爱，它就会以这样或那样的形态反复出现。这种反复出现的故事，会与民众某一共同的心理需求相对应。”[1] 同时，话本小说不是给读者提供价值启迪，而是寻求价值认同，

[1] 董上德：《古代戏曲小说叙事研究》，广东高等教育出版社，2007年版，第292页。

这些预设的价值为话本小说的情节划定了基本的运行路线，所谓曲径通幽，即是这种情节模式给读者的基本的审美愉悦。

话本小说母题及母题组合形成的情节模式之所以能够与读者形成和谐的交流关系，关键是其所传达的普通大众的人生典型情景。这里的“人生典型情景”是指已经社会化了的能够在普通人日常生活中发生的事件和情景，这种情景可分为一般情景和人生极致状态下的情景。普通情景是一般人都可遇到的情景，比如拾金不昧、返金得报，救助、婚姻等，而人生极致状态下的情景则是普通人不易遇到却不断发生的、具有人生转折意味的情景，比如雪冤、复仇，甚至一些属艺术虚构但具有艺术真实性的事件，比如上述救助母题中的救助异类事件，这类事件有一个大众公认的合理内核，即好心得报。这些“人生典型情景”已经内化为中国人内心深处的“心理程序”，即使那些熟悉的故事、母题一遍遍上演，他们依然会趋之若鹜。“比较稳定的‘文化—心理’结构，对人们的欣赏习惯有着不可忽视的支配作用”，而这些一遍遍不断重复的母题“呈现为叙事题材的一种‘有限状态’，正是这种‘有限状态’，暗藏着古代人们共同的‘叙事选择’，这是集体性的‘选择’”[1]。因此，我们说，话本小说的母题经过长期的历史性筛选，是在作者、读者相互交流磨合中形成的具有共同心理特征的、具有人生普遍情景的母题类型，是不断被重复的，也是不断被重新组合并因而可以编织成新的情节模式。

第二节　话本小说的叙事节奏

话本小说情节模式的另一表现是明显的叙事节奏，纵观话本小说情节的节奏特征我们会发现其节奏基本围绕读者展开，或者说围绕虚拟“说听”叙事格局中的“看官”展开，这种以看官为中心的节奏设置具有明确的交流意向，或者说，顺畅的文本交流是话本小说情节模式的核心。话本小说情节节奏在不同的叙事中会有不同的表现形态，比如采用叙事控制、叙述干预、转折性情节、情节的结构性分布等叙事技巧来实现话本小说情节节奏的交流效果，节奏的这些表现形态存在于小说的故事和叙述两个不同层面。

[1] 董上德：《古代戏曲小说叙事研究》，广东高等教育出版社，2007年版，第340页。

一、小说节奏的情节模式

无论在中国还是在西方，节奏，这一音乐术语很早便用于文学批评，但对小说叙事节奏进行精细的文本分析还要从结构主义叙事学开始。热拉尔·热奈特在《叙事话语》[1]中对小说的节奏进行了非常精确的分析，他从时间维度对小说的顺序、时距和频率的精确划分为小说以时间为核心的节奏研究提供了一个非常具有标杆意义的范例，此后，许多叙事研究者对叙事作品的在节奏方面的研究均没有能够逃脱热奈特的“时间范畴”边界。但是，热奈特是根据普鲁斯特《追忆逝水年华》的叙事现象和西方的叙事背景来研究的，因此，如果将其研究成果作为一种普遍的叙事语法来对所有的叙事作品进行套用，那么就会必然地带来“水土不服”现象。事实上，后经典叙事学就是建立在对这些经典叙事学所开创的理论体系的怀疑之上，任何想为丰富的叙事现象立法的努力注定只是一种一厢情愿之举。但热奈特的研究给我们一种重要启示，或者说给我们提供了一种研究叙事作品节奏的方法，虽然其不是唯一的方法，但其有效性却是毋庸置疑的，因为，任何叙事作品必然会在时间中运行，无论叙事时间还是文本时间。但，时间不是形成叙事节奏的唯一因素，朱光潜先生对节奏有精彩的论述：

节奏是宇宙中自然现象的一个基本原则。自然现象彼此不能全同，亦不能全异。全同全异不能有节奏，节奏生于同异相承续，相错综，相呼应。寒暑昼夜的来往，新陈的代谢，雌雄的匹偶，风波的起伏，山川的交错，数量的乘除消长，一致于玄理方面反正的对称，历史方面兴亡隆替的循环，都有一个节奏的道理在里面。艺术返照自然，节奏是一切艺术的灵魂。[2]

所谓“艺术返照自然，节奏是一切艺术的灵魂”，即是说，艺术节奏并非只以时间为唯一尺度，还有空间、有布局、有照应。但笔者认为，艺术与自然的区别之一应该是其人为性，任何艺术都以人为目的，因此，艺术节奏按照人的心理进行艺术创造，它不一定完全符合自然的时空逻辑，但却符合人的欣赏趣味。比如，小说中时间的表达不一定是自然时间，它可以顺序，可以倒序，可以时空穿梭，可以时间停顿，也可以大幅跨越，所有这些均为取得最完美的艺术效果而设置。再如小说中的空间，不一定按照自然规律，而可以进行时空

[1] [法] 热拉尔·热奈特：《叙事话语 新叙事话语》，王文融译，中国社会科学出版社，1990年版。

[2] 朱光潜：《诗论》，北京出版社，2005年版，第149页。

穿越，也可以把人类空间与非人类的“异时空”进行对话、进行组接。因此，叙事作品的文本现象也许比自然更能“异想天开”。但，有一点必须强调，无论艺术作品的节奏如何设置，其核心理念应该是围绕人的欣赏心理展开，确切地说，是围绕欣赏者的欣赏效果展开。如何将艺术节奏与人的心理节奏进行完美的契合是艺术创造者所要追求的目的之一。也就是说，节奏，作为一种与人的心理密切相关的艺术特性，与读者的欣赏心理有着紧密的联系。正如论者指出：

节奏作为小说审美生命的体现，无论是情节节奏、语言节奏还是意蕴节奏，都是作者情绪的一种特殊表达，是作者一定思想和内心情感的传达媒介，它必须通过语言文字作用于读者心理方能为人把握。在阅读过程中，随着文本的推进，读者紧张与松弛的心理状态总是交替出现，二者前行时产生的时间间隔长短之分和感受强弱之别就构成了审美心理节奏，从这个层面来看，对小说节奏理论的探讨尤其应该注重与文艺心理学分析相配合。[1]

中国古代白话小说就非常注重叙事节奏，而且其节奏大多围绕情节展开，于是我们发现明清时期的小说评点家们在评论小说节奏的时候，认为情节是节奏形成的核心因素。比如金圣叹在论述《水浒传》读法时提出“极不省法”、“极省法”、“欲合故纵法”、“横云断山法”等，这些围绕情节的开合、张弛的“读法”其实是《水浒传》情节节奏的表现形态，这些情节节奏作用于读者的阅读心理，起到了很好的心理应和效果。因此，我们说，情节节奏相对于时间节奏来说，前者更注重读者与文本的交流性，而后者则是一种阈于文本的时间的定量分析。中国古代白话小说作为通俗小说，对情节的注重与其鲜明的读者交流指向有着不可分割的关系。古代评点家们很敏锐地发现了这些小说情节节奏的特征。不但金圣叹，毛宗岗也在《三国演义》读法中论及小说情节节奏的“横云断岭”、“将雪见霰、将雨闻雷”、“笙箫夹鼓、琴瑟间钟”等。

作为古代白话小说，话本小说来源于“说话”艺术，其对“说话”艺术继承的重要方面就是对情节的注重，因为“说话”艺术直接面对看官，观众的反应直接关系到表演的成败，而表演的成败则直接关系到“说话”艺人的生存，与看官保持良好的交流关系，使他们获得欣赏的愉悦，并使许多看官成为“回头客”是艺人们追求的目标，因此，他们更加注重故事的情节节奏，所谓“讲论处不僀搭、不絮烦；敷演处有规模、有收拾。冷淡处提掇得有家数，热闹处

[1] 黄霖、李桂奎、韩晓、邓百意：《中国古代小说叙事三维论》，上海世纪出版集团上海书店出版社，2009年版，第388页。

敷演得越久长”[1]。这里的“有规模、有收拾”、“冷淡处”、“热闹处”均与情节有关，而且照顾到观众的感受，比如“不偒搭、不絮烦”，而所谓的“冷淡处”、“热闹处”何尝不是书场氛围与故事情节的某种契合。话本小说在情节节奏方面一方面受到了“说话”艺术的影响，把“说话”艺术以看官为核心注重与看官的和谐交流的情节节奏设计运用于小说创作；另一方面，话本小说作者还进行了一些书面化的努力，使本来的“说—听”交流逐步向“写—读”交流转变。接下来，笔者将就话本小说情节节奏的类型与存在方式进行文本的细读与分析。

二、话本小说情节节奏的类型与存在方式

依据形成的条件，话本小说情节节奏可分为不同的类型，但这些类型很难做一种非常严格的定性，而只能说大致如此。同时，话本小说的情节节奏应该说是一个复杂的存在，下面，笔者将就常见的一些类型进行分析，但不能说已经穷尽了话本小说情节节奏的所有类型。

其一，性格节奏。人物性格成为小说情节节奏的形成条件。人物性格影响小说节奏的情况在《清平山堂话本》卷二之“快嘴李翠莲”中非常典型，李翠莲性格刚直，心直嘴快，蔑视一切封建礼法，锋芒毕露，其毫不妥协的叛逆性格用节奏感极强的语言表现出来，形成了小说明快的语言节奏，而人物性格决定了小说情节的发展脉络和极其鲜明的快节奏。《警世通言》卷三十二“杜十娘怒沉百宝箱”中，杜十娘刚烈而富有心计的性格完全控制了小说的情节节奏，杜十娘对李甲一次次不显山不露水的资助、与鸨母的较量，尤其是百宝箱的秘密，若隐若现直到最后的高潮处才揭示出来，而且是通过杜十娘亲手一层层揭开，故事的节奏因为人物的性格而极富心理内涵。李渔《十二楼》之“合影楼”中两个重要人物管提举和屠观察性格的差异形成了小说庄谐相间的节奏，相间的描绘构成情节节奏错落有致的格局。“管提举古板执拘，是个道学先生；屠观察跌荡豪华，是个风流才子。”如此的性格差异构成情节分布的庄谐差异。然后是管玉娟和屠珍生男女性格差异构成的节奏，真如《梁祝》中大小提琴的和谐的交融之音。两种性格构成一对张力，叙述在抑扬顿挫之间形成一种起伏错落的情节节奏。类似的节奏类型在话本小说中极为常见，如《五色石》第一卷“二桥春”中的“假相如巧骗老王孙 活云华终配真才子”，一个才子、一个庸才构成富有张力的情节节奏，读者的阅读心理随着两种因性格不同而形成的

[1] [宋] 罗烨：《新编醉翁谈录》，辽宁教育出版社，1998年版，第4页。

各自的行为方式而起落；《鸳鸯针》第三卷“真文章从来波折 假面目占尽风骚”中，真才实学的宋连玉与沽名钓誉的卜亨形成鲜明对比，性格的不同构成情节节奏的对比性张力。后来的才子佳人小说往往采取这种对比模式来组织情节，使情节表现出具有张力也具有内涵的节奏，增加了读者的阅读趣味。

其二，线索节奏。话本小说是一种线性叙事，这在上一章笔者已经做了论述。无论是单线蘖合结构还是多线聚合结构，话本小说一般情况下会在多条线索下推进故事，那么，不同线索的交替布局会形成各种情节的中断和延续，这样就会形成故事情节的跳跃，由此形成线索节奏模式。

其三，叙述节奏。话本小说的叙事是在“拟书场格局”下进行的，叙述者的不断“跳跃”形成了话本小说特有的叙述格局，有时候，叙述者的这种强势“现身”会破坏故事情节的流畅性，这种人为的情节中断形成了话本小说一种特有的节奏，即叙述节奏。李渔的作品就明显地具有这一特点。不同的是，一般话本小说的叙述者在中断情节的时候会直接现身，其方式也是对故事进行评论、说明或者假设，但李渔却不同，他采用的方式是故意中断而且对这种方式还津津乐道，他不但评论故事，而且还对这种中断情节的行为本身给予评论，给出中断的理由。

其四，异时空节奏。话本小说叙事中采用大量的异时空叙事，这在中国古代小说史上是一个传统，无论是先秦神话传说、两汉及魏晋志怪，还是唐传奇，采取非人类现实时空的叙事随处可见，话本小说也继承了这一传统。虽然凌濛初宣称要叙述“耳目之内”之奇，但在具体的创作中，包括凌濛初在内的话本小说作者很难做到这一点，实际情况是，话本小说往往采取异时空的方式来加速故事情节的节奏，或者控制故事运行的方向，甚至异时空已经成为话本小说推进故事的核心手段之一。于是我们会发现，话本小说，比如“三言二拍”，几乎达到篇篇说梦的地步，梦境已经成为话本小说重要的“敷演”故事的手段。还有另一部分小说则叙述仙境、阴曹地府等非现实时空，这些非现实时空一般会与现实时空进行错位对接来使小说的情节节奏发生大幅的跃动，这类小说在话本小说中所占比重较小。异时空叙事一般会起到使故事加速的作用，这样就会使故事的节奏加快。

话本小说情节节奏一般存在于两个层面：故事层和叙述层。这是一种交流性的存在，无论在哪个层面都与读者的接受心理有着密切关系。比如性格节奏存在于故事层，人物的性格左右了故事的节奏，它使故事更具有兴味，而且性格节奏的形成与话本小说的书面化有很大关系，话本小说逐渐从“说话”艺术的以故事性为中心转变为以塑造鲜明的性格人物为中心，因此出现以人物性格来控制故事节奏的情况应该不是一种特例，而是具有普遍性。再如叙述节奏，这是明显存在于叙述层面的节奏类型，是一种人为控制故事节奏的模式，在话本小说中也是较为常见的，其基本的作用是在故事进展和读者期待之间进行间隔，为读者的阅读期待设置某种障碍，这无形中使期待获得了加强作用。但话本小说情节节奏存在的这两个层面有时候很难区分，或者说话本小说的情节节奏时常表现为既存在于故事层面又与叙述层关系密切。比如上述线索节奏，虽然存在于故事层面，但无不表现为叙述的策略性选择和安排，因为，线索的进展是故事层，而线索的交替、安排又是一种叙述行为，存在于叙述层；再如，异时空节奏虽然存在于故事层起到加速故事进展、加快故事节奏和控制故事运行方向的作用，但异时空与现实时空之间的捏合、对接则是一种叙述行为，存在于叙述层。由此我们可以看出，话本小说叙述者的叙述行为对于小说故事运行的控制已经是一种无所不在的状态。问题的关键是，叙述者的这种行为目的是什么呢？换句话说，叙述者的这种对故事的控制行为改变了故事的自然面貌，而这种改变以什么为原则呢？在上一章我们曾讨论话本小说的强势主题原则和话本小说的“娱目醒心”宗旨，如果回到这一原则和宗旨，我们发现，话本小说叙述者对故事运行的控制无不体现了这一点，因为，“娱目”要求故事的好看，“醒心”要求故事的教化，二者的最终目的是要在读者那里寻求最大的交流效果，与读者的愉快而有意义的交流才是话本小说的目的所在，而交流已经无处不在，已经成为一种有效的艺术方法存在于话本小说的情节节奏之中。

三、话本小说情节节奏形成的艺术机制

话本小说情节节奏并非是一种自然形成物，而是蕴含了作者精心的艺术构思。话本小说作为通俗小说，其明确的读者指向使其必须以读者兴趣的最大化为追求核心来设计小说的情节模式，这是任何通俗文本最为核心的精神追求。但是，要获得读者持续的兴趣首先必须建立一种迎合读者心理节奏的情节节奏模式，上述论述的话本小说情节节奏的类型就具有这种性质。但是，这些节奏类型的形成必须靠一系列的叙事技巧来实现。考察上述情节节奏的类型，笔者将这些艺术技巧分为信息缓解、叙述干预和捏合敷演三种。

其一，信息缓释。话本小说为了延续读者的兴趣，取得娱目醒心的交流效果，往往采取控制故事信息量的艺术手法，而不至于因信息量释放过多使后面的叙事索然无味。控制故事信息量并不带有强制性，而是使信息缓慢释放并达到读者毫不觉察的程度，这样，在后面的故事中，这些不断释放出的信息以一

种集中释放的方式猛然爆发，然后读者回过头来，寻踪追迹、恍然大悟。比如《石点头》卷一“郭挺之榜前认子”是典型的多线聚合结构，郭挺之科举蹭蹬，别妻离家到广东母舅处散心，因救助青姐与其父的义举受到青姐爱慕而与之成婚，后又不得不随王知县（郭挺之母舅）进京而别离青姐。此时，故事线索再次出现分蘖，青姐线索至此中断直到青姐之子与郭挺之同榜中举父子相认后，青姐这一线索才以回溯的方式进行接续。这是一种典型的叙事控制手法，青姐线索的中断并不意味着不发展，而是这种巧妙的结构安排使青姐方面的信息得到了控制，而在郭挺之与其子相认后释放该信息，使故事节奏给人一种回味悠长之感。话本小说的线性结构特征为叙事控制技法提供了方便，因为故事的叙述与每条线索的信息量的释放程度完全可以根据需要进行调配，即在某一条线索进行到某种程度的时候中断再进行另一线索的叙述，第二线索也可以适时中断进行第三线索的叙述，这样，各条线索在某个关节点聚合，从而使故事的情节节奏错落有致。此所谓毛宗岗“巧收幻接”之法：“幻既出人意外，巧复在人意之中，造物者可谓善于作文矣。”[1]如《八洞天》卷二“幻作合前妻为后妻　巧相逢继母是亲母”中，长孙陈与其妻辛氏遭遇贼乱，辛氏因不愿拖累长孙陈父子而跳井自尽，自此，辛氏线索中断，但在许多年之后，长孙陈回乡收拾辛氏遗骨时发现井中并无辛氏骸骨，至此便引出辛氏被其父救起的情节。而我们说，辛氏跳井自尽与被救起应该发生在很短的时间之内，否则辛氏不可能被救活，但信息缓释之法就是故意使辛氏线索的信息在辛氏跳井之后突然中断，而在许多年之后与长孙陈突然相遇，使故事节奏波澜起伏。此所谓“前能留步以应后，后能回照以应前，令人读之真一篇如一句”[2]。

金圣叹对于信息缓释之法亦多有论述，如在评论武松打虎时说道“哨棒”即是所谓“草蛇灰线”之法。其实这是一种信息缓释之法。比如上述性格节奏，人物性格在故事进程中会根据故事的情节而产生符合其性格特征的行为，作为全知叙述的话本小说，必须采取控制故事信息量手段来达到人物性格对故事节奏的控制。

话本小说用信息缓释之法来调控情节节奏的方式有很多种，可以使线索中断，然后在另一线索发展到一定阶段时进行线索的聚合来续接中断之后的线

[1] 毛宗岗：《读〈三国志〉法》，《奇书四评》，宋俭等编注，湖北辞书出版社，1997年版，第177页。

[2] 毛宗岗：《读〈三国志〉法》，《奇书四评》，宋俭等编注，湖北辞书出版社，1997年版，第183页。

索；可以采用暗示的方式，使富含信息的事物时隐时现，如“草蛇灰线”，比如《杜十娘怒沉百宝箱》中杜十娘的百宝箱的秘密就是如此；还可以因人物性格因素使有关信息缓慢释放。总之，话本小说的信息缓释是一种叙事技巧，是情节安排之法，是一种以取得最大交流效果而采取的叙事技巧。

其二，叙述干预。话本小说“拟书场叙事格局”给虚拟“说话人”一种自由，这种自由在话本小说情节节奏中起到了一种“强行中断”的作用，这样就调控了读者的好奇心，这种好奇心越强烈，“说话人”的调控行为就会越显现出对小说节奏的影响，这种调控实际上起到了信息量的缓释效果。比如《喻世明言》卷十“滕大尹鬼断家私”就是叙述干预控制情节节奏的例子，小说在交代了倪太守长子善继对其妾梅氏母子不善之后，接着就讲倪太守的死亡，但小说并没有很快对倪太守死后梅氏母子的命运进行叙述，而是进行了节奏干预，即用一首诗把故事紧张的节奏打乱：“三寸气在千般用，一日无常万事休。早知九泉将不去，作家辛苦着何由！”而当善继安葬其父后到梅氏房中搜罗财物时，又出现叙述干预：“任是泥人应堕泪，从教铁汉也酸心。”当善述受哥哥善继欺辱挨打后，叙述声音再次出现：“少年嫠妇拥遗孤，食薄衣单百事无。只为家庭缺孝子，同枝一树判荣枯。”梅氏母子告状到滕大尹处，并将画轴交与滕大尹，小说并没有马上叙述滕大尹如何识破画轴秘密，而是做了这样的预叙：“一幅画图藏哑谜，千金家事仗搜寻。只因嫠妇孤儿苦，费尽神明大尹心。”接下来小说还有两处用诗对小说情节节奏的干预。由此可以看出，“滕大尹鬼断家私”中，往往在情节最为紧张的关键时候会有叙述声音进行干预。这样的例子在话本小说中极为常见，叙述者除用诗词进行干预外，还会用其他多种方式，比如在故事人物的关键行动之前，叙述者往往跳出来说，“若说话的同年生，并肩长，拦腰抱住，把臂拖回，也不见得……”，等等。叙述干预是叙述者的叙述声音对故事节奏进行强行控制、对故事情节进行强行介入的典型方式，这种方式不单单发生在话本小说中，即使在整个古代通俗小说中也是极为常见的。之所以会出现这种情况，其根本原因与这些小说受古代“说话”艺术影响并将其进行书面化的“拟书场叙事格局”有关。

其三，捏合敷演。这是一种形成于“说话”口头艺术阶段的讲述故事的方法，因为说话人必须具有根据书场情况随时调整表演行为和故事讲述方式的能力，捏合敷演方法可以保证故事的随机应变，可以控制故事的进程和运行方向，这样就会保证故事朝着说话人预定的结局运动。这种方法之所以在一些异时空叙事中极为常见，其根本的原因是异时空叙事给故事的虚构提供了方便，所谓“事赝而理不赝”，故事的虚构出于现实之外而处于情理之中。于是我们发现，以梦境为代表的异时空叙事在话本小说中是极为常见的现象，而且这些异时空不但表现人物的心理活动，更重要的是为故事下一步的发展提供契机。比如《警世通言》卷三十二“杜十娘怒沉百宝箱”的结尾处有李甲卧病“终日见杜十娘在旁诟骂，奄奄而逝”、柳遇春梦见杜十娘以宝匣报答的情节。再如《初刻拍案惊奇》卷十九“李公佐巧解梦中言 谢小娥智擒船上盗”中，谢小娥梦遇父亲授谜语来推动谢小娥的复仇进程。如此用敷演捏合之法引入非现实因素推进故事的情况在话本小说中比比皆是，仅以梦境为例，话本小说中凡引入梦境大多具有加快故事节奏的作用，梦境有着明显的叙事功能，而这些梦境叙事就是靠敷演捏合与故事的相应线索糅合一处。因此，捏合敷演常常会加快故事的节奏，因为，这种方法的目的性非常明确，即为故事情节之间寻找连接的合理性，或者使故事出现“绝处逢生”的局面。当然，捏合敷演之法不单单出现于异时空叙事，而且还会出现于现实时空，比如本来不相干的人物会因某种契机而联系起来，甚至同命相连。

总之，影响话本小说情节节奏的还有其他一些方法，上述不能代表全部，但上述各种叙事技巧对话本小说情节节奏的影响可以使我们看出话本小说情节节奏形成的一些基本因素，这些因素并非单独完成对话本小说情节节奏的影响和调配，而是综合起来集体影响节奏的形成。这是一种各种手法的叠加，事实上，这种叠加为话本小说节奏的丰富性提供了可能性，因为任何单一的方法都无法创造出丰富的叙事现象，多种方法的灵活交叉方能使话本小说具有流行不衰的魅力。

第三节　话本小说戏剧性情节模式及其交流性

无论是母题情节还是情节节奏，话本小说的读者交流性都是非常明确的。母题和节奏是话本小说情节的有机构成成分，是从不同层面对话本小说情节的特征进行分析。但如果不从话本小说这些相对微观的层面，而是从话本小说较为宏观的层面来看其整体性的情节模式特性，那么话本小说的情节会是一种什么样的表现模式呢？阅读话本小说会有一种强烈感受，那就是轻松的阅读心理状态，这种状态又来自哪里呢？如果这种心理状态可以从话本小说大众化的母题和与读者心理相和谐的默契的情节节奏获得某种解释的话，那么，笔者认为，读者的这种愉悦的阅读状态更来自一种宏观性的戏剧性情节模式的设置，分析这种情节模式，我们会发现它们比母题和节奏具有更明确的交流性，或者，换句话说，这种情节模式是在“拟书场叙事格局”之虚拟的说话人和看官之间共同作用下形成的。如果读者不进行刻意的或者研究性的区分，这种虚拟的看官与现实的读者往往会呈现重合状态，这就意味着，话本小说的戏剧性情节模式从根本上讲，是在“作者—文本—读者”的交互作用下形成的。“众多读者相同或类似的选择却会形成一种强大的社会要求与压力，这时整体意义上的‘读者’便参与了小说发展方向的决定”[1]。话本小说戏剧性情节有多种表现形态，比如冲突、转折、表演性、巧合等，这些表现形态从根本上讲是围绕虚拟的“说—听”交流展开的，也就是说，话本小说戏剧性情节模式最根本的艺术特性就是这种交流性。

一、话本小说戏剧性情节模式的表现之一：冲突

冲突是戏剧艺术最为核心的艺术特征之一，可以说，没有冲突就没有戏剧，这里有两方面的意思：一是作为戏剧的艺术方法而作用于戏剧艺术文本构成方式；一是作为一种吸引观众、引起观众兴趣、共鸣的艺术手段，目的是在有限的时间内与观众达成良好的交流关系。在小说中，尤其是在通俗小说中，冲突也常常作为一种重要的艺术手段来达到吸引读者兴趣的目的。话本小说作为来源于“说话”表演艺术的通俗小说，其情节的冲突性一方面来自“说话”艺术固有的惯性，一方面来自其作为通俗小说自身的需要，因为这不但是一种作者需要，而且也是一种出版者（坊刻者）追求经济利益的需要。冲突可以存在于人物之间，也可以来自人物内心，前者表现为人物对话或者行动，后者表现为人物内心活动带来的外部行动。因此，冲突基本上体现为人物的一种外在的行为方式。《杜十娘怒沉百宝箱》，这篇话本小说的经典之作成功地运用了两处人物冲突，而这些冲突又是人物内心冲突的一部分，从而构成了该小说情节戏剧性的核心。其一是杜十娘与鸨母的正面冲突，杜十娘“久有从良之志”，与公子李甲“真情相好”，但当鸨母见李甲“手头愈短，心头愈热”之时，就想赶李甲出门，杜十娘便与之发生了正面冲突，致使鸨母一怒之下答应只要李甲拿出三百两银子就让杜十娘从良。杜十娘与鸨母的这一冲突其实有着很深的心理根源，首先是杜十娘的从良之志和对鸨母“贪财无义”的厌恶；其次是与公子李甲之间的感情，并认为此人可以托付终身。这两种心理根源表现在行动上就是与鸨母的冲突，因为在二者的结合之下，鸨母就成为实现自己志向的绊脚

[1] 陈大康：《明代小说史》，人民文学出版社，2007年版，第21页。

石。其二是杜十娘与李甲和孙富的冲突。杜十娘与李甲满怀对未来的憧憬买舟归乡，不料李甲受孙富挑拨，导致李甲摄于其父和金钱的压力而以千金将杜十娘卖与孙富，而此时满怀对新生活希望的杜十娘得知此情，在心里建立起来的希望之厦顷刻间崩塌，可以说此时杜十娘进退维谷，实际上已经到了绝境，心中的美好希望与眼前的残酷现实构成极大的心理冲突与心理落差。但此时的杜十娘却表现出异常的平静，请看她得知李甲将自己卖与孙富后对李甲说的话：

为郎君画此计者，此人乃大英雄也！郎君千金之资既得恢复，而妾归他姓，又不致为行李之累，发乎情，止乎礼，诚两便之策也。那千金在那里？

不但如此，杜十娘还在自己被出卖当天的四更天，早起“挑灯梳洗”，并对李甲说：“今日之妆，乃迎新送旧，非比寻常。”并且还“微窥公子，欣欣似有喜色，乃催公子快去回话，及早兑足银子”。一个心底灰冷，而又希望李甲能够回心转意的矛盾心态呼之欲出。杜十娘的这种内心冲突非常的微妙也非常深刻，波诡云谲的内心全以平静出之。尤其是当李甲与孙富交易完毕之后，彻底绝望的杜十娘积压内心的怨恨猛然迸发，她与李甲、孙富的正面冲突不可避免。请看杜十娘对孙富和李甲说的话：

对孙富：

十娘推开公子在一边，向孙富骂道：“我与李郎备尝艰苦，不是容易到此。汝以奸淫之意，巧为谗说，一旦破人姻缘，断人恩爱，乃我之仇人。我死而有知，必当诉之神明，尚妄想枕席之欢乎！”

对李甲：

妾风尘数年，私有所积，本为终身之计。自遇郎君，山盟海誓，白首不渝。前出都之际，假托众姊妹相赠，箱中韫藏百宝，不下万金。将润色郎君之装，归见父母，或怜妾有心，收佐中馈，得终委托，生死无憾。谁知郎君相信不深，惑于浮议，中道见弃，负妾一片真心。今日当众目之前，开箱出视，使郎君知区区千金，未为难事。妾椟中有玉，恨郎眼内无珠。命之不辰，风尘困瘁，甫得脱离，又遭弃捐。今众人各有耳目，共作证明，妾不负郎君，郎君自负妾耳！

由内心冲突表现于行动在《杜十娘怒沉百宝箱》中达到了极高的艺术水平，其之所以受到历代读者的推崇，不单单因为其思想价值，而且还因为其极高的艺术性。“外部动作或者内心活动，其本身并非‘戏剧性’的。它们能否成为戏剧性的，必须看它们能否自然地激动观众的感情，或者通过作者的处理而达到这样的效果。”[1]可以说，该篇无论是在作者创作还是激动读者方面均表现了人物由内心冲突表现为外在的冲突与行为的戏剧性。“人与人之间的性格冲突需要有力的前提和条件，性格内部的冲突（内心冲突）同样需要这样的前提和条件。构成性格内部冲突的前提，是性格内部存在着各种相互矛盾的因素，单一的意志和品格很难构成真正的内心冲突。”[2]“简帖僧巧骗皇甫妻”中的皇甫殿直就是一例，皇甫殿直因受一僧人欺骗在官府主持下将妻子休掉，此时的皇甫殿直一心想维护的是自己的尊严和封建贞节观念，但如果是这种“单一意志”，那么就不会构成故事的进展，富有戏剧性的是，休掉妻子一年之后的正月初一，皇甫殿直“自思量道：‘每年正月初一日，夫妻两个，双双地上本州岛大相国寺里烧香。我今年独自一个，不知我浑家那里去了？’簌地两行泪下，闷闷不已”。此时，所谓的“尊严”、所谓的“贞节”都难抵自己凄凉的生活，贞节观念与凄凉生活二者在其休妻时前者占上风，而在此时后者又占了上风，毕竟再冠冕堂皇的虚无的观念也无法弥补“自从休了浑家，在家中无好况”的凄凉。因此，皇甫殿直后来的行动无不在这种内心冲突的背景下展开。

话本小说冲突性的情节是非常常见的，比如李渔《连城璧》子集“谭楚玉戏里传情刘藐姑曲终死节”中，谭楚玉与刘藐姑的爱情就是在与刘藐姑母亲的冲突中发展的，而作为冲突的高潮是在演出《荆钗记》中，把男女主角殉情跳水演成了真实版的殉情跳水。李渔的高明之处在于，他采用戏中戏的艺术手法巧妙地将戏里戏外融为一体，将戏里戏外的冲突进行了叠加，呈现在读者面前的是双重的冲突与双重的高潮。《五色石》第一卷“假相如巧骗老王孙 活云华终配真才子”中，胸无点墨的木长生与有真才实学的黄生之间的冲突是在故事的运动中逐渐发展并达到白热化程度的。话本小说中的公案小说大多是在故事的动态发展中逐渐使冲突达到高潮，比如《警世通言》卷十三“三现身包龙图断案”中，包龙图的机智与罪犯小孙押司的狡诈之间形成极具戏剧意味的冲突关系。

冲突，不但是为了取得良好的接受效果和与读者兴味构成完美契合的交流关系，而且这种冲突的交流性还是一种内置的，已经艺术化、文本化的艺术手段。约翰·盖利肖在论述如何使小说具有戏剧性时指出，人物之间或者人物内心的冲突实际上是一种交流，“因为没有冲突，就不会有促进因素和阻碍因素

[1] 贝克：《戏剧技巧》，余上沅节译，上海戏剧学院戏剧研究室编印，1961年，第5页。转引自谭霈生：《论戏剧性》，北京大学出版社，2009年版，第57页。

[2] 谭霈生：《论戏剧性》，北京大学出版社，2009年版，第122页。

的相互交流，也就不会有不确定性。一旦在交流中加进了冲突，就几乎不可避免地要加进促进因素和阻碍因素相互间的交流；而一旦在交流中加进了这两种因素，你也就获得了冲突。这样，戏剧性带来了故事，故事又增加了戏剧性”[1]。这里所谓的促进因素和阻碍因素即是指冲突双方。由此我们发现，话本小说的戏剧性冲突其实含有两种交流性品质：其一是读者交流品质；其二是冲突本身其实就是一种冲突双方的交流，有了这种交流才使小说有了戏剧性。

二、话本小说戏剧性情节模式的表现之二：转折

话本小说常常用转折性的情节使故事发生戏剧性逆转，转折性不但作为一种催化结构而且作为一种情节模式在话本小说中频频出现，话本小说情节的转折性不但因为改变并左右了线性故事的运行方向而具有结构性意义（此在第四章第五节已经详细论述），而且对于故事本身来说也具有戏剧性意义。故事的转折性来自于一些具有使故事的运动方向、性质、速度等发生改变的事件，这些事件具有直接作用于人物心灵或者故事核心的品质，只有这种品质才可能使故事发生戏剧性转折。《初刻拍案惊奇》卷十九“李公佐巧解梦中言 谢小娥智擒船上盗”中，谢小娥作为其家中唯一幸存的人，复仇对她来说是唯一生存的理由，但一个弱女子如何找到强盗下落，又如何实施复仇呢？于是，谢小娥梦见其父授其含有杀人者姓名的谜语就成为具有转折性意义的事件，它使故事的运行方向和人物的行为发生了质的变化，谢小娥的梦是一个转折性的事件，也是一个极具戏剧意味的事件。李渔最善于利用故事的转折性来使小说具有戏剧性，李渔认为小说是“无声的戏剧”，因此李渔曾经把自己的小说集命名为《无声戏》，后来传世的《连城璧》就是在其小说集《无声戏》被清官府查禁后改名而成。《连城璧》巳集“遭风遇盗致奇赢 让本还财成巨富”中，相貌酷似的秦世良与秦世芳，前者命中富贵后者命中贫穷，二人同时向财主杨百万借钱，杨百万识人面相，认为秦世良必将富贵就借他五百两银子，而秦世芳面相贫穷却分文没有借得。秦世芳拿着杨百万借的五百两银子做生意却遇盗，被抢个精光，不得已再次向杨百万借钱五百两，这次他多了个心眼，将三百两做生意，将二百两藏起以防不测，结果三百两却被贼人偷去，于是只好将藏起的二百两拿出继续去做贩米生意。这次他在客店遇到了秦世芳，二人结为兄弟，但好景不长，当得知米到取银子买米的时候，秦世芳发现自己的二百两银子不见了，

[1]［美］约翰·盖利肖：《小说写作技巧二十讲》，梁淼译，北京十月文艺出版社，1987年版，第38页。

于是就怀疑秦世良拿了他的银子，而秦世良的银子又恰恰二百两，于是不明不白地被秦世芳拿去。秦世良没有了银子，只好回家，杨百万再借，他已心灰意冷，不再出去做生意，而“处馆过日”。秦世芳得到了银子，生意很兴隆，并赚了大量金钱回到家中，其妻甚为吃惊，怀疑丈夫何以无本而得万利。故事在此有一个戏剧性转折，原来秦世芳的银子并没有被偷，而是他出门忘到了家中，于是一切真相大白，秦世良并没有偷秦世芳的银子。这一转折性情节改变了故事的发展方向，也改变了人物的命运与行为，秦世芳于是连本带利将所有金钱还与秦世良，而秦世良将一半财物赠予秦世芳，秦世芳也因自己的义举改变了自己的命运。其实我们发现，故事中这一转折性情节极富心理、道德内涵，其衡量的不仅仅是金钱，而且是人在金钱面前所采取的行动。因此，故事的转折性情节往往给人以道德启示。类似具有转折性情节的小说在李渔的作品中很常见，如《十二楼》、《连城璧》中很多小说都是因为情节的转折性而使故事富有戏剧意味。

话本小说的转折性情节带来的戏剧性效果之一是使故事的发展方向发生改变，或者使人物的行为发生改变；效果之二是增强了故事的趣味性，使读者阅读成为一种娱乐、一种享受，话本小说追求“娱目醒心”，转折性情节便为这种追求提供了一种方法。因此，从根本上讲，话本小说情节的转折性与其创作的读者交流目的具有不可分割的关系。关于话本小说转折性情节，笔者在第四章第五节中已经做了详细论述，此处不再过多赘述。

三、话本小说戏剧性情节模式的表现之三：表演性

话本小说的表演性来自于情节设计的表演意识，表演不但表现为一种场面化情景（这在下一节详细论述），而且还表现为一种人物行为，这种行为可以是几个人物合作完成，也可以是一个人物的单独行为。但应当指出，表演性是一种叙述技巧，一种叙述行为，而非人物行为自身的特质。也就是说，话本小说中人物的表演性行为归根结底是一种叙述技巧，而不是人物必须那样。比如话本小说之公案小说往往按照顺序先叙述案发经过，然后再进入审案过程，这样官员的审案就在一种读者明了的状态下进行，于是，审案变成了案件参与者的各色人物表演的过程，他们谁是谁非、谁冤谁屈，官员是否清正，案件审理是否合理、合法等，这些都在读者已经明了的情况下进行。因此，与其是在审案，不如说是在表演。更让人注意的是话本小说中塑造的丫鬟形象，比如李渔《十二楼》之“拂云楼”中的丫鬟能红即为代表，能红形象为古代才子佳人等爱情小说和戏曲提供了一个非常典型的机智又工于心计的丫鬟角色，随即丫鬟

成为一个极富灵动的叙事因子，同时，丫鬟的机灵而具有动感的行为为小说增添了表演性特质。正因为如此，“能红现象”为有的学者所推崇[1]。那么，能红究竟如何“表演”呢？“拂云楼”首先叙述青年秀士裴七郎先与韦氏有婚约，后裴七郎之父毁约与妆奁丰厚的封家结亲，做亲之后，裴七郎见封小姐相貌丑陋，甚是反感。在端阳佳节，封氏到钱塘江游玩遇到大风被潮头淋湿患风寒又被人耻笑其丑，郁郁而死。而恰恰韦小姐与丫鬟能红也去游玩，二人美貌使裴七郎神魂颠倒。当封氏已死，裴七郎决定续弦，韦小姐与能红自然成为其目标，经多方打听方知道韦小姐乃原来婚约又被裴父悔婚的韦氏。于是重新订立婚约，托媒人俞阿妈说和遭韦家拒绝，无计可施。裴七郎无奈，只好退而求其次，竟然在媒人俞阿妈面前下跪说娶得丫鬟能红也情愿。不料这一跪被在拂云楼上的丫鬟能红看见，当俞阿妈再去韦家提亲，被能红一下猜中，即这次俞阿妈是为她能红而来。身份低下的丫鬟能红想利用这次机会改变自己的地位，于是设计了一出连环计。其一让裴七郎贿赂算命先生张铁嘴，利用韦小姐父母信奉命相八字来实施其计，并向韦家说明韦小姐八字带半点夫星，嫁人要嫁一个头妻已死要续弦的，而且必须有一姬妾帮助方能“白发相守”。这样，事情一步步朝能红所要的方向发展。其二，说服韦家让自己替韦小姐相亲，能红的实际意图是想从裴七郎处得到保证，即不但让她做二夫人而且要得到裴七郎的“投认状”。其三，能红替韦小姐相亲，与裴七郎“约法三章”，一是巩固自己二夫人的地位，即不再让人喊其能红名字，二是不得“偷香窃玉”，三是不得再娶小三，这样能红为自己将来在裴家的地位打下基础。其四，为使自己能名正言顺地成为二夫人，在裴七郎与韦小姐完婚之后，设计让裴七郎佯装有噩梦并请解梦先生解梦，说韦小姐只有半夫之分，恶鬼要把韦小姐拖走，于是韦小姐在先前有张铁嘴算命的基础上对自己的半夫命深信不疑，并欣然答应裴七郎娶二夫人，于是能红就成为不二人选，而且是韦小姐主动提出的。以上四处计谋均掌控于丫鬟能红之手，其行为可谓八面玲珑，表面上为别人，实际上处处为自己，能红的表演可谓精彩之至。

中国古典文学中塑造丫鬟形象的李渔并非第一人，《西厢记》中的红娘即是典型，而在话本小说中，如《二刻拍案惊奇》卷九“莽儿郎惊散新莺燕 㑇梅香认合玉蟾蜍”中的丫鬟龙香调皮乖巧，行为极为灵动可人，其光彩绝不亚于能红。正因为这些丫鬟代表了女性的聪明才智，甚至勇敢正义，在古典小说和古典戏剧中，丫鬟角色比其他人物更能激起读者或观众的兴趣。丫鬟的行为

[1] 王意如：《中国古典小说的文化透视》，文汇出版社，2006年版，第66-77页。

在小说中具有丰富的表演特质。李渔将小说称作“无声戏”，并将一些戏剧因素引入小说之中，因此，表演性在李渔的作品中极为常见，《连城璧》子集中的“戏中戏”、午集中的喧闹的治妒妇情节，《十二楼》之“夏宜楼”中的望远镜中之风景，如此等等，可以说，表演性已经内化为故事情节的核心部分，读李渔小说，读者绝不会感到累，恰如欣赏无声之戏给人愉悦。

话本小说的表演性不但是一种艺术技巧、一种叙事策略，而且已经成为故事人物的行为方式。比如《喻世明言》卷十“滕大尹鬼断家私”中滕大尹的装神弄鬼；再如卷二十七“金玉奴棒打薄情郎”中，许公夫妇在对莫郎与金玉奴完婚之前对他们二人的试探，莫郎一心攀附富贵欣然答应，而金玉奴却以遵守妇节不愿再嫁，当许夫人说明新郎就是其原来的丈夫莫郎，并设计教训一下莫郎时，金玉奴才答应，整个过程人物有着自觉的表演性。因此，表演性是话本小说常见的情节方式，其直接的效果就是故事的戏剧性和读者的娱乐性，与读者建立良好、和谐、轻松愉快的交流关系不但关系到作品的命运，也关系到作者的生存。

四、话本小说戏剧性情节模式表现之四：巧合

巧合是话本小说常用的艺术方法，故事常因巧合而带来戏剧性。所谓“无巧不成书”，这里的“书”应该是说书曲艺，话本小说作为一种受说话艺术影响的小说类型，也把这种“巧合”叙事方法运用于故事之中。巧合就是利用生活中的偶然事件来组合故事情节的一种技巧。巧合的关键是一个“巧”字，“合”是基本要求，要“合”得既在情理之中，又出人意料之外。“合”得新颖别致，方见其“巧”。《醒世恒言》卷八“乔太守乱点鸳鸯谱”中孙寡妇怕女婿病重害了女儿，于是让儿子男扮女装顶替女儿去成亲，而男方刘家恰巧让自己的女儿代替哥哥陪刚过门的“嫂子”，阴差阳错成就了另一对新人。《醒世恒言》卷三十三“十五贯戏言成巧祸”中陈二姐的丈夫刘贵穷困潦倒，得大娘子丈人资助十五贯钱做生意，回家后对小妾陈二姐谎称是卖她的钱，陈二姐信以为真，决定连夜回娘家，出门后没有上锁导致刘贵被静山大王杀人越货。而陈二姐在回娘家路上恰遇卖丝商贩崔宁，而崔又恰恰卖丝得十五贯钱，于是二人被告为通奸害命，崔宁被问死罪，事情竟有如此巧合。《初刻拍案惊奇》卷一“转运汉巧遇洞庭红 波斯胡指破鼍龙壳”中的“倒运汉”文若虚生意场频频倒运，而偏偏用一两银子买的名曰“洞庭红”的橘子在海外大发其财，并在回来的路上船被大风飘到一无人空岛，文若虚又巧遇鼍龙壳，而这个鼍龙壳又恰恰是价值连城的宝物，于是文若虚时来运转，一下子成了

富翁。在话本小说中，如此戏剧性巧合比比皆是，有些小说的题目直接体现了小说情节的“巧”，在“三言二拍”中仅题目有巧字的就有11篇之多。清人梅庵道人曾编辑一部话本小说集《四巧说》，更是以“巧”作为其选编目的，该书有四篇小说作品，其中三篇选自《八洞天》卷一、二、七，一篇选自《照世杯》卷一，四篇作品均体现了一个“巧”字。不妨把这四篇作品列下面：

“补南陔”《收父骨千里遇生父，裹儿尸七年逢活儿》，

“反芦花”《幻作合前妻为后妻，巧相逢继母是亲母》，

“赛他山”《假传书弄假反成真，暗赎身因暗竟说明》，

“劝匪躬”《忠格天幻出男人乳，义感神梦赐内官须》。

从这些题目可以看出这些故事并非寻常，而是每一个故事都透露出一些奇异乖巧之处，巧合是这些故事共同的特征，而这些巧合形成了一个个戏剧性的情节。有很多话本小说并非是一处巧合，而是形成一种巧合链条，正是这些巧合链条构成了话本小说戏剧性的情节模式。

由以上论述我们发现，话本小说戏剧性情节模式的表现并不是一种，而是有多种表现方式，正是这些表现的综合，形成了话本小说情节的戏剧性。也就是说，话本小说的戏剧性情节模式是上述各种表现的交叉运用形成的，而且这种交叉体现了一种高度的程序化、重复性。这种高度程序化的戏剧性情节模式具有明确的交流性，这里，“交流性”表现于两个层次：其一是存在于文本内部的交流性，即作为“拟书场叙事格局”小说特性，内置的“说—听”交流关系使小说叙事时刻带有书场演出的特性，而这种特性要求叙事的趣味性、通俗性、娱乐性，这些性质本质上蕴含了不把故事“当真”的意思，于是，“说”、“听”双方就会在这种“约定”下进行融洽的交流；其二是存在于现实的“写—读”交流，话本小说作为通俗小说，无论在精神价值还是艺术追求上都不以前卫、启蒙为核心，而是以娱乐再加一点劝惩作为创作的目的，读者的趣味与小说的销路永远是通俗小说追求的目标，因此，戏剧性带来的趣味性和娱乐性便成为话本小说的重要追求。

第四节　话本小说情节的议论、假设和说明

话本小说常常用议论、假设和说明性的文字来使情节合理化，或者推动情节的发展，或者本身就构成情节的一部分。这些议论、假设和说明性文字其实

是话本小说主题化叙事的要求，避免阅读歧义，使故事情节发展直达主题是话本小说劝惩说教的客观要求。赵毅衡站在叙述者的角度这样论述：

叙述者以道德说教者面目出现，他就倾向于尽可能清晰地维持叙事的时间 / 因果链，使善恶冲突充分发展，善有所得，恶有所报。结局本身就是对叙述世界的道德裁判，没有裁判就不成为结局。[1]

因此，作为主题小说，话本小说必须使其情节发展服务于主题，避免歧义、误解，树立主题权威是话本小说必须要做到的，因此就会出现情节的议论、假设和说明来维持。尽管如此，话本小说在接受的历史语境中依然难以避免道德伦理、意识形态的背反，这要到下一章做详细论述，本节只就话本小说情节议论、假设和说明进行讨论。

一、议论性情节

议论性情节模式是话本小说叙事独特性之一。话本小说为了推动情节的进展往往借小说中人物之口进行大段的议论，用这种议论来说明下面情节的合理性，而如果没有这种议论，下面的情节就无法顺利发展，因此这种议论便具有了情节的性质。话本小说的议论性情节有双重功能，其一是促进故事情节合理性发展，其二是杜绝读者对故事合理性的质疑。因此，从读者接受方面看，议论性情节有一种文本与读者直接交流的性质。

《醒世恒言》卷三“卖油郎独占花魁”中的莘瑶琴本来家境富裕却遇战乱走投无路被卖与妓馆，鸨母让她接客，她宁死不从，情节发展面临僵持局面，此时有个叫刘四妈的出面劝说，小说用2700多字的篇幅来描述刘四妈的此番高论，于是我们发现，在刘四妈的口中，妓女从良竟分如此多的名目，真从良、假从良、苦从良、乐从良、趁好的从良、没奈何的从良、了从良、不了的从良，如此等等。刘四妈的这番高论对于身处妓馆、无依无靠的弱女子来说，无疑很具有说服力。这种议论存在于故事层，直接服务于情节的进展。没有这番议论，铁了心不接客的莘瑶琴如何肯就范，接下来的情节发展就会失去合理性；而没有这番议论，莘瑶琴日后的从良并嫁给卖油郎也就会失去依据，因为刘四妈的高论无疑是一种“从良哲学”，其论题就是如何从良的，也因此说动了莘瑶琴。

《石点头》第二卷“庐梦仙江上寻妻”中的方姨娘劝李妙惠改嫁之论可谓有理有节，终使李妙惠同意改适。方姨娘的高论的动情之处在于对于“节妇”、“烈妇”的区分，指出烈妇“止全一身”，而节妇的可贵之处在于不但是为了自

[1] 赵毅衡：《苦恼的叙述者》，北京十月文艺出版社，1994年版，第242页。

己还为了公姑、子嗣、父母。劝李妙惠改适是一种“反经从权”的做法，即虽然违背了节妇的“经”，但也是不得已权宜之举，这样改适彩礼可作公姑养老之资，也为丈夫做了该做之事。方姨娘的“改适之论”可谓动之以情、晓之以理，难怪死都不愿改适的李妙惠回心转意。

上述二例是存在于故事层的议论叙事，话本小说中还有一些参与故事情节合理性的议论则存在于叙述层，即由叙述者直接出来解释故事情节为什么是这样而非那样。存在于叙述层的议论一般会有一些程序化标记，比如“说话的，你差了……”、“看官听说……”、“看官有所不知……”等。但也不尽然，不过有一点是明确的，即议论表现出的话语层次可以一眼看出来。如《醒世恒言》卷三十五“徐老仆义愤成家”正话开始前的那段对于奴仆的议论，简直是一种“奴才哲学”，但只有这样的议论作为铺垫，徐老仆的行为才能得到合理的解释。《八洞天》卷二“反芦花”《幻作合前妻为后妻，巧相逢继母是亲母》中长孙陈怕妻甘氏，叙述者站出来对“怕妻”议论一番，指出世界上怕妻有三种：势怕、理怕、情怕，并详细指出这三种怕妻又各有三种情况。不妨将这种“怕妻理论”抄录如下：

世上怕老婆的，有几样怕法：有“势怕”，有“理怕”，有“情怕”。“势怕”有三：一是畏妻之贵，仰其阀阅；二是畏妻之富，资其财贿；三是畏妻之悍，避其打骂。“理怕”亦有三：一是敬妻之贤，景其淑范；二是服妻之才，钦其文采；三是量妻之苦，念其食贫。“情怕”亦有三：一是爱妻之美，情愿奉其色笑；二是怜妻之少，自愧屈其青春；三是惜妻之娇，不忍见其颊（戚页）。今甘氏难中相识，又美少而娇，大约“理怕”居半，“情怕”居多。有一曲《桂枝香》说那怕娇妻的道：

爱她娇面，怕她颜变。为甚俯首无言，慌得我意忙心乱，看春山顿锁。春山顿锁，是谁触犯？忙陪欢脸，向娘前，直待你笑语还如故，才教我心儿放得宽。

这叫做因爱生怕。只为爱妻之至，所以妻若蹙额，他也皱眉；妻若忘餐，他也废食。好似虞舜待弟的一般，像忧亦忧，像喜亦喜。又好似武王事父的一般，文王一饭亦一饭，文王再饭亦再饭。

如此“怕妻理论”恐怕在话本小说中是绝无仅有的。该长篇议论为长孙陈怕妻做了注脚。由以上论述可知，话本小说中的议论具有参与故事进程、使情节合理化的叙事功能，但其核心功能却是为了保证情节进展在毫无疑义的情况下直达主题，话本小说之所以能够与读者进行无障碍交流并取得娱目醒心的效果，议论性的情节功不可没。

二、假设性情节

假设性情节模式是一种中国古代白话小说特有的情节，这种情节因其没有发展或者没有实施而对故事不会产生实质性影响，但它为故事的发展提供了另一种方向，而且作为一种提示性的情节假设，其功能基本上是一种交流功能，是一种服务于劝惩的功能。话本小说的这种叙事的假设性还有延缓叙事节奏（这在本章第二节已经论及）和引起悬念的作用。比如在《醒世恒言》卷三十三“十五贯戏言成巧祸”中，刘官人做生意折本，一日与妻子去为丈人祝寿，丈人资助他十五贯钱让他回家继续做生意，其妻则留在娘家几日。刘官人回家路上遇到相识喝了几杯酒，告别友人回家，此时，情节按照刘官人回家的趋势发展，但叙述者此时突然跳出来：“若是说话的同年生，并肩长，拦腰抱住，把臂拖回，也不见得受这般灾悔！却叫刘官人死得不如《五代史》李存孝，《汉书》中彭越。”这是一种情节假设，它预示了故事发展的另一种方向，即如果刘官人当天不回家，那么以后的一系列事件就不会发生。而且这种假设也吊足了读者胃口，是故事发展的另一种方向的假设，也是小说接下来情节发展的一种预告，其功能是双重的。如此情形在话本小说中极为常见，《初刻拍案惊奇》卷三十“王大使威行部下 李参军冤报生前”中，河朔李生少年作恶，后痛改前非“折节读书”官至深州录事参军，称作李参军。节度使王武俊与其子王士真强横无法，来到深州，深州太守小心应付，王士真在酒宴上要人来助兴，太守想到了李参军，此时，叙述者与“看官”之间有这样的交流：

看官，若是说话的人，那时也在深州地方与李参军一块儿住着，又有个未卜先知之法，自然拦腰抱住，劈胸揪着，劝他不吃得这样吕太后筵席也罢，叫他不要来了。只因李生闻召，虽是自觉有些精神恍惚，却是副大使的钧旨，本郡太守命令，召他同席，明明是抬举他，怎敢不来？谁知此一去，却似：猪羊入屠户之家，一步步来寻死路。说话的，你差了，无非叫他去帮吃杯酒儿，是个在行的人，难道有甚么言语冲撞了他，闯出祸来不成？看官，你听，若是冲撞了他，惹出祸来，这是本等的事，何足为奇！只为不曾说一句，白白地就送了性命，所以可笑。且待我接上前因，便见分晓。

这段假设性的文字采用问答形式直接与虚拟的“看官”进行交流，提出了故事发展的两种可能性：一是李参军不去参军宴会，这样可以保住性命；一是李参军参加宴会，结果却失去性命。故事朝第二种可能性发展，而且，该段文字具有预示故事结局的作用，即李参军失去生命。通读故事我们知道，该故事要宣扬的是冤业报应主题，而且正话故事宣扬的是前世冤业今世报的思想，因此，此段叙事假设加上入话头回的铺垫，可以说把读者胃口吊足了。同时，这种假设也为下面情节的合理性进行了预热。

类似的情形如《初刻拍案惊奇》卷十：

假如当日小姐贪了上大夫的声势，嫁着公孙黑，后来做了叛臣之妻，不免守几十年之寡。即此可见目前贵贱都是论不得的。说话的，你又差了，天下好人也有穷到底的，难道一个个为官不成？俗语道得好："赊得不如现得。"何如把女儿嫁了一个富翁，且享此目前的快活。看官有所不知，就是会择婿的，也都要跟着命走。一饮一啄，莫非前定。却毕竟不如嫁了个读书人，到底不是个没望头的。

《初刻拍案惊奇》卷六：

假如狄氏不托尼姑寻珠，便无处生端；就是见了珠子，有钱则买，无钱便罢，一则一，二则二，随你好汉，动他分毫不得。只为欢喜这珠子，又凑不出钱，便落在别人机彀中，把一个冰清玉洁的弄得没出豁起来。

如此等等。话本小说内置"说—听"交流的叙述特征不容许故事情节出现让人质疑的瑕疵，否则，交流的流畅性就会受到影响，而情节的假设性往往为虚拟"看官"或者现实读者提供了故事情节的另一种发展方向，或者说是另一种更加稳妥、安全的发展方向。但是话本小说作为通俗小说，故事的离奇、情节的曲折往往更能够激起读者的阅读欲望或者购买欲，因此，叙述假设具有多种功能：一是提供叙述的合理性，或者为叙述做合理性解释，避免阅读歧义；二是对故事发展做预言，吊读者胃口（这其实是"说话"艺术常用的程序，话本小说作为内置的"拟书场"也延续了这种程序，并使这种程序具有"写—读"交流的效果）；三是服务于话本小说的强势主题，比如上举《初刻拍案惊奇》卷三十中的冤业报应。因此，从根本上说，话本小说这种可有可无的假设性文字对于情节的顺畅发展是有一定作用的，而且受到虚拟书场中"说—听"双方交流关系的支配，是一种交流程序。

三、说明性情节

话本小说说明性情节与上述议论性情节和假设性情节的功能如出一辙，只是其表现方式与上述二者有差异。话本小说情节的说明性有两种类型，一是对情节发展的合理性进行说明，二是对一些知识进行说明。情节的说明性往往是在情节发展之后进行补充说明，常见一些标志性词语，如"原来……"、"看官有所不知……"，或者用"说话的"与"看官"问答方式等。

第一种类型，如《初刻拍案惊奇》卷十九"李公佐巧解梦中言 谢小娥智擒船上盗”中，谢小娥女扮男装深入杀人越货的强盗申兰的家里，并得到其信任，申兰每外出就会留谢小娥与其妻在家照管。这是一个值得怀疑的情节，因为让自己的妻子单独与一个男子留在家里于情理不合，于是叙述者就直接站出来进行自问自答的解释："说话的，你差了。小娥既是男扮了，申兰如何肯留他一个寡汉伴着妻子在家？岂不疑他生出不伶俐事来？看官，又有一说，申兰是个强盗中人，财物为重，他们心上有甚么闺门礼法？况且小娥有心机，申兰平日毕竟试得他老实头，小心不过的，不消虑得到此。所以放心出去，再无别说。”经过这种说明，谢小娥与申兰之妻留在家中的这一情节便得到了合理性解释。事实上，由于话本小说对情节离奇的追求，以及维持虚拟“说—听”交流和谐的需要，对一些看似不合理的情节进行解释与说明变得很有必要。再如《连城璧》寅集“乞儿行好事 皇帝做媒人”中对乞儿“穷不怕”为何不到太原行乞的说明：

看官，你说穷不怕的教化处处大行，独有太原行不去；别处的人都喜施舍，独有太原不喜施舍，这是甚么原故？要晓得太原人，也是极慕他的，只因终日放在口里，说来说去，看见乞儿上门，就呵叱他道："你不晓得叫化里面有个穷不怕么？一分人家只讨一次，到第二次就请他也不来了，这才是个好花子。你为何不学他一学，三日两头只管上门来惹厌，我们就有钱也不舍你，要留在这边，等那穷不怕。”人人都是这等说。传播开去，就有个远方乞儿，要射起利来，竟假冒穷不怕之名，先到太原来行道。太原人都把他面庞举止细细看了一遍，然后把银钱送他，饭食请他，那个乞儿倒撰了一注大钱而去。临去的时节，又对众人道："我穷不怕是一匹好马，再不吃回头草的。如今扰过一次，以后再不来了。只恐怕有无耻之徒，等我去后，歇上一年半载，假冒我的贱名来搅扰地方，不但费了施主的钱钞，又且坏了不肖的名声。列位紧记此言，切不可被人欺骗。”所以太原之人，一来错认了前人之貌，二来误听了先入之言，起先既把假的当做真的，如今自然把真的当做假的了。所以一见了他，就像仇人一般，半个铜钱不肯轻舍，连那一块锅巴，半碗冷粥，勉强丢掷与他，还像违了圣旨的一般，怎么肯欢欢喜喜的出手？穷不怕只因名高致累，弄到生计索然，又没人对他说，他那里得知？彼时饿到九死一生之际……

李渔的高明之处在于他能够把一些看似荒唐的情节进行合理化说明，从上述“穷不怕”的遭遇可见一斑，一个乞丐竟为名声所累，说起来煞有介事，而且有理有据。

话本小说情节的说明性的另一类是知识性说明，这在话本小说中也是极为常见的，如《二刻拍案惊奇》卷五“襄敏公元宵失子 十三郎五岁朝天”中对官宦家女子出行用“帷幕”的知识性介绍，卷八“沈将仕三千买笑钱”中对“茶券子”的说明，卷十六“迟取券毛烈赖原钱”中对“茶毗”的解释等。话本小说的这种知识性介绍源于书场中的“说—听”交流，因为听众多为下层民众，对于一些知识性的东西不理解，这样就需要说话人进行解释，以避免对情节的发展产生误解。

综上所述，无论是话本小说情节的议论、假设还是说明，都是源于一种对情节合理性的维护，这种维护直接来自话本小说内置的“说—听”交流关系的需要，因为和谐顺畅的交流关系是叙述合理性的基础，也是话本小说强势主题的需要，对情节合理性的质疑会直接影响交流的流畅性和主题的劝惩目的。从根本上说，话本小说情节的议论、假设和说明是一种叙述程序和交流程序，内置的书场与“说—听”交流关系是其存在的合理依据。

第五节　话本小说情节的空间模式——场面化及其交流性

“场面化”是话本小说重要的叙事特征之一，也是话本小说情节的空间表现模式之一。细读文本就会有一种强烈的感觉，即故事的发展呈现在读者面前的是一个个场面，场面的变换是构成故事进程的重要模式。故事的“场面化”呈现如同中国古典戏剧的“幕”或“场”一样具有观赏价值，阅读话本小说如同置身戏院，欣赏的愉悦随着故事的场面流动而在读者心中自然涌动。本文拟从话本小说“场面化”产生的原因、作者通过什么手法获得“场面化”的叙事效果、“场面化”作为一种空间叙事模式与时间有什么逻辑关系以及话本小说作者的读者指向几个方面，对话本小说叙事的“场面化”进行考察。

一、话本小说的“场面化”叙事特征及其成因

话本小说流传至今有很多耳熟能详的故事为广大读者所熟悉，比如“三言”中《警世通言》卷二十四“玉堂春落难逢夫”、《警世通言》卷二十八“白娘子永镇雷峰塔”、《喻世明言》卷三十一“闹阴司司马貌断狱”、《醒世恒言》卷三“卖油郎独占花魁”等。而想起这些故事我们便会想起一个个精彩的场面，比如“玉堂春”故事，我们就会想到“嫖院、庙会、起解、会审、探监、团圆”等场面；“白娘子”故事，我们就会想到“雨中赠伞、索伞相会、法海降妖、永镇塔下”等场面。不但如此，话本小说中还有一些经典的场景，比如墙头马

上（爱情故事）、公堂、寺院等。因此，“场面化”是话本小说重要的叙事特征之一。形成话本小说“场面化”叙事特征的原因是什么呢？笔者认为这与话本小说来源于“说话”艺术和中国人的“空间”思维有着不可分割的关系。

首先，话本小说的“场面化”特征来源于“说话”艺术。“说话”技艺在中国源远流长，至两宋臻于成熟，“说话”艺人有着很高的表演技艺和才能，宋罗烨《新编醉翁谈录·小说开辟》载：

论才词有欧、苏、黄、陈佳句；说古诗是李、杜、韩、柳篇章。举断模按，师表规模，靠敷演令看官清耳。只凭三寸舌，褒贬是非；略传万余言，讲论古今。说收拾寻常有百万套，谈话头动辄是数千回。说重门不掩底相思，谈闺阁难藏底密恨。辨草木山川之物类，分州军县镇之程途。讲历代年载废兴，记岁月英雄文武。有灵怪、烟粉、传奇、公案，兼朴刀、杆棒、妖术、神仙。自然使席上风生，不枉教坐间星拱。[1]

罗烨的记载虽有夸大之嫌但也可以看出“说话”艺人的表演水平的确达到了一个很高的高度，因此可以获得较好的书场效果，即所谓：

说国贼怀奸从佞，遣愚夫等辈生嗔；说忠臣负屈衔冤，铁心肠也须下泪。讲鬼怪，令羽士心寒胆战；论闺怨，遣佳人绿惨红愁。说人头厮挺，令羽士快心；言两阵对圆，使雄夫壮志。谈吕相青云得路，遣才人着意群书；演霜林白日升天，教隐士如初学道。噇发迹话，使寒门发愤；讲负心底，令奸汉包羞。讲论处不偞搭、不絮烦；敷演处有规模、有收拾。冷淡处提掇得有家数，热闹处敷演得越久长。曰得词，念得诗，说得话，使得砌。言无讹舛，遣高士善口赞扬；事有源流，使才人怡神嗟讶。[2]

但，“说话”艺人是通过什么艺术手段或叙事方法获得这种效果的呢？罗烨并没有说清楚。笔者认为，利用故事的“场面化”就是这种艺术方法之一。“说话”艺术的场面化通过艺人虚拟的、假定性的表演，使书场获得故事实景的效果，这样，艺人们的表演就会具有空间感。“说话”艺术经过长期的发展和艺术积累，艺人们知道如何通过使故事“场面化”来实现使观众有身历其境感觉的效果。明末清初的拟话本小说对“说话”艺术进行了书面化改造，但其核心的艺术性却得到了很好的保留。拟话本采用的“说书人口吻”使话本小说呈现出一种“书场化”效果；而书面化改造使一些心理描写与叙事技法得到了强化，这样，呈现在话本小说里的“场面化”叙事显得更加雅致，充满了文人

[1]［宋］罗烨：《新编醉翁谈录》，辽宁教育出版社，1998年版，第3页。

[2]［宋］罗烨：《新编醉翁谈录》，辽宁教育出版社，1998年版，第4页。

化的书卷氛围。比如《醒世恒言》卷二十九“卢太学诗酒傲公侯”中浚县知县汪岑让差人给卢楠送信，作者用限制视角，把差人眼中的卢家园林进行了颇具诗意的“场面化”描述：

差人随进园门，举目看时，只见水光绕绿，山色送青，竹木扶疏，交相掩映，林中禽鸟，声如鼓吹。那差人从不曾见这般景致，今日到此，恍如登了洞天仙府，好生欢喜，想道：“怪道老爷要来游玩，原来有恁地好景。我也是有些缘分，方得至此观玩这番，也不枉为人一世。”遂四下行走，恣意饱看。弯弯曲曲，穿过几条花径，走过数处亭台，来到一个所在。周围尽是梅花，一望如雪，霏霏馥馥，清香沁人肌骨。中间显出一座八角亭子，朱甍碧瓦，画栋雕梁，亭中悬一个匾额，大书“玉照亭”三字。下边坐着三四个宾客，赏花饮酒，旁边五六个标致青衣，调丝品竹，按板而歌。

一个下等差人眼中出现这样充满诗意的场面，这实际上是作者通过差人对卢家园林进行了“场面化”的铺排，呈现在读者面前的是一幅美丽雅致的园林图景。因此，话本小说不但继承了“说话”艺术的“场面化”叙事手法，而且对之进行了更加书面化、文人化甚至雅化的改造，使话本小说呈现的“场面”更具有欣赏价值。

话本小说场面化来源于“说话”艺术这一事实还可以从“说话”艺术自身特性得到证明。“说话”人在长期的表演实践中会形成自己的一套表演“程式”，“最稳定的程式是诗中表现最常见意义的程式。这些程式表示角色的名字、主要的行为、时间、地点”[1]。也就是说，作为空间的地点是“说话”艺人程式构成的重要方面。“说话”艺人常常用“空间串联”的方式结构故事，使故事呈现为空间时间序列中的空间布局排列。话本小说有效继承“说话”艺术这一传统，并使空间描摹更具艺术性和文人化气息。话本小说加入了中国书面传统的雅致，使其在继承民间口头艺术特征的同时，散发出文人化的书卷氛围。这使话本小说雅俗共赏，书面与口头共融。

其次，话本小说叙事的“场面化”特征与中国人的空间思维有着不可分割的关系。中国人的“天人合一”观念是一种趋从自然、融于自然的世界观，是时空混一、转化的时空观，是“人法地，地法天，天法道，道法自然”的辩证观。表现在中国戏曲艺术上，我们通过演员的“唱、念、做、打”，通过虚拟的动作等来感受空间的存在，也就是说，观众靠演员表演的“假定性”来想象一种空间的存在，这样既调动了观众的参与热情，也对演员的表演技能提出了

[1] [美] 贝茨・洛德：《故事的歌手》，尹虎彬译，中华书局，2004年版，第46页。

很高的要求。中国戏曲的“假定性”空间趋从于人物的自然流动，所谓“移步换景”即是。这体现了中国人对于空间的理解，所谓“道法自然”，就是说空间属于自然物，人之道就是趋从自然，人动起来才能使空间流动，同时人的行动性使人不能被一个空间所限，“天人合一”就是人与自然空间的和谐与共生而不是空间服从人，更非人服从空间。这与西方戏剧“三一律”有着根本的区别。中国绘画的“场面化”更加明显，中国画是一种“散点透视”技法，讲究空间的铺排与场面的共时性展示。比如张择端《清明上河图》就是一个“场面化”铺排的典型的例子，这种场面在西方绘画中是难以想象的。国画的虚白、渲染等艺术技法无不具有国人“空间思维”的特色。南唐画家顾闳《韩熙载夜宴图》用五个场面来描述韩熙载夜宴的全部过程。可以说，中国绘画是场面化的。来源于“说话”表演艺术的话本小说的“场面化”叙事更体现了中国人这种空间思维特征。比如，话本小说经常用“转折性”情节来进行故事场面的转换，这与中国人的空间思维习惯有着密切的关系，这里包含了中国人对生命、世界的体认方式和对人生的思考。吴士余在论及园林文化对中国小说的影响时指出，园林文化的“峰回路转”、“豁然开朗”、“山重水复疑无路，柳暗花明又一村”的空间导引思维对中国小说结构影响深远，“情节的曲折，是小说叙事的一种基本表现形态。中国小说所谓忌平直、讳浅露，讲究迂回穿插，抑扬相映的曲笔，便是情节转折的思维显示”。“以形象组合的空间疏密、间隔，空间序列之节奏是抑扬与缓急来呈示情节的转折，由此来组织、扩大情节的艺术空间，这正是中国小说叙事思维的基本特征。”[1]

因此，话本小说叙事的“场面化”绝非是一种偶然，这里渗透了非常丰富的传统文化内涵，理解传统文化是理解话本小说“场面化”叙事的一把钥匙。

二、话本小说“场面化”叙事的时空逻辑

话本小说“场面化”叙事特征使其具有了独特的时空逻辑。话本小说延续了“说话”艺术的故事性，而对人物心理活动的关注则相对较弱，因此，体现故事进程的并非是人物因时间而起的心理变化，而是空间的变化，我们很明显会感觉到话本小说作者对于时间的感觉似乎没有对于空间的感觉敏感。他们往往把大段的时间进行压缩来为空间的组接制造方便。因此，话本小说往往出现大段的时间压缩和时间跳跃来进行“场面化”的故事推进和渲染。比如《初刻拍案惊奇》之“顾阿秀喜舍檀那物，崔俊臣相会芙蓉屏”中，崔俊臣与其

[1] 吴士余：《中国文化与小说思维》，上海三联书店，2000年版，第161页。

妻王氏同处于高公府上，而且高公夫妇知道他们二人为夫妻且历经生死磨难却秘而不宣，等过了半年之后，薛溥化任监察御史为其雪冤，崔俊臣拿到敕牒赴任，在送行宴上才安排他们夫妇团聚，真一个感人场面。作者用大量笔墨来铺排这样一个场面，为了这个场面，作者可谓费尽心机。我们说，让崔俊臣夫妇见面团聚与其冤案昭雪和上任可以说没有任何关系，但作者为了使见面的场面更加圆满，更加有震动人心的力量，不惜把时间进行了非合理性的压缩，而完全没有考虑半年对于历经劫难的崔俊臣夫妇意味着什么。在作者眼中，时间已经淡化，时间完全为了叙事的“场面化”服务。如果让崔俊臣夫妇提早半年见面，那么，后面的场面的观赏价值就会减弱许多。话本小说在时间的处理上往往显得很随意，读话本小说，读者会明显感觉到几年、几十年在故事进程中根本不算什么，而在场面的描绘上则下足了功夫。比如《警世通言》卷十一“苏知县罗衫再合”，写苏云和其妻郑氏夫人因江中遇盗离散生死互无音讯，郑氏夫人流落尼庵。小说中有这样一句话：“再说郑氏夫人在慈湖尼庵，一住十九年，不曾出门。”十九年压缩成了一句话，而对于其一家人团聚的场面则极尽渲染。时间的跳跃为空间的组接制造了机会。按照一般小说的叙事逻辑，十九年应该含有极其丰富的心理内涵和空间容量，但话本小说“场面化”的叙事方式和讲求故事性的文本特点使十九年只是一个可以使空间变换的依据，时间应有的容量被抽空，更多地呈现出因时间的流逝而变换的空间。

话本小说的另一种时空关系是采用“异时空”与现实时空的对接来叙事。所谓“异时空”是指采用仙境等非现实、非人间的时空来对现实时空进行干预，达到推进故事的目的。在话本小说中，“考验升仙”类型的故事就是这一类。比如《醒世恒言》卷三十八“李道人独步云门”中，李清在其七十岁生日时让其子孙用吊篮将他放入云门山洞底庆生，经过几天仙境游历返回家乡青州城已是71年之后，作者这样描述71年的光景：

李清暗忖道：“原来错认我死在云门穴里了。”又问道：“他吊下云门穴去，也只一年里面，怎么家事就这等零落得快？合族的人也这等死灭得尽？”瞽者道：“哎呀！敢是你老翁说梦哩。如今须不是开皇四年，是大唐朝高宗皇帝永徽五年了。隋文帝坐了二十四年天下，传与炀帝，也做了十四年，被宇文化及谋杀了，因此天下大乱。却是唐太宗打了天下，又让与父亲做皇帝，叫做高祖，坐了九年。太宗自家坐了二十三年。如今皇帝就是太宗的太子，又登基五年了。从开皇四年算起，共是七十二年。我那叔曾祖去世时节，我只有得五岁，如今现活七十六岁了，你还说道快哩。”李清又道：“闻得李家族里，有五六千丁，便隔得七十三年，也不该就都死灭，只剩得你一个。”瞽者道：“老翁你怎知这个缘故？只因我族里人，都也有些本事，会光着手赚得钱的。不料隋炀帝死后，有个王世充造反，到我青州，看见我家族里人丁精壮，尽皆拿去当军。那王世充又十分不济，屡战屡败，遂把手下军马都消折了。我那时若不亏着是个带残疾的，也留不到今日。”

李清所历仙境与71年后的家境做了跨越式的组接，使世间沧桑与仙境做了巧妙的在现实中不可能出现的拼贴与对比，使现实的残酷与得道升仙形成了“场面化”的对比性张力，呈现在读者面前的是一幅沧桑悲喜如过眼云烟的图景。这里，现实时间被大幅度地压缩，为幻境与现实的组接制造了方便。

话本小说还有一种时空逻辑来自梦境与现实境况的扭结，出现了非梦非实、亦梦亦实的“场面化”叙事。《醒世恒言》卷二十五“独孤生归途闹梦”中，唐洛阳进士独孤遐叔落第愁闷去四川节度使韦皋处谋出身，但又遇兵乱不得已返家，在离家十几里的洛阳城外因日晚宿于龙华寺中入梦，而他的梦与自己妻子因思夫心切而梦是同一个梦，梦中场面与现实场面形成呼应关系，这里时间似乎凝滞了，所有的梦境是一个个“场面化”的变换与组接。值得关注的是，独孤的妻子入梦的情节作者写来自然流入，使读者不觉已经进入人物的梦中，亦真亦幻，把现实与梦境扭结在一起。话本小说对于梦境的描写往往技法高超，“三言二拍”中，梦境成为故事的进程的关键一环，可以肯定地说，话本小说的梦境描写对于故事的进程往往起到了关键作用。梦境，作为一种与现实时空对应的存在，彻底消弭了时间性而成为一种纯粹的空间存在，它是小说空间的一种开拓，它以不占用现实时空、不影响现实时空的物理发展，又对现实时空故事进程进行干预来获得自己的叙事功能。正是梦境的这种特色使得话本小说作者频繁地运用，“三言二拍”等话本小说几乎达到了篇篇说梦的地步。

话本小说的时间和空间逻辑是一个复杂的存在，绝非上面几种所能概括，例如连缀故事用大段的时间跳跃来节约空间距离，时间被空间布局所左右。这些时空关系基本是时间趋从于空间，时间为空间叙事服务，因此话本小说呈现出来的“场面化”往往给人以深刻印象。话本小说的时空关系不是一种时间的空间化，而是比这更为复杂，因为话本小说在处理时空关系的时候遵从时空的自然逻辑，线性叙事下的时间是一种无缝隙的时间流程，因此，这种时间不可能进行空间化处理，要想表现空间，必须对时间进行合理化跳跃、压缩，呈现在文本中的也是因故事不同而不同的时空关系，因此，我们不可能对话本小说的时空关系做一劳永逸的概括。通过文本细读我们就会发现，话本小说的这些时空关系其实是为小说的故事性服务的，故事的好看、有吸引力、能够为读者提供娱乐是话本小说的追求目标，所谓“新听睹，佐谈谐”[1]即是。

三、话本小说“场面化”叙事形成的艺术机制

如果说话本小说用巧妙的时空逻辑来达到小说“好看”的故事性要求的话，那么要想实现小说的“场面化”，使这种“场面”更加“好看”，作者在叙事技巧、手法上可谓极尽机巧，事实上，话本小说作者对叙事的高超技巧有着自觉的追求。要想做到如凌濛初所言“耳目之内”之奇，不进行叙事技巧的探索是很难做到的。在此，笔者想就具体的例子来阐述话本小说叙事的“场面化”形成机制，但笔者声明，所举例子中的写作技巧绝非是话本小说的全部，而只是其豹之一斑。

如《警世通言》卷三十二“杜十娘怒沉百宝箱”，作者对该故事进行了“场面化”处理，我们完全可以用几个典型的“画面”（场面）来概括故事的内容，比如杜十娘嫖院遇李甲、杜十娘击掌谋赎身、李甲舟中负十娘、杜十娘怒沉百宝箱。事实上，“三言”等拟话本的刊刻往往带有“绣像”即插图。尤其是最后的场面“杜十娘怒沉百宝箱”感动了历代的读者，其之所以有着“震撼”效应，关键是作者采取了“叙事控制”的手法，最后这个“场面”实际上是前面各个场面的累加，但不是一种简单的累加，而是进行了大量的限制性铺垫。作者在表现杜十娘的感情、与李甲的关系以及内心波澜的时候显示了极其高超的“叙事控制”能力。这里举三处“叙事控制”的例子，其一，对落魄以后决心娶自己并谋求赎身的李甲的资助。杜十娘几次先让李甲自己筹钱，在确实不行的情况下才对其些微资助，作者并没有揭示杜十娘如何富有，而是在其对李甲的资助上融入了深刻的心理内容，那种期盼过正常人生活又对李甲是否真心进行考验的微妙心理，经过作者笔墨的“节制”、对叙事的巧妙“控制”得到了完美的呈现。如此的“控制”使赎身“场面”描写以及杜十娘为赎身后未来生活的谋划（比如对财物的处理等）更具有心理内涵。其二，杜十娘赎身成功与李甲一起买舟离开，李甲舟中因财负十娘，这一场面作者写起来极其平静，与杜十娘心已灰冷形成强烈的照应关系。杜十娘此刻平静异常，不但催促李甲赶快应承了以千金买自己的孙富，而且催促孙富快些“兑足银子”。作者的叙事达到了极强的“控制力”，杜十娘内心的灰冷与波诡云谲全以平静出之，读来使人荡气回肠、拍案叫绝。其三，对于杜十娘“百宝箱”的秘密，作者虽采用

[1] 黄霖、韩同文选注：《中国历代小说论著选·拍案惊奇序》，江西人民出版社，2000年版，第263页。

全知叙事但却保持到了最后，杜十娘怒沉百宝箱的场面的关键即是揭示“百宝箱”的秘密，一层层揭开的不仅仅是价值上万的黄金白银珠宝细软祖母绿夜明珠，同时也是在揭开一个心如死灰、追求真诚爱情和幸福生活破灭的复杂的内心世界！作者叙事的控制到此猛然迸发，一种震撼人心的“场面”在故事的高潮处和盘托出。全知叙述者在叙述过程中不是将其所知和盘托出，而是有所保留，这样就起到了蓄积能量的作用，然后在故事的关键时候，比如高潮处，将蓄积已久的能量释放出来起到“震撼”的艺术效果。因此，我们说，叙事控制在完成小说“场面化”叙事中起到了至关重要的作用。

在话本小说作家中，李渔是以“游戏人生”著称的，其写小说的目的在于娱乐，因此，李渔小说中常常出现令人捧腹的场面。李渔在进行小说的“场面化”叙事时，往往采取一些荒诞的艺术手法使场面极具观赏性。比如《连城璧》午集“妒妻守有夫之寡 懦夫还不死之魂”中，费隐公集众人治妒的场面在现实中是很难发生的，李渔将治妒的过程进行了荒诞化处理，呈现出的是一场喧哗的闹剧，场面嘈杂但人物的行动极其认真，构成了庄谐统一的叙事效果，作品的娱乐性便随着一幅幅治妒的“场面化”铺排得到彰显。本篇，李渔除采用荒诞手法取胜外，还把一些生活场景进行“戏剧化”处理，使场面具备了表演的特质。比如妒妇淳于氏与其夫穆子大三日不见，见面之后大哭一场，李渔这样写这个场面：

到第三日上，少不得两位新人要请他出来，同拜三朝。及至走到堂前，与穆子大立在一处，各人抬头一看，不觉四滴眼泪一齐流下腮来，背了新人暗暗的哭了一会。哭到后面，知道掩饰不来，索性搂做一团，号号啕啕哭个尽兴。

这种极富戏剧性又不无夸张的“场面化”描摹在李渔的作品中以及在其他话本小说中很是常见，这已经形成话本小说普遍的叙事策略。

除上述艺术手法外，话本小说在实现“场面化”叙事上还有很多种艺术手法，比如设置悬念，这是话本小说常用的叙事手法，悬念的设置往往为以后的场面孕育更加强力的“势能”；还有利用幻化叙事，话本小说叙事的幻化除上举梦境、仙境外，还有其他一些情况，比如澧都（阴曹地府）、借尸还魂、人鬼之恋等，从而制造出富有想象力的场面；有时作者则不惜以牺牲合理性来达到对场面的烘托与渲染。话本小说利用种种艺术手法，为作品带来了一个个生动的人生场景，不但有令人震撼、惊奇、神往甚至悲凉的或充满诗性的场面，而且有荒诞、喧闹甚至狂欢的场面。可以说，话本小说通过一系列的艺术手法构成了其“场面化”叙事的内在艺术机制。这是一个高度自觉、高度成熟又高度被重复的艺术机制。

四、话本小说“场面化”叙事与“读者交流指向”的先期置入

话本小说的“场面化”叙事与作者创作的读者交流指向有着密切的关系，也可以说，是作者创作的读者交流指向直接导致了话本小说“场面化”叙事的生成。话本小说的读者指向与其来源于“说话”口头艺术有着不可分割的关系，这从拟话本小说中保留的大量口头程序，比如“看官听说”、“且说”、“说话的……”、“却说”等以及直接针对“看官”的议论就可以得到明证。而作为表演的口头艺术，其特征无论在中国还是西方都有着极大的相似性。对于表演的本质，美国著名民俗学、民族音乐学及人类学教授理查德·鲍曼认为：“表演在本质上可被视为和界定为一种交流方式。”[1] 对表演者与观众在表演中的地位，鲍曼指出：

从根本上说，作为一种口头语言交流模式，表演存在于表演者对观众承担展示（display）自己交流能力（communicative competence）的责任。这种交流能力依赖于能够用社会认可的方式来说话的知识和才能。从表演者的角度说，表演要求表演者对观众承担展示自己达成交流的方式的责任，而不仅仅是交流所指称的内容。从观众的角度来说，表演者的表述行为由此成为品评的对象（subject to evaluation），表述行为达成的方式、相关技巧以及表演者对交流能力的展示的有效性等，都将受到品评。[2]

繁荣于中国两宋时期的“说话”艺术同样具有鲍曼所说的特征。“说话”艺术经过两宋、元、明几个朝代的发展，形成了一整套的“社会认可的方式”，这些方式经过了表演者和观众的双向“筛选”过程，其“有效性”受到了历代“看官”的品评，而叙事的“场面化”即是其中之一。叙事的“场面化”经过历代艺人的打磨和操练，从而形成了具有观众交流性和沟通性的叙事模式。而拟话本小说从一开始就对“说书人口吻”进行了书面化模拟，继承了“说话”艺术的叙事技巧与叙事模式，并在一定程度上进行了文人化、书面化和雅化的改造。但其读者交流的核心指向却始终没有改变，因此就可以理解，话本小说何以保留了“说话”艺术“场面化”的叙事特征。下面就具体例子来说明话本小说“场面化”叙事的读者交流指向。

---

[1]［美］理查德·鲍曼：《作为表演的口头艺术》，杨利慧、安德明译，广西师范大学出版社，2008年版，第8页。

[2]［美］理查德·鲍曼：《作为表演的口头艺术》，杨利慧、安德明译，广西师范大学出版社，2008年版，第12页。

话本小说之公案小说与西方侦探小说的最大区别应该在故事的呈现方式上。按照西方侦探小说的叙事逻辑，故事绝不会按照案件从头至尾的顺序将案发的过程予以顺时序的叙述，而是案发之后就进入破案的推理过程，读者看到的和警察或侦探看到的一样多，读者会随着案件的侦破来一步步了解案件发生的整个过程。而话本公案小说不同的是，作者往往采用顺时序的方法展示一个个的“场面化”案发现场，读者先于审案官员了解整个的案发经过。最后的官员审案过程是在读者明了案件真相的情况下进行的，审案的整个场面便具有了表演性质，官员在审案，而观众/读者在“看”官员审案过程，同时，官员也作为被观众“审”的对象而存在。这种观众/读者的参与意识从文本一开始便被置入其中。因此，阅读话本公案小说，读者绝不会像看西方侦探小说那样全身心投入其中，而是时刻处于观赏的愉悦之中而避免了对案件的沉溺，这样便会起到娱乐效果。比如《醒世恒言》卷三十三“十五贯戏言成巧祸”，该篇编自宋话本《错斩崔宁》，是中国戏曲艺术常演不衰的保留剧目，可见中国人对之的喜爱。作品首先叙述了整个以“戏言”而起的离奇的案件，而与当事人毫无关系的崔宁竟成为昏官的刀下冤魂。官员审案完全置于读者对案情的明了之下，因此，读者在看官员审案时也对官员进行了道德良知的审判，这种双重的审判过程使读者对昏官与清官的审案过程充满参与的热情。公堂，作为中国古代小说常常出现的场面，在审案的同时也在审判每个人的道德与良知。可见，中国古代话本小说的作者们并不把对案件的“侦探”过程作为叙事的重点，而把案发场面与审案场面进行了读者交流化的“场面”铺排，让每个读者都成为故事的参与者，同时也获得道德伦理的启迪，话本小说的“劝惩”目的由此可见一斑。

话本小说不是因为其“场面化”叙事而使其获得了读者交流性指向，而是因为其读者交流性指向对“说话”艺术和承继“说话”而起的话本小说进行了长期的历史“筛选”，在“表演者/作者”与“看官/读者”长期的交流、品评后形成的一种有效的、具有中国传统习惯的叙事艺术方法。不但上举之公案小说，在话本小说中到处就会看到这种因读者的交流性“置入”而具有观赏价值的“场面化”叙事。比如《喻世明言》卷二十七“金玉奴棒打薄情郎”中金玉奴夫妇“再入洞房”的场面，众人包括金玉奴本人，也包括读者在内已经知晓新郎就是莫郎的情况下，合谋要让莫郎因自己的负心付出代价，于是就演了一出“棒打薄情郎”的好戏。作者在进行这样的场面铺排时，在其面前就已经置入了观众，观众在莫郎被打的畅快中获得了欣赏的愉悦。其实这种“棒打”的过程含有更加丰富的道德伦理内涵，“娱目醒心”通过这种“场面化”叙事得到了很好的贯彻。话本小说中对夫妇双方或男女双方进行“考验”的场面比比皆是，“考验”经过长期的交流性“筛选”已经成为独具中国特色的叙事母题为广大中国百姓喜闻乐见。在此，笔者也无须再多举例子。

由此可见，话本小说叙事的“读者交流性指向”的先期置入对于话本小说“场面化”叙事的形成有着密不可分的关系。这不是一个作者的发明或偶尔为之，而是经过了“说话”口头表演艺术和书面化的话本小说长期发展，在作者选择与接受者品评的过程中形成的具有“群体智能”的叙事模式。这种模式是话本小说的“拟书场”叙事格局的基本的“说话人—看官”的交流模式，故事的场面化是话本小说“拟书场”叙事格局的交流性叙事模式之一。分析每一个“场面”我们会发现因语境带来了各种欣赏感受和因语境带来的附加在“场面”上的不同内涵。场面，不是一个纯然的场面，而是极富内涵的场面，这里既包含作者的智慧和故事自身带来的语境性内涵，更重要的是包含了明确的读者“交流”意向。从根本上说，“场面化”叙事来自于这种“交流”也为这种“交流”提供了一个平台和一个顺畅的通道。

本章小结

综上所述，“说话”艺术在长期的“说—听”艺术实践中，在与观众的交流磨合中，筛选出了一系列携带情节模式的故事“母题”，这种常用的母题进入话本小说创作，进一步规范化、雅化，形成了话本小说独具特色的“母题”情节，这种情节模式以交流为导向，因交流而生，也以交流为目的。一系列“母题”构成古代小说的叙述传统。话本小说的节奏模式也遵循了交流原则，一切以交流为中心，形成张弛有度的叙述节奏，无论是性格节奏、线索节奏、叙述节奏还是异时空节奏，都服务于“写—读”交流。戏剧性情节模式是一种协调“写—读”交流关系的情节模式，其直接来源于“说话”艺术，冲突、转折、表演、巧合均能引起接受兴趣。话本小说情节的议论、假设和说明更是直接以读者为交流对象，这些都是有针对性的交流策略。话本小说情节的“场面化”，是其空间叙述模式的主要表现形态，这与中国传统戏剧具有直接的继承关系，“场面化”情节模式具有“观赏”效果，可引发接受共鸣，并最终为表达主题服务。

话本小说的情节模式与口头“说话”艺术有直接的渊源关系，长期的“说—

听”交流产生的叙述经验被直接运用于书面文本，并进行了适应“写一读”交流的书面化改造，但其核心的“交流”特征得到了保留。理解口头“说话”艺术情节模式的形成过程对于理解中国古代白话小说的情节模式非常重要。

第六章　话本小说的文化叙事与意识形态交流

话本小说与中国传统文化具有怎样的关系呢？中国传统文化对话本小说艺术和审美特性的形成具有怎样的影响？从意识形态的角度看，话本小说有着怎样的意识形态模式呢？从前面各章的论述可知，话本小说是中国民间文化与主流文化结合的产物，从其形成、文本形制、结构、情节等无不打上这一烙印。更为重要的是，中国传统文化不但影响了话本小说的形成，而且直接参与话本小说叙事方式的营造，代表传统文化的器物、观念、制度直接成为话本小说叙事的重要部分。换句话说，从文化的视角考察话本小说的叙事形式，笔者发现其具有非常独特的文化叙事特征。而且，从文化的观念层和制度层考察会发现，话本小说具有遵从式文化叙事和背反式文化叙事两种叙事特征。而作为强势主题的话本小说，其主题内涵往往无法完全涵盖故事本身所呈现出来的丰富内涵，因此就会出现作者意识形态与文本意识形态直接的背反现象；同时，话本小说作为历史的形成物，经过几百年的历史淘洗，其自身所表现的观念、道德等意识形态与接受者的意识形态已经无法对应，并形成了又一种背反现象，因此，话本小说以自身的文本现象挑战了当今叙事理论的“可靠性”问题，并迫使我们将叙事的可靠性问题纳入历史的视野之内。这样就出现了话本小说意识形态的三重背反现象，这是一种交流的结果。因此，本章将从文化和意识形态的视角对话本小说进行分析与审视，并将详细论述话本小说的文化与意识形态特性。

第一节　文化标志物的形态与叙事功能

按照一般的理解，文化可分为三个层次：器物、观念和制度。任何文化都可以在这三个层面找到自己的独特之处，反过来讲，一个民族文化的独特性要靠器物、观念和制度反映出来。话本小说作为具有浓郁中国传统文化特色的小说类型，从其生成开始就是中国传统民间艺术和主流文化结合的产物，无论从文本形制还是叙事艺术等各方面均表现出了浓郁的民族特色。中国传统文化对话本小说的影响是多方面的，可以说，话本小说是典型的文化叙事文本。传统文化对话本小说叙事的影响或者塑造是通过器物、观念和制度来实现的，也就是说，这些都作为文化标志物参与了话本小说的文本建构和独特艺术性的生成。

一、文化标志物的器物形态与功能

器物作为文化的载体有着丰富的历史文化内涵，英国功能人类学大师马凌诺夫斯基认为："一物品之成为文化的一部分，只是在人类活动中用得着它的地方，只是在它能满足人类的地方"，"所有的意义都是依它在人类活动的体系中所处的地位，它所关联的思想，及所有的价值而定"[1]。在话本小说中，器物作为一种重要的文化标志物在故事中被广泛运用，如《喻世明言》卷一"珍珠衫"、卷二"金钗钿"、卷十"卷轴画行乐图"、卷四十"《出师表》字幅"；《警世通言》卷十一"罗衫"、卷十二"鸳鸯宝镜"、卷二十二"破毡笠"、卷三十二"百宝箱"；《醒世恒言》卷十五"鸳鸯绦"、卷十六"合色鞋"、卷三十二"十五贯"、卷三十三"一文钱"；《初刻拍案惊奇》卷二十七"芙蓉屏"；《二刻拍案惊奇》卷三"金钿盒"、卷九"玉蟾蜍"、卷三十九"一枝梅"；等等。所有这些"标志物"无不具有深厚的中国传统文化背景，在故事中，这些标志物除具有传统文化特征外，还包含了故事人物特有的情感、经历、身份等信息，而正是这些信息使这些文化标志物具有了丰富的叙事功能，文化因子直接参与了故事的情节运行、结构营造和情感容量。文化标志物的器物形态在话本小说中的叙事功能可做如下分类。

其一，纯粹线索功能。话本小说中文化标志物的器物类型在故事中的一般功能是作为故事线索使用，其作用是贯穿故事情节，连接不同线索，推动故事进程。比如《喻世明言》卷一"蒋兴哥重会珍珠衫"中的"珍珠衫"就是如此。珍珠衫作为蒋兴哥的祖传家宝是蒋兴哥家庭中重要的物品，是压在箱底不轻易示人、送人之物。蒋兴哥做生意远在异乡，其妻三巧儿受薛婆设计，失身于同样出门做生意的陈大郎，于是便与陈大郎亲密媾和，在陈大郎回乡之际送与陈蒋兴哥祖传宝贝"珍珠衫"，并说："穿了此衫，就如奴家贴体一般。"陈大郎在外乡偶遇化名罗小官人的蒋兴哥，陈大郎与其饮酒，因天气炎热，便脱去外

[1] [英] 马凌诺夫斯基：《文化论》，费孝通译，华夏出版社，2002年版，第17页。

衣露出穿在身上的珍珠衫，蒋兴哥看到珍珠衫很是惊异，便故意夸奖此衫之美，于是陈大郎便把与蒋兴哥之妻孅和之事告诉了蒋兴哥。而了解事情真相的蒋兴哥“说不得、话不得、死不得、活不得”，急忙回乡，回家之后，把其妻三巧儿托其父母病情危急之故送还娘家，并在其妻临走前把一封给其岳父的信一并带去，而此信就是一封休书。其岳父问其故，蒋兴哥向其妻索要珍珠衫，事情一下子清楚了。三巧儿被休之后，嫁与吴杰进士、广东潮阳县知县。陈大郎回家之后，珍珠衫被其妻发现藏起，陈大郎知事情败露，心情缭乱，依旧出门做生意，当回到蒋兴哥家乡枣阳遇盗，本钱尽被劫掠，又了解三巧儿已经改嫁，于是抑郁生病，便托人给其妻平氏捎信，其妻携带珍珠衫等细软财物寻夫，而陈大郎已死，平氏流落异乡，经人撮合嫁与蒋兴哥，蒋兴哥惊讶地发现其传家宝珍珠衫重新回到自己家中……该故事曲折动人，里面有很多巧合，而珍珠衫的流转推动了故事的进展，所谓“重会”，预示着曾经的“分离”，也就是说，珍珠衫不但起到了线索功能，而且附加了故事中的几个人物之间的悲欢离合，因此，珍珠衫已经不是一个简单的器物，而是蕴含了极富人生悲欢和情感的叙事标志物。

同样，《醒世恒言》卷十六“陆五汉硬留合色鞋”中，俊俏少年张荩与潘家小姐潘寿儿一见钟情，潘寿儿把一只合色鞋从楼上抛下作为信物。而张荩为能得到潘寿儿，就请出入潘家的陆婆帮忙，并将合色鞋交予陆婆作为与潘寿儿说和的凭证。不料合色鞋却被陆婆之子陆五汉所得并与潘寿儿做成男女之事。潘寿儿与陆五汉的动静惊动了楼下潘寿儿父母，于是潘的父母与潘寿儿调换了住处，但陆五汉不知，依旧去与潘寿儿私会，但去了几次得不到潘寿儿垂下的布条，于是就掮了一张梯子进入潘寿儿楼上，而此时却是潘的父母，陆五汉一见床上是两个人，以为潘寿儿另有相好，一怒之下用杀猪刀将二人杀死。杀人案发，潘寿儿告状供出与张荩私会，张荩被抓到官府屈打成招。张荩在监狱中买通皂隶让其到女监与潘寿儿对质，终于获知真相。后太守又从陆婆拿合色鞋线索终使案件真相大白，陆五汉归案。整个故事以合色鞋为线索串起几个人物的命运，合色鞋不但是男女定情的信物，而且成为破案的关键事物。

类似上述以标志性器物作为故事线索，并进行不同情节线索之间捏合的例子在话本小说中很常见，比如《二刻拍案惊奇》卷三十九“神偷寄兴一枝梅　侠盗惯行三昧戏”中的“一枝梅”，《醒世恒言》卷十五“鸳鸯绦”、卷三十二“十五贯”、卷三十三“一文钱”等。这些标志物作为一般事物的功能在故事中被忽略，取而代之的是极富情感、心理甚至道德内涵的线索性事物，这些具有中国传统文化特色的事物在故事中往往起到关键的作用，它们或者以其流转来推进故事进程，或者用来联系不同人物线索。比如"十五贯"不但是钱的问题，它所包含更多的是人物之间微妙的关系、官府草菅人命的断案方式，而且更为重要的是蕴含了古代中国社会中国人生存的基本现实。"一枝梅"、"一文钱"、"鸳鸯绦"无不如此。因此，我们说，文化标志物看似平常的事物在话本小说叙事中增加了非常丰富的内涵，而这些附加在标志物上的意蕴构成话本小说文化叙事的关键。

其二，标志物特性对故事情节结构的预示、构成作用。上述话本小说标志性器物的作用只是一种非常简单的用法，而器物作为话本小说文化叙事的标志物很多情况下并没有那样简单，它们不但承载了比其本身多得多的文化心理内涵，而且这些器物本身携带的传统文化特征对故事的情节、结构具有某种构成作用，也就是说，标志物自身的特性便携带了故事的情节因子与故事的结构形态。比如《初刻拍案惊奇》卷二十七"顾阿秀喜舍檀那物 崔俊臣巧会芙蓉屏"中的"芙蓉屏"即是如此[1]。这篇故事改编自李昌琪《剪灯余话》卷四"芙蓉屏记"，故事讲崔俊臣与其妻王氏在上任途中遇盗，崔俊臣被抛入江中，强盗欲把王氏嫁与自己的二儿子做媳妇，因此王氏却流落贼人处一月余，恰逢八月十五，王氏机智地将贼人灌醉逃脱至一尼姑庵削发为尼。恰巧贼人顾阿秀将抢劫崔俊臣的一幅芙蓉屏施舍给该尼姑庵被王氏看到，于是王氏悲从中来，赋《临江仙》一首题于画上，而此画后又被喜好字画的高公得到，他看到画上的《临江仙》，感到里面一定有故事。而此时，落水逃生的崔俊臣也来到高公府上做私塾先生，偶然看到芙蓉屏上的妻子字迹，于是给高公说了，高公于是寻访王氏并将其接到府中，再派人侦查顾阿秀住址，最后将强盗一网打尽，崔俊臣夫妇也得团聚。故事以芙蓉屏的流转为动力，将人物的命运与芙蓉屏的流转紧紧联系在一起。而可贵的是，中国画的独特形式——诗书画一体的格局为故事的推进起到了至关重要的作用，也就是说，芙蓉屏在流转的过程中，画上的内容的增加成为故事的推动力，中国画本身的形式要素成为故事情节生成的关键因素。

《警世通言》卷十二"范鳅儿双镜重圆"中的"鸳鸯宝镜"与芙蓉屏有着同样的作用。故事写南宋建炎四年关西人吕翊忠职授福州监税，带家人去福建赴任路过建州被贼人劫掠与女儿顺哥失散。顺哥流落建州城贼人处，贼人中有一个叫作范希周的受贼人领袖范汝为逼迫加入贼党，但他虽人在贼党却以救人

[1] 刘俐俐：《诗书画一体与中国古代文言小说叙事艺术——以李昌祺〈芙蓉屏记〉为中心》，《明清小说研究》2013年第4期，第220-228页。

为务，不干劫掠勾当。范希周见到顺哥，将其带至家中，后娶之为妻，并以传家之宝“鸳鸯宝镜”为聘礼。但建州贼党很快便被朝廷镇压，范姓贼人被诛杀，顺哥与范希周各持宝镜的一半失散。后顺哥与其父吕翊忠团聚，而吕翊忠后调任封州都统制，一日广州守将差贺承信送公牒至封州，被顺哥认出贺承信乃范希周，于是，以鸳鸯宝镜为凭，夫妻团聚。该篇与芙蓉屏不同的是，鸳鸯宝镜自身的特征是两镜合扇、可开可合，并内铸鸳鸯二字。中国人常常用破镜重圆来形容亲人之间的失散后的团圆。此篇，顺哥与范希周之间的离与合均与鸳鸯宝镜的分与合具有共时性，宝镜分的同时就预示着合，分与合之间经历着人生的悲欢离合、喜怒哀乐。宝镜分而后合成为亲人间离散与团圆的隐喻，同时也蕴含了“兵荒”时期中国人基本的生存图景。如此情景一遍遍在国人的现实生活中上演，是中华民族苦难记忆的基本心理图式，对团圆的期盼成为这种心理的最核心的期许，因此，此篇的鸳鸯宝镜的分而后合便是国人“破镜重圆”愿望的真实体现。《警世通言》卷十一“苏知县罗衫再合”中的“罗衫”和鸳鸯宝镜一样是同样的两件罗衫分而后合的离散团圆故事。

其三，交流功能。话本小说中这种以器物作为叙事标志物，以器物自身的特性来推进情节、结构故事、预示结果的情况很多，这些小说中的文化标志物除叙事功能外，还有另一功能，即交流功能。话本小说，尤其是“三言二拍”在流传过程中不断被改编成戏剧，有的至今还活跃于戏剧舞台之上，比如“芙蓉屏记”、“罗衫记”、“十五贯”等。有很多话本小说在被改编成戏剧的时候增加了“标志物”，即在戏剧中叫作“戏眼”的东西，而有的小说即使没有明显的标志物，在改编之后增加了标志物，并在戏剧中突出了这些“戏眼”的叙事作用[1]。戏剧改编者何以乐此不疲呢？其关键一点是这些标志物所具有的双重作用：一是其叙事功能——推进情节的发展、结构故事等；一是具有引起观众趣味、吸引其欣赏热情的作用。作为内置“拟书场”的话本小说，其内置的“说—听”交流图式形成了话本小说独特的交流性艺术特色，运用标志物来促进交流的顺畅与故事的进程也是话本小说的叙事手段之一。器物作为文化标志物在故事中最容易被记住，而且最容易使人对故事的前因后果有一个基本的承载体，因此，标志物的流转、运动不但具有牵动故事的作用，同时具有牵动接受者兴趣、心理的作用。可以说，话本小说标志性器物的运行与读者的兴趣的运行基本处于重合状态，这种重合表现为故事与读者之间的交流性。

[1] 程国赋：《三言二拍传播研究》，中国社会科学出版社，2006年版，第178-181页。

二、文化标志物的观念形态与功能

除了器物参与了话本小说故事的营造，观念，作为文化标志物的另一形态，也在话本小说故事情节、结构等的形成方面起到了重要作用。在话本小说结构一章中，笔者曾论述了话本小说强势主题原则，主题作为话本小说的深层结构从根本上控制了其情节的运行方向，而这些主题大多是以观念的形态出现的。一种观念一旦形成，就会成为社会大众潜在的甚至是潜意识的行为控制因素，观念自身的特性、层次往往成为人们行为分化的基本依据。同时，观念形态往往成为人们行为的一种终极模式，即使在向这种终极运行途中对观念有所偏移，但其行为也最终会回到观念所预设的结果上去。下面就话本小说的某些观念如何成为其文化叙事的标志物进行文本分析与考察。

1. 命相观念。命相观念是从古至今流行在中国民间社会的一种非“官方”的民间信仰，在国人无法掌握自己命运的时候，命相观念无疑给普通民众一种较为合理、较为让人信服的类似阿 Q 的精神安慰。命相观念信奉人的命运、相貌，即人的命运是一种被预先设定的、个人无法左右的东西，人的命运可以通过相貌来显示。因此，命相富贵的就不会贫穷，而命相贫穷的无论自己怎么努力都会以倒霉、失败收场。这种带有宿命色彩的人生命定观念在话本小说中往往作为一种推进故事情节、影响故事结构的标志物而存在。虽然这种标志物并非是一种看得见的实在的东西，但其功能和器物如出一辙，而且比器物在话本小说叙事中的功能更加强大。比如李渔《十二楼》之“拂云楼”中，丫鬟能红为了达到自己做二夫人的目的，买通算命先生张铁嘴，让其在为韦小姐算命之际，按照自己所设定的条件为韦小姐量身打造了一套适合自己目的的“命运”：必须找娶过一房而且头妻没了又要求续弦的，而且又不能“独操箕帚”，因韦小姐是半点夫星，还得让丈夫“寻一房姬妾，帮助一帮助，才可以白发相守……”。如此极尽苛刻的命运安排实际上指向了唯一答案，即嫁与裴七郎，然后再娶能红为二房。故事接下来的进展、情节的安排完全受到韦小姐的“命运”所左右，这种看似合情合理“命运”安排的背后，其实都来源于能红想改变自己卑微命运的努力，那种人们深信不疑的命运安排，在“拂云楼”中以一种操控命运的方式使当事人受到愚弄。这是一种耐人寻味的叙事方式，命运操控人又为人所操控，这样故事在愚弄与被愚弄的、情节被命运所操控而命运又被人所操控的情形中完成了李渔“游戏人生”、“人生如戏”的“无声戏”表演。

李渔《连城璧》巳集“遭风遇盗致奇赢　让本还财成巨富”中，秦世良与秦世芳虽相貌一样却命运不同，秦世良命里该富，秦世芳命里该穷，这种对人的一生的终极判断，无论人生的过程如何，其结果都会服从命运的安排，因此，尽管秦世良做生意屡做屡赔，杨百万却依然将银子借与他，因为杨百万对秦世良的富贵命运深信不疑。相反，对秦世芳，杨百万的态度却截然相反，而且对秦世芳命运该穷也深信不疑。但富有戏剧性的是，秦世芳做生意却越做越大，而且赚了巨额财富。但命运的安排并未就此结束，故事情节无时无刻不朝着命运设定的方向前进。原来，秦世芳用以赚取巨额财富的本钱并非自己的，而是秦世良的！一切均以此为转折，二人的命运也因此来了个180度转弯，秦世良不用操劳却得到巨额财富，而秦世芳尽管苦心经营，到头来却将财富拱手送与别人。然而李渔并未因此结束故事，而是安排了秦世芳因自己归还别人财富的高尚道德而获得改变自己命运的机会：高尚的道德可以为贫穷的命运买单。

在李渔的小说中，以命相来结构故事、推进情节的例子不在少数。而这种以命运来左右小说叙事格局的情形在话本小说中也极为常见。比如《喻世明言》卷三十一“闹阴司司马貌断狱”中这样写道：“凡人万事莫逃乎命，假如命中所有，自然不求而至；若命里没有，枉自劳神，只索罢休。”《初刻拍案惊奇》卷一“转运汉巧遇洞庭红 波斯胡指破鼍龙壳”中写道：“真所谓时也，运也，命也。俗语有两句道得好：‘命若穷，掘着黄金化作铜；命若富，拾着白纸变成布。’总来只听掌命司颠之倒之。”如此等等。在话本小说中“命相”为故事设定了情节、结构、结果的基本模式，小说中不但人物的命运受到“命相”的左右，而且小说的情节安排、结构布局无不受到“命相”的支配，这已然成为话本小说叙事的一种程序，而且这种程序在话本小说中不断被重复和花样翻新。

2. 因果报应。话本小说中的因果报应思想是一种值得关注的现象，对此许多论者都予以揭示并采取批判的态度，对此笔者并未有疑义，因为笔者更愿意相信，现实比人们的因果报应愿望更加残酷，这种愿望只不过给人一种自欺欺人的安慰，一种在残酷现实面前无所作为的理论依据。但话本小说中的因果报应思想并非如此简单，换句话说，话本小说中并非对这种思想仅仅是说说而已，而是把这种思想作为一种叙事的动力，或者作为情节形成和发展的组成模具，因果报应思想从艺术层面、思想层面全面参与了话本小说的叙事，成为具有明显标志的文化叙事形态。《初刻拍案惊奇》卷三十“王大使威行部下 李参军冤报生前”便是以因果报应来结构故事、组织情节的小说，该篇入话诗这样写道：“冤业相报，自古有之。一作一受，天地无私。杀人还杀，自刃何疑？有如不信，听取谈资。”接着讲述了两件因果报应的故事。第一件是讲一女子三生只为因果报应，即前生被王家翁、姥图财害命，再生其家为子，“十五害病、二十岁死”，让王家翁、姥费尽医药之费、流尽眼泪；三生为女子来证明讨命，即王家翁、姥被女子点破害人旧事，回家惊异而亡。第二件故事讲吴将仕之子病亡，过一年，吴将仕的兄弟在一庙中见到吴将仕儿子的鬼魂，让他捎信给其父母，让他们亲自来见，吴将仕夫妇来到庙前揭穿了吴将仕当初图财害一少年性命的往事，而这一少年就投胎其家做起儿子来复仇，即所谓的两世做鬼复仇。而该篇正话则讲述了节度使之子王士真与太守喝酒，要太守部下李参军作陪，不料李参军却被王士真毫无缘由地杀掉了。原来李参军曾经为了财物将一个少年推下悬崖害死，王士真就是这位少年托生复仇的。话本小说有类似此篇的因果报应的故事，讲来言之凿凿极其认真，因果报应成为故事情节组织的方式，即有前因必有后报，因此，故事结构也以人物命运的转折作为催化结构分为前后平衡的两部分。《初刻拍案惊奇》卷二十“李克让竟达空函 刘元普双生贵子”中的刘元普对素不相识的李克让妻儿的无私救助竟使他本无子嗣的命运改变，结果“寿益三旬，子生双贵”，不但寿命延长几十年而且双生贵子。《二刻拍案惊奇》卷十五“韩侍郎婢做夫人　顾提控掾居郎署”入话中的徽商代人偿还官银、赎人出狱等善举，使其自己及家人免遭墙压之厄，即所谓善有善报、“与人方便，自己方便”。该篇正话中顾吏典把衙门变修行之地，免人刑狱之苦，阴骘积善，后得好报升迁。话本小说寄意劝惩，以因果报应来支撑“酒色才气”盛行、道德沦丧加剧的明末社会，作者的忧世之情溢于言表。但因果报应作为一种佛教观念，在中国有一个长期的本土化过程，而在这一过程中，因果报应再不是一种人生的终极状态，而是成为一种世俗化的道德规范，成为具有中国文化标志的观念，儒家的入世观不能给道德沦丧的社会开药方，道德底线的守护成为一种底层民众的本能行为，这种自上而下的道德倡导，反过来成为一种自下而上的守护现状。因此，在话本小说劝惩的写作目的下，因果报应成为一种参与故事营造的手段，因果报应不单单是一种观念，更主要的是一种叙事手段和叙事方法，而这种观念性的文化叙事具有强烈的交流欲望，获得接受者的认同无疑是小说观念性文化叙事最主要的目的。

通过以上论述我们发现，话本小说观念性文化叙事绝非单纯地宣扬某种观念，而是观念已经全面参与了故事情节的组织、进程，结构的布局与安排，也就是说，观念已经作为一种艺术方法在使用，故事宣扬观念，反过来，观念又营造故事，故事成为图解观念的手段，话本小说的劝惩性和交流性由此可见一斑。

三、文化标志物的制度形态与功能

中国古代传统的封建社会制度是一种伦理、道德与意识形态的混合体，有时候很难区分何为制度，何为伦理、道德，这是中国几千年封建人治而非法治社会中极为平常的事情。在话本小说中，制度作为文化标志物不是一种简单描述，而是制度已经成为小说构成的一部分，小说的情节设置、进程、分布，小说的结构等无不受到制度的支配，或者说，小说的叙事模式已经“制度化”了，制度不但是一种叙事对象，而且也是一种艺术方法，这是一种典型的文化叙事。作为通俗小说，话本小说以较低的写作姿态描述了在各种制度下芸芸众生的现实生活，并因此使接受者毫无台阶地出入于小说内外，交流从一开始就不存在任何障碍。笔者下面仅以科举制度和婚姻制度为例来论述话本小说文化叙事的制度形态。

其一，科举制度。科举制从隋唐开始作为统治阶级笼络人才以扩大统治基础、士人用以改变命运的青云之梯的基本政治制度，在中国人的现实生活中成为牵动国人神经的重要制度，它从国人的意识层面走入潜意识层面，从封建制度的上层建筑走入普通百姓的日常生活。因此，在话本小说中，我们可以看到科举制和由科举制衍生出来的各种社会现象是怎样对小说的文体、情节、结构、人物的思想行为等构成了决定性影响的。科举制度的任何环节都可作为小说故事的叙事对象，而且任何环节都可以形成与这种环节的特征相关的情节模式，这在中国古典小说中是一个极有意思的现象。

科考与中举是科举制度的关键环节，也是关系士子命运的环节。被认定为冯梦龙原创的《警世通言》卷十八“老门生三世报恩”中的老秀才鲜于同科考蹭蹬，不料考官率性而为只管打自己的算盘哪管考生死活。每次认真应考的鲜于同都名落孙山，此次因吃了几杯生酒闹腹泻，考试三场均草草收场，而恰恰是草率完卷竟被“不要整齐文字”的考官蒯公点了头魁。失望的蒯公哪里知道，就是这个他不喜欢的老门生在中举之后对蒯公及其子、孙三世提供了极大的帮助。此篇揭露了科考士子的皓首穷经、考官的自私以及中举之后人生命运的转折，科考中的人物心态、行为成为推进情节、结构故事的关键，此篇明显以中举为转折形成故事情节的分布，而且中举作为催化事件，在鲜于同线索和蒯公线索的运行方向上起到了关键作用。

同样，中举在李渔《连城璧》子集“谭楚玉戏里传情 刘藐姑曲终死节”中的谭楚玉与刘藐姑的命运转折中也起到了重要作用。中举意味着社会地位大幅度提升和掌握的社会资源大幅增加，谭楚玉在中举前只是一个地位低下的戏子，他没有资本娶戏班主绛仙夫妇的女儿，甚至虽然同台演戏而在台下连见面的机会都没有。因此，谭楚玉和刘藐姑不得已选择双双投水殉情的方式来捍卫自己爱情的权利。而后来谭楚玉发愤苦读，“读了三年，出来应试，无论大考小考，总是矢无虚发。进了学，就中举；中就举，就中进士；殿试之后，选了福建汀州府节推”，正是中举带来的地位、心理优势才使接下来谭楚玉和刘藐姑的行为有一种合理的解释。中举，已经内化为人的行为模式对人的行为起作用。

而有时中举又和大团圆联系在一起，《石点头》卷一“郭挺之榜前认子”中，郭挺之与其未谋面的儿子在中举后得以团圆，这是中举带来的“副产品”，科考把天下举子汇聚京城为故事的结局与由父子相认带来的对儿子及其母亲故事的回溯提供了可能；卷二“卢梦仙江上寻妻”的结构明显以卢梦仙中举为转折分为前后两部分；卷五“莽书生强图鸳侣”、卷六“乞丐妇重配鸾俦”中科举对人物的命运与小说的情节有着至关重要的影响。所有这些小说，中举无不作为具有转折性意义的事件对故事情节的进程、人物命运的转折、人物行为的改变起到重要作用。话本小说似乎形成一种约定的程序，即在结尾往往以人物或者其后人中举登科作为对其德行的最高回报，由此可见，科举在人们心中占有多么重要的地位。

不但中举，上任也是科举考试中举后极为重要也是最后的环节。《警世通言》卷十一“苏知县罗衫再合”和《初刻拍案惊奇》卷二十七“顾阿秀喜舍檀那物 崔俊臣巧会芙蓉屏”就是两个著名的发生在上任环节的故事。由于我们前面对这两个故事多有论述，此处不赘。但应当指出，科举制度的每一个环节都会结构生动的故事，比如游学、赴考或叫作赶考、考试、中举、上任等[1]，科举制度已经超出小说的描述对象而成为一种叙述方法，小说的情节、结构，人物的行为方式，故事的进程等无不受控于科举制度的各个层面。

其二，婚姻制度。中国古代封建社会实行的是一夫一妻多妾婚姻制度，一夫一妻是婚姻制度的主流，只有有一定社会地位、经济基础或者官职的人才有能力娶妾，而且一般情况下，娶妾也须符合一定的条件，而且娶妾的人数依据官职的大小也有限制，古代的各个朝代均有规定，比如明朝规定：“亲王可娶妾媵十人；世子、郡王可娶妾媵四人；将军可娶妾媵三人；中尉可娶妾媵二人；庶民四十以上无子者，可娶妾一人。”[2]而且历代律法规定了违反婚姻制度的惩

[1] 对科举与明清通俗小说的关系参见叶楚炎：《明代科举与明中期至清初通俗小说研究》，百花洲文艺出版社，2009年版，此书对科举与通俗小说叙事之间的关系有详细论述。

[2] 陈江：《百年好合——图说古代婚姻文化》，广陵书社，2004年版，第43页。

罚措施。因此，严格的婚姻制度对于维护封建社会的稳定、伦理道德等起到了很好的作用。中国古代婚姻有着一整套的程序，比如男大当婚女大当嫁、父母之命媒妁之言、命相八字与良辰吉日、彩礼、妆奁、娶亲、拜堂、洞房花烛等，而且对于婚姻的解除也有严格的规定，虽然这些规定是以男权为中心。比如在《大戴礼记·本命》中就有针对女方的“七出之条”或叫作“七去之条”：“不顺父母去，无子去，淫去，妒去，有恶疾去，多言去，盗窃去。”男方可以因女方违反其中任一条休掉妻子，而且女性没有财产权，即使离婚，其陪嫁的嫁妆也都归男方。在话本小说中，婚姻制度不但是描述对象，而且婚姻制度的各个层面全面参与了故事的营造，其作用与科举制度如出一辙。

在《喻世明言》卷一“蒋兴哥重会珍珠衫”中蒋兴哥之所以休妻，是因为其妻违反“七出”中的“淫”，而蒋兴哥的岳父与其妻对此并没有提出任何异议，一方面因为其妻是过错方，另一方面蒋兴哥的行为符合婚姻制度的要求。而且当其妻王三巧再嫁，蒋兴哥将原来陪嫁的15箱嫁妆全部给王三巧做陪嫁嫁妆。蒋兴哥的行为之所以受到赞扬，是因为其仗义，更是因为按照当时的婚姻制度，这些嫁妆的所有权本属于蒋兴哥。由此可以看出婚姻制度对于人物行为的制约作用。同样在李渔《十二楼》之“合影楼”中，媒人路公巧妙地利用婚姻制度中的“父母之命媒妁之言”，使事情按照自己设计的计谋发展，而站在叙述行为的角度来看，正是婚姻制度控制着路公计谋的运作，而计谋的一步步实现也受控于婚姻制度。再如在“拂云楼”中，丫鬟能红也是巧妙地利用了婚姻制度中男女联姻要测命相八字的习俗，使事情朝着自己设想的方向发展。所有这些都是小说人物利用婚姻制度来达到自己目的；但反过来说，这些人物，之所以有这些行为归根结底是因为在其行为背后有一个婚姻制度，他们的一切行为无不受婚姻制度的支配。在《警世通言》卷三十二“杜十娘怒沉百宝箱”中，杜十娘的悲剧一方面来自李甲的负心，而另一方面，笔者认为也是最核心的一方面就是他与杜十娘的结合不符合婚姻制度的“父母之命媒妁之言”要求，更何况杜十娘的出身与其父的严厉加剧了李甲的恐惧，而孙富正是利用了这一点才说动了李甲之心。在话本小说中，有关婚姻方面的故事很多，而且后来形成的才子佳人小说也无不围绕婚姻展开，婚姻制度在这些小说中以双重身份出现：一是小说中的人物往往利用婚姻制度来实现自己的目的，二是这些人物的行为无不受到婚姻制度的支配。而如果站在小说艺术与审美的角度看，婚姻制度又成为小说情节生成与推进、结构安排等艺术性形成的核心，而读者的审美愉悦就来自婚姻制度的这种多重身份带来的叙事张力。

综上所述，话本小说以器物、观念、制度为表现形态的文化标志物，在叙事中不但是表现对象，而且这些标志物以自身的特性全面参与了故事情节、结构、人物行为等艺术性的营造，从而使话本小说表现出鲜明的文化叙事特征。文化叙事不是一种简单的小说表现文化的某种性质，而是文化作为一种叙事方法参与到小说叙事中，成为小说叙事艺术的一部分，换句话说，小说叙事表现文化的同时也受文化特性的支配。在通俗文本中，文化叙事占有决定性影响，因为，通俗文本具有双重性质，一是为大众提供娱乐，一是为自己赢得利益。这种双重性决定了通俗小说必须和读者达成和谐的交流关系，维持他们的兴趣和普遍的道德诉求，话本小说文化叙事即如此。

第二节　遵从式文化叙事与背反式文化叙事

话本小说文化叙事有两种模式：遵从式文化叙事和背反式文化叙事。所谓的遵从与背反，主要是指对于主流道德伦理和意识形态来说的，即话本小说的叙事时常表现为对大众所奉行的道德伦理、意识形态的遵从或者背反。这是话本小说经过文人加工、创作之后所形成的文化叙事现象。因为话本小说来源于“说话”民间艺术，而这种艺术长期处于主流文化之外，是一种亚文化，它相对于主流文化来说处于从属地位，因此，“说话”艺术时刻受到来自主流文化的权力压力，对主流道德的屈从是其主要的价值模式，所以，“亚文化文本中的道德原则，与主流文化的道德没有什么不同，只是实行得更彻底，不怕情理不通，也不怕有伤儒家的忠恕。文化的从属地位，造成意识形态上更为顺从。社会的亚文化阶层并没有自己的独立道德价值系统”[1]。但是，经过文人加工、创作之后的话本小说则有另外一种状况，即表现为对于主流价值的矛盾心态，一方面话本小说极力维护主流的伦理道德等价值系统，呈现为一种遵从的姿态；另一方面，话本小说作者大多来自封建文人，而且受到明末社会商业经济的冲击，主流道德系统逐渐式微，表现在文学创作上则是一种“背反”姿态。正如赵毅衡所说：“读文人化文本时，读者始终被提醒注意全文的伦理逻辑，因为每个部分都为这个伦理主题服务。而这个伦理主题，与社会道德规范的关系，可以是‘顺应’的，也可以是‘异见’的。”[2] 但是，更加复杂、更加

[1] 赵毅衡：《意不尽言——文学的形式 - 文化论》，南京大学出版社，2009年版，第176页。
[2] 赵毅衡：《意不尽言——文学的形式 - 文化论》，南京大学出版社，2009年版，第178页。

微妙的是，话本小说所表现的对于主流价值的“背反”往往以回归主流价值收场，也就是说，背反的姿态得出的是遵从的结论，这就非常清晰地表现出话本小说创作者在迎合读者（多为当时新兴的市民阶层）审美心态和迫于主流价值压力下的矛盾心态。话本小说无疑为我们勾勒出明末社会面临经济、社会、意识形态转型时期文人思想矛盾的时代面影。

一、遵从式文化叙事

话本小说作为通俗小说，对主流文化的遵从始终是其价值取向的主要方面。对于主流价值的遵从是话本小说作者自觉的行为，比如冯梦龙在《古今小说序》中指出：“大抵唐人选言，入于文心；宋人通俗，谐于里耳。天下之文心少而里耳多，则小说之资于选言者少，而资于通俗者多。试今说话人当场描写，可喜可愕，可悲可涕，可歌可舞；再欲捉刀，再欲下拜，再欲决脰，再欲捐金。怯者勇，淫者贞，薄者敦，顽钝者汗下。虽小诵《孝经》、《论语》，其感人未必如是之捷且深也。噫，不通俗而能之乎？”[1]在《警世通言叙》中指出：“《六经》《语》《孟》，谭者纷如，归于令人为忠臣、为孝子、为贤牧、为良友、为义夫、为节妇、为树德之士、为积善之家，如是而已矣。经书着其理，史传述其事，其揆一也。理着而世不皆切磋之彦，事述而世不皆博雅之儒。于是乎村夫稚子、里妇估儿，以甲是乙非为喜怒，以前因后果为劝惩，以道听途说为学问，而通俗演义一种遂足以佐经书史传之穷。”[2]对此笔者在第二章第三节已经详细论述。话本小说作者对小说能够承载“劝惩”、能够在宣扬主流伦理道德时比主流的文言更有优势等方面的强调，一方面是为通俗小说的存在合理性辩护；另一方面，作为不入流的亚文化，这种宣扬也是一种自提身价的需要。因此，话本小说对主流伦理道德等价值的遵从往往表现为一种自觉的行动，从一些话本小说集的取名就可以看出这一点。比如“三言”、《石点头》、《醉醒石》、《型世言》、《鸳鸯针》等，无不表现出对于劝惩的追求，而这种追求直接以维护主流伦理道德为目的。

孝悌观念是中国传统文化中极为重要的伦理观念，历代封建王朝无不以“孝”治天下，百善孝为先，把孝列为百善之首，可见对之的强调。孝、悌之所以连在一起，是因为悌是孝的表现之一，是指兄弟之间和睦团结，而兄弟之

[1] 丁锡根编著：《中国历代小说序跋集》，人民文学出版社，1996年版，第773-774页。

[2] 黄霖、韩同文选注：《中国历代小说论著选（上）》，江西人民出版社，2000年版，第230页。

间的相互爱护直接影响到对父母的孝敬，或者兄弟之间良好的关系直接就是孝的一部分，因此，孝、悌常放在一起作为国人重要的道德伦理规范。同时，中国有“老吾老以及人之老，幼吾幼以及人之幼”的伦理观念，这是孝悌观念的扩充，它直接影响了中国人对待他人父母、兄弟的价值取向，并成为中国人优秀的道德伦理传统。对这些优秀传统价值系统的维护是话本小说劝惩主题的核心。《喻世明言》卷十“滕大尹鬼断家私”中就极为辩证地讨论了“孝”与“悌”之间不可分割的关系：

依我说，要做好人，只消个两字经，是“孝弟”两个字。那两字经中，又只消理会一个字，是个“孝”字。假如孝顺父母的，见父母所爱者，亦爱之；父母所敬者，亦敬之。何况兄弟行中，同气连枝，想到父母身上去，那有不和不睦之理？

小说写倪太守长子倪善继在太守死后对兄弟善述及其母梅氏的刻薄对待，以至于对簿公堂让本来属于自己家的财产被滕大尹占去，善继为不孝不悌付出了代价。

《醒世恒言》卷二“三孝廉让产立高名”的入话一口气讲了三个和孝悌有关的故事，第一个故事讲田氏三兄弟中老三之妻田三嫂自私贪财撺掇老三与两个哥哥分家，结果致使家中老紫荆树枯萎，三兄弟顿悟，老大痛哭：

吾非哭此树也。思我兄弟三人，产于一姓，同爷合母，比这树枝枝叶叶，连根而生，分开不得。根生本，本生枝，枝生叶，所以荣盛。昨日议将此树分为三截，树不忍活活分离，一夜自家枯死。我兄弟三人若分离了，亦如此树枯死，岂有荣盛之日？吾所以悲哀耳。

于是兄弟三人决定不再分割家产，田三嫂依然不愿，老三要将其逐出家门，被哥哥拦下，田三嫂羞惭自缢而死。本篇正话写许武15岁丧父母，有两个年幼的弟弟，许武耕读不辍，教养兄弟，及长大成人，有人劝许武娶妻，许武拒绝：“若娶妻，便当与二弟别居。笃夫妇之爱，而忘手足之情，吾不忍也。”许武因孝悌扬名，人称“孝悌许武”。更为难得的是许武因孝悌受朝廷征招为仪郎，官宦之家多有想以女妻之者皆被许武拒绝，理由是：“我兄弟三人，年皆强壮，皆未有妻。我若先娶，殊非为兄之道。况我家世耕读，侥幸备员朝署，便与缙绅大家为婚，那女子自恃家门，未免娇贵之气。不惟坏了我儒素门风，异日我两个兄弟娶了贫贱人家女子，妯娌之间，怎生相处！从来兄弟不睦，多因妇人而起，我不可不防其渐也。”接下来，许武因挂念兄弟辞官，又在二兄弟结亲后才娶妻，然后，分割财产不惜牺牲自己的名声而成就两个兄弟，后两兄弟被朝廷征招，把自己原来所多得财产分毫不差公布并进行分割。兄弟三人“孝廉”之名名扬乡里，更难能可贵的是，三兄弟将自己田地立为“义庄”以赡乡里。该篇极力宣扬孝悌观念，因孝而悌，因孝而善。而对于那些不孝之子，话本小说则表现出强烈反感和愤怒，比如《喻世明言》卷二十六“沈小官一鸟害七命”中，为了一点赏钱，黄大保兄弟二人竟将父亲的头砍下假冒领赏，事情败露以后，知府对二人的处置极为干净利落，知府道：“有这等事，真乃逆天之事，世间有这等恶人！口不欲说，耳不欲闻，笔不欲书，就一顿打死他倒干净，此恨怎的消得？”可见，不孝之子无论天理国法都是难容的。

在话本小说中对于孝悌观念是以遵从的态度加以肯定，可见对于中国人来说，这是一种基本的价值规范，是人的一种基本的道德，在宗法制社会中，家庭内部成员之间的关系构成社会伦理价值的基础，然后才能有超越家庭的大伦理、大道德。遵守孝悌就会家兴业兴，就如孝廉三兄弟；而不孝不悌则会受到道德伦理谴责，同时也会家庭败落，就如倪善继的下场。

与孝悌一样，对于“朋友之义”，在话本小说中也是大力宣扬。如《警世通言》卷一“俞伯牙摔琴谢知音”；《喻世明言》卷七“羊角哀舍命全交”、卷八“吴保安弃家赎友”；《醒世恒言》卷十“刘小官雌雄兄弟”、卷十八“施润泽滩阙遇友”；《初刻拍案惊奇》卷二十“李克让竟达空函 刘元普双生贵子”；等等。尤其是“李克让竟达空函 刘元普双生贵子”，把朋友之义写到了极致，李克让喜中进士上任钱塘县，但上任未及一月便一病不起，死前给妻子一封信让他们以朋友的名义投奔刘元普，但李克让与刘元普从未谋面，也不相识，李克让只是听说刘元普仗义疏财，不得已在走投无路之际想出这样的办法。刘元普得到信件，拆开一看竟无一字！但刘元普的举动却出人意料，他不但承认自己是李克让的朋友，而且还对李克让妻儿照顾有加，并培养李克让之子成才。即使多年相处、友好的朋友也无非如此！朋友之义是中国传统文化中非常动人的道德情操，历朝历代备受推崇，因此，话本小说在这方面尤其显示了对之的遵从。

在话本小说中，对于传统文化的遵从还表现在对于忠义、勤劳、仁义等传统价值的推崇，话本小说从不怀疑这些价值，而这些基本的价值规范也是不容怀疑的，即使至今也是规范人们行为的最为核心的价值。由此可以看出，话本小说从不想在这些基本的价值方面挑战人们的心理底线，而是对之倍加维护。话本小说许多篇章之所以得到历代读者的喜爱，一部分原因即来自对这些核心价值观的认同，话本小说的相关故事与现实生活并无距离，而在宣扬这些基本价值规范的时候思想极为纯净，对遵守这些道德规范的赞扬和对悖逆这些道德规范的贬斥观点鲜明，毫无暧昧，也因此使话本小说的读者交流渠道更加畅通。

二、背反式文化叙事

除了对于传统文化中一些主流伦理道德等基本价值规范的遵从，话本小说还有另一种情况，即对某一些封建价值规范的背反。明中期以后，社会思想渐趋多元，尤其是王阳明、李贽及公安派等对人性的倡导从某种程度上动摇了封建社会所奉行的“存天理灭人欲”思想，他们在一定程度上肯定人的情欲，肯定人的自由心性。冯梦龙倡导“情教”与这一思想潮流不无关系。因此，反映在话本小说中，我们发现在对人的欲望的描写中显示出对于封建伦理的某些背反现象，比如贞洁观念、金钱观念、爱情观念等，这些在一定程度上冲破了封建伦理束缚，表现出一种新的价值取向。但是，话本小说在这些方面并非整齐划一，由于创作者的不同表现出了不一样的状况，比如在“三言二拍”中对于贞洁观念表现出了一定程度的宽容，而在《型世言》中则显得极为保守，且极力维护。但较为复杂的情况是，即使“三言二拍”对于贞洁观念有所改变的同时也有不少维护这种观念的极端例子，就是表现极为大胆的李渔，在其小说中一边对贞洁观念、婚姻制度挑战，一边还拿贞洁观念来作为“遮羞布”。因此，话本小说所谓的背反式文化叙事对传统某些不合理的观念的背反表现出极其模糊、暧昧的状态，这是文人创作通俗作品时的矛盾心态在话本小说中的反映。

1. 贞洁与情欲。贞洁观念是中国封建社会对女性性规范的核心，这种观念在话本小说中呈现出一种矛盾状态，一方面，话本小说宣扬了这种观念，而另一方面，话本小说又对人的情欲持肯定态度，这种看似矛盾的状态客观上反映了明末社会人性观念的觉醒和女性地位的微妙变化。在话本小说中，一方面小说常常以“戒色”进行劝惩教化，一方面又对男女性事大释渲染，表现出一种明知故犯的矛盾心态。贞洁与情欲往往同时出现在作品之中，但往往向后者倾斜，小说对情欲的渲染使贞洁观念作为劝惩目的边缘化。这种局面形成的原因一是明末社会风气在商业大潮的冲击下变得轻薄奢靡；二是读者对话本小说的反向塑形作用，即读者以购买行为来表达兴趣，坊刻者因牟利而对话本小说作者的创作行为产生影响；三是市民阶层崛起无论在社会风气上还是知识分子上都会受此影响，并以各种形式表达新兴阶层的声音。因此，话本小说无论写作形式还是思想表达都不是一种纯粹的文学艺术活动，而是掺和了各种因素，在各方交流磨合基础上形成的通俗小说创作潮流。

话本小说中有部分小说虽表现出了对于封建贞节观念的遵从，但更多的是对之的背反，比如我们反复举的例子《简帖僧巧骗皇甫妻》中的皇甫妻在丈夫获知她被冤枉之后，在自己的努力下终于使简帖僧伏法，与丈夫重归于好；《蒋兴哥重会珍珠衫》中的蒋兴哥之妻王三巧因红杏出墙而被丈夫休掉，其欲自杀被父母劝阻，并说她还年轻貌美何愁再找个好人家，于是嫁与一个知县，后经过一些因缘巧合，最终与蒋兴哥重新团聚，王三巧的经历如果按照其身份可以有如下转变：妻子—情人—二房—妾，这种由蒋兴哥的妻子变作其妾的过程，虽说遵循了封建婚姻制度先娶为妻、后娶为妾的规范，但在王三巧的身上难以被封建贞节观念中“从一而终”思想所容，但无论蒋兴哥、王三巧的父母甚至包括那位知县都没有觉得王三巧的再嫁有什么不妥，而王三巧本人虽曾有自杀念头，但最终还是接受了再嫁的事实。在话本小说中，对于女性再嫁表现出了难得的宽容，如《警世通言》卷三十五“况太守断死孩儿”中，邵氏二十三岁丧夫守寡，于是家人等劝其改嫁：

父母家因其年少，去后日长，劝他改嫁。叔公丘大胜，也叫阿妈来委曲譬喻他几番。那邵氏心如铁石，全不转移，设誓道：“我亡夫在九泉之下，邵氏若事二姓，更二夫，不是刀下亡，便是绳上死！”众人见他主意坚执，谁敢再去强他。自古云：“呷得三斗醋，做得孤孀妇。”孤孀不是好守的。替邵氏从长计较，倒不如明明改个丈夫，虽做不得上等之人，还不失为中等，不到得后来出丑。

这里可以看出人们对寡妇再嫁是持赞成态度的，倒是邵氏决意“从一而终”，但这种泯灭人性的观念无法代替活生生的现实，邵氏终于在守节十年之后在别人引诱之下自己自投上门、自愿失身。值得注意的是上述引文中的叙述声音，即“自古云”之后的议论，这无疑代表了一种隐含作者的声音，从而体现出话本小说背反式文化叙事中迥异于封建主流价值的叙事伦理形态，这是一种凌驾于故事之上的伦理形态，故事作为一种整体的伦理表达而存在，叙事本身便是一种伦理的教化与思辨。

在李渔的作品中，这种背反式文化叙事更是司空见惯，比如在《连城璧》中，李渔无疑给我们打开了一个光怪陆离的世界，一个游离于封建主流文化之外又千方百计向主流封建价值观念靠拢的世界，私奔、惧内、乞丐、赌徒、妒妇、同性恋等千奇百怪，但李渔写来极为认真，无处不在的议论体现出了隐含作者声音和由这种声音传达出的、听起来头头是道颇理直气壮的观念。这种作者的叙事伦理，无法让读者一下子判断孰是孰非，但故事的非主流性质与价值观念的主流性构成李渔小说特有的叙事张力系统，李渔小说的叙事伦理便来自这种张力所带来的小说的“游戏性”，因此，“游戏”构成李渔小说特有的叙事伦理，作者没有当真，读者何必较真呢！如《连城璧》外编卷五“婴众怒舍命殉龙阳 抚孤茕全身报知己”中一开始便进行一番男女乃天地赋形、自然造化的议论，然后话锋一转，论及所谓的“南风树”（即同性相恋），接着写道：

看官，你说这个道理解得出，解不出？草木尚且如此，那人的癖好一发不足怪了。

如今且说一个秀士与一个美童，因恋此道而不舍，后来竟成了夫妻，还做出许多义夫节妇的事来。这是三纲的变体，五伦的闰位，正史可以不载，野史不可不载的异闻，说来醒一醒睡眼。

以“节妇义夫”的封建伦理来规范同性恋之间的行为，或者说同性恋者用这种主流价值规范自己的行为，真是对这种用以规范男女的封建伦理的一种极妙讽刺，小说写季芳和瑞郎之间轰轰烈烈的“同性”恋情，瑞郎竟用剃刀自阉来捍卫与季芳之间的恋情，难怪小说最后这样议论：

看官，你听我道：这许季芳是好南风的第一个情种，尤瑞郎是做龙阳的第一个节妇，论理就该流芳百世了；如今的人，看到这回小说，个个都掩口而笑，就像鄙薄他的一般。这是甚么原故？只因这桩事不是天造地设的道理，是那走斜路的古人穿凿出来的，所以做到极至的所在，也无当于人伦。我劝世间的人，断了这条斜路不要走，留些精神施于有用之地，为朝廷添些户口，为祖宗绵绵嗣续，岂不有益！为甚么把金汁一般的东西，流到那污秽所在去？

与小说描写极其认真的态度比起来，这种来自隐含作者的议论显得那样苍白，但又是那样认真，用贞洁观念来自觉规范自己的行为方式在中国古代同性恋小说中这一篇可以说做到了极致，这种非主流的“恋爱”方式与主流的价值规范形成一种张力系统，而这种张力系统又极认真地表现在人物的行为之中，而来自隐含作者的叙述声音又表现出对这种行为方式的鄙薄，这就与上述张力系统的两方面形成第三方面，并与前二者形成“第三张力”系统。由此可以看出，李渔一方面述背反主流文化之事，一方面又将主流价值规范作为毫无说服力的“遮羞布”，而另一方面却以之作为“教化”的材料，尽管它是苍白无力的。李渔小说背反式文化叙事表现出一种非常复杂的状态，而游戏人生永远是李渔作品叙事伦理追求的核心。

2. 做官与发财。在中国漫长的封建社会，从隋唐确立的科举取士制度到明清时期已经逐渐成为封建社会钳制读书人思想的统治工具，做官成为读书人最终、唯一的归宿，官本位形成中国人思想深处挥之不去的潜在意识，并反过来影响中国人的行为方式。但在中国主流文化中，做官与发财是一对在“观念”中矛盾的价值，人们往往把“官清如水”、“正大光明”来作为做官的最高境界，而官员们也最忌讳把做官与发财联系在一起。但在话本小说中，做官与发财成为一种被认为毫无疑义的行为，话本小说从不忌讳做官的人利用自己手中的权力为自己谋得财富，这是一种有悖于主流价值规范的思想，但体现了明末社会人们对财富的向往，对人的财富欲望的肯定，话本小说的适俗性由此可见一斑。比如《警世通言》卷三十一“赵春儿重旺曹家庄”极其细致地描绘了官场中的权钱交易，小说通过赵春儿与曹可成的对话揭开了官场权钱交易的内幕：

过了几日，可成欣羡般监生荣华，三不知又说起。春儿道：“选这官要多少使用？”可成道：“本多利多。如今的世界，中科甲的也只是财来财往，莫说监生官。使用多些，就有个好地方，多趁得些银子；再肯营于时，还有一两任官做。使用得少，把个不好的缺打发你，一年二载，就升你做王官，有官无职，监生的本钱还弄不出哩。”

选官的大小与花费的银子有直接关系，更为关键的是官员的大小、官缺的好坏又与将来捞到的好处成正比，如此循环，可以看出官场的内幕。而赵春儿千方百计帮丈夫选了福建同安县二尹，后升任潮州通判，后又补太守之缺执掌府印，后急流勇退，携三年宦资约有数千金回乡，可见做官与发财直接相关。而且小说在结尾对赵春儿赞助丈夫的举动给予赞扬，可见，体现作者声音的议论传达出一种对做官发财认可的信号。

在《喻世明言》卷十九“杨谦之客舫遇侠僧”中，杨谦之到贵州安庄县任知县，该县乃蛮荒之地，杨谦之得遇一侠僧推荐的寡妇李氏帮助，历经许多磨难。小说中揭示了官员敛财的内幕：

夷人告一纸状子，不管准不准，先纳三钱纸价。每限状子多，自有若干银子。如遇人命，若愿讲和，里邻干证估凶身家事厚薄，请知县相公把家私分作三股。一股送与知县，一股给与苦主，留一股与凶身。如此就说好官府。蛮夷中另是一种风俗，如遇时节，远近人都来馈送。杨知县在安庄三年有馀，得了好些财物。凡有所得，就送到薛宣尉寄顿。这知县相公宦囊也颇盛了。

杨谦之在任三年，多亏李氏帮助，捞了许多钱财。令人注意的是杨谦之与李氏的关系，在任上他们是夫妻，而这种夫妻关系其实就是一种共同捞钱的关系，最后，他们二人与那个僧人一起对所得财物进行了瓜分：

长老主张把宦资作十分，说：“杨大人取了六分，侄女取了三分，我也取了一分。”

可见，做官与发财关系极为紧密。而同样令人注意的是隐含作者的态度，即对僧人、杨谦之和李氏之间相互帮助予以赞美，而对当官与发财却保持沉默，从小说所体现出的倾向性来看，当官与发财似乎是自然的事而无须大惊小怪。

同样在《西湖二集》卷20“巧妓佐夫成名”中，妓女曹妙哥也是一个类似赵春儿的人物，她把穷酸吴尔知作为自己的改造对象，不但利用吴的好赌赚了好多钱财，而且用重金为吴尔知谋得官位，曹妙哥对官场有着清醒的认识，她教导吴尔知：

当今贿赂公行，通同作弊，真个是有钱通神。只是有了“孔方兄”三字，天下通行，管甚有理没理，有才没才。你若有了钱财，没理的变做有理，没才的翻作有才，就是柳盗跖那般行径、李林甫那般心肠，若是行了百千贯钱钞，准准说他好如孔圣人、高过孟夫子，定要保举他为德行的班头、贤良方正的第一哩。世道至此，岂不可叹？你虽读孔圣之书，那“孔圣”二字全然用他不着。随你有意思之人，读尽古今之书，识尽圣贤之事，不通时务，不会得奸盗诈伪，不过做个坐老斋头、衫襟没了后头之腐儒而已，济得甚事？

曹妙哥的“金钱第一”理论为我们揭示了官场黑幕，赤裸裸的揭露掀开了封建主流价值所宣扬的“清正廉明”的虚伪面纱，呈现给世人的是一幕幕的权钱交易，人们对做官的企慕不仅仅是其所带来的社会地位，更为重要的是其带来的经济利益。但是，正是这种赤裸裸的权钱交易却不是此篇的主题，小说把曹妙哥对丈夫的帮助作为宣扬的对象，极力赞赏曹妙哥的好处，主题与故事所自然呈现的内涵产生了背离。

3．女子无才便是德与阴盛阳衰。中国封建社会对妇女地位极度压缩，妇女几乎被剥夺了任何政治权利、经济权利、受教育权利等，“女子无才便是德”成为对女性品德的标志性要求。在家从父，嫁出从夫，夫死从子，守节、守孝，如此等等，而且还时常处于婚姻的被动地位，只有丈夫休妻，而没有妻子主动与丈夫离婚，只有对妇女行为限制的“七出之条”，而无对丈夫的任何约束。因此，女性在中国古代是没有地位可言的。但在话本小说中，却出现了迥异于上述封建伦理的女性形象，她们勇敢、有智谋，而且表现出比男性突出的优点和胆识。比如我们反复举例的《初刻》卷十九“李公佐巧解梦中言 谢小娥智擒船上盗”中勇敢的谢小娥，其坚毅果敢，有智谋，靠自己的勇敢深入贼窝，手刃仇人。再如《二刻拍案惊奇》卷十七“同窗友认假作真 女秀才移花接木”中，女子闻蜚娥女扮男装突破封建制度不让女性入学的限制，出入黉门，学得满腹学问，而且机智过人，表现出了女性的聪明才智。上举二例均是女扮男装，可见，在封建社会，女性要想突破观念限制多么不易。除此之外，话本小说还有一部分写女性对男性的资助，形成中国古代小说特有的“女助男”叙事母题[1]，比如上举《警世通言》卷三十一“赵春儿重旺曹家庄”、《喻世明言》

[1] 有学者对此有详细论述，见李桂奎：《元明小说叙事形态与物欲世态》，上海古籍出版社，2008年版，第六章。

卷十九"杨谦之客舫遇侠僧"、《西湖二集》卷20"巧妓佐夫成名"均是"女助男"模式。《型世言》卷18"拔沦落才王君择婿 破儿女态季兰成夫"中，王小姐对李公子不但在经济上资助，而且在精神上予以鞭策、鼓励，表现出了一个女子的智慧与胆识，比如她对李公子这样说道："丈夫处世，不妨傲世，却不可为世傲，你今日为人奚落，可为至矣，怎全不激发，奋志功名！"所有这些"女助男"故事均表现出了一种"阴盛阳衰"状态，对封建主流价值对女性的限制以极大的抨击，显示出话本小说叙事对主流文化背反的一面。

由此可见，话本小说尽管对主流文化采取趋从姿态，但在一定程度上显示出下层文人对于封建社会所标榜的价值观的背反姿态，对主流文化的背反叙事无疑是话本小说文人化的一部分，即在本节开头所引赵毅衡先生的观点，文人化的表现是在对主流文化"顺从"之外还有对之的"异见"，而这种"异见"就是通过背反式文化叙事来表现的。

三、话本小说的叙事伦理与阅读伦理

由以上论述我们可以发现，话本小说对封建主流文化采取了双重的态度，一方面表现出对主流文化伦理道德等价值观的遵从，而另一方面却表现出对某些封建价值观的怀疑和背反，尽管有时候这种背反是以向主流价值观的回归作为面对主流文化压力的缓冲手段。话本小说出自封建下层文人之手，这些文人多科举蹭蹬，阅尽人世炎凉，对封建统治阶级所宣扬的伦理道德的愚民本质有着清醒的认识，因此，对之的背反姿态显示了话本小说不同于纯粹的民间文学的异质性，即所谓的"异见"，尽管表达曲折，但也传达出不同于主流价值的、来自下层知识分子的声音。而且，这种声音深得同样处于下层的读书人的共鸣，因此，这些下层读书人成为话本小说最忠实的读者，他们可以通过小说来进行价值的交流、交换，从而形成话本小说特有的叙事伦理和阅读伦理。话本小说的遵从式文化叙事和背反式文化叙事表现出了一种叙事姿态，这种叙事姿态连同它所带来的叙事效果成为话本小说叙事伦理的主要构成因素；而作为话本小说的交流对象，无论是内置的"看官"还是有血有肉的读者，对话本小说的这种文化叙事姿态所采取的交流态度构成了话本小说的读者阅读伦理。由此可见，无论是叙事伦理还是阅读伦理都是行为主体的一种价值倾向，一种面对叙事对象、阅读对象所采取的行为姿态。从小说叙事的角度来说，叙事伦理是一种艺术形式所带来的选择性伦理姿态。而话本小说因其明确的劝惩主题，使其姿态从产生便带有"交流性"，而且这种交流性是在两个层面展开的，即文本内置的"说—听"交流关系和文本外的"写—读"交流关系，而话本小说的阅读伦理基本发生在后一层面，因为其内置的交流关系的“看官”一方基本不具有行动性。那么话本小说遵从式文化叙事和背反式文化叙事究竟是如何从艺术层面来表现其叙事伦理的呢？

首先，对于遵从式文化叙事，话本小说在主题设置的时候一般采取和所遵从的伦理道德一致的方式，或者至少不是回避、偏离。比如前举《喻世明言》卷十“滕大尹鬼断家私”、《醒世恒言》卷二“三孝廉让产立高名”中对于“孝悌”的宣扬，故事均围绕这一主题进行情节的设置。甚至为了这一主题冯梦龙把原故事《扯画轴》中的包公换作了滕大尹，把包公分文不受换成滕大尹贪婪占有一千两黄金。而“三孝廉让产立高名”中对于三兄弟之间情同手足的感情在“孝悌”主题下给予了浓墨重彩的宣扬，还有所举“朋友之义”的例子无不围绕朋友之间的“仁义”展开。

其次，对于背反式文化叙事，话本小说往往采取两种叙事方式来规避因背反所带来的风险，因为面对强势主流文化的权力话语，话本小说作者要想表达自己的声音同时又要避免来自主流文化的打击就必须采取曲折的手段，但另一方面，也许话本小说作者可能没有这种主动表达自己思想的意识（至于主动与否是难以说清楚的），但话本小说故事所传达出的价值观也许不为主流文化所容，话本小说主题设置并没有在这种背反上做文章而是采取了规避态度。话本小说采取的规避风险的叙事方式之一是，用故事所体现出的其他方向的价值作为主题来置换故事所直接呈现的对于主流文化的背反性。比如上举《简帖僧巧骗皇甫妻》中并没有在妇人没有遵从“从一而终”的伦理要求上做文章，而是将主题引向了皇甫妻雪冤夫妻团聚；《蒋兴哥重会珍珠衫》中也没有在妇人贞洁问题上纠结，而是宣扬一种“与人方便自己方便”的主题；《警世通言》卷三十一“赵春儿重旺曹家庄”、《喻世明言》卷十九“杨谦之客舫遇侠僧”等作品并没有对官场的黑幕做任何评论（这和话本小说无处不在的议论特征多么不合），而是直接把主题引向“女助男”，赞扬女性的智慧和胆识。话本小说采取的规避风险的叙事方式之二是用背反作为“反面”教材，然后回归主流价值。比如上举《连城璧》外编卷五“婴众怒舍命殉龙阳 抚孤茕全身报知己”中，不被主流价值所容的同性恋故事却回归主流的“贞洁”观念，这种听起来让人咋舌的故事和主题就这样不伦不类地结合在一起。在李渔的小说《十二楼》、《连城璧》中，如此情形并非个案。

再次，如果从读者的角度我们不难发现，在明末清初话本小说繁荣时期，作为来自民间“说话”艺术和以读者大众购买力而兴盛的话本小说，其最大目的是迎合大众的欣赏趣味，再加上话本小说内置的“说—听”交流关系，话本小说主题对主流文化无论是遵从还是背反所采取的叙事方式无不受这些因素的支配，话本小说由内而外的交流性影响了话本小说的叙事方式，以交流性为目的的叙事必然为交流性所支配。因此，从根本上说，话本小说对于背反式文化叙事所采取的一些规避主流文化打压风险的叙事手段，无不受到交流性影响，换句话说，这些叙事手段就是一种交流性手段，其目的不是对读者进行启蒙，而是对读者进行迎合，毕竟他们才是话本小说的最终目的，与他们和谐地交流为话本小说及其作者、出版者带来的是生存所需的资本。如果我们对此难以理解，那么只需在说书场中看看说书人在讲述故事的时候不断与观众交谈以引起他们持久的兴趣，以及金庸为卖报纸而连载的武侠小说，就可以明白这一点。

因此，话本小说遵从式文化叙事和背反式文化叙事及其所采取的一些叙事方式是一种叙事伦理，这不仅仅表现为一种故事本身的道德伦理立场，更为重要的是小说的叙事姿态所传达的某种价值立场和这种姿态所要达到的目的；反过来，如果站在读者角度，话本小说的这种叙事伦理无不受到读者阅读伦理的反向支配，因为读者作为话本小说生存资本的来源是话本小说“伤不起”的一群人，他们的选择就是他们的伦理表达，阅读伦理其实就是一种选择伦理，叙事伦理在面对阅读伦理的时候，其表达是不自由的，遵从读者主流价值就必须对背反性的叙事做一些“技术处理”，而这种处理就是阅读伦理的文本表达方式。[1]

第三节　作者意识形态、文本意识形态和读者意识形态

意识形态从其产生开始就与政治有着难以分割的联系，在本节，笔者采取较为宽泛的视野来运用这一概念，即将这一概念的观念性、价值性的一面放大，用以研究话本小说所体现出的价值和观念，即话本小说自身呈现出的价值观、道德、伦理、信仰，以及对于一些明清时期主流意识、制度等的基本态度。这里笔者用“文本意识形态”来概括话本小说作为一个小说集合体现出的这些价值观念，并把通过文本现象所隐约传达出的深层的作者意识称为“作者意识形态”。但话本小说作为历史流传物，其接受者随着时代不同而不同，因此，历

[1] 笔者如此论述有一个前提，就是把主流价值作为一种大众价值来处理，因为大众是一个复杂的存在，他们没有自己的价值观，对主流价值的认同是大多数人采取的处世姿态，尽管有时候主流价值未必更符合大众的要求。

史流传物便呈现出不可忽略、不可回避的历史性特征，这些特征在读者那里表现出趋同、存疑和抵牾三种接受状态，这就为话本小说的“可靠性”问题的提出提供了文本依据，因为，“可靠性”作为后经典叙事学之修辞叙事学的重要概念在话本小说这里遇到了一个巨大的难题，即可靠的历史性问题，而这一问题的直接来源就是“读者意识形态”，这里，“读者意识形态”是一个具有变动性、历史性的概念，其含义与读者所处的时代紧密相关。因此，读者意识形态、作者意识形态和文本意识形态三者之间复杂的交流关系成为话本小说审美独特性生成的根源。

一、意识形态的内涵与话本小说研究的意识形态立场

多数西方学者认为“意识形态”概念是法国学者特拉西（Antoine Louis Claude Destutt de Tracy，1754—1863）创造的，其最初的含义是“理念的科学”，“对他（特拉西）而言，意识形态是对理念形成过程的研究”，“理念是受物理环境的刺激而产生的，因此经验学习（即通过经验所取得的知识）是知识的唯一来源，超自然的或精神现象对于理念的形成毫无影响”[1]。但对意识形态有革命性影响的是马克思，马克思在《德意志意识形态》一书中对特拉西的观点进行了反驳，指出：“意识形态不是什么‘理念的科学’，只不过是特定的一群人用来自我辩护的一种虚构。”[2] 马克思和恩格斯指出了意识形态的虚伪本质：“每一个企图代替旧统治阶级的地位的新阶级，就是为了达到自己的目的而不得不把自己的利益说成是社会全体成员的共同利益，抽象地讲，就是赋予自己的思想以普遍的形式，把它们描绘成唯一合理的、有普遍意义的思想。”[3] 由此可以看出，意识形态是一种阶级斗争的工具，是一定阶级为达到自身目的而把自身利益说成“是社会全体成员的共同利益”的一种欺骗手段，它是虚伪的，不真实的。在马克思、恩格斯之后，对意识形态的研究成为一个热点，“在当代西方理论界，意识形态概念，由于附着于流派纷呈的哲学和文化思潮，变得

[1]［美］利昂·P. 巴拉达特：《意识形态：起源和影响》，张慧芝、张露璐译，世界图书出版公司，2010年版，第7页。

[2]［美］利昂·P. 巴拉达特：《意识形态：起源和影响》，张慧芝、张露璐译，世界图书出版公司，2010年版，第7-8页。

[3]［德］马克思、恩格斯：《德意志意识形态》，中共中央马恩列斯著作编译局译，人民出版社，1961年版，第44页。

十分复杂，以致至今无一人能为这一概念下一个完满定义”[1]。伊格尔顿在其《意识形态导论》（*Ideology*：*an introduction*）第一章“何谓意识形态”开头指出：

Nobody has yet come up with a single adequate definition of ideology，and this book will be no exception. This is not because workers in the field are remarkable for their intelligence，but because the term ‘ideology’ has a whole range of useful meanings，not all of which are compatible with each other. To try to compress this wealth of meaning into a single comprehensive definition would thus be unhelpful even if it were possible. [2]

（截至目前，没有人为意识形态下一个恰当的定义，此书也不例外。这不是因为这一领域的工作者太过聪明，而是因为“意识形态”这一概念具有宽领域的有用的意义，而且不是所有这些意义都能够相互包容。设法把这些丰富的含义归纳为一个综合的定义是毫无意义的，即使它是可能的。）

接着，伊格尔顿归纳出了学术界流行的意识形态的16种定义，由此可见，对于意识形态的确难以下一个一劳永逸的定义。美国学者利昂·P. 巴拉达特在探讨意识形态的定义时概括出五条基本看法：

第一，虽然“意识形态”一词经常被用于其他背景中，但它首先而且主要是一个政治术语。第二，意识形态包含了对现状的看法，以及对未来的憧憬。这个未来被描述成在物质上优于现状；而且根据意识形态的说辞，这个值得期待的未来境况通常在人的有生之年可望达到。因此意识形态的另一显著特征便是：它提供了希望。第三，意识形态是行动导向的。它不仅描述现实现状，提供一个美好的未来，最重要的是，它提供了达成目标所必须实行的明确步骤。第四，意识形态是群众取向的。最后一点，由于意识形态以群众为对象，因此通常是以一般人所能理解的简单的语词来陈述。[3]

由此可见，巴拉达特是在更加宽泛的意义上来阐述意识形态的内涵。其实西方现代文论之西方马克思主义对意识形态意义的开拓已经远远超出马克思对于意识形态是统治阶级的虚假意识的论述，而更加从“观念”层面对意识形态

[1] 孟登迎：《意识形态国家机器》，《西方文论关键词》，赵一凡等主编，外语教学与研究出版社，2006年版，第767页。

[2] Terry Eagleton，*Ideology*：*an introduction*，Verso 1991，p.1.

[3] [美] 利昂·P. 巴拉达特：《意识形态：起源和影响》，张慧芝、张露璐译，世界图书出版公司，2010年版，第9页。

进行研究和运用，诸如葛兰西的“文化霸权”、阿尔都塞的“意识形态国家机器”等。站在宽泛的意义上看意识形态，它就是一种观念体系，是体现一定阶级、阶层、社会利益集团的价值观念的系统。话本小说意识形态研究即是站在这一立场上对话本小说表现出的伦理、道德、价值观甚至政治立场等进行研究。以此为出发点，笔者将话本小说文本看作一个承载主体，因为话本小说丰富的文本资源和统一的价值意识使其呈现出独立的价值系统，因此，笔者将之命名为“文本意识形态”。话本小说之文本意识形态在具体呈现中表现出一种不自由状态，因为话本小说作为一种通俗文本，其较低等级的文类和在文化层级中的低下的地位决定了它对主流意识形态的依附性，这在前面已经有所论述，因此，话本小说的主题往往表现出对主流意识形态的依附关系。但有一个现象是，话本小说故事所自然传达的价值与主题之间并不构成严格的对应关系，也就是说，文本的主题与故事自然呈现的内涵发生了错位现象。造成这种错位的原因是什么呢？笔者认为，这是作者通过文本对自身意识的曲折表达，因为在时代权力话语的压迫下和通俗小说市场化的挤压下，作者被迫做出一种姿态调整，而这种调整又通过文本意识形态的错位现象传达了出来，这是作者欲表达自我意识形态的不自由现象，这种现象准确传达出明末下层文人生活的、思想的处境。

但，有一点值得我们思考，就是话本小说作者如何通过小说传达自己的价值观。由上面论述可知，文本意识形态的呈现出现一种矛盾现象，而这种矛盾现象恰恰曲折地传达出作者的真实意图，我们把这种作者真正要表达的价值观称为“作者意识形态”。因为，我们知道，话本小说创作的繁荣背后有一个阶层在支撑，这一阶层有话本小说的作者、出版者、读者、评点者等，他们身处明末社会经济转型、商业经济繁荣的江浙闽一带，儒家价值观面临危机，阳明心学、公安派性灵说、李贽“童心说”、冯梦龙“情教”流行一时，从而形成一个下层文人阶层，他们从自身利益出发倡导一种新的价值观。话本小说作者就是通过小说来表现他们的意识的。但话本小说作为通俗小说，其特性是不允许他们自由表达的，因此，运用一种曲折的表达方式就成为大多数作者的选择。按照言语行为理论的观点，作者把其意识内涵进行了富有内容和形式双重意义的“意向悬置”[1]，这种“意向”通过读者的阅读和分析来得到实现和确证。话本小说是主题小说，而其虚拟说话人所表达的主题不能准确传达作者的意识形态立场，因此，它不可以看作作者意识形态的内容。那么作者意识形态又是

[1] 王委艳：《言语行为理论与民族性叙事》，《文学与文化》，2011年第3期，第130-132页。

什么呢？笔者认为，作者意识形态应该是话本小说通过故事所自然传达出的一种意识，而不是完全受到强势主题的控制。因为，考察话本小说文本意识形态就会发现其内部的错位现象，而这种现象正是作者意识形态的曲折表达。因此，所谓作者意识形态是话本小说整体所表现出的意识形态的倾向性，这里包括话本小说的取材、艺术方法的运用等。话本小说作者是一群下层文人，其基本的思想、价值观、道德立场等代表了这一阶层的特点，与封建统治阶级主流的意识形态表现出不同的特质。

然而，有趣的是，话本小说进入接受阶段后即成为一种历史的流传物，正因为话本小说所传达的并非是一种超越时代的价值观，所以，在接受过程中必然会出现与读者所代表的“读者意识形态”的不协调现象，这种不协调表现在三个方面：趋同、存疑和抵牾。所谓“读者意识形态”是指读者在阅读话本小说的时候采取的立场，以及这种意识形态立场与文本意识形态、作者意识形态之间的关系。读者与作者、文本不同的是，读者是一个具有变动性、历时性的概念，由于话本小说是古典文献作品，时代变迁造成了读者的不断变化，也造成了读者意识形态的变化，而这种变化直接影响到对于话本小说作品的评价。一个时代的读者就有一个时代的读者意识形态，因此，时代意识形态对读者意识形态的形成具有决定性影响。而话本小说的作者与文本是特定时代的产物，其作者意识形态与文本意识形态的内涵具有稳定性，时代的变迁只能影响读者对之的评价而不能影响其本身的内涵。这就意味着所谓作者的“意向悬置”有可能会因时代因素被“误读”，或者被永远“悬置”。

因此，通过对话本小说所体现出的作者意识形态、文本意识形态和读者意识形态的区分，我们明确这样一个研究思路，即文学作品其实也不能逃脱其社会性，它是某一社会阶层的意识形态表达，但，这一研究思路并不是用政治去图解文学作品，而是将一种观念文化纳入文学研究的视野，并从文学形式、技巧等非观念的层面来解读意识价值观在文本中的运行姿态，把文学纳入到一种广阔的文化背景之中。同时，对读者意识形态的历史性的揭示有利于我们认识到文学作品作为历史的流传物在接受过程中的动态图示，从而建立一种动态的理论形成思维。

二、作者意识形态的表达方式与文本意识形态的错位现象及原因

话本小说作为一种意识建构，它呈现在我们面前的是一种什么样的意识形态呢？文学作品在脱离作者之后便独自运行于历史的长河之中，但它无法摆脱作者的影响，无法摆脱产生它的时代留在文本中的思想意识、价值观念、伦理

道德以及政治制度，甚至包括那个时代的标志性器物的印记。

话本小说是主题小说，强势化主题左右了小说的各个层面，文体、结构、情节等，而这种强势化的主题又服务于作品更深层次的目的：劝惩与教化。这种目的以与接受者交流为目标，良好的交流效果是话本小说文本追求的核心。因此，话本小说以交流性为目的反过来又受到交流性的支配。话本小说建构了一套自己的意识形态，这种意识形态以因果报应、命相观念、阴骘积善、情理等为主要表现形式。所谓教化，必须让人感觉好的行为必有好的回报，而坏的行为必将受到惩罚，只有这样才能使人增强对生命的敬畏感。因果报应也许并不全是糟粕，对于大众来说，这种思想无疑对缺乏宗教敬畏观念的中国人是有效的，正因为这种思想人们在做事的时候才会有所顾忌而不至于有恃无恐，因为“人在做天在看”，起监督作用的是个人的前程命运而非其他人。还有命相观念，也许这种观念使人精神麻木，但如果换一角度，它无疑会使人能够客观、冷静地面对现实，而不是去做一些不可能之事，了解自己，正确认识自己的能力，然后有所作为才是成功的关键。阴骘积善是因果报应的变体，多积阴德才能得善果，而作恶多端必将得到报应。话本小说中对封建贞节观念的背反就是一种以情理来判断是非、指导行动的情况，因为严酷的贞节观念对于妇女是不公平的，因此，在民间对这种观念并非严格遵守，在具体的事情中更多的是以情理作为做事原则。所有这些均构成了话本小说文本意识形态的主要内容。

评判话本小说必须在两种尺度中来衡量，其一是话本小说的适俗性、商业性和其携带的民间文学因子；其二是话本小说同时也具有文人性，它携带了大量民间作品不具备的，具有文人自己的思想意识、价值观、道德观，以及对那个社会的基本判断和倾向性。而这些“文人性”就是话本小说作者意识形态的主要表现。但是，判断“作者意识形态”是一项艰难的工作，因为我们无法确知作者的真实意识到底是什么。这里笔者认为，判断作者意识形态有两种情况需要区分。其一是作为主题小说，话本小说的故事如果能自然呈现所要表达的主题，那么我们就可以判断作者意识形态与文本意识形态处于重合状态。其二如果话本小说的故事所自然传达的思想与主题出现不对称或者抵牾，笔者就认为小说主题没有或者部分没有呈现作者的真实意图，那么作者意识形态就会以这种“不自由”的方式表现出来，这种方式可有两种情况：一是“作者意识形态”表现为故事自然呈现的价值观，故事主题可能会全部或者部分偏离这一价值观；二是“作者意识形态”的强行介入使故事进程发生改变，而这种改变从整个小说来看处于游离状态而无法和故事整体融合。事实上，后一种情况在话本小说中极为少见，因为话本小说的适俗性和对主流价值观的趋从是话本小说作为通俗文本无法摆脱的宿命。前一种情况如本章第二节“背反式文化叙事”中一方面揭露官场权钱交易的黑幕，一方面小说主题是对协助男人“升官发财”的女性的赞美，主题与故事自然呈现的价值倾向是不一致的。这里的“作者意识形态”有着多重含义：(1) 对官场黑暗的厌恶、揭露；(2) 对“升官发财”的羡慕；(3) 对女性能力的赞美。这些看似矛盾的含义客观上反映了处于下层的封建文人真实的思想，他们虽然对权钱交易非常厌恶，但同时又对中举所带来的政治地位、经济利益怀有梦想。后一种情况如李渔《连城璧》子集“谭楚玉戏里传情 刘藐姑曲终死节”中，谭楚玉和刘藐姑经过殉情的死里逃生和中进士等人生磨难与悲欢，最后竟然在一渔翁的劝说下辞官，茅屋田舍、垂钓终日。这一结果在整个小说结构中处于游离状态，故事整体呈现出一种圆满的结局，即谭楚玉、刘藐姑夫妇携母上任，无论爱情还是科考均获得成功，这种靠中举获得的一切很难让人想象小说人物会轻易放弃而听一渔翁的“教诲”辞官归田。本来一篇成功的爱情故事却安上一条多余的尾巴，实在让人费解，唯一的解释是绝意科考、游戏人生的李渔以自己的价值观强行加在小说人物的头上，看似超脱的结尾实则画蛇添足。

由这些在文本中表现出的“文本意识形态”的错位现象，我们可以看出参与话本小说创作的下层文人的矛盾心态。这种现象的形成原因，一方面是话本小说在中国古代文化中处于极其低级的位置，对于封建意识形态的维护是话本小说必须选择的生存策略，而且话本小说作为通俗小说，面对的是广大的下层读书人和民众，这就决定了话本小说的主题设置必须符合他们的审美趣味；另一方面是话本小说作者自身的遭遇又使他们对主流意识形态产生怀疑，并会提出自己的主张，这样就会在故事的取材上体现自己的观点，而对于自己的观点又不能堂而皇之地作为话本小说的主题，于是就会出现文本所强烈表现的意识形态在小说的主题中并没有出现，而是采取规避的态度把故事引向另一意图。比如把科举失利归结为命运，而对科举的弊端不置一词；对官场的买官卖官黑幕进行了揭露，而小说主题却是对妇人助夫的赞美；如此等等。但应当指出，话本小说“作者意识形态”的内涵并非都具有好的倾向，因为一方面话本小说作者具有历史局限性，其价值观所体现的是当时这一下层文人集团的思想意识；另一方面，作为通俗小说，话本小说时刻处于读者趣味的控制之下，销路才是话本小说产生、繁荣甚至灭亡的内在控制因素（虽然话本小说的消亡还另有原因）。有学者就敏锐地指出了这一点，如高小康指出：

作者的兴趣与所表现的道德秩序并不协调。这种情形在明代小说很常见，如“三言”、“两拍”等短篇小说中往往就是如此：津津有味地讲述一个违背道德的偷情故事，最后再加上个果报惩罚的结尾。[1]

应当指出，高小康只看到了问题的一方面，即把偷情故事看作“作者兴趣”，这里忽略了话本小说作为通俗小说作者表达的不自由状态，即他受到来自读者趣味、坊刻主要求等方面的支配。高小康在另一处也有同样的表述：

关于“二拍”中故事的道德意义，作者自己在《拍案惊奇凡例》中讲得很明白：“是编主于劝诫，故每回之中，三致意焉。”这就是说，他是非常注意故事的道德意义的。然而正如我们在分析“乔兑换胡子宣淫”故事时所看到的，故事中的内在的道德意义与作者所“致意”的道德劝诫二者之间往往是矛盾的。因此后来人们常常倾向于认为“二拍”故事中作者所标榜的正统道德观念只不过是一层意识形态的伪装而已。[2]

同样的情况也发生在《喻世明言》卷三“新桥市韩五卖春情”中，小说头回写了历史上三个皇帝贪色误国的故事，而后笔锋一转，用虚拟的看官交流方式写道：

且如说这几个官家，都只为贪爱女色，致于亡国捐躯。如今愚民小子，怎生不把色欲警戒！说话的，你说那戒色欲则甚？自家今日说一个青年子弟，只因不把色欲警戒，去恋着一个妇人，险些儿坏了堂堂六尺之躯，丢了泼天的家计，惊动新桥市上，变成一本风流说话。

于是确立了该篇“戒色”主题，正话故事写商人吴山被几个隐名娼妓撺掇误入歧途，接下来小说对吴山与妓女金奴的交往、情事进行了细致描绘，对男女之事的渲染淹没了主题，使故事的方向滑向了戒色的反面。

这里我们首先必须对话本小说的“凡例”的广告作用有清醒认识；其次要对话本小说作为通俗文本在读者趣味与坊刻主利益支配下作者创作的不自由状态有一个客观认识；再次对话本小说“作者意识形态”中的不良倾向也要有清醒认识。对于高小康所发现的矛盾现象，董上德也有类似的发现，他在分析《白娘子永镇雷峰塔》时指出冯梦龙对白蛇故事的“重释”中的矛盾现象：

然而，在“重释”的过程中，冯梦龙却自相矛盾地留下很大困惑。就作品的情感层面而言，具体情节显示着白娘子是无辜的、可爱的、令人怜悯的；可就故事结论而论，文本的写定者冯梦龙似乎做下了一个违心的把戏，他不得不屈从于社会律令，不得不最后下判词：千年万载，被镇于雷峰塔之下的白娘子“不能出世”。……也许，这是古代文人不得已的狡黠，他明明将情感的天平倾

[1] 高小康：《中国古代叙事观念与意识形态》，北京大学出版社，2005年版，第47页。
[2] 高小康：《中国古代叙事观念与意识形态》，北京大学出版社，2005年版，第135-136页。

向于白娘子，却在故事的结尾畏畏缩缩地重新“站队”，回到了社会律令的“旗下”。这恐怕也是一种人生的苦恼与无奈。[1]

提倡“情教”、曾经出入于倡优之地的冯梦龙也许也不愿意让白娘子“永镇塔下”。这就是我们反复论述的作为亚文化文本的不自由状态，即在价值观上不得已向主流意识形态靠拢并借此获取生存空间。对于文本意识形态的错位现象的发现和对作者意识形态的明确提出有利于我们重新认识话本小说在表达中的复杂现象。这不是一种因素在起作用，而是综合了作者、文本、读者、坊刻者、主流意识形态等多方面的影响因素，对话本小说生成（创作）、文本表达和进入市场等运行轨迹的全面控制。话本小说“作者意识形态”的表达方式会因作品的不同而表现出不同的形式，文本意识形态的错位现象则是我们理解作者意识形态内容的关键。正如浦安迪所说：“我将坚持这样的意见，即小说开场白在人伦道德问题上一些似乎是轻描淡写的陈词滥调，当读者通读小说之后，透过虚构境界，会最终领悟到埋藏在深层里的意义。”[2]

三、读者意识形态与话本小说叙述“可靠性”的历史维度

由上面论述可知，判断“文本意识形态”与“作者意识形态”的行为其实是发生在读者的接受过程中的，也就是说，读者对上述两种意识形态的价值判断具有决定性影响。上面我们已经对读者意识形态做了界定，读者意识形态包含了一种时间因素，因为各个时代会有各个时代的读者。因此，时代主流意识形态对于历代读者意识形态的形成具有支配作用。这就为我们提出了一个具有挑战性的问题，即当我们判断小说叙述的可靠性的时候不得不考虑历史性的因素。关于叙述的可靠性问题，我们有必要做一下理论回顾。

“（不）可靠性”问题是西方后经典叙事学的理论热点之一，它首先由韦恩·布斯在其有影响的著作《小说修辞学》中提出并阐发，然后引起文论界的广泛运用和讨论。按照布斯的原始观点，所谓可靠性是指小说作品的叙述者与隐含作者的规范保持一致，那么叙述者就是可靠的，反之则是不可靠的。布斯的这一界定有两个概念值得注意，即规范与隐含作者。这里所谓规范，是指作品中事件、人物、文体、语气、技巧等各种成分体现出来的作品的伦理、信念、情感、艺术等各方面的标准。而这些“标准”就是“隐含作者”的标准，所谓隐含作者，布斯指出它是作者的“第二自我”，“‘隐含作者’有意无意地选择

---

[1] 董上德：《古代戏曲小说叙事研究》，广东高等教育出版社，2007年版，第133页。

[2] [美]浦安迪：《明代小说四大奇书》，生活·读书·新知三联书店，2006年版，第63页。

了我们阅读的东西；我们把他看作真人的一个理想的、文学的、创造出来的替身；他是他自己选择的东西的总和”[1]。申丹在论述“隐含作者”这一概念时引入了一个简化了的叙事交流图：

作者（编码）————文本（产品）————读者（解码）[2]

申丹指出：

就编码而言，“隐含作者”就是处于某种创作状态、以某种立场和方式来“写作的正式作者”（布斯语——引者）；就解码而言，“隐含作者”则是文本“隐含”的供读者推导的这一写作者的形象。值得注意的是，所谓故事的“正式作者”其实就是“故事的作者”——“正式”一词仅仅用于廓清处于特定创作状态的这个人和日常生活中的这个人。[3]

这里，很明显，按照申丹的理解，隐含作者与真实作者（即作者本人）是有区分的，而这种区分为同一作者何以在其不同作品中表现出不一样的“隐含作者”形象提供了依据，即他们之所以不同是因为作者在创作不同的作品时处于不同的“创作状态”。这是从作者编码角度来理解“隐含作者”，而从读者解码角度来理解“隐含作者”则会出现不同的情况，即读者解码下的“隐含作者”形象肯定与作者编码下的“隐含作者”形象有所不同，而且读者不同，其心目中的“隐含作者”形象也不尽相同。因此，隐含作者这一概念会出现非常复杂的理解状况，即研究者对布斯的“隐含作者”概念的解码出现了“喧意竞起、准的无依”的局面。

理解了“隐含作者”的复杂性，回过头再来看“可靠性”问题，我们就会发现会出现同样的状况，即叙述者与隐含作者的规范保持一致即被认为其叙述是可靠的，反之则为不可靠。如果在没有廓清隐含作者概念的情况下再引入可靠性问题，那么必然会出现和“隐含作者”同样的命运，即仁者见仁智者见智。事实上，可靠性问题在文论界引起的争论不亚于“隐含作者”，其原因即来源于这两个概念的关联性。正因为上述对“隐含作者”有一个作者的编码过程和一个读者的解码过程，因此直接导致对可靠性问题的两种研究思路：一是修辞性研究方法，一是认知（建构）方法。前者是站在作者的角度来理解可靠性问

[1] [美] 韦恩·布斯：《小说修辞学》，华明、胡苏晓、周宪译，北京大学出版社，1987年版，第84页。

[2] 申丹：《叙事、文体与潜文本》，北京大学出版社，2009年版，第36页。

[3] 申丹：《叙事、文体与潜文本》，北京大学出版社，2009年版，第37页。

题，后者是站在读者认知的角度来建构读者心目中的“可靠性”[1]。在此笔者无意对这些至今争论不休的问题做进一步的探讨[2]，笔者更感兴趣的是文本在作者编码下叙述的可靠性与在读者解码下叙述的可靠性之间的交流关系，和这种关系在历史流动中的变化。由此，我们必须考察话本小说的作者、叙述者和读者的特殊性，以及话本小说在历史的接受过程中产生的可靠性的历史性问题。

话本小说具有明确的隐含作者立场，这一判断来自话本小说文本独特的叙述形式。话本小说是一种“拟书场”叙述格局，也就是说，话本小说的叙述方式是按照书场的模式进行了文本化、规范化处理。同时，话本小说还是主题小说，这与话本小说的“拟书场”叙述格局和作者的“劝惩”目的有着密切关系。因此，话本小说的主题往往与作者所要表达的劝惩理念相吻合。即使有时候作者意识形态表现为文本意识形态的错位，读者也很容易判断作者意识形态究竟是什么。比如我们在上文所举有关揭露官场黑暗、权钱交易的例子，而小说的主题却落脚于对女性助夫的赞美，作者意识形态所真正要传达的应该是对于官场黑暗的厌恶和对于做官带来的经济利益的羡慕。这真实反映了封建文人对官场既恨又爱的矛盾心态。话本小说这种明确的隐含作者立场使作者编码状态下的隐含作者成为一个显性的存在，从这一立场出发，话本小说的可靠性是明确的。但是如果从读者解码的角度判断叙述者的可靠与否则需要我们把读者所处的历史情景引入其中，这样就会出现可靠性的历史性问题。

我们知道，针对历史流传下来的文学作品，由于历史的变迁，其道德、伦理、意识形态会随时代而变异，因此，历代读者对作品的评价也会发生改变。话本小说在明清之际是流行极广的通俗小说，当时的读者之所以对之趋之若鹜，关键是它反映了他们的思想感情和审美需要，对于他们来说，叙述者所设置的劝惩主题是可靠的，作者意识形态、文本意识形态和读者意识形态在那个时代是基本重合的。但随着历史的发展，人们的观念发生了翻天覆地的变化，贞洁观念、财富观念、婚姻观念、道德伦理观念等都和话本小说产生的时代有所不同，因此，读者意识形态受到他们所处时代的影响并随之变异。在现在看来，话本小说所宣扬的贞洁观念无疑是对女性的一种精神枷锁，在现代读者看来，叙述者是不可靠的，是男权主义的，因为叙述者所津津乐道的、所劝惩的是一种违反人性平等观念的价值观，他的叙述越认真、越严肃就会显得越滑稽

[1] 申丹：《叙事、文体与潜文本》，北京大学出版社，2009年版，第三章有详细论述。

[2] 笔者曾就隐含作者概念撰文，见王委艳：《论作者与隐含作者的关系》，《淮北职业技术学院学报》，2007年第2期。

和不可理喻。因此，读者意识形态的变动性把叙述的可靠性置于一种历史的天平之上，判断诸如话本小说这样的历史流传物的叙述可靠性问题必须具有双重标准：其一，如果把作品置于其所产生的历史语境中，那么叙述是可靠的（针对话本小说而言）；其二，如果把话本小说置于当代的语境之中，我们说叙述在很多时候是值得商榷的，有时候是不可靠的。应当指出一点，我们这里所说的可靠性是站在读者认知的角度来说的。当然如果按照布斯的理论，话本小说叙述者，即虚拟的“说话人”，往往是可靠的，因为他无疑执行了隐含作者的“劝惩”意志。但笔者认为，可靠性应该是一个价值判断，虚拟“说话人”无论对隐含作者如何忠实、如何可靠，对于读者来说都是毫无意义的，只有从读者认知的角度判断叙述者的可靠性问题才能够为真实的读者提供有价值的思想和行动。因此，读者意识形态无疑为判断话本小说的叙述可靠性提供了另一种思路。如果再深一层，我们发现，历史的变迁使话本小说的可靠性问题在历史的流程中呈现出流动的痕迹，这种痕迹为我们的审美行为提供了一种历史眼光，审美判断不是一成不变的，它也是一种历史的流传物，一个时代有一个时代的审美趣味。在这个意义上，我们发现，话本小说在历史的层面与历代读者发生了非常具有意味的交流，这种交流是一种综合的交流，它不但是一种宏观意义上的交流，而且深入到了话本小说艺术的各个层面，从结构、情节到价值观念，交流已不仅仅是话本小说的艺术原则，也是话本小说的一种审美原则。

综上所述，话本小说作者意识形态、文本意识形态和读者意识形态的区分从价值层、观念层和意识层为我们勾列了话本小说交流的更深的层面。而且读者意识形态的历史性使叙述的可靠性问题在历史层面呈现出文本的叙述可靠性与接受判断的叙述者的不可靠性的对话关系，这种对话关系构成的交流关系成为话本小说审美独特性的核心。交流不但作为话本小说的一种艺术方法，而且也是其最核心的审美方法。由此，话本小说构筑了以“交流性”为核心的艺术与审美的诗学系统。

本章小结

话本小说含有丰富的中国传统文化内容，其主要表现在文化的各个方面，器物、观念、制度等，这些都作为一种共享“经验”与接受者进行融洽交流。同时，作为文化标志物，器物、观念和制度深度参与叙事的营造，其自身特性往往成为故事情节的主要内容，这是一种不容忽视的文化叙事模式。因为，文化形态如何参与小说的叙事、如何影响故事主题等都是文化叙事研究的重要组成部分，话本小说为我们提供了极佳的案例。

话本小说有两种文化叙事模式：遵从式文化叙事和背反式文化叙事。这是观念文化在话本小说中的具体表现姿态，遵从式文化叙事是话本小说文化叙事的常态化表现，而背反式文化叙事则表现了话本小说在价值观念方面的追求。发现故事的运行逻辑与主题之间的矛盾关系是话本小说研究的重要收获。因为在一般的理解中，作为通俗小说，一般不具备自己的价值追求，这往往受到话本小说明示主题的影响，认为其宣扬的都是一些陈腐的、主流的价值规范。但我们不可忽视话本小说作者一般来自下层文人，他们有自己的价值观念，并会在话本小说中得到体现，但这种体现往往非常隐蔽，以背反方式将故事的自然运行逻辑与预设的主题产生分歧、背离是话本小说作者观念的一种表现方式。当话本小说发展到后期，即清初，这种来自作者的价值观念越来越明确，到《豆棚闲话》更是直接宣扬。

正是背反式文化叙事表现出的隐秘的价值观念，使得话本小说意识形态的表现更加复杂，出现了作者意识形态、文本意识形态和读者意识形态三种模式，这是话本小说价值观念的三种背离，即作者意识形态通过隐蔽的方式表达，文本意识形态表现为一种明示的主题，故事的运行即为表达这种主题观念。话本小说出现的这种作者意识形态与文本意识形态时有的背离现象，给读者的解读造成障碍，文本价值观念的可靠性成为非常棘手的问题。事实上，由于中国近代以来在意识形态领域翻天覆地的变化，今天的读者在阅读话本小说的时候造成意识形态错位，形成了独特的读者意识形态模式，三种意识形态的交流、磨合构成了话本小说接受的独特模式。

结语：以“交流性”为核心的文本诗学系统

通过对话本小说的生成、文体、结构、情节、文化叙事和意识形态等方面的考察，我们有充分的理由相信，话本小说以其卓绝的理论倡导和文本实践，创造了中国古代白话小说叙事的民间方式。这种在明清时期不登大雅之堂、不为主流文学所容、在民间自生自灭的小说形式对于明清小说的繁荣起到了极为关键的作用。这种“民间方式”以中国特有的民间“说话”艺术的“交流性”为核心构筑了话本小说独特的艺术与审美特征。这里，“交流性”并非一般意义上的作者通过文本与接受者之间的情感的、道德的或者其他方面的交流，而是“交流性”从话本小说生成开始便被置入话本小说的叙事之中，是话本小说艺术性形成的核心；同时，这种“交流性”因其内置的“说—听”交流关系和文本接受的“写—读”交流关系的双重特性而成为话本小说审美特性的核心。所以，话本小说是以“交流性”为核心构筑的艺术与审美的诗学系统，这一系统贯穿了话本小说从生成到文本再到接受的整个运行过程。我们可以把本书的研究结构做如下图示：

生成———文本（文体、情节、结构、文化、意识形态）———接受

从这个图示我们可以看出，笔者是想从生成开始到文本的接受对话本小说生命的整个流程做一种全方位的考察，以期从中发现贯穿其中的艺术和审美特性，其中以文本内部的艺术和审美特性的考察为中心。通过对话本小说生成的考察，笔者发现其生成模式对文本艺术和审美特性的形成具有强大的塑造作用。这里有三个相关联的层面：

其一，“说话”艺术的交流性生成特性已经内化到了话本小说内置的“拟书场”叙事方式之中。

其二，这种内化的交流特性成为话本小说艺术和审美特性的核心。

其三，读者的接受过程是这种交流性获得实现的关键。

由此我们看出，话本小说绝非简单地把书场内置，而是增加了书面文本只有在“读—写”交流模式下才可能出现的情况，比如取材的读者意识、心理描

写、情节和结构精致化、媚俗倾向等。由此可见，交流性是话本小说从生成到文本内部特性再到读者接受最核心的特性，它不仅是一种宏观的文本运行方式，而且更为重要的是一种艺术方法。话本小说以交流性为基础构筑了一整套完善的叙事系统，笔者将之命名为交流诗学系统。这一系统的提出为我们理解话本小说乃至明清通俗小说提供了一个独特视角。同时对生成过程的考察为话本小说交流性艺术和审美特性的生成提供了一个源生性的依据。西方经典叙事学为叙事的文本内部研究提供了一个非常实用、堪称完美的理论工具；后经典叙事学则突破文本从修辞性、认知、女权等维度对叙事作品进行全方位的考察。但我们发现，这些研究均难以从作品整个生命流程的角度来全面考察作品在每个阶段的运行姿态，以及每个阶段之间的交叉影响。对话本小说的研究无疑从这个方面提供了一个思路。因此，话本小说以其独特的生成模式、叙述形式和接受模式为叙事理论研究的拓展提供了支持。任何艺术的产生绝非凭空而成，而是包含了与生俱来的先天特性，因此充分考虑生成特性与作品艺术与审美特性之间的关系，对叙事理论来说无疑具有启发价值。正因为对话本小说的研究不是从单一的文本形式出发，而是综合考虑了其形成的社会、作者、接受等因素，才让我们清晰地看到贯穿于话本小说生命始终的交流特性。交流，意味着不是一种因素（一种因素构不成交流），而是多种因素的综合，这是一种更宽范围的文化视野。话本小说的交流特性存在于多个层面：

1. 生成层面。

文化语境 ⟶ 作者状况（身份、处境、思想）⟶ 文本 ⟵ 坊刻主（商业性）⟵ 读者（指与作者处于同一个文化语境的读者）

这一图示勾列了话本小说文本生成的影响因素，和这些因素围绕话本小说的交流关系。由这种关系可以看出，话本小说的生成并不是一种自由状态，它受到多种因素的支配，是多种因素交流磨合的结果。这种生成状况在第二章有详细论述。

2. 文本层面。

内置拟书场：虚拟说话人 ⟷ 看官

这种看似简单的交流图示实际上构筑了话本小说叙述的基本特征。话本小说的文体特征、情节和结构模式、文化叙事与意识形态等无不受到这种“拟书场叙述格局”的支配。

3. 接受层面。

文本（历史流传物）⟷ 读者（历代读者）

文本完成之后进入历史流传阶段而成为历史流传物，因此它面对的是一个不断变化的读者群，文本与读者之间的交流虽然不会存在生成时期读者对文本塑形的参与性影响，但是这一阶段的历代读者会以筛选的形式对话本小说的命运起作用。同时，在文本进入接受阶段之后，读者左右了文本的价值判断，读者意识形态的历史性为审美的历史维度的生成提供了支持，审美在历史的层面与文本构成了交流关系。

以上三个层面的交流图示之间并非互不相干，而是相互交流、相互影响。因此，本书虽然聚焦于第二个层面，但对于第一、三两个层面给予了不同程度的关注，并探索三者之间的影响与交叉关系。通过本书的论述，我们发现话本小说有一个贯穿生成、文本、接受三个阶段的核心特性：交流性。话本小说交流性的发现使我们对它的研究从单纯的文本中跳出来，不但关注时代环境对其的塑形作用，而且关注这种因交流而塑形的艺术作品怎样又以交流性为其艺术核心和以交流性为其审美核心和接受核心。交流性是话本小说艺术和审美的核心特性，是同时性的，即交流性的艺术同时具有交流性的审美。笔者在论述中把二者交融到了一起，因为二者具有不可分割性。

总之，交流不但是话本小说的生成方式而且是文本组织方式和接受方式。从艺术角度来说，交流是话本小说最为核心的艺术方法，无论从文体还是结构、情节、文化等文本自身艺术现象来看，交流都作为一种核心的艺术方法而参与了话本小说艺术性的营造。从审美角度来说，话本小说文本形制来源于接受者与作者的交流互动，而且从文本接受来说，交流性已经成为话本小说接受的独特方式，意识形态在历史的接受过程中逐渐从融洽走向背反，这是一种交流结果，是交流的历史性带来的独特的接受现象。这不但印证了文本的丰富性，而且从文本交流的角度呈现了人文思想、道德伦理的历史性变迁。

笔者聚焦于对话本小说研究的“文本—理论”模式，从文本现象（生成、本体、接受）出发对话本小说的艺术和审美特性进行探索，丰富的文本现象为理论的创新与生成提供了支持。交流诗学即是这种探索的结果，这一概念的提出不但是对话本小说艺术和审美特性的概括，而且更为重要的是通过对话本小说的研究，为我们提供了一种研究的模式：关注文本生命各个流程的影响因素和这些因素的交叉关系对于文本艺术、审美特征的影响，同时，探索具有中国特色的叙事艺术和叙事理论。因此，本书有两个目的：一是探索话本小说独特的艺术和审美特性，二是探索一种新的叙事研究模式。也许本书还没有完美地达到这两个目的，但至少可以作为一种参照或者引玉之砖。

参考书目

话本小说作品

1.［明］洪楩编印．清平山堂话本．上海：上海古籍出版社，1992.

2.［明］冯梦龙．喻世明言．许政扬校注．北京：人民文学出版社，1958.

3.［明］冯梦龙．警世通言．严敦易校注．北京：人民文学出版社，1956.

4.［明］冯梦龙．醒世恒言．北京：人民文学出版社，1956.

5.［明］凌濛初．拍案惊奇．陈迩冬，郭隽杰校注．北京：人民文学出版社，1991.

6.［明］凌濛初．二刻拍案惊奇．陈迩冬，郭隽杰校注．北京：人民文学出版社，1996.

7.［清］李渔．连城璧．孟斐标校．上海：上海古籍出版社，1992.

8.［清］李渔．十二楼．瘦吟山石校点．沈阳：春风文艺出版社，1998.

9.［清］李渔．闲情偶寄．章立注．西安：陕西人民出版社，1998.

10.［明］天然痴叟．石点头．长春：吉林文史出版社，1986.

11.［明］抱瓮老人．绘图今古奇观．济南：齐鲁书社，1985.

12.［清］笔炼阁．五色石．萧欣桥校点．沈阳：春风文艺出版社，1985.

13.［清］五色石主人．八洞天．陈翔华，萧欣桥点校．北京：书目文献出版社，1985.

14.［清］周清原．西湖二集．周楞伽整理．北京：人民文学出版社，1989.

15.［清］古吴墨浪子．西湖佳话．邵大成校注．杭州：浙江人民出版社，1981.

16.［清］华阳散人．鸳鸯针．李昭恂校点．沈阳：春风文艺出版社，1984.

17.［清］谷口生．生绡剪．李落，苗壮校点．沈阳：春风文艺出版社，

1987.

18. ［明］东鲁古狂生．醉醒石．何权衡校点．郑州：中州古籍出版社，1985.

19. ［明］陆人龙．型世言．北京：北京燕山出版社，1993.

20. ［清］刘省三．跻春台．张庆善整理．天津：百花文艺出版社，1988.

21. ［明］金木散人．鼓掌绝尘．李落，苗壮校点．沈阳：春风文艺出版社，1985.

22. ［清］艾衲居士．豆棚闲话．张敏校点．北京：人民文学出版社，1984.

23. ［明］梦觉道人，西湖浪子．三刻拍案惊奇．张荣起整理．北京：北京大学出版社，1987.

24. ［宋］金盈之撰．新编醉翁谈录．［宋］罗烨编．新编醉翁谈录．周晓薇校点．沈阳：辽宁教育出版社，1998.

25. 彭诗良主编．中国古代禁书文库•东京梦华录．呼和浩特：远方出版社，2001.

26. 程毅中辑注．宋元小说家话本集（上、下）．济南：齐鲁书社，2000.

27. ［明］熊龙峰刊行．熊龙峰刊行小说四种．石昌渝校点．南京：江苏古籍出版社，1990.

古典文学研究文献

1. 鲁迅．中国小说史略．上海：上海古籍出版社，1998.

2. 胡士莹．宛春杂著．杭州：浙江人民出版社，1981.

3. 胡士莹．话本小说概论（上、下）．北京：中华书局，1980.

4. 谭正璧．话本与古剧．上海：上海古籍出版社，1985.

5. 谭正璧．三言两拍资料．上海：上海古籍出版社，1980（1961年首出）.

6. 孙楷第．沧州后集．北京：中华书局，1985.

7. 孙楷第．小说旁证．北京：人民文学出版社，2000.

8. 孙楷第．中国通俗小说书目．北京：人民文学出版社，1982.

9. 孙楷第．沧州集．北京：中华书局，1965.

10. 程毅中．宋元话本．北京：中华书局，1980.

11. 宁宗一．倾听民间心灵回声．太原：山西古籍出版社，2003.

12. 欧阳代发 . 话本小说史 . 武汉：武汉出版社，1994.

13. 石麟 . 话本小说通论 . 武汉：华中理工大学出版社，1998.

14. 叶楚炎 . 明代科举与明中期至清初通俗小说研究 . 南昌：百花洲文艺出版社，2009.

15. 张兵 . 话本小说史话 . 沈阳：辽宁教育出版社，1992.

16. 蒋玉斌 . 明代中晚期小说与士人心态 . 成都：四川出版集团巴蜀书社，2010.

17. 韩南 . 韩南中国小说论集 . 王秋桂译 . 北京：北京大学出版社，2008.

18. 孙楷第 . 俗讲，说话与白话小说 . 北京：作家出版社，1957.

19. 蒋祖怡 . 小说纂要 . 台北：正中书局，“民国”六十八年版 .

20. 萧相恺 . 宋元小说史 . 杭州：浙江古籍出版社，1997.

21. 齐裕焜 . 明代小说史 . 杭州：浙江古籍出版社，1997.

22. 王凌 . 形式与细读：古代白话小说文体研究 . 北京：人民出版社，2010.

23. 程毅中 . 宋元小说研究 . 南京：江苏古籍出版社，1998.

24. 陈大康 . 明代小说史 . 上海：上海文艺出版社，2000.

25. 王昕 . 话本小说的历史与叙事 . 北京：中华书局，2002.

26. 常金莲 .《六十家小说》研究 . 济南：齐鲁书社，2008.

27. 傅承洲 . 明清文人话本研究 . 北京：人民文学出版社，2009.

28. 程国赋 . 三言二拍传播研究 . 北京：中国社会科学出版社，2006.

29. 刘果 .“三言”性别话语研究 . 北京：中华书局，2008.

30. 朱海燕 . 明清易代与话本小说的变迁 . 武汉：华中科技大学出版社，2007.

31. 聂付生 . 冯梦龙研究 . 上海：学林出版社，2002.

32. 冯保善 . 凌濛初研究 . 北京：人民文学出版社，2009.

33. 王庆华 . 话本小说文体研究 . 上海：华东师范大学出版社，2006.

34. 温孟孚 .“三言”话本与拟话本研究 . 北京：中国社会科学出版社，2005.

35. 宋若云 . 逡巡与雅俗之间——明末清初拟话本研究 . 北京：中国社会科学出版社，2006.

36. 萧欣桥，刘福元 . 话本小说史 . 杭州：浙江古籍出版社，2003.

37. 罗小东 . 话本小说叙事研究 . 北京：学苑出版社，2002.

38. 李忠明 .17世纪中国通俗小说编年史 . 合肥：安徽大学出版社，2003.

39. 胡元翎 . 李渔小说戏曲研究 . 北京 ：中华书局，2004.

40. 傅承洲 . 明代文人与文学 . 北京 ：中华书局，2007.

41. 鲁德才 . 古代白话小说形态发展史论 . 天津 ：南开大学出版社，2002.

42. 鲁德才 . 中国古代小说艺术论 . 天津 ：百花文艺出版社，1987.

43. 李桂奎 . 元明小说叙事形态与物欲世态 . 上海 ：上海古籍出版社，2008.

44. 陈桂声 . 话本叙录 . 珠海 ：珠海出版社，2001.

45. 丁锡根编著 . 中国历代小说序跋集（上、中、下）. 北京 ：人民文学出版社，1996.

46. 宁宗一主编 . 中国小说学通论 . 合肥 ：安徽教育出版社，1995.

47. 孟昭连，宁宗一 . 中国小说艺术史 . 杭州 ：浙江古籍出版社，2003.

48. 王平 . 中国古代小说叙事研究 . 石家庄 ：河北人民出版社，2001.

49. 张勇 . 中国近世白话短篇小说叙事发展研究 . 昆明 ：云南大学出版社，2005.

50. 黄子平主编 . 中国小说与宗教 . 香港 ：中华书局，1998.

51. 宋莉华 . 明清时期的小说传播 . 北京 ：中国社会科学出版社，2004.

52. 李玉莲 . 中国古代白话小说戏曲传播论 . 太原 ：山西教育出版社，2005.

53. 刘敏 . 天道与人心——道教文化与中国小说传统 . 北京 ：中国社会科学出版社，2007.

54. 陈美林，李忠明 . 中国古代小说的主题与叙事结构 . 合肥 ：安徽文艺出版社，2000.

55. 王宪昭 . 中国民族神话母题研究 . 北京 ：民族出版社，2006.

56. 王立 . 佛经文学与古代小说母题比较研究 . 北京 ：昆仑出版社，2006.

57. 罗小东 . “三言”“二拍”叙事艺术研究 . 北京 ：中国社会科学出版社，2010.

58. 皋于厚 . 明清小说的文化审视 . 北京 ：学苑出版社，2004.

59. 王意如 . 中国古典小说的文化透视 . 上海 ：文汇出版社，2006.

60. 方志远 . 明代城市与市民文学 . 北京 ：中华书局，2004.

61. 王昕 . 漫说“三言”“二拍”. 北京 ：人民文学出版社，2005.

62. 陈大康 . 古代小说研究及方法 . 北京 ：中华书局，2006.

63. 陈大康 . 明代小说史 . 北京 ：人民文学出版社，2007.

64. 谭帆主编 . 明清小说分类选讲 . 北京 ：高等教育出版社，2007.

65. 刘勇强 . 中国古代小说史叙论 . 北京：北京大学出版社，2007.

66. 左东岭 . 李贽与晚明文学思想 . 北京：人民文学出版社，2010.

67. 潘运告 . 从王阳明到曹雪芹——阳明心学与明清文艺思潮 . 长沙：湖南教育出版社，2008.

68. 陈洪 . 中国古代小说艺术论发微 . 天津：南开大学出版社，1987.

69. 张振军 . 传统小说与中国文化 . 桂林：广西师范大学出版社，1996.

70. 吴士余 . 中国古典小说的文学叙事 . 上海：上海古籍出版社，2007.

71. 吴士余 . 中国小说美学论稿 . 上海：复旦大学出版社，2006.

72. 吴士余 . 中国文化与小说思维 . 上海：上海三联书店，2000.

73. 石昌渝 . 小说 . 北京：人民文学出版社，1994.

74. 石昌渝 . 中国小说源流论 . 北京：生活・读书・新知三联书店，1994.

75. 郭洪雷 . 中国小说修辞模式的嬗变——从宋元话本到五四小说 . 上海：上海三联书店，2008.

76. 高小康 . 中国古代叙事观念与意识形态 . 北京：北京大学出版社，2005.

77. 宋俭等编注 . 奇书四评 . 武汉：湖北辞书出版社，1996.

78. 萧相恺，张虹 . 中国古典通俗小说史论 . 南京：南京出版社，1994.

79. 黄霖，许建平等 .20世纪中国古代文学研究史・小说卷 . 上海：东方出版中心，2006.

80. 陈平原 . 中国小说叙事模式的转变 . 上海：上海人民出版社，1988.

81. 杨义 . 中国古典小说史论 . 北京：人民出版社，1998.

82. 杨义 . 中国叙事学 . 北京：人民出版社，1997.

83. 王德威 . 想象中国的方法：历史・小说・叙事 . 北京：生活・读书・新知三联书店，2003.

84. [美] 浦安迪 . 明代小说四大奇书 . 北京：生活・读书・新知三联书店，2006.

85. [美] 浦安迪 . 中国叙事学 . 北京：北京大学出版社，1996.

86. 黄霖，李桂奎，韩晓，邓百意 . 中国古代小说叙事三维论 . 上海：上海书店出版社，2009.

87. 曾祖荫，黄清泉，周伟民，王先霈 . 中国历代小说序跋选注 . 武汉：长江文艺出版社，1982.

88. 黄霖，韩同文选注 . 中国历代小说论著选（上、下）. 南昌：江西人民出版社，2000.

89. 张稔穰．古代小说艺术教程．济南：山东教育出版社，1991.

90.［美］韩南．中国白话小说史．杭州：浙江古籍出版社，1989.

91. 许振东.17世纪白话小说的创作与传播——以苏州地区为中心的研究．北京：中国社会科学出版社，2005.

92. 许振东．十七世纪白话小说编年叙录．北京：中国文联出版社，2003.

93. 董国炎．明清小说思潮．太原：山西人民出版社，2004.

94. 邹强．中国经典文本中梦意象的美学研究．济南：齐鲁书社，2007.

95. 陈美林，冯保善，李忠明．章回小说史．杭州：浙江古籍出版社，1998.

96. 李贽．藏书（第十册）．北京：中华书局，1974.

97. 张建业主编．李贽全集（第一册，焚书注一）．北京：社会科学文献出版社，2010.

98. 梁启超．饮冰室合集之三．上海：中华书局，“民国”二十一年版．

99. 刘海峰主编．科举制度的终结与科举学的兴起．武汉：华中师范大学出版社，2006.

100. 多洛肯．明代福建进士研究．上海：上海辞书出版社，2004.

中外文论部分

国外部分

1. 赵毅衡编．“新批评”文集．北京：中国社会科学出版社，1988.

2. 方珊等编．俄国形式主义文论选．北京：生活·读书·新知三联书店，1989.

3.［法］托多罗夫编．俄苏形式主义文论选．北京：中国社会科学出版社，1989.

4.［俄］巴赫金．文艺学中的形式主义方法．桂林：漓江出版社，1989.

5.［俄］什克洛夫斯基．散文理论．南昌：百花洲文艺出版社，1994.

6.［英］佛斯特．小说面面观．广州：花城出版社，1983.

7.［美］布斯．小说修辞学．北京：北京大学出版社，1987.

8.［美］詹姆斯．小说的艺术——亨利·詹姆斯文论选．上海：上海译文出版社，2001.

9. 张寅德编．叙述学研究．北京：中国社会科学出版社，1989.

10.［以色列］里蒙•凯南．叙事虚构作品．姚锦清等译．北京：生活•读书•新知三联书店，1989.

11.［美］马丁．当代叙事学．北京：北京大学出版社，1990.

12.［法］热奈特．叙事话语•新叙事话语．北京：中国社会科学出版社，1990.

13.［荷］米克•巴尔．叙述学：叙事理论导论．北京：中国社会科学出版社，1995.

14.［美］詹姆斯•费伦．作为修辞的叙事：技巧、读者、伦理、意识形态．北京：北京大学出版社，2002.

15.［美］戴卫•赫尔曼主编．新叙事学．北京：北京大学出版社，2002.

16.［美］米勒．解读叙事．北京：北京大学出版社，2002.

17.［英］马克•柯里．后现代叙事理论．北京：北京大学出版社，2003.

18.［美］James Phelan，Peter J. Rabinowitz 主编．当代叙事理论指南．申丹等译．北京：北京大学出版社，2007.

19.［苏］维•什克洛夫斯基．散文理论．南昌：百花洲文艺出版社，1997.

20.［波］英加登．对文学的艺术作品的认识．北京：中国文联出版公司，1988.

21.［德］加达默尔．真理与方法（上下卷）．上海：上海译文出版社，1999.

22.［德］姚斯等．接受美学与接受理论．沈阳：辽宁人民出版社，1987.

23.［俄］巴赫金．陀思妥耶夫斯基诗学问题．北京：生活•读书•新知三联书店，1988.

24.［俄］巴赫金．小说理论．石家庄：河北教育出版社，1998.

25.［美］贝茨•洛德．故事的歌手．北京：中华书局，2004.

26.［美］弗里．口头诗学——帕里－洛德理论．北京：社会科学文献出版社，2000.

27.［美］理查德•鲍曼．作为表演的口头艺术．桂林：广西师范大学出版社，2008.

28.［美］吉尔兹．地方性知识．北京：中央编译出版社，2000.

29.［法］布迪厄．艺术的法则．北京：中央编译出版社，2001.

30. 叶舒宪选编．结构主义神话学．西安：陕西师范大学出版社，1988.

31. [法] 克劳德・列维-斯特劳斯 . 结构人类学 . 北京：文化艺术出版社，1989.

32. [瑞士] 皮亚杰 . 结构主义 . 北京：商务印书馆，1984.

33. [英] 特伦斯・霍克斯 . 结构主义和符号学 . 瞿铁鹏译 . 上海：上海译文出版社，1987.

34. [美] 罗伯特・休斯 . 文学结构主义 . 刘豫译 . 北京：生活・读书・新知三联书店，1988.

35. [英] 戴维・洛奇 . 小说的艺术 . 王峻岩等译 . 北京：作家出版社，1998.

36. [德] 古斯塔夫・弗莱塔克 . 论戏剧情节 . 上海：上海译文出版社，1981.

37. [美] 约翰・盖利肖 . 小说写作技巧二十讲 . 梁淼译 . 北京：北京十月文艺出版社，1987.

38. [美] 维克多・特纳 . 戏剧、场景即隐喻：人类社会的象征性行为 . 刘珩，石毅译 . 北京：民族出版社，2007.

39. [英] 马凌诺斯基 . 文化论 . 费孝通译 . 北京：华夏出版社，2002.

40. [德] 马克思，恩格斯 . 德意志意识形态 . 中共中央马克思，恩格斯，列宁，斯大林著作编译局译 . 北京：人民出版社，1961.

41. [法] 斯拉沃热・齐泽克，泰奥德・阿尔多诺等 . 图绘意识形态 . 方杰译 . 南京：南京大学出版社，2002.

42. [英] Jorge Larrain. 意识形态与文化身份：现代性和第三世界的在场 . 戴从容译 . 上海：上海教育出版社，2005.

43. [英] 安德鲁・本尼特，尼古拉・罗伊尔 . 关键词：文学、批评与理论导论 . 汪正龙，李永新译 . 桂林：广西师范大学出版社，2007.

44. [英] 特里・伊格尔顿 . 美学意识形态 . 王杰，傅德根，麦永雄译 . 桂林：广西师范大学出版社，1997.

45. [美] 利昂・P. 巴拉达特 . 意识形态：起源和影响 . 张慧芝，张露璐译 . 北京：世界图书出版公司，2010.

46. [德] W. 伊泽尔 . 审美过程研究——阅读活动：审美响应理论 . 北京：中国人民大学出版社，1988.

47. [法] 罗贝尔・艾斯卡皮 . 文学社会学 . 杭州：浙江人民出版社，1987.

48. [美] Sandy Petrey. Speech Actsand Literary Theory. Routledge，1990.

49. [美] Michael Kearns. Rhetorical Narratology. University of Nebraska

Press，1999.

50.［英］Terry Eagleton. Ideology：anintroduction. Verso，1991.

51.［美］霍尔等著．荣格心理学入门．冯川译．北京：生活·读书·新知三联书店，1987.

52.［英］卢伯克，福斯特，缪尔．小说美学经典三种：小说技巧、小说面面观、小说结构．方土人，罗婉华译．上海：上海文艺出版社，1990.

53.［瑞士］索绪尔．普通语言学教程．高明凯译．北京：商务印书馆，1980.

54. 胡经之，张首映主编．西方二十世纪文论选．北京：中国社会科学出版社，1989.

55.［法］格雷马斯．结构语义学．蒋梓骅译．天津：百花文艺出版社，2001.

56.［美］Chatman. Storyand Discourse：Narrative Structurein Fiction and Film.Ithaca：Cornell UP，1978.

57.［美］罗曼·雅柯布森．雅柯布森文集．钱军译．长沙：湖南教育出版社，2001.

58.［美］斯蒂·汤普森．世界民间故事分类学．郑海等译．上海：上海文艺出版社，1991.

59.［英］梅勒．交流方式．彭程等译．北京：华夏出版社，2006.

国内部分

1. 刘俐俐．文学“如何”：理论与方法．北京：北京大学出版社，2009.

2. 刘俐俐．外国经典短篇小说文本分析．北京：北京大学出版社，2004.

3. 刘俐俐．中国现代经典短篇小说文本分析．北京：北京大学出版社，2006.

4. 赵毅衡．意不尽言——文学的形式 - 文化论．南京：南京大学出版社，2009.

5. 赵毅衡．当说者被说的时候——比较叙述学导论．北京：中国人民大学出版社，1998.

6. 赵毅衡．苦恼的叙述者——中国小说的叙述形式与中国文化．北京：北京十月文艺出版社，1994.

7. 陈洪．中国小说理论史．天津：天津教育出版社，2005.

8. 方正耀．中国古典小说理论史．上海：华东师范大学出版社，2005.

9. 方正耀．中国小说批评史略．北京：中国社会科学出版社，1990.

10. 谢昕，杨列容，周启志．中国通俗小说理论纲要．台湾文津出版社，1992.

11. 叶朗．中国小说美学．北京：北京大学出版社，1982.

12. 刘世生，朱瑞青编著．文体学概论．北京：北京大学出版社，2006.

13. 王守元，郭鸿，苗兴伟主编．文体学研究在中国的进展．上海：上海外语教育出版社，2004.

14. 郭英德．中国古代文体学论稿．北京：北京大学出版社，2005.

15. 凌晨光．当代文学批评学．济南：山东大学出版社，2001.

16. 李裴．小说结构与审美．贵阳：贵州人民出版社，2003.

17. 刘世剑．小说概说．长春：东北师范大学出版社，1986.

18. 高尔纯．短篇小说结构理论与技巧．西安：西北大学出版社，1985.

19. 刘孝存，曹国瑞．小说结构学．北京：光明日报出版社，1989.

20. 杨矗．对话诗学．北京：人民出版社，2009.

21. 赵宪章．文艺学方法通论．杭州：浙江大学出版社，2006.

22. 傅腾霄．小说技巧．北京：中国青年出版社，1992.

23. 李胜利．电视剧叙事情节．北京：中国广播电视出版社，2006.

24. 户晓辉．返回爱与自由的生活世界——纯粹民间文学关键词的哲学阐释．南京：江苏人民出版社，2009.

25. 吴功正．小说美学．南京：江苏人民出版社，1985.

26. 谭霈生．论戏剧性．北京：北京大学出版社，2009.

27. 李炜．中国大众文化叙事研究．武汉：华中师范大学出版社，2010.

28. 王瑾．互文性．桂林：广西师范大学出版社，2005.

29. 北京师范大学文艺学研究中心编．文学审美意识形态论．北京：中国社会科学出版社，2008.

30. 董学文，李志宏主编．文艺意识形态学说论争集．长春：吉林大学出版社，2009.

31. 吴江．中国封建意识形态研究．兰州：兰州大学出版社，2003.

32. 傅修延．文本学——文本主义文论系统研究．北京：北京大学出版社，2004.

33. 杨世真．重估线性叙事的价值——以小说与影视剧为例．杭州：浙江大学出版社，2007.

34. 申丹，王丽亚．西方叙事学：经典与后经典．北京：北京大学出版社，

2010.

35. 申丹 . 叙事，文体与潜文本 . 北京 ：北京大学出版社，2009.

36. 李勇 . 通俗文学理论 . 北京 ：知识出版社，2004.

37. 王守仁 . 王阳明全集 . 上海 ：上海古籍出版社，1992.

38. 童庆炳 . 文体与文体的创造 . 昆明 ：云南人民出版社，1994.

39. 陶东风 . 文体演变及其文化意味 . 昆明 ：云南人民出版社，1994.

40. 刘勰 . 文心雕龙 . 郭晋稀注 . 长沙 ：岳麓书社，2004.

41. 邢建昌，鲁文忠 . 先锋浪潮中的余华 . 北京 ：华夏出版社，2000.

42. 刘守华，林继富，江帆，顾希佳 . 中国民间故事类型研究 . 武汉 ：华中师范大学出版社，2002.

43. 刘魁立 . 刘魁立民俗学论集 . 上海 ：上海文艺出版社，1998.

44. 朱光潜 . 诗论 . 北京 ：北京出版社，2005.

45. 陈江 . 百年好合——图说古代婚姻文化 . 扬州 ：广陵书社，2004.

46. 赵一凡等主编 . 西方文论关键词 . 北京 ：外语教学与研究出版社，2006.

后　记

本书是笔者在博士论文基础上修改而成。在即将出版之际，我不禁想起难忘的南开园岁月。2009年我进入南开读博，到现在十年过去了，关于话本小说研究又有不少专著、论文出版、发表，本书所参考的文献截止到2010年，笔者之所以没有更新，一是想保持博士论文的原貌，以纪念这段难忘的读书岁月；二是认为作为一种阶段性成果是建立在特定历史时期的文献基础之上，如果只是增加一点新的资料来做一种简单的“更新”，还不如保持原貌，至于话本小说研究的新成果、新思考则留待以后研究、补充。

岁月匆匆头飞雪，学海漫漫梦作帆，南开大学“允公允能 日新月异”的校训，及导师刘俐俐教授的教诲时刻不敢忘记。下面是博士论文的“感谢”，无论过去多少岁月，感恩之情永存心底：

南开园又一个春天姗姗来迟。在这个还依然有几分寒意的初春，我终于完成了博士论文的写作，虽几经删改依然难以完美，但敝帚自珍，也算对三年来辛苦的一点总结。回想2009年的那个春季，我投考刘俐俐先生门下，复试的时候坐在老师对面，心情紧张、忐忑。这时候，导师刘俐俐先生看到了我的样子，忽然爽朗地笑了起来，我紧张的心一下子缓解了，接下来的复试进行得很顺利。现在想起来这一幕，我内心充满对先生的感激，先生不以我愚钝，招录门下，使我终于圆梦南开，内心激动非亲历难以想象。

三年来，导师刘俐俐先生亦师亦母对我的生活、学业、工作关怀备至，使我亲身体验了刘师门的温暖与严谨。难忘每一次师门组会的热烈讨论，难忘每一次和导师的倾心长谈，难忘每一次聚餐时的家的温馨……感谢先生对我的指导，先生的谆谆教诲使我受益终生。另外，我还要感谢导师组的沈立岩先生、王志耕先生，感谢查洪德先生、李玉平先生，他们以不同的方式对我提供了帮助。

三年来，南开大学严格而务实、宽容而富有内涵的学术氛围给了我一个良好的学习、研究环境。文学院丰富的学术活动和对学生学业的鼓励令我印象深刻。尤其是文学院各位先生们对学术的精深造诣、言传身教使我倍受教育。

三年来，同门兄弟姐妹相互学习、讨论、交流，对我的研究颇有启迪。难忘曾几次去师姐蔡晓慧家聚餐，难忘和上届师兄曾斌、石文颖的每一次聚会，尤其难忘樊义红师弟，我们同年入刘师门，相互讨论、相互激励，其情其景历历在目。我还要感谢室友杨传庆博士，他的勤奋令我印象深刻。在此我衷心感谢他们陪我度过在南开难忘的时光，使我在紧张的研究之余增加了很多的乐趣。

三年来，我的年逾古稀的母亲对我有着太多期望，使我这个已过而立之年的儿子每每汗颜！我的妻子黄伟玲女士对我学业倾心支持毫无怨言，在家中照顾老小，还要工作，个中辛苦可想而知。在此，我要把我特别的感谢送给她们！

是为后记。

2012年4月3日于南开园

本书的出版得到信阳师范学院资助，得到河南大学出版社的出版支持，在此一并致谢！

作者

2019年7月31日于信阳